茅盾文学奖
获奖作品全集

冬天里的
春天

下

李国文

著

人民文学出版社

第 四 章

一

于而龙两眼一阵发黑,不相信这一切会是真的,可眼前的现实,使他想起江海所说的那句意味深长的话:这是一个无论对于生者,还是死者,都是严峻考验的年头啊!三十年来一直在心目中向往的圣地,他精神上的凭借和寄托,刹那间,哗啦一声全坍了下来。甚至连个废墟都不曾留下,那样的话,或许还能遗留一点足可凭吊的断砖残瓦。现在,什么都没了,像那棵高大的银杏树一样,古怪地失踪了。

他想起一个梦,一个芦花的梦,一个他从来也不相信的梦。哦,那是一个漆黑的夜晚,漆黑的世界,从来也不曾这样黑过,黑得可怕,黑得恐怖。好像在这个世界里,从来也不存在过光亮似的,或者,起码在梦中人的记忆里,早就消失了光亮的概念。她觉得她醒了——她说得确切不移,但于而龙不那么深信,因为梦境和现实有时会惊异的相似,难解难分。确实也是如此,现实中的怪诞不亚于梦境;而梦境里的刹那悲欢,在现实中会一再重现。于是他说:"没准是你梦魇着了!"芦花摇摇头:"不,我醒了!"好吧,也许她醒了,生活里有这种可能,在黑夜里,明明醒着,眼睛睁得大大的,但实际上和睡着也无啥大的差别。于是她迷迷糊糊地听到一个脚步声,朝她住着的那座草棚走来,"谁?"她立刻警觉地问着自己的心。

那是石湖支队差一点点就在石湖上站不住脚的困难时刻。所有应该离开支队,无法再坚持下去的队员,都用这样或者那样的手段,离开这一支初创的革命队伍。只有一个人,他是完全属于那种应该离开的人,但他偏偏没有走。难道是他?芦花思忖着。

他终于也要开小差了。

然而,他围着她的草棚转悠是为了什么呢?脚步声很轻很轻,是想来杀害她呢,还是打算来奸污她呢?那时,她是支队惟一的女战士,也许他在离开以前,给支队一点报复。那是他完全做得出来的,而且他分明知道,她恨他,从来不给他一丝笑脸。现在,她被恶性疟疾缠得连一点力气都没有了,失去了任何抵抗的力量,于是她大声地叫喊起来。一会儿,脚步声消失了。

"绝不是梦!二龙!"她对侦察回队的于二龙说。

"你在发烧,脑门子都烫手,好好躺下,别说胡话!"

她用虚脱衰弱的声音说:"他没开小差吗?"

"你说是谁?"

那烧得通红的脸颊上,泛起一丝疑云。

在那个漆黑的世界里,是什么都可以强奸杀害得的,甚至人心民意;那些崇高的理想,神圣的意志,美好的愿望,幸福的向往,都曾经被踩在泥土里,受到践踏和蹂躏。因此,于而龙对眼前出现的这种情况,也就虽然心伤而并不奇怪了,于是不再想那个梦。现在在他眼前,原来埋葬芦花的地方,如今是一条宽阔平坦,涂着黑色油渣的公路,顺着湖滨,延伸到望不见尽头的远方。

江海给他介绍,这是他和地委一些老干部,十年前当小工,亲自修过的公路:"不仅可以通往县城,通往省会,还通往首都呢!"如果真是那样,于而龙想:芦花,在你化为泥土,为后代修铺的公路,倒多少像精神上的纽带,把我们联结在一起呢!

三十年前,也就是一九四七年底,一九四八年初,当人们把他放在担架上,抬着离开石湖的时候,或许是王纬宇的有意安排,要不,就是抬担架的长生和铁柱的好意,故意多绕几步远,来到那棵高大挺拔,亭亭如盖的银杏树下,向芦花的坟茔告别。

于而龙记得那时,新坟上也才只有几支纤细的、弱不禁风的枯草,在寒风里瑟缩。

坟不大,矮趴趴的,墓石也平平常常,不那么突出,只是那殷红的颜色,使人联想到血,石碑上的五角星,好似死者明亮的眸子,闪烁着不同寻常的光彩。其他,再也找不到什么特殊之点。这是当时游击队员的心意,也非常符合那个女指导员的性格。好像众人还费了好大口舌,才制止住王纬宇代理队长,打算大搞大弄的做法。他要搞一座陵墓,还要修一座纪念碑。这个曾经亲手拆毁过自己亲爹坟茔的王纬宇,以人们不可理解的积极性,向支部建议,向骨干游说:"芦花的血不能白流,我们总要让她在这世上留下些东西。死者的遗愿,生者的责任,我们活着的人惟一能尽到的心意,也就是这些了。"

一个共产党员,活着的时候,生活在群众中间,死了以后,也应该普普通通,平平常常。队员们,尤其是那些老同志,都这样说。因为他们深知芦花的心意,她绝不会同意自己和众人不一样的,于是王纬宇的主张才算告寝。其实,历史就是这样的,碑石是树立在人民的心灵中的。

哦,那是一个多么寒冷的冬天啊!

"歇会脚吧,长生!"老林哥招呼着。

王纬宇咬着嘴唇,那种他们家族特有的嘴角皱纹,深陷地抠了进去,默默地先在新坟旁边站住了。

大部分恋恋不舍的战士和支队干部,早被于而龙挡了回去,因为他从那些朝夕相处了快十年的战友脸上,看见的并不是送别,而是送葬的沉重心情,心里无论如何不是那么愉快的。于是他挥手叫他们停步,王纬宇也帮助劝说着大伙:"同志们,别远送了,支队长到医院去取出弹片,就会归队的。"

(这块从大腿股骨里取出来的霰榴弹片,一直保存在谢若萍身边,那时,她还是个见习医生。)

"早点回来呀!支队长!"

"给我们写信来……"

"什么时候回队,告诉一声,我们去接你。"

尽管人们嘴上讲,但谁都不相信,因为他从黑斑鸠岛上活着回来,大腿肿得比腰还粗,再蒙受芦花牺牲的打击,死里逃生,亲人阵亡,身上还残存着弹片,能否再经得起复杂的大手术?能活下来就是万幸,反正战场上是没有他的事了。

那些无声的语言,他从人们脸上看得出来,不仅他们,就连他自己都觉得像断了翅膀的雁,永远退出战斗序列了。然而,战争之神并不曾把他抛弃,他在马背上又度过几年征战生涯,一直到王爷坟为止。而他们,那些石湖子弟兵,绝大部分倒早早地离开了人寰。

王纬宇、老林哥,还有几个同志,一直随船送到三王庄,尤其是站在新坟旁边的王纬宇,充满了难以名状的感情——躺在担架上的于而龙看出来是惜别之情,仿佛有着无限心事。

当时,他理解王纬宇的心情,大概是肩头上压着扁担时的沉重感,已经没有精力顾到其他了。更多的倒是对于工作的忧虑之心,队伍要升级,改成正规部队建制,人员要扩充,准备去解放县城,还极有可能离开本乡本土,开赴到外线去作战。

"都撇给你了,老王,一摊子百八十口人,许许多多的家务事,统统给你留下来了。"于而龙敢赌咒,是半点幸灾乐祸之心都不抱地讲出来的,因为他正是于而龙向阳明竭力推荐的人选。一九四七年战争朝外线扩展,那年头各处都需要人手,干部奇缺,就像猛然间长大的身材,衣服鞋袜顿时嫌小了,现做现缝也来不及。一个小小的石湖支队,实际上也就是县大队罢了,要准备扩成一个团的建制,需要多少人手啊!那时江海已经改编完毕,进入山东解放区了。因此,阳明政委让他死心,自己想办法物色人才,培养干部,上级只能抽走干部,而绝不会再派干部来的。就这样,他向领导建议,由王纬宇代理队长职务。

但他替王纬宇担心,因为支队的基本骨干,多半是老同志,芦花的影响还是深的。虽然芦花牺牲以后,他的组织问题最终得到了解决(那封血写的入党申请书总算没有白费),但"七月十五"的论点像幽灵一样,在背后议论,所以大家并不十分相信于而龙的推荐是绝对的正确。因此,可能使他开展工作,感到扎手。而且还有点对他歉疚之处,因为他一年内连续负伤,精力实在不逮,队伍不曾整理得那么干净利落就交给他,像一只箍得不紧的木桶,有些稀里哗啦,很觉得过意不去。

他记得他们当时手握得多么紧啊!可以肯定,王纬宇是非常激动的,至今还能记起,清清楚楚地记起,印象特别深刻地记起来,站在芦花坟旁的这位两颊凹陷、鬓发如刺的二先生,手是冰凉冰凉的,而且在不安地颤抖。

——我想我还不至于说错(虽然他必然要矢口否认),那时,我们这位参加革命的大学生,刚刚度过了他生命史上的一个最严重的关头。还记得他在获悉胡宗南侵占延安的消息时,在有些解放区重新落到国民党手里时,在我们石湖支队又一次濒临困难境地时;也正是他那位令兄向他招手,要他采取离心攻势时。哦,他真有过一阵饭吃得不香,觉睡得不实的难熬难忍的日子。

但是,在芦花牺牲以后,他告别石湖的时候,王纬宇已经像患了一场伤寒病似的逐步复元,眼睛不再那么无神失魄的样子。真的,于而龙把心底里的祝福,通过那紧握的手向他表达出来。

"再见吧!好好干吧!纬宇同志,你虽说是个新党员,可是三八式的老同志啦!等着听你的战斗捷报!"

他脑袋垂得很低,似乎在打量着坟头上那棵衰微的枯草,看得那样专心致志,以至于而龙怀疑他是不是在听自己讲话,或者他的确对未来的日子感到惶恐。那时候,游击队长躺在担架上,望着他;虽说,彼此之间有过隔膜,有过挂碍,甚至还有过不愉快。但于而龙是个直性汉子,事情过去了,也就烟消云散。这一会儿,倒真是毫不见外地赤诚相待,多么希望他能够胜任愉快地挑起队长这副说来不轻的担子啊……

然而,十年前那一场风暴掀起来,于而龙被关在九平方米大小的优待室里隔离反省、接受批斗,棍棒交加、触及灵魂的时候,王纬宇终于亮相结合登上前台,如愿以偿地来办交接,于而龙再不是石湖那时的衷心祝福了,而怀着一种阴暗歹毒的心理,着实地"恭喜"了一番。

"祝贺你终于瓜代,完成了历史阶梯的必然一步!"虽说是民办的业余监牢,狱吏和囚徒之间的关系,也是等级森严的,所以他没有把手伸给这位革命干部,以免"玷污"了他。

"得啦老兄……"他知道于而龙并无半点诚意,但又不愿同他顶嘴,一个心情舒畅,乾运亨通的红人,是不会斤斤计较走背字的朋友,所发出来的牢骚的。

于而龙向同屋的难友,那位动力学造诣极高的反动权威发问:"密斯特廖,你见过买彩票中了头奖的人,脸上那副高兴模样吗?"

廖思源采取不介入的姿态,正襟危坐,缄默不语。

王纬宇扑哧笑出声来,他觉得这个人有着不可理解的顽固,宁可自讨苦吃,也决不让步。哪怕只是口头上暂时的服软,他也决不肯干。这种可笑的愚直,除了激怒那些眼中布满血丝的打手,有什么用呢?他觉得应该劝导两句:"二龙,顺时应势,是做人的一条基本准则,聪明人都这样活过来的。你本来不至于落到这步田地,要早听我的劝告的话——"

"三千年为一劫,那回风雪之夜的赐教么?"于而龙早就敬谢不敏了。

王纬宇转向那位落魄的总工程师,他那头顶上还依稀留下"小将"们给他剃过阴阳头的痕迹,很像两垄紧挨的庄稼地。一垄肥水充足,赶上节气,麦苗长得茁壮,齐刷刷的一片;另一垄小苗才钻出土,连地皮都没遮住,不过,终于还是长了起来,屈辱既不能使头发降服,那也不会永远叫人抬不起头。"一味固执有什么用呢?廖总,你说是不是?需要刚的时候就硬,需要柔的时候就软,或者是刚柔并济,软硬兼施,而他,一条道走到黑,怪谁?"

廖思源保持中立,阖着眼,像参禅似的盘腿打坐。

其实有什么好交接的呢?除了挨斗的权利之外,一切都被"夺"走了。哦!原来是来讨那外国专家使用过的,大写字台上的几把钥匙。

"我已经早就交给了小狄!"

王纬宇说:"但是,那位清高的,效忠于你的女性,一定坚持非要你写个条子,她才肯交——"

"哦!……"于而龙不禁感叹系之,心里念叨:我的忠实的小狄,使他们嫉妒了。愚不可及的姑娘啊!俗话说得好,孩子都死了,还在乎一把干草吗?

当于而龙关在优待室里闭门思过的时期,他的家眷拉一下解体了。谢若萍编进医疗队,到祁连山南麓的荒塬上给牧民治病去了,连看老伴一眼的权利都不能获准,只好忍住泪水登程出发。列车西去,可她的脸却总是向东,担心她丈夫身上的"棒疮",什么时候才能结痂?恩爱夫妻,十指连心,即使到了那荒漠的高原,也常常一个人伫立东望怆然涕下。于莲和高歌那伙革命家吵了一架,来同她爸爸告别,奔赴云梦泽国去种那矮秆早稻。而且据说一辈子要在向阳湖畔落户,终老斯乡,因为学到老改造到老嘛!可她,还有不如意的婚姻纠缠着,本不想当着爸爸的面哭的,他的心还嫌揉搓得不碎么?然而,自此一别以后,她还能向谁流泪呢?叫了一声"爸爸",热泪如雨,抱住伤痕累累的于而龙呜呜地大哭。

当时廖思源毫无表情地看着,像一尊泥塑木雕的偶像。

他儿子于菱在撵出四合院不久,就被肖奎带到部队当兵去了。于莲抬起泪花花的脸,望着她父亲,问道:"你一个人,该怎么办呢?"

于而龙抚摸着他女儿的长发,不禁叹息:"自然是要活下去的,我不相信历史会永远颠倒过来写。"

就在这艰难的日子里,可全亏了小狄在照应他,他怎么也想不到原先认为是娇里娇气的秘书,却有着这样倔强刚直的性格。那些流言蜚语,对一个没有结婚的年轻姑娘来说,就不是一般的讽刺讥笑。那些无聊的家伙,以他们自己卑鄙龌龊的精神状态,来编造一个又一个谣言,把小狄描绘成一个不要脸的女人。然而她顶住种种难堪的屈辱,一张大字报不写,一句揭发的话不讲,而且理直气壮地来优待室看望他。

"以后你可不要再来这里看我了!"

小狄说:"坐牢总得有探监的呀!现在,只有我,是你惟一的亲人啦!"这话她不仅仅对于而龙说,对谁都不隐讳。

这个瓷雕似晶莹的高傲姑娘,昂着头,眼皮抬也不抬地通过那些持刀弄枪的岗哨,每礼拜光临一次这如今统称之为牛棚的小屋子,给于而龙送来换洗衣服,而且还替他经管着不多的生活费,为他买一些日用品和必不可少的雪茄。

"卷毛青鬃马",第一个冲上台把于而龙拉下马的女工,成了全厂的名旦,曾经指着小狄骂过:"不要脸的贱货,真是旧情不忘啊!"

小狄站住,脸白得像一张纸,但仍旧文静地告诉她:"你说得半点也不错,是旧情不忘。我可以坦率地,用最明白的语言告诉你,我确实爱他,但是我更尊敬他,这一点,怕你未必能理解的。"

"卷毛青鬃马"放纵地大笑,毫无羞耻地劈开两腿,拍拍自己的裤裆:"别装假正经啦,小姐,谁不明白吗?"

无论怎样冷嘲热讽,甚至逼迫划清界限,仍旧每礼拜来一次,久而久之,看守的人渐渐松懈了,于是她用俄语同于而龙交谈,用英语和廖思源聊天。"多么忠贞的女孩子啊!"那位学术权威衷心赞美着。只要她来,总给优待室里留下一股科隆香水的芬芳。

"好吧!我让小狄把钥匙交给你!"

于而龙一边写便条,一边想着王纬宇上任后的情景,估计他决不会轻松愉快的,几千人的偌大工厂,可不比当年的石湖支队,即使那百把个弟兄,也是在他的带领指挥下,全部把生命断送在樊城战斗中。那么这座工厂在他手里,会不会像断了箍的木桶,哗啦一下全散架呢?

只好由历史来判断了,而终归会有这一天。

"你们也别远送了,老王!"于而龙躺在担架上,有气无力地朝他们挥手。

"好!等着你!"王纬宇说。

"我会回来同你一起干的。"他仰望着那活像老人的鹊山,使他触景生情,想起在石湖沙洲上度过的,芦花生命史上的最后岁月,于是向通讯员说:"长生,扶我一把!"

铁柱,老林哥的二小子,他和长生负责抬于而龙到后方医院治疗去,他刚正式参军不久,是老林嫂让游击队长把孩子带走的。负有特别使命的铁柱抗议:"二叔,谢医生讲,你只能躺着。"

老林哥笑了,好心肠的事务长体贴到他的心境,和长生把担架抬着,往那块殷红色的墓碑靠拢了些。无非是一种世俗的想法,给亲人的坟头添把土吧!此去经年累月,还不知何时再来扫墓!

三十年后,在清明节的时候回来了。

于而龙想些什么呢?"芦花,我的芦花呀!连你的坟墓都找不到了,你甚至比抬担架的两个年轻人都不如。铁柱的墓碑竖立在朝鲜定州西海岸的山丘上;而长生,还有那匹'的卢',是埋在面向黄河的陵园里,可你,石湖支队的女指导员呢?……"

他不知拿他手里的鲜花怎么办了?

江海挽住他的胳膊,强拉着他走回来:"我记得对你说过的,这是一个无论对于生者,还是死者,都是考验的年代呵!"

"那么你应该告诉我,她的下落!"

"你不会忘记,我请求你们原谅过,我没有能够保护好她。"

"老江,请你讲得不要那样抽象好吗?"于而龙恳求着他。

江海望着铁一般坚硬的汉子,他那刚毅的脸上,显出准备承受任何不幸消息的神色,似乎在讲:"把你去年难以讲出来的话,统统地倒出来吧!我神经不会脆弱得受不住的……"

但是江海看看周围异样沉默的人,便把舌边的话,强咽了回去。难道十年来,他心灵上受到的伤痛还少么?干吗再给他增添苦恼和悲哀呢?于是他向老战友建议:"走吧,到我那儿去。"

"我哪儿也不去。"

"干吗?"

"在石湖找到回答。"于而龙坚定地说,并把那个花篮捧到他的面前,"要不然,我拿它们怎么办?"

是啊!半点可以凭吊的遗迹都找不到了,难道花篮总让于而龙在手里端着么?

所有在场的人,对于游击队长和芦花之间的关系,谁也比不上江海理解得更深,他几乎等于亲眼目睹全部过程。那时滨海和石湖还同属一个地下的中心县委,并未分家。他记得当时是多么不理解,也不支持那个追求革命和真理,也追求爱情和幸福的芦花呀!她是怎样大胆勇敢地作出自己的决定,冲破了世俗的观念,摆脱了不成文的婚约束缚,和现在端着花篮的人结合。那是一个痛苦的割舍,无论对于芦花,对于他们哥儿俩,都曾有过一段困难的日子啊!尤其是于大龙悲惨的牺牲,加重了他们结合的阴影,但有什么好责怪芦花的呢?

人们有权利追求自己的幸福,和追求真理一样,是谁也不能剥夺的神圣权利;爱情和怜悯是完全不同的事情,难道芦花就该听受命运的摆布才算好么?

芦花的一生是短促的,像流星一样,在空间一掠而过,然而她的生命、爱情、战斗,以至于牺牲,像流星似发出了强烈的光辉。大凡一个人生前有人爱的同时,必然也会有人恨。死后,爱和恨的分野就会更加鲜明,肯定是爱之弥深,恨之弥切了。要不然,该不会落到连放一捧鲜花的地方都没有。

"走,江海!"

"哪儿去?"

"沼泽地。"他寻找他那个小舢板,打算走了。

"你发疯了吗？想陷在里面出不来吗?"

"那好,不攀你。忙你的贵干去吧,地委书记同志!"

"你这个人哪——"江海了解他的脾气,而且"将军"在电话里嘱咐过不要袖手旁观,于是他萌出了一个主意,捉住于而龙的手:"走吧！二龙,我们到天上去!"

"干什么?"

"看你的沼泽地去呀!"他拉着于而龙,向停落着直升飞机的大草坪走去,心想:那样,这篮鲜花就好办了。

"我要脚踏实地地去看、去回忆!"

"照样,在天上更能一览无余。"江海强拉着他走了。

告别了乡亲,告别了故乡,直升飞机载着两位游击队长,离开了波光潋滟的渔村,向辽阔的蓝天里飞去。

"芦花,芦花,我回来得实在太晚了……"于而龙那紧捏的拳头,重重地落在了对座的江海膝头上。这时,飞机已经升得很高了,冷风从机身罅隙里钻进来,吹得心里直发凉。"真是应了老伴的话。"于而龙琢磨,"难道不是这样吗？失望加上失望,扑空接着扑空,使自己高兴的事情不多,引起忧伤的因素倒不少。"他摇了摇头,对江海说,"我不相信我会陷在沼泽地里出不来,它总有边,总有沿,总有走出头的一天。"

"不要激动,二龙！打起精神来,我们的贵体,我们的高龄,还有他们——"指着那些忙碌的机上人员——"年轻人的未来,都不允许再糟蹋自己。听我告诉你,她的坟墓、棺木、尸骸、骨殖,以及那块石碑,都到哪里去了。你不是要看这块沼泽地吗?很好,话就得从远处讲起来,不过,你一定要耐住你的性子……"

江海的沉稳性格可是出名的。

机舱里堆满了药粉,这种扑灭早生蝗蝻的六六六粉,是相当刺鼻的,呛人的,然而它却可以消灭一场灾祸。但是人类并无什么有效办法,来肃清两条腿的早生蝗蝻,以致他们羽化以后,铺天盖地,酿成巨灾浩劫。"是得从远处讲起,过错并不是一天早晨突然发生的,而是昨天,前天,许久许久以前就种下恶果了。"

"说得对啊,二龙,那天西餐席上,小谢讲起芦花运枪负伤的故事,还记得吗?"江海问他,然后沉思地说,"要想彻底了解一个人多困难哪!来,咱们一块来回忆——"

"得扯那么遥远么?"于而龙现在需要证实,不想推理。

"不然讲不清楚。"他俯瞰着机身下的大地,说着:"看见了吧!石湖落到后边去了,前面就是县城,再往远看,该是滨海,认出来了吧?当年芦花就通过运粮河,把枪支弹药送到我们那儿去的。如今是密密麻麻的防风林带,河,看不见啦!"

"你在给我绕什么弯子?"于而龙问。

"还记得你夫人怎么指责我的吗?"

"哦!你居然会往心里去?"

"哈……"他笑了,"历史有时是一笔糊涂账,正确的永远正确,而替罪羊则不能得到原谅……"

那天在餐桌上,由于"将军"规定了话题,加上劳辛要写《女游击队员》那首长诗,缠着谢若萍,非要她讲讲芦花在望海楼和王经宇交锋的过程。

谢若萍笑了:"我讲不成问题,只怕有人不乐意听呢!"

江海看看她:"我不是头回站在被告席里,十年,锻炼出来了。"

"那好,我来说一说……

"不知道你们同意不同意我的观点,有的人,死了死了,死了也就了啦,谁也不再惦念他,甚至还竭力把他忘却;但有的人,虽然永远离开了人间,可似乎觉得他还在我们身边,同我们一起生活、战斗,参与到我们的欢乐或者痛苦中来,息息相关。心里总存在着逝者的形影,而且奇怪的是,他不是强赖在你心目里的,也不是非让你记住他不可,不,而是你自己特别珍惜那惟恐愈来愈淡的形象,所以就深深铭刻在心里。芦花正是这样一位虽死犹生的亲人,她离开我们快三十年了,我想她现在肯定和我们一样高兴喜欢,说不定像'将军'和路大姐那样要喝上一盅。

"我们许多同学都是差不多先后参加支队的,男同学都通过封锁线到湖西了,可能因为我是个女同志,留在了湖东。是的,我们一个个都是芦花动员走上革命道路的。

"她对我要格外关照些,虽然她对小队其他同志也都不差,但我感觉到她好像把我和肖奎——那个快嘴丫头,看得更亲切些。有些机密,有些心事,并不回避我们,因为小队只有三个女同志,而且总是住在一起,像姐姐似的关心着我们。

"一九四四年的秋天,芦花去滨海开了个会,因为那时我们跨区活动,似乎接受着双重领导。是不是啊?老江!也就在那次会上,作出了一个极其荒谬的决定,要我们把缴获的一批武器转移到滨海坚壁起来。

"我至今也不相信,那样一个不信邪的芦花,明知道是错事,为什么不站出来反对?难道她真的相信那些假情况?笑话,我们在城里的地下工作同志,怎么从未反映过一点?是我负责联系的呀!

"'不就是那点点白薯干,江海就狮子大开口啦!'"

江海停住刀叉,怔住了。

"芦花批评了肖奎,叫她沉住气,别瞎说。

"我也劝说指导员:'大姐,办不到的,等于给敌人白送,还是老办法好,细水慢流,通过咱们的联络渠道转运过去。'

"'来不及啦,鬼子很快就要秋季大扫荡了!'

"'滨海的情报可靠吗?'

"我们吃过麻痹大意、毫不在乎的苦头,但过度警惕、神经过敏,也使我们上了不少当。不适当地夸大敌情,弄得草木皆兵,疑神见鬼,也坏了不少事。"

"将军"插话说:"不奇怪,杯弓蛇影,宁可信其有,不可信其无,在战争年代,或许还可原谅。"

"不过——"劳辛说,"现在已经成了整个社会的心理状态,真可悲——"

"诗人,要罚你酒啦,出题啦!今晚只谈过去——"周浩又掉脸朝发愣的江海说,"吃啊,干吗按兵不动?若萍说你两句,看紧张的。"

江海叹了口气:"'将军',这是断不清的官司!"

谢若萍接着讲下去:"老江,你别误会我是和你算账,也可以统统不记在你的名下,但话总是要让人讲的吗!……不但芦花相信敌人要来夺枪,湖西,也被送粮去的王纬宇给宣传得动了心,特地派老林嫂通过封锁线,送来了一道紧急命令。

"老林嫂来,就意味着非常重要和紧急,看样子好容易弄到手的一块肥肉,滨海不费吹灰之力搞走了。想不到芦花看完命令脸都白了,要我们设法把枪支弹药送到滨海去。

"喝!像一点水滴进滚油锅,大伙都炸了。

"原来,连送出去都思想不通,并不仅仅是本位主义。好,现在不但给,还要我们送,好像我们是三头六臂,刀枪不入的神仙。难道王经宇听我们调动？他没投降日本鬼子以前,就打主意抢过这批军火,向顾祝同、韩德勤邀功,现在成了汉奸,不正是给大久保的见面礼么？

"肖奎恃着她是指导员的小鬼,天不怕,地不怕,对老江嚷过。——记得不,老江,有一回你来我们驻地,商量接送军火的具体办法。那肖奎冲着你鼻子：'你们没本事自己缴获,有脸朝人家讨,讨还罢了,叫花子要饭嫌馊,得我们送上门,岂有此理！'没忘了吧？队长同志！"

江海说："真抱歉,大夫,记不大起来了,我有脑震荡后遗症！许多该忘的东西忘不了,许多该记的东西记不住。"

"怎么得的,江伯伯？"

"还用得着问吗？画家,跟你爸一样,能从'小将'手里活过来,就算命大,别打岔,让你妈讲下去吧！"

"芦花犯愁了,硬打硬拼硬冲么？我们几十个人,孤注一掷？从敌人眼皮底下混过去？谁也不会隐身法。她怎么能睡得着呢？翻来覆去,后来索性坐起来靠墙思索。

"'睡会儿吧,大姐！'我劝她。

"'你放心睡吧,一会儿我替你岗！'

"'不,你累了一天。'白天把已经坚壁好的军火重新从埋藏的村子里起出来,准备集中朝滨海运去。唉！荒谬的决定啊！我们就是这样自己整自己,放着好端端的日子不过,像发神经地一会儿这么变,一会儿又那么变,消耗时间,浪费精力。我们用了多大工夫才把那些军火分散坚壁起来的呀！老百姓都拿命替我们保管着的呀！

"芦花苦笑了一声,突然问我：'他干吗那么坏？'

"'谁?'

"'小谢,说是医院里有一种什么光,能把人的心肝肺腑照个通明瓦亮,看得清清楚楚。要是能把心思都照出来,那敢情好了,人人都一眼看透了。'

"'你指的是谁呀?'我再一次问——"

江海把正抿着的高脚玻璃杯放下来。

"芦花始终也没讲出是谁。

"'将军',我要讲几句离题的话,你别罚我酒。我看咱们过去,打仗的时候,人与人之间的关系,要纯朴一些,真挚一些,也直率一些,所以大家也团结些,即使有些什么长长短短,彼此也能容让。为什么现在搞得那么紧张?人变得那样刻薄,那样歹毒,心肠是那样坏,手段是那样辣?难道他们是突然之间变成恶鬼的吗?"

江海笑了:"不,你说错了,医生同志,恶鬼原来也披着人皮站在我们队伍里,只不过有更强大的敌人在面前立着,同舟共济的心理,使得他们规矩些,老实些,收敛些罢了。"

周浩摆了摆手:"不完全是这样,同志们。若萍那时候和现在的莲莲一样,天真烂漫。说句不中听的话,还不太懂事。江海,你应该有所体会,尽管在那狂风恶浪,大敌当前的时候,他们也是同舟并不共济,你以为那些人就不搞些手脚啊?照搞不误。只不过由于你忙着和敌人拼命,而顾不过来罢了!同志们,手脚是多种多样的,有时候拿枪拿刀,有时候就是别的花头了!"说着,他把蛋糕推到席中,举起刀叉,"请吧,不必客气,领情就是,现实生活并不总像奶油蛋糕这样甜蜜的。"他一刀从"生日快乐"四个字划过去。

劳辛倒了一盅酒端到他跟前:"请吧,'将军'!"

"怎么回事?"

"你谈到了现实生活,该罚酒!"

"哈哈,让你钻了空子!"

路大姐笑着说:"怪不道莲丫头这些年来总挨罚,也许是总爱画现实生活的缘故吧!——好啦好啦,若萍,你快讲下去吧,芦花该怎么办呢?"

谢若萍接着往下讲:"……正在为难的时候,一艘小篷船轻巧巧地来到我们驻地。我记不得那船家姓什么了,反正他顶着一个皇军情报员的身份,为我们往返联络,传递消息。我们以为他给搞来了粮食,因为那年旱得厉害,颗粒无收,游击队的肚子问题成了难关,所以老江的白薯干才身价百倍,要我们拿军火去换。谁知那船家笑嘻嘻地说:'一个送上门的俘虏,我给你们运来了。'

"那时,老百姓的心向着我们,也指望着我们,而我们总跟人民群众心贴着心,所以关系融洽极了。

"他回头向舱里招呼:'上岸吧,到地方啦!我也不知该称呼你是太太,还是小姐?'

"从船舱里钻出来一位烫着头发,城里打扮的妇女,一见是荒乡僻野的孤村,便问:'你把我送到什么地方来啦?'

"'我把你请到石湖支队做客来了。'

"那个妇女一听'石湖支队'四个字,腿一软,赖在了舱板上。我们把她请上岸,她哭天抹泪地说她去石湖县城看表兄的,哀求我们放了她。

"'哼,别充好人——'说着那个船家把几张'储备票'掷还给她:'还你的船钱,我是看着你从国民党的党部进去,又换了这身打扮出来的,好好地跟同志们讲讲清楚吧,我要图钱,还不揽你载呢!'说罢扬长而去,等芦花赶来,船已经划远了。

"芦花在湖东有许多基本群众,关系密切得犹如亲戚一样,就拿这位船家讲,就经常来看望芦花,有时还特地给她送点吃食东西

来，亲切极了。大旱之年，细米白面可是珍贵之物，奇怪得我朝肖奎打听：'这个人怕是指导员的娘家哥吧？'

"'不是，根本不沾亲带故。'

"'那么，怎么这样热呼呼的？'

"'都这样的吗！'

"'谁们？'

"'老百姓哪！指导员不论到哪儿，就把心贴在他们身上。哦，想起来了，好像听说过，有一回，指导员搭过他的船，救过他老婆的命——'

"'哦！难怪呢！原来如此。'

"的确，那时我们全靠群众活着，所以心里也就比较地要有群众些，倘若失去群众支持，搞些不得人心的事，更甭说伤天害理的倒行逆施了。敌人一围村子，把你裹在乡亲们中间，只消一个眼色，一点示意，你就完啦！"

于而龙被他老伴这种"初一过了初二，十五就是月半"的真知灼见逗笑了："好啦好啦，今天不是做礼拜，你还是不用忏悔吧！"

"现在开始忏悔也不晚！二龙——"劳辛喝下一盅酒，"我先罚了再说，你认为我们在人民心目中的那个形象，还那样完好？"

谢若萍显然不愿他们争论这类令人痛心的题目，便截住诗人的话说："那位落在我们手里的国民党特工人员，还算是明白人，以后还帮过我们几次忙。当时和盘托出了她的使命：她是派来和投降的王经宇取得联系的，只求马上把她放回。

"芦花说：'忙什么？呆两天，玩玩看看，说不定会跟我们一块抗日呢？'然后她关照炊事员给这位'客人'安排饭吃，还叮嘱要弄得好一点，把伤员舍不得吃的粮食，都给她吃了。

"我跑去找指导员抗议，因为我是医护人员。

"她听完了我的话,心又不放在上面,倒是从头到脚地打量我,盯得我浑身发毛。怎么啦？我说错了,不该维护伤员的利益？要不,我做错了,搜查了那个妇女？可是那封给王经宇的密信,就是这样弄到手的,要不,她才不肯承认呢！

"谁知那一会儿芦花的脑袋里,已经琢磨出一个主意：一大堆集中起来的军火,已经成了一块心病,必须赶快运走。所以她突然问我：'小谢,给你个特殊任务！'

"'干吗？'

"她眼睛亮晶晶的,几天来的愁云一扫而空,兴奋地对我讲：'你敢不敢冒充一下那个女特工？'

"我吓了一跳：'做什么？'

"'朝王经宇借路,走！'她拉住我,要跟大伙儿合计合计去,人们一听乐坏了,笑得前仰后合。可谁也不考虑我是否胜任,是否胆怯,好像那是不该存在的东西。但我确确实实害怕,因为和敌人这样近交手,有点怵头。于是我强调,我没有她那烫的飞机头,而且也学不来那种交际花的样子,因为石湖是个小县份,我哪里见过世面。然而在大家眼里,还能算个问题吗？生命都可以抛掉,一点困难还不能克服？芦花鼓励我：'你肯定能办到的,王经宇是不见兔子不撒鹰的主,要给他一点真货看看。'

"'头发怎么办？'

"也许一顿饭吃得高兴了,而且看到我们并无加害于她的意思,那个女特工人员和我换了穿戴以后,对于头发问题,她倒帮着献计献策说：'容易得很,找根火筷子,烧红了,给你烫两个小发卷,用头巾一裹,能混过去。再说,他只见过我一面,还是在麻将牌桌上,不会记那么清楚的。'

"哦！天哪,受的那份罪就别提了,那不是烫发,是燎毛。那个妇女,我敢担保她不是折磨我,然而,头皮被她烫破好几处,别看是柴火烧热的铁筷子,烫起人来照样要命,差点晕倒过去。肖奎看得不忍心了,啪地掏出手枪,顶住她的后心,威胁着:'烫坏人,小心老子毙了你!'

"但肖奎的好心,造成我更多的痛苦,那个女特工人员手一个劲地抖,我的头发一绺一绺地给烧焦。当时,我从心里诅咒那荒谬的决定,一项错误的决策,得多少人为之付出代价呀!

"我们进城了,芦花和我一路,虽然有她在,而且也已经演习过了,但心里仍是敲鼓,惴惴不安,比第一次参加战斗还要多一层恐惧。在火线上,除肉搏刺刀见红外,敌人只是一定距离以外的一个靶子,至少能有点回旋余地,可是在那样混乱嘈杂的望海楼里,面对着面,天哪,该不会出丑吧?

"'哟,小谢,你的手怎么像块冰似的?'

"'那位小姐的旗袍、短大衣太单薄了。'我当然不好意思承认自己胆怯和紧张。

"'用不着害怕,小谢,到这种时刻,只有鼓起胆子往前冲,枪子专找胆小鬼,向后退可不是路。'

"'说心里话,大姐,哪怕离开五米以外,我要开枪,决不会手软。'

"她讪笑我:'你要是恨得牙痒的话,越靠近一刀扎下去才越解恨,你要碰上天大的仇人就在眼前,可你手是绑着的,那才不是滋味,我遇上这种事情可太多啦!'

"我问她:'大姐,你有绝对把握吗?'

"芦花看看我,好半天不做声,又走了一程,她才说:'我跟你讲实在的,小谢,没把握啊——'她摇摇头,叹了口气,'没有,半点也没有,可除了这招,还能找到别的法子,把军火运过去吗?只好冒

这个险去。'

"船到城关,接头人正急不可耐地等待着,偷偷地告诉我们:'王经宇耍滑,推脱了,不肯见面。'

"'他妈的!'气得芦花直骂街。我的心,算是一块石头落下地。但是芦花绝不轻易打退堂鼓:'你去告诉他,他不怕是非,我也不怕风险,到他家去登门拜访!——我们在望海楼等他回话。'那个中间人赶忙去联络了。

"'去他家?'

"芦花说:'不这样,蛇轰不出洞。'

"我们的船朝城里划去,望海楼灯火辉煌,一会儿就到了。拴好船,有地下同志接应,朝这座大饭馆走进去。我担心地:'他真的会来?'

"'为什么不?那条毒蛇!'然后轻声却是威严地命令我,'拿出点样子来——'她那眼里逼人的神采是有股震慑力的。

"经常交手的双方,久而久之,大家也都摸透了相互的性格,王经宇知道芦花的厉害,自从她从抗大分校回来,到湖东开辟游击区,远不是他印象里三王庄那个无知无识的渔村姑娘了。所以他估摸着来者不善,善者不来,不应付搪塞一下,是过不了门的。而且,他很可能盘算过:过去芦花和他谈判,总是在望海楼,那时他还挂着青天白日的旗子,县城是日本鬼子占领着,他也不敢夯翅。现在,横竖撕破了脸,当了汉奸,要能捉住芦花,给大久保献去,保险邀个头功,一箭双雕的欲望,驱使着他前来望海楼。

"我们在一间宴席厅里等待,芦花叫我到套间屋里安生休息,告诉我:'小谢,万一出了事,有人会掩护你的。'

"'你哪?'我替她犯愁,虽然她枪法好,但寡不敌众呀!'大姐……'

"'看你——'她不喜欢我那种情绪,'上了战场,还能考虑那些。'

"这时,我们听到一阵脚步声,于是她推我进套间里去,原来这里面是阔佬们抽大烟的场所,我刚在烟榻上坐下,就听见王经宇来了,那众多的脚步声,可以想象跟进来不少护兵、马弁。

"王经宇嘿嘿冷笑两声,带点挑衅的味道:'指导员,你胆子越来越大了!'

"芦花说:'我不像你那么胆小,来七八个人干吗?打架吗?'

"'出去!'王经宇是个自尊心很强的家伙,量她也是一条网中之鱼,便把随从人员撵出去:'有什么事,快谈吧,我没工夫。'

"'着什么急?大先生。你是我请来的客,拿你们文雅人的话讲,叫做客随主便!'

"'嚄!好大口气,现在我的保安团驻扎在城里,城里是我做主。'

"'别往脸上抹粉,那是大久保还信不过你,才弄到眼皮子底下看着你。'

"'不管怎么样,以往在县城难为不得你,这回是你自己送上门,只怕是进得来,出不去啦!'

"'那你白跟我们打几年交道,还不摸石湖支队的脾气,没有登天的梯子,我们绝不去摘月亮,既然敢进城来找你,就不怕你找了新靠山。'

"'别狂啦,芦花,我只消咳嗽一声,就把你逮捕。'

"'你敢试试看吗?'芦花口气强横地'将'他,'请吧!'

"他缓和了一下僵局:'忙什么?你不是有正事谈吗!'

"'好吧!'

"'那就请教——'

"'先来给你打个招呼,我们要用用运粮河!'

"王经宇笑了起来:'果然不出老夫所料,那批货色扎手了,想运走?'

"芦花回答得很痛快:'不错!'

"'什么价码,我给你让路?没有好处我是不干的。'

"'想敲竹杠吗?'芦花问道,'你把运粮河让出来为好,来找你是给你个面子。'

"'太承情了,到底是三王庄的老乡近邻,亏你照应,我该怎么谢你呢!'他喝了一声:'来人哪!'

"'慢着——'芦花嗓门也不示弱地叱喝着。

"一阵马靴声停在屋里屋外的门槛那儿。

"'大先生,我先请你看一样东西!'我听到芦花把那封密信摔在桌子上。

"'哦?'王经宇惊了一下,大概是被信上的落款给怔住了,那是他们的联络暗号,便叫那些人退出去。

"很可能看到对手的狼狈,芦花问:'摸摸脖子长得结实不?'

"王经宇沉默了一会儿,才慢吞吞地说:'一封信,能说明什么?'

"'那你要见一见本人吗?'

"'什么?'他跌坐在椅子里,长吁短叹地,'你们把她弄到了手?'

"'还给你带来了,让你看看。什么时候我们过了运粮河,这个人交给你。'

"'是,是。'肯定是满头大汗,不得不认输了。

"'一言为定?'

"'当然,当然!'

"这时,听芦花走过来拉开门,向我客客气气地招呼:'小姐,你不是找你的表兄吗?'

"我自然动也不动,只见王经宇紧张惶恐地站起,向我走来,直是抱歉。然而,芦花担心我沉不住气,怕露了马脚,连忙把门拉上。这一来,指导员失策了,欲盖弥彰,反而被他看出破绽,他跳起来,大声嚷着:'假的,假的。我一眼就看穿啦!'他抢着拉开门,嘲笑地看着我:'啊哈,一个秃尾巴鹌鹑,想来打马虎眼,亏我见过一面,要不真让你们唬住了。哈哈,要打算冒充,应该先让她上城里来烫个发!'他真的胜利了,得意地狂笑起来。

"我望望芦花,不知她该怎么来收拾局面,难道束手就擒了么?才要摸身上的枪,两三个人抢步走进,用枪顶住我们两个。

"王经宇笑声止住:'走吧!请!'

"他们扭住我的手脖子,立刻被五花大绑起来,芦花一声不吭,也由那些穷凶极恶的卫兵捆个结实,还加上手铐,看来,我们这场本来把握不大的戏,肯定是演砸锅了。

"'咱们走!'芦花对我说,那自信的声音里,充满了蔑视奚落和毫不在乎的劲头,'走,看谁后悔!'于是扬起脖子跨出门去。

"'等等……'王经宇到底坐不住了。

"'走啊!'芦花偏要激恼他。

"他强笑着:'弄个假货来冒充——'

"'真货,我还留给大久保呢!劝你不要高兴得过了头。'芦花开始反攻,'我先来就跟你讲,给你大先生打个招呼,让你看看信,不假吧?再看看这套衣服,是人在我们手里的证见,不错吧?现在那位党部派来的小姐,我不妨给你说实话,在关帝庙鬼子营盘外边等着,只要望海楼一有动静,往岗楼里一送,那可是抬腿就到。大久保是最恨那种身在曹营心在汉的人,杀过不少头的,会给你什么好果子吃吗？再说，那位小姐要落到日本人手里，国民党方面会对你怎么样？你把前头的路堵了，后边的路绝了，脖子上长几个脑袋？我还是这句话。'

"芦花抬起脸来，看着他，等待着他的答复。

"王经宇想了想，便挥了挥手，叫那些护兵给我们松绑。当我们走出望海楼时，才看到我们许多同志已经化装混在群众当中，原来他们在掩护着咧！

"'大姐，那你干吗说没有把握？'

"她苦笑着：'这是没有办法的办法！'

"'假如他真的翻脸不认账——'

"'那就连他也一块弄走，给我们开路，哪怕拼个你死我活。有什么法子，得执行命令，得听从决议，尽管它分明是错的。'

"我不禁反驳她：'滨海的会，你是参加的呀！'

"她肯定是不便于和我讲的了，沉默一阵以后说：'小谢，你听见了的，王经宇怎么知道我们要运军火？'

"经芦花那么一提，我也不禁纳闷起来……"

路大姐插进来说："那还用说，他们那边有我们的人，难道我们这边就没有他们的人？"

"那到底是谁呢？路大姐，你是干锄奸保卫这一行的，我可至今背着黑锅呢！"江海把蛋糕上切开来的"快乐"两字，统统拨到自己的盘子里："要知道，当嫌疑犯并不快乐！"于是他把那些樱桃肉用叉子挑进嘴里，逗得大家都笑了。

关切着生母命运的于莲，催着谢若萍讲："妈，后来呢？"

"后来，是你江伯伯的罪过啦！他是推卸不掉责任的，约好了他应该带队伍来接应我们，谁知来晚了一步，被一股残匪，就是麻皮阿六打死后，独眼龙领着的余党，想发笔横财，把我们纠缠住了。

当然有可能是王经宇暗地串通的,他们总是穿着一条裤子,但是莲莲的妈妈说话算话,把那个女特工人员放了,还给了一笔酬劳,其实,满可以拿她做挡箭牌,让王经宇去抵挡那个独眼龙。现在,只好以有限的人力支持,好在我们弹药充足,芦花的枪法又好,打得那伙匪徒靠不了边。但不幸一颗流弹,打中了她的右肩,倒在我怀里。这时候,才听见滨海支队的军号声,就这样,她为她支持过的那个错误决定,付出了血的代价。"

在机舱里,江海叹息地提出了一个奇特的问题:"存在不存在无罪的罪人?"

于而龙想起被专政了的儿子,被批判过的女儿;想起了自己十年来总在被告席里站着,难道不都可以称之为无罪的罪人吗?

"都是历史陈迹了,是非功过留给后人去评论吧!不过,那天在宴会席上,若萍对我的指责,并不完全正确,对一个不了解详情的批评者来说,最好的办法,就是沉默。"

"牢骚太盛。"

"罪人确实不是我,但我承担了责任,这就是我的错。"

于而龙懒得去追究三十多年前与己无关的旧账,仅是自己头脑里的纷纭烦扰,搅还搅不清咧,便说:"其实我老伴也是纯属多余,女人们心眼窄。"

"不,我是有错的。"他说,多少有些后悔,"我不该相信那些假情况,不该支持那个荒谬的决定。"

"怪了,那到底是谁决定的?难道是芦花自己,她自讨苦吃?"

江海嚷了起来,把机舱里民航工作人员吓了一跳,直以为出了什么事:"不,她压根儿就不赞成,一开始,她就怀疑那些夸大了的敌情,四四年,'大东亚战争'搞得日本人精疲力尽,已经失去力量来大规模'扫荡'了,所以她反对那个决定。后来,她见到了我,便把同志们支开,单独对我说:'任务完成了,可决定是错的,我白挨了一枪,这一枪等于是他打我一样。'"

"谁?"于而龙问。

"是他搞来的情报,是他坚持作出的决定,是他利用了我们那种不怕过头,越左越好的思想情绪,宁可信其有,不可信其无,像吓破了胆似的疑神见鬼,结果吃了这个亏。"

"他?"

"对,芦花说的就是他!"

"难道——"于而龙这才想到敢情不是和自己毫无关联,而且仿佛在眼前打开了一扇小窗户,虽然透进来不多的阳光,但终究使他豁亮了一点:"哦,原来是他干的。"

"是他。"

江海伸出来两个指头,在他面前晃着。

二

话题自然而然地集中到他身上来。

这似乎是不言而喻的,只消举起两个手指头,大家就明白指的是谁。

江海问:"我不明白,你们俩从石湖分手以后,一个天南,一个地北,怎么又搞到一块?也许,芦花今天的下落,该和你们重新合作有关联的。"

于而龙望着这位生气勃勃的老盐工,心想:"所以,你是幸福的。"

"讲讲吧!老天爷怎么又把他给你送去的呢?"

那还是六十年代初叶的事情了。

猛然间,于而龙简直认不出这位高门楼的二先生了,他和王纬宇是在芦花墓前握别的,所留下的最深刻印象,莫过于那双冰凉而又颤抖的手了。那么,这个大高个子是谁?堂而皇之地跨进了四合院。

石湖分手以后,天南海北,不谋一面,只是断断续续地保持着联系,但每年夏季都能品尝到金线荔枝的于而龙全家,只是到剥着吃的时候,才能想起托人捎来礼物的王纬宇。于是不免沉湎在往事的回忆里,那个风流倜傥的人物,确实也有足以使人留恋的地方,但于而龙照例要笑骂几句,似乎人相隔得远了,嫌隙也就不存在了。然而在于莲、于菱的心目中,却认为他是个和金线荔枝同样甜蜜多汁的人物,总惦念着这位和他们爸爸一块打过游击的英雄,但王纬宇的模样,时隔多年,在于而龙全家人脑海里确乎有些淡薄了。

"谁?"于而龙无论如何想不到站在葡萄架下的陌生人,竟会是打过架,吵过嘴,骂过街,不止一次决裂,又不止一次修好的王纬宇。哦,认出来了!"老天——"他一拳打在了这个历史系大学生肩上,差点把眼镜打落了。"你这个混蛋,按说比我大三岁,属虎的,对不对?但我俩站在一起,准会把我看做是你的老大哥。"

那紧握着于而龙的手,不再是那样冰凉而颤抖了。

王纬宇那公子哥儿的漂亮气概,叫于而龙嫉妒:"终究是年轻时没受过罪,底子好啊!"他心里想着,然后,请客人进屋,"文教厅长嘛,吹拉弹唱,悠闲自在,比不得有个工厂坠在后边,到底要轻松些,一般规律,无忧无虑的人不大显老。"

王纬宇把整个南国风光都带来了,大包小篓,塞满了宽敞的走廊,立刻,于而龙的那座老房子里,充满了亚热带植物园的芳香。

"你应该先打个电报来,混蛋。"

"游击队嘛,突然袭击。哎,若萍和我们那个小妞呢?"

"我马上来给她们打电话,通知贵客莅临。这一阵忙得我七荤八素,专家全滚蛋了,连一张擦屁股纸都卷了走,撂了台,要我们的好看。差点停了摆,玩儿不转,现在总算勉强活过来啦,你来正好,我要高兴高兴,痛饮黄龙!哎,就你独自一个吗?哦!两口子,夏岚呢?去宣传部报到,短期进修,好,你呐?玩来了,单纯的玩么?混蛋,真有你的。——喂,若萍吗?怎么电话铃响了半天也不接?你猜谁来了?哈哈,是南风把那位美男子吹来了,快回来,快!——能多住些日子吗?哦,休假,真叫人羡慕。——你还猜不出来?我的大夫,是王纬宇,老伙计。喂喂,喂——瞧把她高兴的,电话都挂了。你们地方上就是好说话,还可以休假。我,真惭愧,十多年想回石湖看看,也挤不出空儿。——喂,美院吗?西画系,你给找于莲听电话,麻烦。——莲莲学美术了,想不到吧?路大姐非让她学,你想,就冲我,她哪来的艺术细胞?瞎闹!——喂,莲莲吗?你纬宇伯伯从南方来了,请个假回家来,别忘了带点助酒兴的佳肴,让我和你纬宇伯伯干两杯!——怎么样?还那么能喝吗?"

"量窄得多了。"

"在造舆论么?"于而龙赶快堵他的嘴:"狡猾的酒徒,往往先筑防御工事。"

"不,南方太热,喝不下去多少酒,再说,心情也大有关系,酒入愁肠,化作相思泪嘛!"

"又来了,又来了!"于而龙多年不听他动不动引用诗词这一套了,哈哈大笑,"怎么,不大舒畅么?"

"嘻!"他叹了一口气,眼皮垂下来,"人事关系紧张复杂,咱们不适应那里的气候。"

"啊！不服水土！"

"出了一点事，二龙，待不下去啦！"

"怎么搞的？"于而龙看他委屈的样子，要为他打抱不平了，游击队长是非常护卫自己同志的。

"为了一个贱货，差点连党票都丢了。"

于而龙立刻暴跳起来："你，又搞女人——"他努力捏住自己的手，要不然，会结结实实赏他一记耳光。但他来不及发火，谢若萍和于莲几乎同时踏进院子里，紧接着，夏岚也来了，于是只好压住火，接待这位初次见面的编辑。院子里很少这样热闹过了，因为大家都不拘束，只是夏岚在观看浏览他们整个四合院时，见到于莲房间里那些裸体女像，吓得连忙掩眼退出来，有点大煞风景，使画家心中不快，悄悄地向她妈嘟哝："乡巴佬！"

谢若萍劝阻她："也许那是个正经得出奇的女人！"

"屁！"

"游击队的小妞，你在说什么？"王纬宇大声地问。

母女俩只好一笑了之，语音笑声在四合院里回荡，然后又聚拢在觥筹交错的餐厅里。也许保姆做了一盆红烧鱼端到桌上的缘故，不知怎么谈到了于而龙当年钻到冰窟窿里，为王纬宇订亲捉拿红荷包鲤的事情上来。突然，使大家吃了一惊，王纬宇激动万分地站起，许是忏悔，许是赔罪，以于而龙从未见过的低姿态，泪水直流地说："老于，我的二龙，我怎么说才好呢？我早就体会到你的宽宏大量了。"

简直拿他没法办，于而龙望着这个流泪的大个子。

即使是冤家对头，久别重逢，恐怕也不至于马上反目为仇，何况他们俩是一块儿打过仗，受过苦的战友，又是一位干练的、出色的,确实给他卖过力的副队长,相逢的喜悦,冲销了往日的阴影,尤其他能当着妇女和孩子们的面,虔诚地服软认输时,人心是肉长的,于而龙被感动了,连忙声称:"算了!过去的就由它过去吧!"

他做出一副无辜者的样子:"往事不堪回首,老兄,皇天在上,其实我总是当牺牲品。"

王纬宇的话刚刚讲完,那位醋劲很大的编辑,用筷子戳她丈夫的额头:"亏你有脸咧嘴笑,花花公子!"

能够厚颜无耻,也算一种幸福。王纬宇的脸,居然一红也不红。于而龙端详这久别的熟客:花花公子,倒是一个有趣的外号。王纬宇在生活作风上比较地不检点,老同志们早有耳闻,但这一回,竟弄到在南方站不住脚,实在是有点意外。一般地讲,在男女问题上,不漏就是好壶,怎么会马失前蹄了呢?

"你呀你呀!也算得上病入膏肓了!"

在杯盘狼藉的餐桌上,当着孩子的面,于而龙不好追究;只好碰他伸过来的酒杯,他堂而皇之地嚷着:"举起来,老于,为友情,为重逢,干杯!"

"有什么办法?"于而龙原谅自己的感情用事,"老同乡,老搭档,现在摔了一跤,向我伸出求援的手,我能袖手旁观吗?人非圣贤,孰能无过,凡心一动,搞了点风流韵事,总得拉一把才是。"

王纬宇直到临死那天,也会记住那顿小宴后于而龙对他的帮助,再比不上揭疮疤更为醒酒的了。

谢若萍见她丈夫使了个眼色,便把夏岚和孩子们领到院里看热带鱼去了。于而龙点上一支雪茄,平静地望着满不在乎的厅长,茅台酒他足足灌下大半瓶。

"说说吧,全部犯罪的过程。"

他在桌边,用筷子蘸着杯里的残酒,画了一个问号,"谈它干啥？已经受到惩罚了。"

"不要怕丑，何况你已不是初犯。"

"其实我是死猪不怕开水烫了，大致是这么回事……"他简略地提起他那段不愉快的风流史，一说到那个风情别致的南国女郎，仍是眉飞色舞，忍不住回味。

"行啦行啦，你不用讲那些混账事，我也懒得听你的狗屁检讨，我要你亮亮你的灵魂，明白吗？你应该毫不隐讳地把那些肮脏的东西统统抖出来，捂着盖着，犹抱琵琶半遮面，对你今后不会有好处。"

"我想不到这么严重法！"

"呸！"于而龙火了，难道说，道德败坏是一桩可以轻描淡写的事么？混账透顶，何况他是利用职权，搞出的这种可耻名堂，就更加恶劣。"姑且我们认为那个女孩子不值钱，送货上门，以求达到什么目的，可你王纬宇并不是一头种马，或者是出巡的公猪啊！"

"嗐，你不懂得，他们那种地方排外情绪严重，抓住一点小节问题，大做文章，利用桃色事件把我赶走。"

"滚你妈的蛋！"于而龙气不打一处来，一顿臭骂掷到了花花公子的头上。凡透过他人以卸己责，是游击队长最为反感的；而出了差错，找些借口搪塞，尤天怨人，拉不出屎怪茅房，也是于而龙至为恼火的。"好，就承认你百分之百地正确，那地方排挤外来干部，你南下时去的，十多年怎么也没给排出来呀？"

"所以我才觉得他们利用我的弱点，布置了个圈套，把那个肉感的美人鱼派到我身边。"他喃喃自语，"妈的，一念之差……由不得你的，老兄，孔夫子说过：食色性也！"

于而龙猛地从沙发上弹跳了起来："啊，你是清白的，你是无辜的，你是迷途的羔羊，你王纬宇是可怜虫，人家安排美人计来捉弄你。呸！你怎么不说自己是头骚猪,是头起兴的公马？在你当二先生的时候,在你到石湖支队以后,这种花花绿绿的事少吗？你就欠让我们骑兵,剥掉你裤子用鞭子饱饱抽一顿,才长点记性,要不,索性给你把祸根剜了,你就老实了。你是学过历史的,那叫宫刑……"于而龙从头至尾数落着他,臭骂了一番,骂得他三尸出窍,七孔冒烟,这位激动的厂长,竟连珠炮似的,喷出许多只有骑兵才敢使用的脏字眼。

他见于而龙当真地动气了,连忙站起,毕恭毕敬地垂着手,像在石湖支队一样,听一个盛怒的队长在训斥他、痛骂他,在揭他的皮。有一种土耳其式蒸气浴,浑身要用新鲜树枝来抽打,才能洗净泥垢,浑身轻松;而语言有时比鞭子更痛些,难怪以后王纬宇总讽刺这位党委书记,是动辄要杀人的大暴君。

于而龙声严色厉地盯住他的眼睛:"生活上的堕落、糜烂,必然是和政治上的变质相联系。我从来不相信,一个乱搞女人的人,会是好货！在生活上毫无道德观念可言,能在政治上是纯真的、坚定的嘛？至少,这种人的政治情操,绝不可能是忠贞的,高尚的。"

王纬宇脸色由白而青,嘴角下两条皱纹也明显了,支支吾吾地辩解:"你这样提到原则高度来看问题,当然是允许的。但具体到我,是不是言过其实？"

"一点也不,四七年,那是石湖支队处境险恶的一年,你说,你那时动摇过不？"

"不！"

"我说至少在思想上,灰心过没有？失望过没有？"

他矢口否认:"没有。"

"连灵魂上的一刹那,也不曾有过？"

"半刹那也不曾有过。"他捶胸起誓。

"你不断找过你那个四姐?"

"我当时向组织承认过。"

"你哥哥向你招过手?"

"那是他的事,碍不着我,再说我没离开石湖一步。"

"有一回你拿来一份上海出的《申报》,上面头条消息登载了国民党胡宗南进攻我们延安的消息。"

"记不得了。"

"看着我,干吗掉过脸去?"

"你是在审判我吗?"

"不,我只是提醒你,在生活上不讲道德,在政治上也可能会变节,至今我还记得,在你给我看那张报纸时,我注意到你眼里的绝望表情。"

"胡说八道!"王纬宇像挨了一刀似的吼起来。

"但愿如此吧!"于而龙也累了,倒在沙发里直喘气。

谢若萍和夏岚在院里葡萄架下,听到屋里毫无动静,直以为于而龙一气之下,用茅台酒瓶子,将花花公子击毙过去了:"老头子的脾气要上来了,可是不管三七二十一的……"于是快步走回屋里,扭门进来,看到两个男人像斗败的公鸡,一个耷拉尾巴,一个倒了冠子,两位妻子才放了心,总算没出人命案。王纬宇从来不曾如此狼狈,脑袋低垂,没有半点精神,脸上一阵潮红,一阵惨白,活像刚生过一场伤寒病似的。

谢若萍抱怨地说:"有话慢慢讲,何必大叫大嚷,像吵架一样。"用眼睛瞪着始终不改粗暴急躁脾气的老头子。

王纬宇倒转来替他讲情:"没有什么,没有什么!老于一向是个宽宏大量的君子,我们谈得很融洽,很投机。"

"别替我掩饰了,我骂了你几句粗话,原谅我吧,我是个骑兵,横冲直撞惯了。"

"不不不,我认为还是相当和风细雨的。"

于是又回到工作问题上来。王纬宇说:"你们了解的,我曾经在这个城市读过书,对这座古城,有着始终不能忘怀的感情!"

于而龙说:"那你这次来,是为自己谋个差使,而不是休假,对不对?我不习惯转弯抹角。"

"还是一挺马克沁!"

"需要我为你效些什么劳呢?"

"'将军'那边做做工作吧!"

"他?"于而龙不抱信心地说。

"只要他不持反对意见就好办,老徐说……"

"哪个老徐?"

"有权决定你命运的上司,你还不知道?夏岚给他作过几天秘书,我们结婚还是他主持的婚礼。他说周浩同志点头就行,怎么样?你是'将军'麾下一员能征善战的大将。"

谁知道王纬宇的板眼有多少,反正比起一九三七年投奔到游击队来,要从容自如得多了。他说:"大禹治水之术,成功的秘诀在于疏浚二字,所以我要使所有的渠道都畅通。"于而龙不是傻瓜,知道自己是他首先要疏浚的航道,然而他是一个感情用事的人,而且成了他根深蒂固、不可救药的毛病。"将军"曾经为他的替王纬宇游说活动,敲过警钟:"于而龙,于而龙,会有一天,你要为此触霉头的。"但他还是努力说服了周浩,这样,王纬宇从呆不下去的亚热带,来到那座高围墙的工厂。

现在回想起来,于而龙也不得不宾服王纬宇疏浚有术,至少在他这条航道上,是相当成功的。

还是在那一天,终于聊到于而龙气也出了,酒也消了,王纬宇骂虽挨了，但总算有了眉目；他了解，游击队长实际上是个心地善良的家伙。接着，他便倡议去看看于莲的习作。是的，每个人都有自己的弱点，于而龙不免为自己的儿女骄傲，所以王纬宇投其所好地抓住这一点。

那时，于莲正在创作一幅游击队生活的油画（也是一幅最早挨到老爷们皮鞭的作品），王纬宇一进屋子，就叹为观止地赞不绝口。当然，做父亲的能不高兴么，终究是十七八岁的孩子画出来的巨幅作品呀！王纬宇拖过一张椅子，放在距画较远，能统观全局的地方，手扶椅背骑坐着，似乎是如醉如痴地欣赏着。

油画艺术有它奇特的性质，猛乍看去，好像是零零散散，支离破碎，东一块，西一块，彼此毫无关联的组合体。但是，一旦习惯了那仿佛是漫不经心的笔触中，有根作者贯穿脉络的线索，顿时间，它就突然汇聚成一个完整的艺术形象，映入眼帘。看惯了平铺直叙的作品，也许不喜欢油画，然而，它却是经得起思索的艺术。

但是于而龙并不相信自己女儿的作品，会有如此强烈的吸引力，那只是她初出茅庐的处女作，粗糙、疏漏，艺术技巧上的不纯熟，于而龙这个门外汉也都看得出来，但想不到竟把文教厅长迷住了。

直到于莲挡住他的视线，他才如梦初醒地问："莲莲，告诉我，全是你自己构思的？"

她点点头。

"全是你自己画出来的？"

她又点点头。

"没有人指点，也没有人帮忙？"

于莲摊开手："我倒满心盼望着那样。"

"好极啦！莲莲，你会成功的，你像在茫茫的海洋里探索寻求，已经见到蓝天里的第一只海鸥,快要到达彼岸啦!"

"得啦!纬宇伯伯!"

他指着油画里的游击队长,那个两眼有神的女指挥员说:"她会为你的成长感到高兴的。"说着,激动的感情涌上来,使他把下面的话噎住,哽咽得说不出来。妈的,于而龙敢起誓,看到他果真流下两滴眼泪。

年轻人的心,尤其是像于莲那样搞艺术的姑娘,就如同小提琴上的G弦似的,稍一触动,就会产生余音不断的共鸣:"他说得多么懂行,多么确切呀,我就是以画母亲的心情,来刻画这个游击队的女队长的……"泪水顿时也充盈在眼眶里,闪闪发光。于而龙那时由于专家撤走,忙得脚丫朝天,差不多把芦花的名字置之脑后,经他一提起,也不由得怦然心动。

那是芦花吗?于而龙问着自己。

她正在马灯的微弱光线下,查看摊在膝头的军用地图,那是个漆黑的夜晚,显然是刚刚结束战斗转移到这里。那些身上还带着硝烟的游击队员,都东倒西歪地,熬不过疲劳地睡着了。几个女战士蜷缩在一堆,可能在做着美丽的梦,睫毛闪出喜悦的彩辉。一个小鬼,枕在那个满脸胡茬的老炊事员身上;而那个火头军也抱着行军锅和干粮袋,嘴角含着小烟袋,昏昏沉沉地打瞌睡。通讯员是理应照顾队长的,但队长也让他休息,看得出他在和睡意挣扎。哦,这一仗打得够累的,连缴获来的枪支、弹药、太阳旗都乱堆在一起,来不及整理。只有那位女队长,在为下一步思考琢磨。

于而龙很明白,他经历过的,这只是短暂的歇脚而已。然后该是无休止的急行军,为摆脱吃了败仗而发疯的敌人,得不停地开动两条腿;走路,在游击队是家常便饭,于而龙记得有时候走到让眼前的文教厅长都叫爹叫娘的。

而一般地讲,王纬宇不是孬种,是个好强的汉子。

"没有必要了吧!队长,把敌人甩得够远的了,下命令停止前进,原地休息吧!"王纬宇做过他的参谋长,副队长,也只有他敢在这时候(于而龙一脑门官司,满脸乌云的时候)提出这种建议。

"你给我闭嘴!"

"你一点都不懂得怜惜人,臭军阀!让同志们吃一点、喝一点、躺下来歇会儿吧!小肠疝气都走出来啦!要是只我一个,妈的,跟你走到天边,要叫声苦,你把我的姓倒转过来写。"

"倒过来写,你还姓王!"

他扑哧笑了,然后给于而龙算细账,敌人相隔多远,即使追来需要多少时间,那灵活的脑袋也着实叫人佩服,更何况那张能把死人说活的嘴呢!他反正也掌握了于而龙的性格,知道不反驳便等于默认,就自动代替队长发出命令,开始埋锅做饭。可是刚吃完了饭,战士们要伸直那肿胀发木的腿,打算躺一躺的时候,于而龙叫长生吹哨集合出发了……

——原谅我吧!游击队的战士!同样,也请动力工厂里的男女老少,原谅我这个拼命勒紧缰绳的厂长吧!

并不是我于而龙不怜惜你们,屁股后头有敌人盯着,落后了,是要挨打的。

于而龙想:不当家不知柴米贵,难道画上的女队长不困不乏吗?难道她不想好好地躺一下么?但是她没有权利休息。正如今天虽是厂礼拜,他这个党委书记兼厂长,却要审阅廖总改变方案后的设计图纸,因为可恶的别尔乌津,那个自以为是殖民地总督的黔之驴,撤走时甚至把廖总的一些研究成果都拐跑了,因此那老头儿不得不从"人之初"再搞起来。好吧,不休息又算得了什么?还是听听南国客人充满感情的语言吧!

"莲莲,你妈要能活到今天,一定会为你的艺术才能而骄傲的,你妈就是一个有才华,有魄力,而且非常有理智的人,太聪明,太能干,也太有胆量啦!死了,真是太可惜,太遗憾了……"他在画室里来回踱步,似乎他从南方来,就是专为发表这通议论的,"莲莲,你还应该把主人公画得更美一点,美术美术,就是一个美字么!话说回来,你妈当年,至少不亚于现在的你,而你,又使我想起了弥罗岛上的维纳斯。好啊好啊!莲莲,你做了件好事,把死去的战友,又召唤回来,回到了我们中间!"他走到油画跟前,拿起放大镜,虔诚地近乎膜拜地观看,仿佛在巴黎卢浮宫欣赏那里收藏的世界名作似的。

真是天才演员啊!

大概对女性,要懂得夸赞她的美,对母亲,要懂得褒扬她的孩子。人之常情嘛!而作家艺术家之流,比女性还女性,比母亲还母亲,所以能在头上悬着一根利剑的情况下,搞出来一点东西确也不容易。因此,王纬宇的连篇累牍的颂词,使年轻的画家大为开心。岂止于此,他搞了一部可供代步的轿车,出出进进,领着初出茅庐的于莲,拜访了一些在文艺界属于大师以下,小师以上的人物。"都是些地头蛇,莲莲,这些门头你不磕到是不行的,他们能把人捧到九霄云外摔死;也能把人打入十八层地狱永劫不复,我们石湖一句老话:帆使八面风,多烧香,多磕头总没有错的!"鬼知道他是怎样结识了那些画家,作家,评论家,以及报刊编辑、记者;还有那些老不足吊的演员,拍不出影片的导演,弄得于而龙家那个小院乌烟瘴气,保姆不得不一天擦三次地板。

原来,在葡萄架下,只能听到轻轻地谈论——因为多少涉及到军事机密嘛!那些关于流水线的争论,关于设计方案的定夺,关于什么型号与口径,阻力与弹力,消声与音障等等专业性质的谈话,虽然不怎么吸引人,但那是实实在在的。现在,成了文艺沙龙,什么文艺复兴时期三巨人啦,什么卡拉凡乔、柯尔培、塞尚的静物画啦,什么米勒、戈雅、伦布朗、委拉斯贵支等等大师们的作品啦,海阔天空,评头论足。而且这些人屁股沉得很,一坐下来就聊个没完,害得于而龙照例的党委碰头会,也无法在家里开,只好叫小狄另行安排地点。

有一天,于莲突然向两位家长说:"你们猜,今天纬宇伯伯领我去见了谁?"

谢若萍吓得面如土色,凡是做母亲的都逃脱不了这条规律:随着女儿年龄的增长,母亲的担心也正比例地跟着加大。于而龙以为王纬宇给女儿介绍什么朋友呢!……这个游手好闲,无所事事的休假人物,连骂他祖宗三代的话都准备好了。结果,于莲报出来的人名,引起一阵笑声,是一个老头儿,早先和于而龙在一个军区待过,解放后一直在教育部门工作。

"见他有什么获益?他又不是艺术界人士!"

于莲一本正经地说:"纬宇伯伯不让我先讲出来,他说他喜欢突然袭击,要叫你们大吃一惊。"她突然地激动起来,搂住谢若萍:"妈妈,我要离开你们了。"

于而龙怔怔地望着他女儿,活见鬼啊!大颗大颗的泪珠,哗哗地从她脸上掉下来,那孩子感情特别丰富,像死去的芦花一样。

"怎么回事,死丫头?"谢若萍问。

"我可能被批准出国进修去。"

呵!于而龙懂了,他们去找的那个老头儿,正好是分管派遣留学生工作的。但他妻子拿不准这到底是件好事,还是件坏事,脸上布满了疑云愁容,女儿要离开身边,不会那么开心的。

于莲赞叹着她的"纬宇伯伯":"东奔西跑,到处求爷爷告奶奶,说得天花乱坠,真有股劲头。他说,'如果需要的话,也不妨跟魔鬼交朋友,叫他把地狱的大门为我打开。'"

于而龙问:"怎么,他要进地狱?"

谢若萍终于认准她女儿出国,未必是桩值得高兴的事,便说:"也许,他想把别人投进地狱!"

不过,无论如何,把孩子送去深造,还是符合于而龙的心意,尽管嘴上骂道:"混蛋,我是不会承他情的。"但还是暗地里感激那个花花公子的。因此,在"将军"面前,讲了许多好话,替王纬宇美言。

"人嘛,感情动物,来而不往非礼也,一报还一报,偶一为之,也算不得失足,白璧微瑕,愿意怎样想就怎样想吧,反正,我为此付出了代价。"

于是,似乎是顺理成章的,他的安慰,那个漂亮的美院高材生,六十年代初,也正十八九岁时,并没有像她生母那样,走进生命的死胡同,一头钻进冰封的石湖去寻死;而是步入艺术之宫,到国外学习绘画去了。

临走的那一天,她像骄傲的公主那样,带着幸运儿的喜悦,充满了对自己艺术才能的信心,怀着出人头地的期望,向往着未来,憧憬着光明,在国际列车的窗口,向送行的人挥手致意。

芦花即使有再丰富的想象力,在芦荡沙洲那苦楝树下的窝棚前,也难以揣测那个丑小鸭会有出国留学的一天。差一点点就被残酷的游击队长爸爸掐死的女儿,现在,正用娇妍妩媚的似水流波,向他递过话来:"爸爸,你看,来了这么多送行的,把你都挤到后边去啦!"

她穿着轻暖的羔皮大衣,是她的路妈妈特地为她出国订做的。"将军"的爱人破例地没给她钟爱的于莲送别,因为她惟一活着的儿子,正是在前不久一次特殊的事故中,为尖端科学献出了生命。

她不能再来车站送别,因为于莲在她身边的时间不短,感情挺深,做母亲的心啊,似乎再经不起割舍的冲击了。所以只是在电话里告了别:"走吧,孩子,我不去送你了!"

于莲噙着泪水:"路妈妈,我明白!"

现在她站在车窗前,泪珠还沾在睫毛上咧,多么像花蕊上晶莹的露滴,在第一站台的强光灯映照下,亮闪闪地发出魅人的光辉,那张粉扑扑的脸,像她喜爱画的玉兰花一样动人。

美院的同学来了不少,把窗口团团围住,那帮女孩子,像雨后初晴的喜鹊,叽叽喳喳,说个没完,同时,笑个没完。搞美术的人不修边幅,衣着随便,色彩古怪,头巾和帽子,更是花样百出。谢若萍大夫是个古板妇女,有点看不习惯,直是皱眉头;出国见过世面的于而龙笑话她大惊小怪:"等过上几年,莲莲回来,你再看看吧!"

"用不着过几年,就拿你工厂说吧,那些个小青年,我亲眼见的,穿阿飞裤,包住屁股,你也不管管。"

"哦唷,你怎么成了假道学?只要不太离格,年轻人愿意穿,就由他们去好了。我不懂为什么非要按照我们的模式,去要求下一代,应该相信他们长有头脑,而且脑容量并不比我们少;如果认为他们成问题,我们自身就先不对,因为我们的老祖宗穿长袍马褂,更早一点,穿树皮,实际上我们也不遵古制——"

要不是王纬宇赶到,于而龙的高论会把他老伴气糊涂的。

王纬宇吵吵嚷嚷地来了,大声喧哗使得站台上一些外国乘客,都为之侧目。他排开众人,把手伸向于莲:"年轻人,闪开,让我握一握缪斯的小手!哦,飞翔吧,莲莲,我的心肝,我的女神……"

于而龙看出他不知在哪儿喝多了茅台酒赶来的?鬼知道他那时从南方活动回北方来,带来了多少箱陈年茅台?他的应酬交往的活动,实在频繁,成天把脸喝得铁青——他从来喝酒不红脸,而且越喝越青。他喷着酒气,把夏岚也拉到车窗旁边:"靠近点,莲莲,别忘了我背你行过军,来,再听听教母的祝福吧!"

谢若萍笑了,两口子好有趣味,什么时候自封教父教母?难道因为她女儿要去的那个国家,有这样的讲究吗?王纬宇最能赶时髦的了。

站台上开车铃声响了,夏岚那时也随丈夫由省报调来了,不过,还未巴结上那些通天的才子,但也通体洋溢着革命的纯洁性,她才不当那修正主义的教母呢!白了王纬宇一眼,然后,向于莲说出了她的祝福辞:"记住!第一革命,第二革命,第三还是革命——"

她的话是半点也不错的,难道在那样的场合,说些别的不也满可以吗?不,我们这位情不自禁的"左派",总要表现出一种革命的风格,说些大家都说的一路保重之类,岂不是太凡俗了。

他们两口子占领了窗口前的一席地,于而龙和谢若萍被闪在了后面。有什么办法?于而龙完全了解他是个专门抢镜头的人物,是个最能喧宾夺主的混账。每逢人多的场合,他禁不住手舞足蹈,按捺不住地要扮演主角。出席会议,不论大小,他非讲几句不可,总是先声明只讲几句;而他张嘴以后,就像自来水拧开了龙头,滔滔不绝,于而龙不在旁边踢他两脚,是不会收场的。工人们给厂里这两位领导干部,总结了两句话,叫做:王纬宇的嘴,于而龙的腿。是褒是贬,不得而知,但至今仍在王爷坟流传。要是宴会上不幸有他,那张天花乱坠,能把死人说活的嘴,保险会有人被他灌得烂醉如泥,滚到桌布下面去哼哼,他有不计其数的理由,使对方不得不干杯。

"他在丑表功,让我感谢他!"于而龙看着那么多美院师生,自然明白,在那些未来的画家中间,他的女儿,未必是最最出色的。

而且因为那幅毕业作品,竟然大胆地运用了印象派的光和色,很被一些正人君子所鄙夷,甚至有几个掌握艺术权柄的卫道夫子,几乎把外来艺术上的新颖流派,全当做洪水猛兽,所以很难为了于莲一顿。但她独能出国深造,多赖王纬宇奔波游说。看车窗玻璃反映出的一脸得意之色,分明可以读出印在脸上的内心字幕:"别看你是堂堂一厂之长,可只是一个守多大碗,吃多少饭的本分角色,一个守株待兔的笨虫,要不是鄙人,你的女儿能出国?"

谢若萍不那么承情,毫无感激之意,因为她虽是女人,却瞧不大起女人,对于妇女究竟能有多大发展,从来持有异议。她对这趟国际列车,把于莲载向那异国他邦,究竟是祸是福,一直存在着忐忑之心。

在这以前,老两口议论过:

"你还指望一个女孩子能多么出人头地?"

"嘻,镀镀金,开开眼呗!"

"你不大理解女性,尤其年轻人,可塑性太大,我们医院从农村招些护理员来,才几天哪,都洋气起来了。"

"洋气有什么不好,土气就好?关键在她们丢没丢掉好的本质?"

"形式决定内容。"

于而龙不赞成:"将来谁做你这老古板的儿媳,算倒霉了。"

"所以我担心莲莲,她已经够欧化的了,再到外国去……"

"放心吧,"于而龙想:她是芦花的骨肉,她血管里流着那个女指导员的血。不过没有讲出来,只是开玩笑地安慰:"不会给你弄回一个番邦驸马来的!"

谢若萍摇头。

直到此刻在站台上,她仍然觉得王纬宇像在石湖打游击时那样,出点莫测高深的主意,叫人摸不着头脑。

于莲从车窗探出身来,透过人群,向站在外层的他们喊着:"再见吧!爸爸,妈妈;再见吧!菱菱!"但是,王纬宇却成了他们的全权代表,晃着臂膀,高声地:"飞吧!飞吧!我的孩子……"

好多送行的人,甚至美院的教授,都把他当做于莲的家长,向他握手告别,他也一个劲地表示感激和谢意。"真是有意思透了!"于而龙不得不恭维他两句,"你要演戏的话,怕不会是个蹩脚的演员!"

他笑笑:"逢场作戏嘛!老兄。"

国际列车开远了,消逝在红红绿绿的信号灯光里,年轻的于莲插上幸福的翅膀飞了。

"就这样,你们俩又孟良、焦赞地搞到了一起!"

"既然自己端起了这杯苦酒。"他望着机舱外如雾似的粉末,带着强烈的六六六药粉味道,有点呛人地飘扬着,它们似乎不肯离开这架慢吞吞的直升飞机,缠绕着飞来飞去,像淡色的薄纱飘浮在海滩的上空。然而,终究还是沉落到无垠的大海边沿上,好似一面巨大的渔网,影住了万顷碧波。

"这我就开始明白了!"江海叹了口气。

"那你告诉我吧!什么叫没有保护好,讲啊!你这个慢性子!"

"忙什么!你还没有来得及仔细看看咧!触景才能生情,你说对不对!"这时,那架轧轧作响的国产直升飞机,像大蚱蜢似一头扎下去,从那滨海上空弥漫的药末粉雾里,画了个问号似的圆弧,沿着飞来的航线踏上归程了。

于而龙在思索:看有耐性的江海,什么时候给我解答这个问号?

他多么渴望知道他的结发妻子骨骸的下落啊!

江海却偏指着机窗非要他看不可:"你看,二龙,你从远处来看你的石湖——"

"我的石湖?"于而龙俯脸过去,心里忖度着,"石湖还属于我吗?一捧花都无处可放啊!"

但是魅人的石湖,摄住了他的全部灵魂,现在和他昨天在游艇上所见到的石湖,又不相同了。如果说:在游艇的浪花水沫中,只是展现出娇俏脸庞的一角,那么,在机身下,石湖,把她整个身心都呈现在于而龙眼里。

呵!春天给石湖带来多大的变化,荡漾的春水绿波,饱含着鸟语花香,像一杯斟得太满的碧酒,动一动就要洒出来。那嬉闹的春潮,像一群活泼调皮的女孩子,飞舞着发辫彩带,飘散着裙衫衣襟,涌进了沼泽,漫过了浅滩,淹没了淤地,一直灌到了大片的防风林带里。再比不上从高空来俯瞰大地更为壮观的了,石湖那一汪碧绿的春水,就像一块"祖母绿"宝石那样光彩闪闪。

飞机的高度又降低一些,于是宝石上面的一切,都纤毫毕露地分辨出来,那些荏弱细柔的芦苇,婆婆新绿的桑林,挺拔青翠的楠竹,以及毛茸茸的嫩秧,鹅黄色的菜花,和那正在拔节的齐崭崭的三麦,都沐浴在春潮带来的喜悦里,似乎来不及地欢腾生长。他把机窗拭得更明净些,望着所有那些闪光的东西,不由得想呼喊出来:"呵!故乡,也许只有你能剖开我心中的谜啊!"

"看见了吗?"

于而龙怎么能看不见呢?

"看见那你要看的沼泽地了吗?"

游击队长的心,猛然间收紧了起来。

"你不是想知道问题的答案吗?你先别急,我也正要从这块沼泽地讲起,还记得那次被破坏了的地下党委会吗?……"

于而龙的脑际立刻浮现出那个饥饿的梅雨季节,是的,是那块难忘的沼泽地,也就是在那里,他听到芦花第一次朝他吐露心声。

"……我是你的,二龙,你不要折磨自己,也不要折磨我了,我全都向你说了,我心里只有你……"

但是,同一个地方会勾起两种不同的回忆,似乎是命运特地安排的:于而龙的脑海里同时映出在沼泽地的泥里水里,在濛濛的雨里,在密集的枪声里,他哥哥,那个少言寡语的于大龙,驾着船冲出重围,把追捕的敌人,吸引到他那个方向去的场景。从来,也不曾听过他那样大声吼叫:"二龙,快开枪,朝他们开枪啊!"

这位头发花白的工厂党委书记,有点晕眩了,那些难以忘却,永远也不会淡薄下去的回忆,又把他的心灵,紧紧地裹住了。

三

也许应该追溯得更远一点。

在石湖,只要提起一九三〇年令人心悸的汪洋大水,活着逃脱那场灾难的乡民,都会念一声佛,感谢菩萨保佑。

哦,在于而龙眼底下的石湖,顷刻间由绿变白,成了水天相接,无边无际的大海。船只可以一直驶到鹊山半坡的山神庙,三王庄成了鱼虾的宫殿。可怕的饥饿,恐怖的瘟疫和残酷的杀人越货的江洋大盗,像无情的鞭子,抽打着差不多已经奄奄一息的灾民。

真是一场浩劫啊!那股祸水疯狂地冲毁一切,破坏一切,而且久久地淹没住这块土地不能消退,可以想象那些受苦受难的人们,是怎样熬过那在死亡威胁下的日日夜夜了。于而龙至今还记得:

麇集在鹊山上那些嗷嗷待哺的饥民，伸出双手，向苍天祷告："救救我们吧！老天爷！救救我们吧！"哀号声、悲鸣声、祈求声，听起来让人胆战心寒，毛骨悚然。有些上了年岁，深信不疑上苍定会慈悲为怀的老人，就趴在地下，冲着老天，一个劲儿磕着响头，有的头皮碰出了鲜血，有的撞得昏厥过去。但是老天却是以瓢泼大雨，无尽无休地倒下来，加重人们的灾难。

那时，于而龙也就十二三岁的样子，但在渔村，甚至刚刚懂事，就要挑起生活的重担。船上无闲人，往往在母亲乳汁还没干的时候，就会尝到生活的酸辛。他也曾吞咽过观音土的，那该是他第一次领受到上帝的慈悲。不过，他要比鹊山上的饥民，命运稍强一些，因为他们有条船。而那些人——天哪！于而龙把眼睛闭上了，简直惨不忍睹。他忘不了人们是怎样挤在鹊山的洞穴里，挖那种浅白色的黏土吃，又是怎样排不出便来，活活给折磨死的情景。那是一时半时断不了气的，然而人总是有着强烈的求生欲望，尽管活得那么痛苦，那么勉强，但也不愿意闭上那双眼。挣扎，滚扑，按着那硬得像铁块似的腹部，再也忍不住地咒骂开苍天："死了吧！死了吧！你这瞎了眼的老天啊！……"

谢天谢地——于而龙松了一口气，这些都已经成为历史了。

早些年，偶尔有一次翻到过一本《东方杂志》，里面刊登过那时灾区的照片，虽然未必是石湖，但还是马上递给了孩子，指给他们看。当时于莲和于菱，看完以后，并不觉得有什么新鲜。那个中学生不以为然地说："我以为什么稀奇，爸爸真能大惊小怪！"学美术的漂亮女儿，指着照片里泡在水中的灾民议论："我真奇怪，他们怎么毫无表情，显得麻木不仁的样子？要不就屈服，要不就斗争，这算什么？死不死，活不活！"

"行啦行啦，快吃饭吧！"谢若萍是个讲究健康之道的人，便对于而龙说,"以后在饭桌上,少拿这些影响食欲的东西,给孩子们看。"

他瞪了他爱人一眼,心里想:你是城里人,倘若你要在鹊山那充满尸臭的悲惨世界里生活过一天,就会在脑膜上烙下铁印,永远也不能抹掉,那么,岂不一辈子影响食欲,该怎么办?

那本发黄变脆的旧杂志,使于而龙久久不能平静,劫后余生,痛定思痛,才知道可怕的不是灾难,而是人类束手无策的可怜,只知跪在那里把头磕得山响,祈求菩萨慈悲,可洪水照样泛滥,以致淹没了九州八府,百万生灵涂炭。可当初为什么没有力量约束住这股祸水?或者早早地消弭成灾的隐患呢?

所以等到灾难降临到头上的时候,就免不了那种麻木不仁,毫无表情的样子,那正是无能为力的表现啊!

不过那时他们弟兄俩和好心肠的妈,好在有一条船,在白浪滔天,饿殍千里的灾区里,多少算是幸运儿,而且发大水的年头,鱼也又多又肥。但也同样,人到了无以聊生的地步,铤而走险的也比比皆是。所以幸运儿也只有不至于饿死的幸运,而提心吊胆的日子,并不比鹊山上坐以待毙的苦人儿好受些。白天,他们尽可能躲得离人远些,竭力把船隐藏在树梢里,好不被打劫者发现,直到夜幕降临,才敢悄悄地打捞些什么,找些可以糊口的食物。

芦花,那个新四军的女指导员,倘若有谁问她,她究竟姓什么?是什么地方生人?她准确的年龄是多大?究竟哪一天是她的生日?……这些,她除了笑笑以外,都无法答复上来。

她惟一能告诉人的,就是从这场一九三○年汪洋大海似的水灾开始,摆脱了奴隶的命运。

在她记事以前,就可能被卖或者被拐,离开了亲人,因此,所能追忆到的全部童年,好像除了挨骂、挨打、挨饿的无穷折磨以外,整个画面上,看不到一点堪称得上光亮的色彩。她说过,那还是于莲在她怀抱里头一回咯咯乐出声的时候,告诉老林嫂:"小时候,我不会笑,说出来人都不信,真的,那么多年,我压根儿没笑过一回。为我那副哭丧着的脸,不知被人打了多少回!"

最后,辗转换了几个主人,落到了人贩子手里,十五块钢洋是她的价格,运往上海一家纱厂当包身工去。

"什么是包身工?老实讲!"十年间猖猖的声音在耳边响起,那是亲自过堂审讯的高歌拍着桌子怒吼着。因为他觉得厂里专门成立的"于而龙专案组",搞了那么多日子,竟狗屁东西拿不出来,大为恼火,况且王纬宇那嘲弄眼光,也使他的自尊心受不了。于是他根据从夏岚那儿先搞到的一份,后来全国奉为圭臬的经验,坐镇专案组,不把于而龙打成叛徒,死不瞑目。

被缚得结结实实的于而龙,押在了一个烧得通红的大火炉子前面烤着。尽管他舌干口燥,尽管他像叩见龙颜似的不得抬头,心里却在想:"当初你高歌不去制造那种虚假的学习心得,而踏踏实实看些书的话,也不至于把包身工看成比殷墟出土的甲骨文还难懂了。"

早先,于莲向他探听芦花妈妈的情况,关于包身工,无须做过多的解释,只要向她推荐一篇报告文学——惟一接触到包身工题材的现代中国文学作品就足够了。但是他敢对这些杀气腾腾的人们讲"三十年代"四个字吗?罪恶滔天,那还了得?但是沉默是不准许的,在人们一迭声喊他交待的情况下,他不得不抬起头来,朝着那个脸色苍白的高歌说:"关于这个问题,最好去问一问你们那位王老吧!"

全场大哗,差点把他塞进那只用汽油桶改装的火炉里去。就在这个时候,一张纸片从屋外传到了审判官的手里,于而龙才从老君炉里被拉了出来,除燎了一绺头发外别无损失。深夜,高歌累了,宣布散会,找他的卷毛青鬃马去了,新贵们和那些棒子队员们也一哄而散,只剩下于而龙一个人打扫会场,还要把那个炉子的煤火封住,以便明天晚上继续烤他。这没有什么可笑的,共产党员在被敌人活埋之前,不都是自己替自己挖坑吗!

那张纸片被他的扫帚从桌底扫了出来,趁着押解人员在门外未加注意的一刹那,他赶紧掠了一眼,笔迹是那样的熟悉,上面写着:"包身工有什么油水可捞?问别的。"

于而龙想:王老啊王老,你是无论如何料不着这句话,早在三十年以前,就从别人的嘴里讲出来了……

那一船挤得满满的包身工,装载密度不亚于十八世纪贩卖黑人的奴隶船。天灾和瘟疫是结伴而来的孪生兄弟,打摆子和瘰罗痧折磨着一船未成年的女奴。漫天的大水,使得人贩子连薄皮棺材钱都省了,按照水手的葬仪,念一声阿弥陀佛,往水里一推喂鱼去了。每从舱里拖出一具死尸,人贩子便呼天抢地地骂娘:"妈的,十五块钢洋掼进水里去了,包身工有什么油水可捞啊!"

历史竟会如此前呼后应地重复,难道不值得奇怪么?

大凡越是受过苦的命越硬,芦花要比所有的女孩结实些,非但不曾被病魔缠倒,而且还能体贴照顾身旁的一些伙伴。虽然谁都不认识谁,但相似的命运,使得芦花不由得不去体贴别人,只要她能帮助,芦花是从不吝惜自己的力气和同情。

船过石湖,接二连三地死去了好几个。人贩子红了眼,把一个以为是死了,但还没有咽气的女孩子,拖出了船舱,像扔一只小鸡似的,提起一只脚要往湖里扔去。

芦花从舱里爬出来,喊着:"她活着——"

"唔?"屠夫似的人贩子摸摸那个女孩的鼻孔,冷笑着,"算她命好,趁活给她放了生吧!"

"不能,不能,她还有口气。"

"你给我滚回舱里去!"他飞起一脚,把芦花踢倒在舱板上。然后,他像做了蚀本买卖的投机商一样嚎叫,"老子就爱听扔进水去的扑通一声,我一高兴,把你们统统扔去喂王八,给我升你的天堂去吧!"

他把那个奄奄一息的女孩子,摔进了波涛起伏的湖水里。可能经冷水一激,那个垂危的苦命人,从死亡的边缘惊醒过来,睁开了眼,立刻意识到马上有被淹死的危险,她恐怖地呼救,但是一张嘴,灌满了水,只是把最后一点希望,寄托在芦花身上,把眼睛死死地盯住她。

"她能活,她不该死的,救救她吧,求你们搭救她一把吧!"

那个女孩从波浪里又蹿出个头来,望着芦花,把她当作救星那样祈求和盼望。芦花看那个嘿嘿冷笑的人贩子,根本无动于衷,她自己也不知从哪里来的劲头,纵身朝湖里那个挣扎着的女孩子跳去。

人贩子登时大怒,火冒三丈地在船板上跺脚大骂:"这个找死的货!"抢过撑船的竹篙,朝着那根本不懂水性的芦花戳去,"我叫你也活不成。"

芦花终于拉住她的同伴,要不是那个船工夺住竹篙,要不是那些姐妹围住了疯狂的畜生,要不是一股汹涌的激流,把她们和船只冲开离散,芦花的故事早在四十年前就结束了。于而龙想:"高歌,也就省得你拍桌子审讯什么是包身工了。"

载着包身工和那个活阎王的船走远了,一对苦命人总算侥幸,靠一捆漂浮过来的芦苇,她们才免遭灭顶之灾。可是芦花被人贩子的竹篙,在腿上扎了个窟窿,鲜血染红了裤脚管,也染红了她俯卧的芦苇。看来,她救活了别人,自己倒付出了沉重的代价。

生活总是这样来惩治那些善良人,好心未必能得到好报,这已经不是什么新鲜事了。

亏得那天,于二龙一家早一点出来,因为船上既没吃的,也没烧的了。应该说:救了她性命的是那捆芦苇,她为什么姓芦名花,是含有一点纪念的。二龙的妈妈打算捞起那捆芦苇,好留着当柴烧,没想到芦花昏昏沉沉,神志不清,还死死地搂住那捆救命的芦苇,于是她招呼两兄弟把芦花拉上船。

至于她那个同伴,倒比她早一点得了救,她就是后来被王纬宇钟情的四姐,也就是于而龙今天清晨在陈庄见到的,戴着孝花的珊珊娘啊!

他们把芦花抱上船,正是红艳艳的太阳,往西天波涛里沉没下去的时候,满天彩霞烧得通红通红,映照在海洋般辽阔的石湖上,金色的浪花不停地起伏翻滚,折射出无数道跳跃闪烁的光芒。那明亮得出奇的晚天,照亮了破旧的渔船,照亮了贫穷的船舱,也照亮了苦命的芦花。不知为什么,所有物件都涂上了一层神秘的色彩。因此,她那褴褛的衣衫,憔悴的面色,以及满是胼胝的手,和身上新的创伤,旧的鞭痕,是那样吸引了这一家母子三人。二龙娘给她梳理着发辫,叹口气说:"是个苦家孩子啊!"

芦花随即苏醒过来,也许她从来不曾被人抚慰过吧?睁开了眼,看着这一家人,没有露出什么新奇意外的感情,相反,倒像长途跋涉,历经坎坷崎岖的道路,终于回到了家,找到了归宿似的安心踏实,又昏昏沉沉地安睡过去。

从此,他们那艘破船上,又多了一张吃饭的嘴。路旁的野草,例如马齿苋,生命力就是相当强劲的,据石湖流行的传说,甚至神圣的太阳,也曾在它肥厚的叶子底下,躲避过敌人的袭击,所以太阳不得不允诺它,越晒,长得越旺盛,越旱,活得越结实。它真不愧为植物界的一位强者,踩倒了,伸直起腰,压弯了,挺立起头,即使在冰雪的积压下,在寒冬的淫威里,它根部也是绿莹莹的,带着青春的气息,而且嫩芽新叶,正等待着破土而出,芦花,就这样奇迹似的活了过来。

于而龙想起她第一次真正的笑容,当他们弟兄俩像两只鱼鹰合伙从湖里捉上一条大鲤鱼,扔给坐在后梢的芦花时,她嘴角和面颊不自然地抖动着,大概她果真不会笑,先是有些发窘,但终于似笑非笑,露出牙齿,粲然地漾出两个旖旎的酒窝。而她依旧软弱的身子和那未愈的腿伤,按不住那条活蹦乱跳的鱼,又怕它蹦回湖里去,于是求援地喊叫:"快来呀!哥——"从此,她那格格的笑声,使狭小的船舱里,充满了年轻女性的生气。

他记得,他女儿听到这里,曾经露出一丝疑惑的眼神,纳闷地询问过:不是说大灾之年生活艰难么?不是说勉强糊口的日子都混不下去么?凭空添一个闲人,究竟为了什么?

应该怎样对他女儿讲呢?这是所有做父母为儿为女的本性啊!男婚女嫁,是上一代人义不容辞的责任。穷人有自己的算盘,儿子终归是得娶媳妇的,在盛行溺婴——特别是女婴的陋习恶风之下,娶亲不是那么容易的。因此,添上一个吃饭的童养媳,总比花上彩礼,正经八百地说媒下聘,要经济划算得多。

芦花的童养媳身份,大家都知道,她心里也有数,但将来长大了,究竟是大龙的媳妇,或者还是二龙的妻子,一直也是糊着层薄纸,谁也不去捅破。然而事情摆得清清楚楚,最终她是属于老大的人。但二龙妈并未点明,这样,一直维持到她去世时为止。

难道可以责备饱尝人间酸辛的母亲么?在她心中,不论哪个孩子,都能在那宏大的胸怀里,博得一个公平的位置。自然,二龙娘在临死前,那番深思熟虑的话,有她自己的心曲,一是于二龙和四姐,无论是真是假,也不管人家早有悔亲之意,总是换过庚帖的;二是于大龙那沉默内向的性格,一个老实巴交的人,恐怕难得人家肯把女儿给他。所以才在生命的最后时刻开了口:"芦花,你要是不嫌这个家穷,你就跟大龙成亲,顶门立户地过下去吧!"还没容芦花答应,她就闭上了眼,溘然去世了。

做母亲的会没看出来么?共同生活在船舱那样狭窄的天地里,又不是深宅大院,绣阁闺房,什么能逃过当妈的眼睛,她会不明白芦花心里有谁?然而,手心是肉,手背也是肉呀,她当然要为于大龙多多着想了。

芦花起心眼里难以首肯,但也无法表示异议;于二龙当时认为她至少是打算接受既成事实。那一阵子,她就像现在带上直升飞机里来的一篮鲜花,开始有些发蔫,有些枯萎。再加上还不清借下的棺材钱,和失去平衡的生活,弄得芦花一点兴头都打不起来,只是坐在舱里给那个必须要离开这条船,而远走他乡的人纳鞋底,用锥子狠狠地扎着。然而,她不敢鼓起勇气表白,更缺乏力量作出决断,因为她终究不是喝石湖水长大的。

要是石湖姑娘的话,早就和心上人双双飞走了。

所以那时候,水上人家是很遭正人君子物议的,于而龙记得有一年春节,四姐家求识字的先生写了副对联,贴在船舱门楣上,结果不论停泊在哪个码头上,都会惹起人们的哄笑,引得许多人驻足看热闹。后来,四姐全家才明白那位调侃的先生骂了他们:上联是"伤风败俗船家女";下联是"寡廉鲜耻捕鱼人";横批是"石湖败类"。气得姐儿几个,七窍生烟,但也只是骂了一顿扯掉了事,谁让自己一个大字都不识呢!

那时,于二龙也不过十五六岁吧,其实跟他有何相干呢?两家那时还没换帖嘛!但于二龙打听到那个写对联的先生住处,隔了不久,正是黄鳝该上市的时候,他也裁了两张红纸,求写对联去了。那位先生看见满满一篓游来游去的鲜活礼品,作为润笔,来不及地答允了,立刻磨墨准备动手提笔写。

于二龙告诉说有点事,回头来取,扬长走出门去,因为他实在憋不住,差点要笑出声。当然,他是不会回去取的了,装满一大鱼篓的,哪是黄鳝哦!而是几十条花花绿绿,粗粗细细的水蛇,赤链蛇,青竹标,以及几只大癞蛤蟆,足够那位先生恶心半个月的。

据说,后来是四姐自己提出这门亲事的,她挑中了这个有正义感的年轻人。其实她和芦花一样,都是大水漂泊来的,但她多少有着石湖姑娘那大胆放浪的性格,也许是她那几个风流姐姐熏陶出来的吧?

恐怕直到如今,石湖姑娘的感情,也比较地要丰富些,就那个声称要去赎罪的女孩子,于而龙从她漂亮动人的眼睛里,看到多少溢于言表的大胆神情,是多么敢于表露自己啊!

可是,芦花,一直到参加革命以后,才在那一天,在沼泽地,在雾蒙蒙的雨里,在那丛扇状的灌木林伫立的时候,终于感情爆发地对于二龙说:"谁也不要折磨自己了,我是你的……"

也许因为她太想讲出心里憋了多年的话,非讲不可了,逼得她无法再不表态了,所以见约定来接的摆渡船,总不出现在烟雨飘渺的湖面上,便说:"走吧,二龙,咱们绕点远吧!"

"万一要来了,不见我们又该着急了。"

那是中心县委的领导干部,来参加的一次地下党委会,也是一次决定命运的会。

芦花望着满天濛濛的细雨,催促着:"走吧,谁知那些人怎么搞的?船还不来!"

"再等等看!"于二龙坚持着。

"你真是像俗话说的那样:傻汉等老婆了!"说到这里,她可能发觉到这句话运用得不那么妥当,扑哧笑了,连忙改口,"好吧,你要等就不勉强,我可情愿多走两步,看谁先到吧?"她抖了抖蓑衣上的水珠,吧嗒吧嗒地走了。

她已经走出好远,湖面上是洋洋洒洒的冷风斜雨,水鸟的影子都瞅不见,于二龙踌躇了,便招呼着:"芦花,等着我。"紧走两步追上去。

也许是侥幸,他俩算是免去落入敌人兜捕的网里,那时,人们的斗争经验还差,对于渡船未能按约而来接应,竟一点没引起警觉,好像万无一失,绝不会出事似的。其实,城里的鬼子和那时还不是汉奸的王经宇,彼此默契地从两个方向朝沼泽地摸过来,企图一网打尽,扑灭石湖刚刚燃烧起来的革命火焰。

经过最初的较量以后,措手不及的反动阶级开始反扑,他们凭借人力、物力、甚至心理上的优势,来围攻小小的石湖支队,革命进入了第一个艰难的低潮期,那已是一九三九年的事情了。

芦花边走边问:"二龙,上级会不会叫我们扯下红旗,散伙拉倒,回家当老百姓去?"

"凭什么?"

"我想也不能吧!"

这个把生命都曾献进去燃烧的神圣的火,是无论如何也舍不得叫它熄灭的。可是,在那青黄不接的梅雨季节里,哦,抗日游击队的苦难岁月,可不大容易熬呀!于二龙是一队之长,他不怕人们的米袋子瘪下去,而是怕老林哥脸上的笑容开始消失,那简直是最恐怖的不祥之兆,意味着灾难就要降临。因为他生性乐观宽心,从不发愁,即使前脚迈进地狱的门槛,人们也相信他还会哼着轻快的小曲。只要有半点指望,他脸上也绝不会有阴影。如今,不但无米下锅,甚至他的火镰火绒,也都湿得捏出一把水来,那个连火种都失去了的春天,实在令人心寒哪!

游击队员拖着沉重的脚步,和缠在脚板上的大团黏泥,裹着湿漉漉的衣衫,和透心的凉气,使队伍越走越吃力,越缓慢,敌人也越是容易接近,总是盯着屁股紧追不放地袭击着,围剿着。他们从这个村,转移到那个村,有时候,村边都不敢沾,因为那里难找到可以藏身立脚之地,谁让他们是一支缺乏群众基础的队伍呢?只好在芦苇丛中,荒草滩上,灌木林里,湖心的岛子找地方宿营。冷哪!尽管那不是冬天,却比冬天还冷;直到后来,他们悟过这个道理来,把心和老百姓贴在一起,才明白真正的春天,是在人民群众中间。

缠绵不断的梅雨,说大也不大,说小也不小,它不是下在人们的身上,而是下在同志们的心里。游击队长会不知道么?凉丝丝的一大块在心口洼着,那是什么滋味?顶好喝上一大碗热面糊,使浑身发霉长锈的关节缓解开。但是办不到呀,纵使有了干柴,找到火种,一旦举火冒出了烟,鬼子的汽艇和讨伐队,王经宇的保安团就会赶来的。

艰苦的岁月对人的意志是严重的考验,队伍愈来愈短,有的人打个招呼告辞了,不干了;有的人吭也不吭一声,悄悄开了小差;有的人甚至拖枪叛变,投降王经宇去了。加上负伤的、生病的不得不离队的人员,于是剩下的几乎清一色都是参加较早的老同志。好像是个规律,在队里呆的日子越短,离开得也越早,惟一的例外,只有一张不曾动摇的新面孔,那就是王纬宇。

尽管那个高门楼公鸭嗓管家,肩负王经宇的使命来找过他,希望他回去,不要跟渔花子混在一起,并且不念旧恶,原谅他把老兄打得落花流水,狼狈败窜,寄人篱下的往事。但王纬宇却把这个公鸭嗓绑来,交赵亮和于二龙发落。

"搞啥名堂?"于二龙并非一点警惕心理都不抱,"也不能扒开肠子看看,他到底是真情,还是假意。"

梅雨季节下得人心烦意乱,雨一阵密,一阵疏,以致人的心灵也成了阴沉沉彤云密布的世界。芦花又问:"说不定会把我们调到别处去,例如去滨海,跟老江一块干。"

"谁也揣摸不透上级的心思……"

她望着苍茫混沌的石湖,惋惜地说:"就这么丢手走了,真不甘心,好不容易开了个头。"

"谁不是呢!热土难离啊!"

她突然激奋地说:"我就不信,石湖这么大,会没有我们容身站脚的地方。二龙,咱们跟上级提出要求,订下保证,你看行不行?"

"老王也表示过这个意思。"

"他?"

"只是随便一说。"

"说些什么?"

于二龙告诉芦花:"他意见是尽量争取留下来,不要离开石湖——"其实王纬宇谈得更加透彻些,他晓谕地说:"一旦离开本乡本土,好比寄居在亲戚朋友的家里,无论人家待你如何好,拿你不当外人,总不如在自己家里那样方便自由。"于二龙知道芦花对他怀有一种偏执的心理,并不曾讲出来。

芦花很不客气地追问:"他什么时候对你讲的?"

"昨儿下午。"

"你跟他讲了今天在沼泽地开会的事?"

"哦,看你,我会这点密都保不住?"

"那他怎么晓得我们要研究决定的问题?"

"他是个聪明人——"

"不,我看他这两天老找大龙。"

"别疑神见鬼啦!"

芦花高声嚷了起来:"还是我那句老话,七月十五,日子不吉利啊!"

农历七月十五,也叫盂兰节,在渔村,认为是鬼魂的中秋节,是所有亡魂死鬼的节日。王纬宇就是在这一天,加入石湖抗日游击支队的。

"别迷信啦,人家不是一直到现在,还跟咱们一块吃糠咽菜吗?"

"好好,算我没说。"

这是他和他妻子一辈子惟一谈不拢的观点,对于高门楼的二先生,他俩总是谈崩。不是那个于而龙从来不相信的噩梦,就是这句成了口头禅的话:"七月十五,日子不吉利啊!……"

其实那只是偶然的巧合。但偏偏却在那一天的傍晚,王纬宇来了,要和渔花子一块抗日。

突然袭击是他的拿手好戏,包括他搞那些花花绿绿的勾当,也是这种手段;现在,他招呼不打一声,坐到他们几个人的对面来了。他以直言不讳的坦率,单刀直入地——他从来不怕在最难处下笔做文章,对游击队几位领导人慷慨陈言:"诸位也都明白,我是走投无路,只好找你们共产党的游击队了。是啊,不管怎么讲,我跟在座的打过几回交道,肯定,不一定能相信我是真心实意。可大伙都了解我家的实情,那时有我身不由己的苦衷,得罪各位,并非我的本意。现在,我倾心情愿来跟大伙一块抗日,要把这一腔子血贡献出来,这片心我也没法剖给你们看,就看诸位敢不敢收留我。点头,我就留下,不点头,我马上抬腿走,决不叫你们为难。"

那时候,一九三八年的秋天,经过最初两个回合的胜利,算是一个初创的兴旺时期,再加上国民党准备撤退,日本鬼子还未进犯到石湖的空隙,石湖人民的抗日活动,有了一个意想不到的好开端。即便如此,要动员一个群众,豁出身家性命参加游击队伍,总是费一番口舌,然而他,高门楼的二先生,不请自来,主动上门了。

可怜当时支队的四位党员,赵亮、老林哥、芦花和于二龙,竟不得不请他略为等一等,让他们研究商量一下。

王纬宇像一位老师似的,哂视着四位回答不出问题的学生,那眼光仿佛在说:"好吧,我就恩准你们交头接耳,议论一番吧!"他背着手,踱了出去,在屋外打谷场上,抬头观看秋色葱茏的鹊山。

鹊山上的枫叶正红,在绿水中的倒影,也像燃起一堆火,上下交相辉映,越发衬得那慈祥的老人,红光满面,喜气盈盈。它透过窗棂,看着四个苦苦思索的党员,很同情他们,这道题也确实不大容易演算。说来惭愧,那时他们的政治水平低,马列主义不多,全凭着朴素的阶级感情,和一股血气方刚的勇气,在干革命罢了。赵亮要比其他三个人有见识些,他到底是在江西苏区待过的嘛。但他懂得三张反对票的力量,贸然付诸表决,肯定不会有人赞同他的;因此,那个车轴汉子提议:理一理王纬宇怎么走上抗日道路的头绪。

"账是再好算没有。"老林哥掰着手指头,"老子死了,没了后台,四姐嫁了,没了指望,钱柜封了,没了活路,白眼狼翻了脸,逼得他上了梁山。"

肥油篓子一死,王纬宇确实是厄运开始了。

于二龙从冰洞下攀死捉到的那条红荷包鲤,并没给王纬宇带来吉祥如意。因为城里那位千金的长相,和那身材,总使他联想起矮瓜;造物者喜欢搞些恶作剧,在给予财富权势的同时,也给予一副丑陋可憎的嘴脸。尤其是王纬宇怀抱里有了那个美人四姐以后,就更不愿意牺牲自己的幸福了。

王敬堂在他两个继承人中间,偏爱是比较明显的,除了嘴角的阴鸷和残忍外,两兄弟毫无共同的地方,一个眉宇轩昂,身材魁伟;一个精神委琐,瘦小枯干,因此,王纬宇更得老头子的欢心些。尽管他非常支持大儿子扩充保安团,开拓新地盘的雄图大略;但小儿子对和亲政策不肯俯就,溺爱的父亲也不得不让步,只好以"缓议"二字,暂时平息了兄弟间的不和。

但是,此刻躺在停尸床上的肥油篓子,无法来支持王纬宇了。于是乎急不可待的保安团司令,在来不及收殓的情况下,要迫使王纬宇就范了。

"听着,老二,婚事不能无限期地拖下去,你得明白。"

王纬宇料到会有这一手:"你还是赶快去请郑老夫子,给爸做祭文,你先少操心我。"

"我打发人叫去啦!"

"哼!一个秀才怕不是随便叫得来的吧!"

"看他长没长那分胆子,敢违抗我!"言语中自然也是借机敲一敲失去后盾的王纬宇。

果然,去叫的人空手回来了:"老东西讲:'我一不是高门楼的佃户;二不是三王庄的渔家,对不住,没那工夫奉陪!'碰了个钉子,大先生。"

"混账,拿我的名片,摇条体面的船去,把那老货弄来,别神气活现,会有叫他买账的一天。"

王纬宇知道他指桑骂槐,哼了一声。

在他们那种门第里,正出和庶出在名分上有着很大差别,好像王纬宇的生母,也是个使女之流的可怜人,所以现在王经宇更加有恃无恐地要收拾他老弟了。

于而龙记得他刚来游击队的时候,有时闲谈,他说他的血管里,也流着奴隶的血液。芦花还曾悄悄地问过:"二龙,我怎么不明白,一个人的血,分有好多样的?"

"鬼知道,他的那些学问。"

正是由于他的学问,使得白眼狼不得不慎重地对待,而安排了一个圈套,让王纬宇慢慢掉进去,不能自拔。爱情是盲目的,那个四姐也陪着坠落觳中,成为一个真正的牺牲品。

谁也不知道珊珊娘,是怎样度过整整四十年的漫长岁月?那额上的皱纹,头上的白发,脸上的愁容,可见她的生活过得并不那么惬意。根本谈不上什么幸福,也许是在幻想和等待中,消磨掉一生的吧?

对于这位阶级姐妹,于而龙或是芦花,就不负一点责任了吗?赵亮曾经说过,她也是无产阶级,不过是一个被腐化了的无产阶级。当那艘装粮的船折回头驶往三王庄的时候,在船舱里战战兢兢的四姐,和那个小石头有什么两样,只不过劫持的形式不同而已。当时只消一句话:"回来吧,跟我们在一块吧!我们不会多你一个人的。"尤其是芦花,她曾经救过四姐的命,她要坚决地把手伸向她的话,四姐该不会是今天早晨,他见到的珊珊娘的样子了。

但是芦花恨她,并不是因为她和于二龙订过亲,纯属女性的嫉妒心理,不,而是咒诅她瞎了眼,抛弃了于二龙,竟投入了与芦花不共戴天的仇敌怀抱里。

四姐在十五六岁的时候,或许对那个英俊的年轻鱼鹰,石湖上赫赫有名的神叉手,流露过一点少女的慕恋。但那是一个腐蚀灵魂、消融意志的社会呀!在她前面二个声名狼藉的姐姐,嫁的嫁了,跑的跑了,私奔的下落都不明了,对她,怎么会有良好的影响呢?因此,一个出息得像支粉荷似的姑娘心里,于二龙,那个年轻穷苦的渔民,占的位置就愈来愈小了。

偏偏这个时候,王纬宇一脚踏上了她家的船。

在那狭窄的船舱里,四姐一下子就被神色懊丧,而由于吵架显得激动的王纬宇吸引住了。他们之间的鸿沟,至少相隔得有一百个石湖那么阔,但是,爱情的小鸟可不在乎,扑棱着翅膀起飞了,她的心在扑腾扑腾地跳动,只不过瞟了一眼,她觉得自己心里,印下了他的影子。

恐怕那影子一直存留到今天吧?

王纬宇并不曾注意后舱里,还有双注视他的眼睛,直到伸过来一双白皙的手,端着一杯盖碗茶,才看到坐在身后,只隔一层舱板的四姐。

她羞羞答答地说:"请喝点茶吧,二先生。"

如果说:刚才在县城里见到的那位千金,是块难以消化的大肉团子,那么眼前的船家姑娘,该是酥嫩可口的奶油点心了。一个漂亮点的女性,脸庞上会自然地散发出一层光彩,小小的船舱里,充满了温暖、舒适、宁静的感觉。他看得出她虽然有些羞涩,但并不回避,像所有船家姑娘一样,那大胆的,多少有些撩拨的笑吟吟的眼光,在探索着他的心。

四姐脸上的笑靥,钩住了王纬宇的灵魂,县城相亲之行,犹如在沙漠里长途跋涉,感到空虚和寂寞。现在,船舱如同绿洲,四姐的笑脸仿佛一汪清泉,他真的感到口渴了,揭开碗盖,七枚红枣在碗里晃动。

呵,乞巧同心,每一个时代有它不同的表达爱情的方式。王纬宇刚刚端起杯子,就觉得自己有点醉了。

但是,他们俩的爱情,却是在另一双豺狼般的眼睛下进行的。王经宇有意放松门禁,准许一个船家姑娘进出高门楼,而且也不干预他兄弟的开销,关照公鸭嗓的账房先生:"老二愿意支多少钱,就由他支。"

女人的虚荣心,好比狐狸身上美丽的毛皮一样,往往因此倒坑害了自己。四姐从来也不曾在物质上、精神上这样得到满足过,何况是在那样一个狭窄天地里成长起来的女性。她的奢望、她的渴求、她的向往,对以高门楼账房为后盾的王纬宇来说,确实是轻而易举地就能办到的。

此时,那条鱼鹰在她心里已经不占任何分量了。

也许她完全明白那是短暂的幸福,是注定要付出沉痛代价的幸福,然而她却要恣意尽兴地去爱,去笑,去欢乐,去享受……很可能在笑之后,紧接着无穷无尽的痛苦,也比不痛不痒地度过一生,要活得更火爆些、炽热些……

爱情蒙住了她眼睛,金钱是可以打开所有门户的钥匙,再加上王纬宇那海盗般突然袭击的手段,使她猝不及防。这样,她像所有轻率地失身少女一样,难免要尝到那种爱情的苦痛果实,她发现自己怀孕了。

王经宇终于等到了这一天,他老弟的把柄被他抓到了手,"由不得你不服帖。"就在停尸的花厅里,用哀的美敦式语言说,"做出这种败坏门风的事,老二,你该懂得怎么办的!当然,我们不一定非按家法办不可,但必须要妥善处理。惟一能补救的万全之策,只有尽快地成了县里那门亲事。"

王纬宇轻轻一笑,身边有个死人躺着,是笑不起来的;但他还是笑了,此时此刻,要不泰然自若地笑笑,是示弱的表现:"漫说我不赞同那门亲事,就打我满心满意高兴,爹的尸骨未寒,马上娶亲成礼,说得过去吗?"

"你们可以到上海去结婚。"

"什么?"他没料到他哥会有这个鬼点子。

"我看你也不必守七了,女家也是同意了的,依我说,早办早了,明天就可以启程动身。"

"你想得倒美——"王纬宇吼了起来。

正好,被人磕头作揖,千不是,万不是赔情说好话,请了来的郑勉之,大摇大摆地被礼让到花厅里。

"……二位贤契,我既不是会看风水的阴阳先生,也不是能嚎得两声的哭丧婆,找我来顶个屁用!"

别看他是个秀才童生,倒是个喜怒笑骂皆成文章的骚人墨客,他不大遵古制,不大喜欢自己营垒里的人,所以一辈子也不曾吃过香,可以说是终生潦倒。原来请他去编撰县志的,偏又不肯歌功颂德,当一名乖乖的御用文人,得罪了有头有脸的人家,干脆连县志都停办了。他自己两盅酒后,有时也叹息:"我怎么就不能把笔杆弯过来写呢?"

"勉之先生请上座!"

两位泣血稽颡的孝子,在蒲团上跪了一跪,算是尽了一点苦块之礼,然后把死者弥留期间的遗愿,表达了出来。

说来也可笑,跺一脚石湖都晃的王敬堂,临死前,一定要儿子请秀才先生来做一篇呜呼尚飨的祭文,而且还要老夫子戴上顶子给他点主。谁知是他的可笑虚荣,还是由于作孽多端的胆怯,害怕阴司报应,需要一个有功名的前清人物给他保险?坚持要儿子答应以后才闭眼的。偏偏板桥先生的后裔,是个不识抬举的穷骨头,那是何等光荣,何等面子的事?就拿夏岚来讲,自打进了写作班子以后,立刻开口上头,闭口首长地神气起来,还做了件"娘子军"式短袖褂子,裹住那略显丰满的身体,在报纸第三版上,张开血盆大口,看谁不顺眼,就咬上一口。于莲直到今天还蒙在鼓里,那篇点了她名的评论,实际是夏岚的杰作,这正是"饶你奸似鬼,喝了老娘洗脚水",她算抓住了这个好差使,风云际会,甚至红过了王纬宇。但是老秀才却奇怪地问道:"为什么偏要我写,难道我郑某做的祭文,是'派司',可以通行阴间?"

一个秀才敢用洋泾浜英语,比画印象派更大逆不道。

孝子连忙说:"家大人一向仰慕老夫子的道德文章。"

"两位侄少爷休多说了,老朽也明白了,至于做篇祭文,本非难事,不过,你们是知道的——"

王经宇以为老东西趁此敲笔竹杠:"放心,我们心里有数,老夫子是一字千金……"用现在的话讲,就是稿费绝不会少,对你这样出了名的作家,文章无论优劣,总会刊登出来,总会给个好价钱的。

"正是一字千金,所以我才说,你们还是另请高明吧!"

"那怎么行?先考的遗愿吗!"

"一定要我写?"郑勉之追问了一句。

"当然当然!"

"那好,写好写坏可怪不得我。"

"那是自然,请!"

郑老夫子被请到书斋里,进行创作去了。这里弟兄俩接着打嘴巴官司。其实,没有仲裁人的裁判,胜利永远属于力量占优势的一方,现在,王经宇是猫,王纬宇是鼠,结局已经揭晓了。

"怎么样,如此了结,你以为如何?"猫问。

王纬宇想不到他老兄这手不留余地的"逼宫",当然,他不能俯就,但要试一试对方的实力,突然把话延宕了一下:"我倒是很想去上海。"

"好极了!"喵呜喵呜的猫恨不能去亲一口那只相貌堂堂的老鼠。

王纬宇告诉他:"但不是你想巴结攀附的那一位。"

"谁?"其实猫也是多余问的。

"我只能跟你看不起的下贱姑娘结婚!"王纬宇宣布,"我们走,离开石湖,到上海去!"

他以为他哥哥一定会暴跳如雷,但王经宇毫无动静,耷拉着眼皮,好像对躺在那里的王敬堂尸首讲:"你是再也跳不起来了,不信,你就试试看……"

郑勉之行文作画,一向是才思敏捷,不费踌躇的。据说,他画他祖先郑板桥爱画的竹子,甚至一壶酒还没烫热,洋洋洒洒,像泼墨似的,一丛乱竹跃然纸上,生气盎然。哥儿俩的架还打得没告一段落,祭文已经做好送来了。

"老夫子呢?"

"掸掸袖子,走了!"

"唔?"王经宇一看那篇记载他老爹一生行状的"暴露文学",气得他两眼发黑,"什么祭文,妈的×,这老婊子养的——"恨不能从他老子尸首身上跳过去,把那个胆敢顶撞保安团司令的老货抓回来。王纬宇接过一看,哪是祭文,活像法院的判决书,什么为富不仁啦,鱼肉乡里啦,盘剥平民啦,蹂躏妇女啦,气得他把一笔潇洒的板桥体书法撕个粉碎。不过他没有暴跳,而是冷冷地说:"先礼后兵,用船送回去。"

先礼后兵,无疑给他哥一个信号,王经宇哼了一声:"敢欺侮到我头上,不给点颜色看看,不行。"他禁止派船。

"办丧事要紧,量他一个老梆子,往哪儿跑?"

最后,船既没有派,但也没有抓他回来,老夫子在大毒日头下走回闸口,要不是遇上于二龙,差点中暑死去。但是,那弟兄俩的争吵,并没有结束。

高门楼的盛大丧事告一段落以后,王经宇回到陈庄区公所,派人把四姐的醉鬼哥哥找来,慷慨地给了一把票子,要他尽快地找个人家,把四姐打发出去,要不然的话……

手里的钱,和区长铁青色的瘟神面孔,老晚尽管满心不乐意,也无可奈何地屈从了。

王纬宇也在做和四姐去上海的准备,但奇怪的是账房那里,大宗钱再支不出来,公鸭嗓给他打马虎眼,三文两文地对付着。他终于明白底里,现在除非把王敬堂从祖坟里起死回生,谁也无法使王经宇改变主意:"好——"王纬宇嘿嘿一笑,阴森森地在心里说:"等着瞧吧,我不会让你自在的。"

他还来不及琢磨出一条报复的妙计,失魂落魄的四姐,倒先来报告噩耗,说她哥哥已经给她找到了婆家,而且马上就要娶亲过门,真是晴天霹雳,望着心都碎了的四姐:"你怎么才来?"

"家里不许我出来,这里不准我进!"

他立刻悟到是他老兄釜底抽薪的伎俩,喃喃地自语:"好极啦!"

四姐瞪大了眼睛,恐惧地看着他。他知道她误会了,赶紧抓住她手:"你别怕,我马上去陈庄找他。"

"要不是那赘住我心上的肉,我恨不能——"她扑在了他的怀里,凡是落到了如此境地的软弱女性,通常都是想到了死,因为觉得死比活着受屈辱要容易些。

王纬宇到了陈庄,没想到他哥倒是笑脸相迎,活像猫看着落到自己爪牙之下的老鼠一样,劈头就说:"老二,人不能太痴情,事情总要有个适度。"

老鼠开始反抗,决定朝他的虚弱处下刀:"甭提那些啦,咱俩言归正传,分家吧!"

"喝!"正在倚仗雄厚财力开创事业的王经宇,不禁赞叹他老弟出手不凡,"这步棋走得不俗!"一只老鼠,霎时间长得比猫还要大了。"那你准备打几年官司?"

"你打算打几年,我奉陪几年,我在大学时旁听过两年法律课,研究过几天《六法全书》。"

"为了一个女人?"

"不,为了我这口气。"

"你以为分了家,就能达到目的?好像你还蒙在鼓里,那女人已经变了心,而且马上就要嫁人啦!"

"不要耍把戏啦,你这招棋太臭!"

"那是我成全你的名声,老二,那些船家女人,是惯于栽赃的,把不是你的孩子,硬说成是你的。"

"你胡说八道。"

"谁能担保她只有你一个相好的,就是天天守着的妻妾,还难免偷人轧姘头,何况那样一个水性杨花的船家姑娘?"

他相信四姐对他纯真的爱情,但是在他以前呢?夏娃早在伊甸园里就受了诱惑……他记得四姐说过,她的那些放荡的姐姐,是怎样脱得赤条条地,钻进夜幕笼罩的湖水里,悄悄去和情人幽会,船上人家的声名啊……

"那些朝秦暮楚的女人,钱,不光光买她们一张笑脸,老二,别糊涂油蒙了心。"王经宇还很少如此语重心长地,和他剀切地谈过,"分家,与我有损,与你无益,现在只有寻一个两全其美的办法,才能不伤彼此和气。城里的亲事,不错,固然是为了我,从长远看,还是为了你,有那样一个靠山,女婿等于半子,将来你可以大展宏图。

而船家姑娘,咱们也不妨明修栈道,暗度陈仓,我已经派人告诉她哥,找一个不成材的女婿,让他当活王八就是了。至于城里那位小姐,大户人家出身,终归要贤德些,识大体些,怕不会那样争风吃醋,你不觉得可以试一试么?"

老鼠变成了多疑的狐狸,而怀疑是一味致命的毒药。

王纬宇动摇了,他尝试走一条捷径,心里正在想着:"我得跟她商量商量!"但他哥看出了他的迟疑,问道:"什么时候能给我回话?可不要太拖了!"

"明天吧!"他卓有把握地说。

但是,四姐想不到等了半天,却是一个尴尬苦痛的结果。石湖上的姑娘是大胆的,甚至是放纵的、毫不顾忌的,可那是水底里的云彩,一个浅浅的浪花就打散了。但是,真的爱起来,拼出性命也在所不惜,那可是翻腾的暴风雨中的石湖,一种惊心动魄的爱。她怎么能甘心过忍辱负重,苟且偷安的奴性式爱情生活?怎么能从别人的杯子里分得一口残羹?不,石湖上有多少姑娘,为了打断锁链,为了冲破束缚,悄悄迈出船舱,和情人远走天涯海角,她的一个姐姐,就那样一去了无影踪。

她对王纬宇哭着说:"只要你舍得,咱俩飞吧,不管飞到哪,哪怕我去一口一口讨饭,我也能养活你……"

这是一个女人嘴里说出来的话呀!

即便如此,王纬宇仍然摇头:"那不是闹着玩的,四姐,听我的,忍了吧!"

四姐,一个石湖上充满炽烈爱情,而且渴求真正爱情的女人,从他怀里挣脱出来。"你说什么?"

王纬宇向她保证:"我永远一片真心给你,只给你。"

也许这并不是石湖女人的特有性格,在爱情上,要么全有,要么全无,在这个问题上,所有女性,是谈不到温良恭俭让的。

爱情是自私的,自从产生爱情以来。

"你上哪儿去? 四姐——"王纬宇喊着。

那个需要纯真的全部的爱情,半口气都不能忍的四姐,头也不回地走出了高门楼。

王纬宇急匆匆地追赶离去的情人,紧接着就是生死诀别的场面。

谁知道王纬宇怎么居然会萌生死的念头? 也许是一时愚昧而寻短见,也许是被哀伤的四姐所感动,那些属于王纬宇心底的奥秘,是贴上了封条,永远禁锢在不见阳光的角落里,谁也不可能获悉的了。

但是,那个花朵一样的四姐,一个可怜的被腐化了的无产阶级,怀有三四个月的身孕,而且马上要嫁给一个烂浮尸式的男人,死的念头是相当坚决的。她让王纬宇捆住了自己的手,哪怕稍为会点水,都必须这样才能被淹死。然后,她又扑在了王纬宇的怀里,哭着,贴着,亲着,直到远远地有了追寻他们的动静时,王纬宇才闭着眼睛,咬咬牙说:"搂住我,咱们一块跳湖自尽吧!"

他们俩这场悲剧的高潮,只有一个人看得清清楚楚,那就是芦花。

她是听了赵亮那句发自肺腑的呼声:"我们不能不管她!"特地跑到三王庄来的。阶级的心灵总是引起共鸣,这句话使她想起了波浪滔天的石湖,都是被买去当包身工的可怜人嘛! 尽管她不喜欢四姐那粉白的脸,细嫩的手;不喜欢她那身打扮,那身穿戴,但决定还是来找她,因为听说她又来高门楼找王纬宇了。

芦花真想当头猛喝一声:"我的好四姐,你别糊涂,他是拿着你看不见鞭子的人贩子啊! 你还不醒醒啊! ……"

凑巧,正是四姐从高门楼里彻底绝望冲出来的时候,芦花喊了一声,她不答应,也不理会,拦她一下,拉她一把,偏又没有截住。那个怀着必死之心的船家姑娘,已经对生活、对人生、对世界不发生任何兴趣,毫无留恋牵挂之心了。

"四姐……"芦花冲那个死不回头的女人悲愤地喊,她本想追回那个可怜人,但是王纬宇从她面前急匆匆地穿过去,神色仓皇、气急败坏地追撵着四姐,芦花只得放慢脚步走过去。当然,那位高门楼的二先生,并不知道关键时刻会出现个第三者。

"你活着吧,让我死……"那个哀哀欲毁的女人,在生命的最后时刻,还甘心情愿地为所爱的人做出牺牲。

"不,咱们生不成双,死也成对——"

四姐怀着感激的心情泣诉着:"有你这句话,我死了也是倾心乐意的,你留在世上吧,逢年过节给我烧两张纸。我,走了——"她挣脱出王纬宇的怀抱,往湖滨大堤跑去。

"四姐……"王纬宇追上去,"咱俩一块走!我也不想活啦!"两个人先是难分难舍地搂抱,然后,紧紧拉扯着,从陡峭的堤上朝石湖跳去。四姐,捆绑住双手的船家姑娘,半点犹豫都没有,纵身跳进了那水色青白的湖中之河——塘河里去。

王纬宇在最后一刹那,也不知是贪生怕死的欲望控制住他,还是压根儿就不想兑现诺言,他在大堤的边缘,要跳未跳的时候,身子晃了两晃,保持住平衡,站稳了。可耻啊,他背叛了那个为他献身的姑娘。然后,他失了声地没命地呼喊:"救人哪!快来救人哪……"

…………

也许这是芦花亲眼目睹的事实,所以她一辈子都对王纬宇投不信任票。她那明亮的眼睛,清澈如水,望着那三个党员问道:"共产党讲不讲良心?"

"良心?"赵亮琢磨着这个和革命似无关连的字眼。

"是的——"芦花问,"一个没良心的人,咱们队伍能要吗?"

按照共产党人的道德观点,良心这种东西,是属于感情范畴的,而衡量感情的标尺上,往往缺乏理智的刻度。从道义上讲,王纬宇应该跳下去,但是,他要是真的随四姐而去,岂不是加倍的愚蠢了吗?这种没有必要,毫无价值的自杀,究竟有什么意义?然而,良心,却是一个砝码,一个相当重要的砝码,十年来,不是有那么一些人,完全抛弃了自己心中的砝码,而干了许许多多丧尽天良的事。

赵亮也不知拿这个"良心"怎么办?只是同芦花商榷似的问着:"让我们留下他来看一看,好吗?"

芦花眼里又闪出了于二龙熟悉的,"我要杀死他"的仇恨光芒,她坚决地:"就冲他杀了小石头——"

就在这个时候,从三王庄方向传来了密密的锣声,越敲越紧,打断了他们的磋商,走出屋来,只见一股浓烟,冲上天空,烟下是吐着火舌的光亮,还隐隐约约听到嘈杂的人声:"走水啦!走水啦!快来救火啊……"

老林哥说:"七月十五,不晓得谁家香烛纸马不小心,燎了房啦?"赵亮赶忙招呼着:"去,救火去,不能让老乡受损失,二龙,快——"站在大草垛上眺望的于二龙跳了下来,告诉大家:"好像是高门楼着了火!"他对王纬宇说:"是你们家——"

王纬宇无动于衷地回答:"是我们家,不会错的。"

人们有些奇怪,他怎么能知道的。

他平静地,若无其事地说:"因为这把火是我放的!"

大家面面相觑,惊愕得说不出一句话来。

就在七月十五这一天火光烛天的晚上,王纬宇参加了石湖抗日游击队。

直升飞机正在沼泽地的上空,地面一汪汪水塘像无数面镜子似的在反光。于而龙眼睛再也离不开那块地方了。他从心里不只是感到,像昨晚在小姑家的抗属家,今晨在三河镇的残废人家的那种亲切,而且也感到那种无言的责备,似乎沼泽地在对他说:"怎么?只是从空中看一眼就走了吗?"

他突然向江海提出来:"你去跟驾驶员说一声,叫他降落一下。"

"干吗?"

"下去,到沼泽地去!"

"你疯啦?"

"江海,我固然非常想知道芦花的下落,可我还有更想弄清楚的东西,让我下去,让我脚踏实地走一走!"

"别胡闹啦!"

"不!"于而龙坚定地说,半点讨价还价的余地都不留。

江海看那样子,又想到周浩电话里关照的话,跑到驾驶员舱去说了几句,又摇摇晃晃地走回来。

那两个洒药的小伙子笑话他们:"你们陷在沼泽地里出不来,我们可没办法救你们脱险哦!"

"你胆怯了吗?江海!"于而龙问。

"笑话,我们两个不是吃素的。"

这时,驾驶员走了过来,是一个英俊的讨人喜欢的小伙子,笑容可掬地朝于而龙伸出手,问着江海:"江书记,这位是——"

"我给你介绍一下,这是于而龙同志,当年石湖支队——"

还没容江海把话讲完,那个年轻人一把抓紧于而龙,激动地:

"于伯伯,是你?"

"你是——"

"你知道我是谁吗?我是念芦,我是念芦呀……"

"念芦?"于而龙愣住了,"他是谁呀!我怎么一点印象都记不起来呢?我和民航或者空军的谁有些瓜葛呢?……"

"我妈妈是肖奎,于伯伯。"

"啊!你是肖奎的孩子?"江海也惊讶地喊了起来。

顿时,于而龙眼里热烘烘地。啊,肖奎的孩子都长得这么大了,不知为什么,他的心突然激动起来,又追问了一句:"孩子,你叫什么?"

"怀念的念,芦花姨的芦——"

毫无疑问,肯定是孩子的妈妈,为了纪念那位牺牲的女指导员,而起的名字。于而龙一股热流又在胸臆间回荡,使他无法平静,可是他该怎样对孩子说呢?"你大概不会知道,你妈妈心里惦念着的,那个亲姐姐似的女战士,也就是你的芦花姨,却连坟墓、棺木、石碑,甚至骨骸都无影无踪了……"

那只编织着红荷包鲤的花篮,仍旧那样鲜艳,但是篮子里面的花朵,已经弯下了沉思的头,低垂着,显得心事重重的样子。

江海想起了他那个主意:"二龙,还记得那位把骨灰洒在祖国山河上的伟人么?来呀,孩子,让我们一起把这些无处可以奉献的鲜花,从高空里往石湖洒下去吧!"

于而龙似乎从呼啸的风声里,听到了芦花的声音:"七月十五,日子不吉利啊!……"

四

　　直升飞机的机舱里,信号灯忽明忽灭地亮了几下。

　　念芦告诉他们,该准备降落了。果然,飞机慢悠悠地沉了下来,而且关掉了那台最吵扰的发动机,人们可以用平常谈话的声调来开个玩笑了。

　　"你当真要下去,打鱼的?"

　　"晒盐的,我连出国机会都放弃了,非下不可!"

　　"后悔还来得及噢!"

　　"十年前就给我盖棺论定,封我死不改悔了。"

　　但是哪想到,飞机在离地面还有几十米高度的空中,停住了,一位助手向念芦请示:"沼泽地要是降落不好,说不定会陷在淤泥里,首长一定要下去,可以再低些,用绳梯不知他们敢不敢?"

　　两位游击队长对视着,有点发窘,然后尴尬地笑了。哦!可丢人哪!两个老头子连这屁大的勇气都鼓不起来。大约念芦看出了他们多少有点疑虑,便说,显然是在安慰:"现在,顶多有五层楼高。"

　　灯又闪烁起来,机舱门拉开,吹进来一股凉风,助手们把绳梯推落了下去,回头看着他们俩。

　　念芦好心好意地:"来,让我先给你们示范,伯伯!"

　　于而龙拦住了他:"用不着,孩子,我们当过兵。"

　　江海嘿嘿笑了:"二龙,现在打退堂鼓还来得及。"

　　"那你算了吧,我下。"

　　他抢着:"小看人,我第一梯队!"

"得啦,病号,我先到地面打前站吧!"于而龙钻出舱门,立刻,呼呼的风讨厌地从裤脚管、从袖筒灌进来,当一磴一磴地向下迈的时候,他才懂得,诗人为什么总把大地形容成为母亲,原来,他也恨不能一步扑进大地母亲的怀抱里。那种上够不着天,下踩不着地的半吊子生涯,实在不是滋味。而这种滋味,他在优待室里、特别班里、生产指挥组里,已经尝够了。

他终于踩在一块结实的土地上,抬头向天空喊:"快下来吧,老伙计!"

江海听不见他的话,但看清了他的手势,也慢腾腾地向大地靠拢。于而龙心想:啊!这种危险的游戏要是被老伴知道,肯定不会有好脸色的,活了一大把岁数,竟不知轻重,倘若有个失闪,该怎么办?可是,亲爱的老伴,冒险,在某种程度上讲,是有吸引力的。不过,一定要跟江海约好,还得对若萍保密为佳。

晒盐的隔好高就迫不及待地跳下了,高兴地搂住于而龙,朝空中挥手,绳梯收了回去,装花的篮子扔了下来,直升飞机在他们头上兜了一个圈子,像一只巨大的鸟,扑打着翅膀,慢吞吞地飞走了。

"好了,现在只剩下我们两个了!"

于而龙说:"两个空降特务!走吧!"

"哪儿去?"

"当年开党委会的小河浜。"

"路可不好走啊!"

于而龙现在恢复了信心,精神振作多了:"我们可以在纷扰的世界里,找出一条路的。"

"但愿如此。"

"也是幸存者的责任嘛!"

在高空里看,沼泽地也只有簸箕大的一块地方,然而现在,没完没了的,星罗棋布的水洼,使他们产生一个感觉,大概永远也走不出去了。阳光在头顶上照着,那些大大小小的水洼,都反射出耀眼的光辉。他们很难找到一条叫做路的路——在生活里,有时也会这样没有路的,只好曲曲弯弯,绕来绕去的走,有方向,可又没有目的地,有出路,可又不知尽头在哪里?——只好往前走,有时还要跳跳蹦蹦,免得跌进酱缸——不愉快的淤泥地里去。即使看上去是绿茵茵的草地,也不宜过多停留,只要脚下开始吱吱地冒出气泡,不一会儿,地皮就瘫痪地下陷了,于是,他们两个赶紧跳开这块是非之地。再加上缠住他们不放的蠓虫,直朝鼻孔里钻,还有草丛里叮脚的小咬,哦!两位队长,石湖有时是并不那么友好的。

四十年前,于二龙和芦花就这样在沼泽地行走着。

他记得,芦花那时刚把辫子剪掉,因为那是战斗行军中的累赘,而且对她改扮男装也是个麻烦。然而剪成短发的芦花,在某种意义上讲,不再是船舱里纳鞋底的村姑,而是工作同志,这倒使得两弟兄看来感到陌生了。

密密的雨,扑面而来,雨水使她那乌黑的头发,紧贴在一起,在斗笠下齐刷刷地,越发衬出脸庞的丰满圆润和眼眸的澄澈明亮。她不到两年的变化,实在让人目不暇接地感到惊讶,似乎随着精神上的解放,人也变得鲜丽光彩起来。不久前,还是个干巴巴,常锁着个眉头,不那么舒展的女孩子,并不是那么富有吸引力的;如今像吹气似的膨胀发育起来,而且在脸颊上,总挂着一对充满魅力的笑涡,至今,这笑涡的影子还留在画家女儿的脸上。正如一年有四季的变化一样,芦花生命的春天开始了,虽然那是个相当残酷的环境,疲劳、饥饿、紧张,还要加上疾病(恶性疟疾都没有把她拖倒)和死亡的威胁,但是青春,像灌满石湖的桃花汛,按时来了,而且以无法遏制的力量,强烈地表现出来。

那时,每当她需要改装,那高耸的胸部就得紧紧地箍扎起来。但支队很长时期,仅有她是独一无二的女性,所以于二龙就不得不帮她点忙。也许他们是生活在船上的缘故,那些住惯了大房大屋视作鄙夷不齿的事,水上人家是不以为然的,兄弟姐妹之间,哪有许多好避讳的。在那宽不过一庹,长不过五步的狭窄天地里,文明和礼仪,男女授受不亲,就成了有限度的东西了。

这天出发前,芦花照例又悄悄叫他到她住的草棚里,前不久那场噩梦使她加上了一道门闩。于二龙一进屋,就笑话她:"你还真把梦当真了。"

"我不看做假的。"

"那么是谁?"

"告诉你也不信。"

说着她面朝着墙站住,把背冲着于二龙,嘱咐他使劲勒紧住她胸部的布带,甚至勒到她喘息都困难了,还嫌不够似的,让他紧点,再紧点。

"会把你憋死的。"

"系牢靠了,有一回我正过伪军卡子口,呼啦散了,差点出娄子!"她披上褂子,扣好纽子,转回脸来。

"走吧!"

"走——"

"都给老林哥交待清楚啦?"

"放心吧!"

"你干吗把公鸭嗓放啦?"

"你管他饭?我们人都吃不饱。"

"早晚得把王纬宇拉走,信不信?总来勾魂!"芦花敲着警钟,

"队长,提防着点吧!"

现在,渡口早落在他们身后老远了,大约快晌午了吧?在濛濛的雨天,又是坑坑洼洼无边无沿的沼泽地里,仿佛时间停滞似的。除了沙沙的雨声和踩在泥沼里的脚步声,好像整个世界都静止了。在这样静止的世界,停滞的时间里,就必然会感觉到内心的活动了。

那沙沙的雨声,多么像一个人在叹息,而噼噼啪啪的脚步声,更像两颗不宁静的心。他们虽然沉默着,但彼此都领悟到为什么两颗心不能如愿地紧紧密贴着,就因为横亘在中间,有那个叹息的人啊!

爱情就是这样,越是在战火中,越是在艰难困苦的关头上,会表现得越强烈,因为说不定明天,或者下一个回合的战斗中告别这个世界。那么还有什么隐讳,什么羞涩,有什么不可以和盘托出,把心里的衷肠全部倾诉给对方呢?

然而他们默默地走,尽管有许多的话。

当爱情构成一个不等边三角形的时候,那个锋利的锐角,总要刺伤一个人的,而这一个偏偏是他俩的亲人,这就不得不犹豫了,何况还有那一纸并不存在的婚约。

但于大龙决定离开石湖支队啦!走啦!再见吧!祝你们幸福吧……这是今天早晨临出发去执行会议警卫任务前说出来的。谁知他是真心,还是赌气?头也不回地走了。

她轻轻地问,雨声几乎湮没了她的语音:"知道了吧?"

他喃喃地回答,似乎自言自语:"听说了。"

"怎么办呢?咱们——"

于二龙拿不定主意,只是想:为什么独独对于他的走和留,会感到这么困难呢?前年,他把被害的小石头从山上抱回后,到底留不留他在游击队？大伙儿七嘴八舌，取不得一致意见，而且僵持着，非要自己表态，队长嘛，你做主吧！人们瞪着眼睛等你说个留，还是不留。

那时于二龙真为难，偏偏由他来决定他哥的命运。

亏了赵亮，那个光明磊落的共产党员，他从不高筑壁垒，而是敞开胸怀，恨不能拥抱整个世界。尽管于大龙跟他动过武，抢劫他的五块银元，但是他相信于大龙手上的老茧，相信他的诚恳、老实，对大伙儿说："……他本应早站在我们队伍里的，有他理所当然的位置，是晚了一点，是走了点弯路，但他是自己人。同志们，给他一杆枪，让他跟我们一块搞革命吧！"

这时候，芦花站了起来，大家立刻把眼光投向她，而且马上猜到她会说："不！"因为人们心里明镜似的，知道她和这对弟兄的关系——她是大龙的名正言顺的未婚妻，但她心里却只有一个二龙，难道她会投赞成票么？谁也不会捡个枷锁自己套在脖子上的。但是她激动地，泪珠都迸出来了，大声地说：

"留！"

连于二龙都愣住了，大家惊诧得说不出话来。

"不错，大龙哥当过土匪，我要不是碰到了共产党，也会拉着二龙投奔鹊山，糊里糊涂跟着麻皮阿六干的。大伙儿说他手上有小石头的血，我不信，孩子他妈也不信，你们谁去试试，抱着已经发臭的尸首，三伏天，走几十里山路，要不把孩子当做亲人，能做到吗？留下他吧，同志们！他会干好的，我信得过他，保险干得比谁都不差。"她量人有她独特的尺子，"真假好坏，不在脸上写着，日久天长，才能看清楚。二龙，你说呐——"

于二龙说什么呢？终究是亲兄弟啊！

雨越下越密，沼泽地也越发地不好行走，她见他不愿回答，就不再追问。其实,还有什么可以追问的?并不是一道难以回答的问题嘛!现在,需要的是勇气,需要的是突破。但是,如同一块苦痛的疮疤,早晚总是要揭去的,只因为护疼,就尽可能不触动地拖下去。

于大龙参加支队不久,有一次突然找到他兄弟,劈头就是一杠子:"叫芦花离开队伍吧!"

"怎么回事?"于二龙诧异他哥无端的问题。

"让她回庄上去,随便哪一家,还愁混不上一碗饭吃?"

那时的三王庄,第一次成为石湖支队的根据地,王经宇打跑了,逃得远远地不敢露头。但是于大龙的主意,绝不是因为三王庄成了游击队天下的缘故,于二龙猜测得出,肯定有些别的讲究在里面包含着。"究竟为了什么?哥,你痛快点行不行?"

他吭哧半天才说出来:"我不情愿她待在队伍里。"

"还有呢?"

他想了想:"就这么多。"再不吭声了。

于大龙由于刚刚参加支队,对于革命队伍的理解,自然要浅显些,现在已不是他可以决定芦花命运的时候了。于二龙一点也不客气地说:"哥,你太糊涂啦!怎么说出这样的傻话——"

很清楚,他是听了不三不四的话才找来的,想不到于二龙不但不支持,反而碰了个钉子,使直性人忍不住了,凭空里冒出一句:"她不是我的人啦?"

于二龙忍不住笑了,这叫他着实伤心,再加上信口而出未加考虑的话,真正刺痛了他。"你的人,亏你说得出口!哥,谁的也不是,她如今是革命的人。这道理怎么你还不懂,你以为还在我们家那条破船上?现在,你,我,她,都是同志!"

"同志?"

"快把你那些呆念头收起来吧!"

无心话就怕有心人去听,现在,于大龙一切都印证了,原来,灌进他耳朵里的风言风语,他是压根不相信的。现在思前想后,把事情串在一起,他终于明白,芦花的心是在二龙身上,连二龙都说了:"你的人,亏你说得出口!"他真的失望了,这些年来等着盼着,却是这个结果,能不伤心么?

他是真爱她呀!而且爱得那样深,只不过是在心底里罢了。他第一次喝得酩酊大醉,倒在他妈的坟上。

那时候,人们头脑里的桎梏要更多些,大家并不赞同芦花的行为,更不理解她的抉择是正当的。去追求真正的爱情有什么过错呢?但是人们却责备她,其中还包括江海。他们按照这样的逻辑推断:假如于大龙还当土匪,或者很不成材,是不三不四的人,那么背约还说得过去;现在,他打仗勇敢,干活勤奋,人又老实,心肠也好,找不到挑剔的地方,拿不出嫌弃的理由,就轻易地把一个老实人甩掉了,还讲不讲信义?还有没有道德?芦花在支队里简直挑不出毛病,独有这个问题,人们不竖大拇指,背后讲究她,指摘她。

但是,芦花是个不肯妥协的人,她认准了是决不会改弦易辙的。

她一点也没猜错,果然在娘的坟头上找着了他,生气地对这个不会喝酒,偏要喝酒的闷嘴葫芦讲:"你可真出息,喝醉了给娘丢脸来啦!亏你还是个男子汉,亏你还是个战士,就这样找人可怜你吗?呸!起来,归队——"

于大龙踉踉跄跄站起,头一回发现以命令口吻跟他讲话的剪了短发的女战士,确实不再是在后舱里,只会烧火做饭的芦花了。但是,那股未消的酒劲给他壮胆,不爱讲话的人憋出两句话来也够噎人的:"二龙说:你不是我的人,我来找娘问问!"

芦花说:"娘在地底下,告诉不了你,还是听我说吧,我只把你当做亲哥哥。"

"那娘临死的话白费了?"

那个女战士坦然地说:"娘要活到今天,她也会让我自己做主的。"

"你放心,二龙绝不肯的!"他冒出了一句。

"这你就不用焦心了。"

于大龙提高了声调:"别忘了二龙连冰窟窿都肯钻——"

他不提别的还罢,一提当年喝砒霜酒冰下捉鱼的事,芦花真的火了,不可遏制地愤怒责问:"你还嫌他死一回不够本吗?"

说罢甩手走了,于大龙望着那越走越远的影子,他的心碎了。

也许这是残酷的,可是在任何一个不等边三角形里,总存在着钝角和锐角的呀!就在这一天早晨,于大龙决定离开了。虽然那是痛苦的,割不断的手足之情,和那心底里难以消失的牵恋,但是想到总有一个人在身边唉声叹气,他们心里是不能松快的。

"芦花,我走了!"

芦花正在给他缝子弹带:"等等,这就完。"

"断了的东西,连不到一块啦,给我带走吧!"

她望着他的脸,"哥,你怎么啦?"

"我那儿完了事就跟江海走了,说好了,到他们支队去。"

芦花站起来:"老赵晓得么?"他摇摇头。"二龙晓得么?"他还是摇摇头,并且觉得自己行为有些不妥当,于是解释说:"我这不是给你打招呼来吗?"惹得芦花冒火了:"你也不看看,是什么时候,凑这个热闹!"把那个没缝完的子弹带甩还给他,眼泪都快急出来了。"你怎么能这样糊涂呢?"

"芦花,我不能总不明白,干吗碍手碍脚,这样一来,我好,你们也好。行啦,我该出发啦,大家等着我。"

"站住——"芦花脑海里闪出王纬宇的影子,"告诉我,谁教你的?这不是你的主意!"

于大龙难得这样沉着、自信和镇静,他说:"芦花,咱们三个人起小儿一块苦熬苦撑长大的,有什么不能担待?让我走,你们俩好好过,不能把笑话留给人。"他忙着追赶他那小队走了,人家在喊他,因为保密关系,开会地点只有负责带队的他知道。

"大龙——"芦花喊他,想听听王纬宇究竟说了什么?

他回过头来,看着芦花,突然想起他妈临死时说的话,不觉重复地说了一遍:"你们俩就顶门立户地过下去吧!"然后跳上了船,走了。

等芦花追过去,那船已经钻进密密的芦苇荡里。

现在芦花把问题摊在了于二龙的面前:"怎么办?"

那漆黑的瞳仁里,透露出期待的神色,希望能听到他正面的肯定的答复,自然他完全了解她那个"怎么办",并不是指走的那一个,而是留下的他们俩,并且只需一句话,就可以圆满地回答问题。

然而,世界上许多事物是千丝万缕、互相牵系制约着的,明明是错的,偏偏不肯认错,本来是对的,可又不敢坚持。看到芦花等待而显得激动的样子,使他回想起在冰上死死被她抱住的情景,从那以后,他俩再不曾分开过,一块坐牢,一同游街,一起打游击,在枪林弹雨里,在艰苦岁月中,在生死关头上,相互体贴,彼此关照,有着许多无需用语言表达的情感交流。现在,他决不会把命运交付给天空的雁群来决定,自然更不会孤注一掷地钻进地狱似的冰洞里去。但是,他仍旧缺乏勇气,对那双明亮的眼睛说:"我爱你!"——也许未必是这三个字,但当时,表达同样意义的语汇,在石湖年轻人之间还是有的。

于二龙咽下了那三个字,不敢做出真实的回答。在细雨濛濛的石湖里,只有那对瞳仁,是惟一光明的东西。

也许把真善美作为最完好的品德时,偏要把真放在首位的缘故吧!当真实受到压抑的时候,虚假就会盛行起来,于而龙想:那一瞬间他的脸色肯定是尴尬的,矛盾的,甚至可以说是狼狈的。

——人们,说出心里真实的语言吧!

那双等待着答复的眼睛,神色变得愈来愈炽烈,而且,令他大为惊讶的,怎么渐渐地,露出了一丝玩世不恭的诡谲?芦花从来不会有类似的表情,或是爱,或是憎,都是线条清晰,轮廓分明的。但这种曾经沧海的深沉,深谙人情的世故,绝不是芦花的性格,然而奇怪,的的确确是一张芦花的脸。

啊!那是芦花的女儿,他辨别出来了,是于莲在等待着他的答复,也是涉及到类似她妈妈那样的问题。

他回到了玉兰花下的那顿野餐里去……

谢若萍堵他嘴的油浸鲫鱼,并不使他感到兴趣,因为不论什么鱼,只要做进罐头里去,就像一窝蜂的作品千篇一律似的,总是一个味,再加上王纬宇永远唱高调的祝酒词,弄得他大倒胃口。其实于而龙最讲究口腹享受,现在,也觉得筷子沉甸甸的了,要不是来了个解围的,野餐恐怕要不欢而散了。

穿着西服的廖思源,露出了人们久已不见的兴致勃勃的神态,长期挂在他脸上,那种愁眉不展,负担沉重,兢兢业业,谨小慎微,一副地道的被告面孔不见了。今天显得轻松些,盘腿坐在野餐席边,背靠树干,从提包里拿出两听罐装洋酒:"来凑个热闹,是我女儿捎来的。"

看到了复活过来的老头,那股神气,以及罐头上两个穿着游泳衣的女人,夏岚抬起屁股,道了声失陪,背着一分钟照相机,推辞说要给孩子们照相走了。于而龙笑笑,他了解,其实王纬宇最追求舶来品了,从来也不见他的左派太太,把那些洋货扔到楼外来,以示革命的纯洁。不过,比起老徐的夫人,夏岚只能算个小巫,那位原来的亲家母,竟然能在一座熙来攘往的公园草地上,全家人都玩得十分起劲的时候,她非要大家聚在一起,坐下来,捧着宝书,一齐高声朗读数段。于莲那时还是他们家的儿媳,实在受不了众目睽睽下的这种卖乖现丑的即兴表演,一甩袖子,蹬车回娘家来,因为她认为太恶心了。

她对于而龙说:"我那妖精婆婆,如果不是一种可笑的智能衰退,就是天底下相当大的女伪君子,我弄不懂,这种义和团的狂热和吃珍珠粉怎么能统一起来?"

"你那位公公呢?"

"他岂敢例外——"

于而龙想象那位对老婆服帖的大人物,捧书朗诵的形象,一定是很怡然洒脱的。于而龙想到这些,不禁叹息,于今惧内成风,夏岚毫无礼貌地离席,王纬宇只好无可奈何地报之一笑。唉,难道真要回到母系社会里去?

廖思源是经过沉浮的了,倒并不计较,只是嗔怒他那不安分守己的外甥,不知跑到哪里去了?

其实陈剀正在庙门口,握着于莲的手,呵呵地笑着,她望着他,他哪里还有书呆子气呢?一个相当可爱的"学者",他诚恳直率,坦荡磊落。正是那股毅力,干劲,和毫不畏惧的拼命精神,使得于莲着迷啊!

徐小农也走了过来,向画家——原来的妻子伸出了手,但是抱歉,于莲不是千手观音,一只手握住画笔,一只手拉住陈剀,再也腾不出来,徐小农只好转身回红旗车里取东西去了。好在对于莲的任性,动不动就冷淡奚落自己,也已经习惯,根本不注意正在握手的两个人,眼睛里闪现出来的异样虹彩。

"听说你打架去啦?"

"妈的——"于莲说,"我讨厌狗眼看人低!"

"我也是挨轰惯了,根本无所谓,从国外轰回国内,从首都轰回省会,又从城市轰回农村。他们怕我打架,那些老爷才轰我,可也不想想,我长着两条腿,还会捧着论文回来的。"

"看起来你跟我爸一样,也是死不改悔!"

这时,徐小农从车里捧个锦缎盒子走来,于莲真怵他的物质攻势,那是他的拿手好戏,再加上有站脚助威的那对夫妇,她不由得想:又像那年在葡萄架下的阵势一样,谁知爸爸还会不会沉湎在副部长的梦里?

"快来快来!"于而龙向陈剀招呼:"你舅舅直怕人家把你已经轰走了!"

"去年十月以前,倒有可能。"

"现在也不是不至于。坐下,坐下,年轻人!"

于而龙的热烈情绪,使得于莲心情宁静一点,因为,他的票至今还是决定性的一票。

徐小农也来到玉兰花下,王纬宇赶忙迎上去,拖他挨自己身边坐下:"怎么来晚一步?"

他指着不知装了什么宝贝的盒子说:"去取它了!"

"啊,我担心你会找不到这里!"

在一边照相的夏岚说:"哪能呢?莲莲简直像座灯塔!"

众人团团坐下,一时间都找不到话题,大家各顾各的吃喝,这种场面很有点像在巴黎召开的三国四方会议。

陈凯是个乐得清静的人物,繁华的环境,和无聊的应酬,倒使得他苦恼。现在,他倒没有考虑他的论文和设计,而是被那对眼睛的光彩,真像在国外长途旅行后初见国门时,把他吸引住了。于是,仿佛浮现出那长着白桦树的原野,那一望无垠的冻土地带,在车窗外没人烟的单调景色陪衬下,为了一张不让带而偏带的自己搞的设计图,碰上了敢作敢为的于莲那情景,历历在目。当时并不是因为她的脸孔是多么充满魅力,而是她的大胆泼辣,和敢于挑战的性格攫住了他的灵魂。

陈凯能够继续在国外求学,并不因为他父亲的问题倒霉,是由于一位高级将领关照的结果,也许是一种报恩的行为,那个民主人士的家庭确实是为革命出过一些力的。但是,随着那位高级将领在政治舞台上的消失,陈凯也就登程回国了。

"把图给我!"于莲也不明白为什么要同情他,那时一块回国的留学生,并不只是他一个呀!

"你有办法?"

"当然,如果你认为有价值——"

"其实纯粹是赌气,我自己搞出来的设计,为什么不许带走?"

"那好,你来帮我,把你的设计裱糊到我的画稿后面。"

"裱糊?"

"哦!那是地地道道的中国学问。"

爱情,在那漫长的旅途中开始成长起来。最初,他们俩只不过是一对恶作剧的共谋者,但是,中国的裱糊术,不仅使两张纸粘合密贴在一起,这两个人的心也在靠拢着。现在,陈凯想到自己又来到寺院,又来到玉兰花下,这么多年彼此都走了一条弯路,谁的生活都不幸福,责任究竟在谁身上?

不错,于而龙应该承担很大责任,但是,他倘若要问:"孩子,你们自己的意志呢？为什么要把命运托付在别人手里,听候裁决而俯首听命呢？"

那又该怎么回答？啊,只有广场方砖上那温暖的血,才是真正的觉醒。

然而于而龙不会来问的,他和廖思源谈起一些往事,又回到五十年代的王爷坟里去了。也许这是一种通病,人们不大愿意勾起阴暗岁月的回忆,而总是容易怀念生命史中的黄金时代。啊,那些国泰民安的年头确实让人留恋啊!

"你们俩在谈些什么呀,这么热闹!"谢若萍看到大家枯坐着有些冷场,便以主妇的身份,想把人们用一个话题聚拢起来。

"我们在探讨骑马术!"

王纬宇说:"那是我们骑兵团长的拿手好戏。"

"你还不要不服气,五十年代初的王爷坟,四条腿的战友可帮了我们忙啦,那一片洼地泥塘啊!"

廖思源笑了:"所以你见我第一句话,就问会不会骑马？"

"是的是的——"于而龙哈哈大笑。"啊!想起来了,我正在王爷坟忙得不可开交,周浩通知我,要我洗刷洗刷,刮刮胡子,穿套干净衣服,去火车站接你(他不愿提廖师母)。'将军'在电话里说:人家辞掉外国工厂的聘约,回祖国参加建设,要好好接待,要热情欢迎,以后你们就一个锅里盛饭,一个桶里喝水啦!"

于而龙讲着的时候,王纬宇抬头看花,难怪,那还是五二年大规模建设的开端时期,他不在场,自然不发生兴趣了。但于而龙却很有兴味地回忆着,也许,他含有某种用意吧？"……我问'将军',来人姓什么？他告诉我,姓寥,寥寥无几的寥,去掉宝盖,加上——"

"何必那么繁琐？"廖思源说,"就讲'西蜀无大将,廖化作先锋'的廖,不就结了?"

"我赶到火车站,一看廖总穿着西服,打着领带,毫无疑问,是我要接的人了。第一句,我确实是问他会不会骑马来着!"

"你这个人哪!"谢若萍说。

"不会骑马,在王爷坟寸步难行,廖总说他在外国看过马戏。好,只要懂得马是动物,长四条腿,就好办了。回到工地,我让骑兵挑了一匹最老实最温驯的牲口,外号叫做狗子他娘的马给这位总工程师骑。"

"喝,我真像不成材的马戏团演员一样,好不容易才趴在狗子他娘身上。"

他的话经不起琢磨,逗得人哄堂大笑,尤其于莲笑得更厉害,她今天似乎特别高兴,连徐小农给她倒的酒,也一饮而尽,王纬宇认为是个好兆,也许真的会"鸳梦重温"吧,那样就不枉一番苦心孤诣的安排了。

廖思源觉不出自己的语病在哪里:"怎么?难道不是狗子他娘驮着我走遍整个工地?"那匹良善的牲口,忠实地、吃力地在泥塘里挣扎,尽自己的职责,虽然被赐予难听的名字,但并不后退,仍旧默默无声地向前蹚着,不是相当令人可敬的吗?"哦!那都是过去的事啰,现在回想起来,倒不觉得当时多么苦啦,如同喝酒一样,刚沾在舌头上,又麻又辣,回过味来,就又香又甜啦!"

王纬宇说:"其实老廖并未把话讲完,喝酒还有最后一个过程,该是冒酒臭了!"

"确实也是如此,如今我也是第三过程的产品了。"他的平淡语音,使整个场面又冷落下来。

"老廖,你多心啦!"王纬宇感到有些失言了。

"不,你说得一点不错,今天赶到这里来,就因为你俩,一个过去的领导,一个现在的上级,难得在一起的机会,特地向你们辞行来的。"

"廖伯伯,你终于还是要走?"

"我不知该怎么谢你这幅画?我总算能够带着欢乐走了。"

谢若萍关切地问:"批了吗?"

陈剀从口袋里掏出来护照、飞机票:"咦,都办妥了。"两位工厂前后负责人沉默了,谢若萍充满了惜别之情,不胜依依地问:"什么时候启程?"望着那一张孤零零的飞机票,突然想起了那位文弱的廖师母,她们俩一起度过那急风暴雨的最初几年,她也曾陪过谢若萍在门后马扎上守候丈夫。那是一位和善的,然而是软弱的,总是像藤萝一样,要依傍着什么的女性。两口子一块从国外冲破封锁阻挠回来的,如今,只剩下廖总孑然一身地走了,他把她扔下了,难道能带着骨灰盒走吗?

廖思源回答:"明天坐飞机去广州,然后经香港——"

人们都像哑了一样,惟有鸟儿不理解人们的心境,在欢快地啭鸣喧闹在廊檐花枝间。过了好一会儿,于莲望着那幅即将完工的写生,冒出了一句:"廖伯伯,不理解你为什么执意要走?你以为欢乐只在画面上么?"

"莲莲,我是个冒酒臭的人,煞风景啦!"

十里长亭,送别辞行,本是生活河流里容易掀起的波澜,往往要触动人的心弦,何况像断线风筝,远涉重洋,从此一去不回头呢?也许他不应该走,因为撇下的是母亲似的祖国呀!但是,话说回来,他作出走的决定,总是考虑再三。肯定他为这种割舍痛苦过,然而他还是下了狠心,一走了之,难道没有什么值得留恋的么?二十五年,一个世纪的四分之一,会不在他脑海里印下一丝值得怀念的印迹?有的,毫无疑问,甚至是很多很多。所以今天批下来,明天马上离开,不打算多停留,免得在脑海里生出许多犹豫,懊悔,来折磨自己。

谁也没心思把杯子举起来了。

于而龙站起来:"廖总,走走去吧,我陪你看看古庙吧,恐怕你还是头一回来吧?"

"是头一回,但也是最后一回。"

他们俩步出了芬芳的院落,沿着曲折的路廊,登上了另一层楼殿。在那里可以眺望到西山坳里的罗汉松,也可以瞥见到半山腰里舍利塔的圆顶。低下头俯视是紧贴大庙后墙的湍急的水涧,那位穿着红白蓝三色旗似的舞蹈演员,那位十二月党人,那位左派,正在嘻嘻哈哈地照相玩。

"怎么?老廖,已经毫无任何挽回的余地了么?"

不远处的田野里,一畦畦的冬小麦长得肥黑苗壮,廖思源把眼光落在绿绒似的麦苗上,落在垄沟里背阴处余下的肮脏的残雪上,似乎不曾听到于而龙提出的问题,又似乎已经答复了地不再关切。

"听见我说话了吗?"

那位总工程师仍旧不回答。

"好吧!"于而龙终于放弃了最后说服他的意图。"那你就走吧!老伙计,我不再留你了……"

大约在几年前,王纬宇曾经拿总工程师的一份报告,来打趣他的时候,事后他问过书生气十足的廖思源:"我不了解你高雅的意图何在?非要当一名'二氧化碳',打算达到个什么目的?"

"我确实感到我的心大大坏了,不具备一个共产党员的条件,所以请他们新党委讨论,免得因为我而玷污了党。"

"你天真得太可笑,老廖。连小偷、破鞋、活王八都挂上了党员牌牌,难道会多嫌你一个技术权威?自然,谦逊是种美德,发现自己不够,可以再努力,可千万不要犯愚,冒傻气!"终究是二十多年的交往,他们俩习惯了直言不讳的谈话方式,从来不拐弯抹角。

"我们两个反正有一个装糊涂的。"廖思源说,"你认为党还是你的我的吗?我佩服你的自我感觉过分的良好,时至今日,真可怜,你还不能过组织生活。而我,运动一开始,就被'红角'革命家开除出党了。党已经不是我们的了,就像阿Q在土地庙里一觉醒来,发现赵秀才,假洋鬼子都成了柿油党,革命没他的份啦!"

于而龙的笑声在老鳏夫空荡荡的房间里轰轰地响:"你挺幽默!"

"含泪的笑罢了!"

他看着老头的清癯面孔,那眼角的细碎鱼尾纹,表明着经历过的艰辛生活。他在国外求学期间,是靠自己在餐馆里洗盘子谋生的,那时穷得廖师母在亲戚家寄居,也就是陈剀的家。廖思源的拿手好戏是削土豆皮,有时表演给于莲和于菱看,他不愧是动力学权威,懂得怎样利用最小的能量,取得最大的功率。手指,快刀,土豆,像魔术师般旋转着,动作快速娴熟,总引起一阵热烈的掌声。但他只能为他认为是自己人的人,才表演特技的。

于而龙可能也如此,只是对自己的人,才毫不见外地责备:"你不应该给他们制造笑话的机会。"

"这不是笑话。"他回答,"我不配,也不能当党员了!"

"胡说——"于而龙不相信自己的耳朵,一个在五十年代生龙活虎的工程师,中央领导人握过他手,表扬了他的干劲。特别在六十年代,别尔乌津领着他那一伙不告而别,工厂落到那种田地,像遭到强盗洗劫过的人家,连贴身裤子都失去了。哦!廖总工程师那时年富力强,精力旺盛,以致得了传染性急性肝炎,转氨酶指数高达五百,也不曾把他搞倒拖垮。那时他按高级知识分子待遇,发他一张购货卡片,可以享受一些优异待遇,后来收回一看,他的卡片上全部是空白,一样东西都没买过。尽管那样,他还是日以继夜地滚在厂里,用大鞭子抽都不走。当工厂终于造出了中国风格的产品,那大马力的家伙发出震耳欲聋的声响时,大伙儿都围上去向他这位设计师祝贺。因为别尔乌津幸灾乐祸地预言过工厂可以关门大吉,现在照常运转起来了,能不高兴么?人有人格,国也该有国格。"廖总,廖总,你真是个好样的!"但他躲不迭地避着大伙,"别碰我,别挨着我,我是肝炎患者,会传染给你们的。"然后,兴奋地爬上机器,和他一向端庄的体态,沉稳的性格全不相同,紧贴着轰隆隆的心脏部位听了会子,回过头来,向赶来抓他住院去的谢若萍说,用的是拉丁语:"夫人,哦,尊敬的大夫,脉搏正常——"

像这样一个热爱自己工作,热爱革命事业的共产党员,竟然会提出来退党,起码是反常的心理状态。在许多人削尖了脑袋,往党里钻以牟私利的时候,他却要当废料,当二氧化碳,岂不怪哉。

"你不是发高烧吧?"他正告着。

"我是说正经的。"廖思源颇为严肃的回答。

现在,于而龙终于明白,他的痛苦折磨该经过多少时间的斗争,才得出今天的结果。

随后,在去年秋天,十月里那个清冽的早晨,谢若萍为了使孤独的老人,也享受到喜讯的欢欣,和于莲一块来到了楼下。

正在做气功的廖总工程师,起先不相信,继续闭目入定,意守丹田,等到于莲调皮地放开了劳辛的录音讲话,他的气功无论如何做不下去了。

画家把录音机凑到他耳边,他站了起来,半信半疑地:"该不是愚人节的新闻吧?不,今天不是四月一日,而是十月——"他望着日历,"是十月几号来着?"

一看写字台上的日历,已经好多天没翻过去了,于莲开他的玩笑:"你这个当代陶弘景啊!'山中无日月,惟有白云多'。"

谢若萍叹息,她想起廖师母,那个多么爱自己丈夫的妻子,在这间屋子里度过她生命最后时刻的情景。一个丈夫失去了妻子,就像在生活轨道上失去了重心,不免要倾斜敧侧,把日子过得不像样子了。

"有一位诗人,我认识他,他最后被国民党枪杀了,曾经写过一首诗,叫做《死水》,可能你不一定读过,我给你念两句:'这是一泓绝望的死水,春风吹不起半点漪涟。'莲莲,听,像不像我?"

"不!"于莲大声地反驳,"你那种陀思妥耶夫斯基的颓废要不得,这股风会把你吹起的,一定——"

过了不久,他倒真的吹起来了。年底,王纬宇来找于而龙,多少有些奚落的口吻,问着:"你干吗不拦住他?"

"谁?"

"钟楼怪人。"

"什么事?"

"他正式申请出国,到他女儿那里去,和家人团聚。"

他能说些什么呢?

于而龙想都想不到:度过了对他来说是最难熬的岁月,从剃成阴阳头,到成为敲钟人为止的苦痛历程,是不容易的;现在,和煦的春光又温暖了每个人的心窝,他居然提出要走,实在是不可思议。

"看看你器重的专家党员吧!"王纬宇说得比较婉转,不曾用拉进党来等等粗俗字眼。

于而龙哪有工夫理他,把革委会主任撂在客厅里,下楼找廖老头去了。

二十多年来,于而龙不曾用如此高的嗓门和总工程师讲过话,甚至和他大发雷霆的时候,也得自觉收敛降个调。于而龙那该死的脾气,跟谁少吵过架呢?现在,几乎是大吵大喊,也不怕隔音性能不良的楼房,传到在楼上客厅里坐着的客人耳朵里去。——让他笑去吧,那只号丧的乌鸦!"收回你那个愚蠢到家的念头,老廖,我怀疑你神经是否健全?理智是否正常?你在歇斯底里,明白吗,简直糊涂到了家!你老天拔地的跑到外国去做什么?列宁都劝那个唱低音的夏里亚平从美国回到俄罗斯,可你,老兄,倒要远离祖国。去把申请书讨回来,马上去,王纬宇就在楼上我家。"

"不!"廖思源知道于而龙是最难通过的一关,二十多年来,命运使他们紧紧扭在一起,那种分不出是友谊,还是爱情的相互之间的关系,会对他产生相当强的影响。如果于而龙执意不让他走,真害怕自己没准会动摇的,他咬定牙关,不退让地声称:"那是经过我深思熟虑以后,才作出的决定。"

"狗屁决定!"于而龙嚷嚷着,声震屋宇,如果说刚才是 C 调的话,现在的腔调起码够上升到 D 调了,"一张技术图纸,也许你拍板说了算数;在政治上,你是小学生。不,办出这种傻事,只有幼儿园孩子的水平!"于而龙在他房间里转来转去,一脑门官司,看什么也不顺眼,尤其那电炉上熬着的中药,咕嘟咕嘟地冒泡,似乎在嘲笑他多管闲事。

"好了好了,咱们不要吵架!"

"谁跟你吵来着,就听你一个人嚷嚷!"

廖思源看着从不服输认账的于而龙,想起他在优待室里共同生活的两年,竟然学会了英语,那顽强不屈的劲头,看样子一定要拼命说服自己的。

"好,我们来平心静气地谈一谈吧!老廖,你百分之百地错了。你不应该走,柳暗花明又一村,现在,中国有希望了,我们已经看见曙光了,一句话,从黑斑鸠岛上熬过来啦!——记得跟你讲过我这段往事吧?怎么偏偏到了光明普照,大地回春的日子,你倒想出了馊不可闻的主意呢?"

"正是现在,我才走。"

"糊涂!那么艰难的日子,你倒挺得住?"

"那时,我也想过走的念头。"廖思源沉默了一会儿以后,声音更低了,"当我终于知道她已经离开人间以后——"他看了一眼桌上镜框里的速写像,那是眼睛睁得很大,有着惊奇夹杂惶恐感情的廖师母,于莲凭记忆里的印象,画出这位没有等到丈夫放出来的可怜的妻子。

"当时,你为什么不走?你女儿来过信要你去,在优待室,你给我看过。"

"我想过。可是那时候提出申请走的话,我的良心不允许。"

"为什么?"

"我不能只顾自己逃生,而工厂,是我们两个一块搞的,有罪同当,不论多大过错,我也该承担我的百分之五十的责任。一股脑儿全留给你,罪过你一个人顶,惩罚你一个人受,我做不出那种事的,那不是君子行为。可怜哪,到时候,连游斗都没个伴,那是不是太孤单了?"

于而龙直摇头,他不喜欢知识分子这种孤高耿介的古道热肠。

"……再说,你是我结识的第一个共产党员,又一块合作了二十多年,在优待室里朝夕相处了好几载,既是难友,也是知己。你说我能撇下你,抛弃朋友,背叛同志吗?那太缺乏一点做人的基本道德。现在,当然不同了……"

他听着听着停住脚步,望着在动力学上有很深造诣的专家,是一位知识分子味道多么浓厚的老夫子呵!他想起那位死在敌人屠刀下的秀才老先生,他们有着许多共同之处,最明显的,就是那种在中国这块土地上,经过数千年文化教养传统的熏陶,而形成的知识分子特有素质——"士为知己者死"的古色古香的感情。

要不得啊!老兄……

"不对,老廖,你这种过时的感情拉倒了吧!着眼点不应该放在人与人的相互关系上,这些恩恩怨怨对于大局来讲,是小而言之的东西。我谢谢你的关切,要懂得,我也是那种不值得提倡的人情味多了一点的人。'将军'早批评我好感情用事,我来到屋里同你嚷嚷,就充分说明我的弱点;不过,我还是忍不住要来,因为一步棋往往决定全局,老廖,你要慎重再慎重啊!"

他握住于而龙的手:"老于,原谅我吧,我实在有点辜负你,对你不起——"他的语音显出不大自然的样子。

于而龙不耐烦地甩开了廖思源,动作几乎有点粗鲁,他讨厌婆婆妈妈:"为什么?到底为什么?"他迫切想找到原因,关键在什么地方?日子好过了,他怎么倒要走了?

"我太老了。"

"谁也不年轻。"

"心灵上的伤痕,是永远也不能愈合的。"

"老廖,打碎牙,往肚内咽,死过的人,难道还怕死吗?"

他沉重地叹了口气:"回天无力,老于,让我走吧,我还是走了的好……"

是这样吗?也许。那么无须再问了,他,可能太伤心,太疲倦,也太悲观了。

当初造这座寺院的人,决想不到几百年后,会有这样一对朋友,处在这样的心情里凭栏远眺的。在他们身边的一块山石上,迎面刻着"莫回头"三个苏东坡体肥放大字,那原是鼓舞参拜的香客,沿着崎岖山路继续往上攀登。但是于而龙却目不转睛地思索着那言简意赅的三个字,想着在人生的途程上,有时倒需要回过头去,看一看自己走过来的路。

他不禁思索:"为什么一个远涉重洋,几经转折,才回到祖国的工程师,在度过了二十五个春秋以后,又要离开这块他洒下过汗水的土地呢?"

在王爷坟那一片烂泥塘里,廖思源有时连"狗子他娘"都不骑了,深一脚、浅一脚地跋涉着,而且永远保持他那绅士派头,穿得干干净净,胡子刮得溜光,刚来时还改不了那打领带的习惯。他那同样是上头漏雨,脚下泛浆的工棚办公室,也要收拾得比其他屋子整洁。炮弹壳做的花瓶里,警卫员总给他采一些野花插上。他白天设计未来的工厂,在蓝图上绘出他将来挨斗、坐喷气式的一个个车间;夜晚还得给抽调来的科技干部讲课,如今那些高足,遍布全国,有的还成了专家。那时,一些外国公司或研究机构,还总给他唱些海妖的引诱之歌,他站在齐膝深的泥塘里宣布:"哪儿我都不去啦,王爷坟是块磁铁,把我吸引住了。看,我的脚已经陷在里面出不来了。"

看他在泥浆里挣扎的狼狈相,于而龙逗他,那时,他俩刚刚开始熟悉起来:"你应该把你脖子上的套包子解掉,不嫌憋得慌,满头大汗。"

警卫员在一边牵着马偷笑。

知识分子有时真是无知得可怕,侧过脸来问道:"什么?你管领带叫套包子?"

小鬼忍不住揭发:"廖总,师长拿你开心,只有牲口,才用套包子。"

他丝毫不介意:"当一头革命的牲口,在泥塘里奔走,也未尝不可。"

但是,他奔走了五十年代、六十年代,到了七十年代,虽然手脚被捆住了,但还没有发明一种可以捆住脑子的办法,所以他的脑子还在奔走。他做气功吗?不!他在打坐吗?不!他在思考他摸索了一辈子的动力理论。但是,他现在,停下了脚步,不再奔走了,明天,就要离开共同生活过二十五年的土地、工厂、同志、朋友,离开祖国。走到这一步,怪他自己么?当然,他是不应该走的,话说回来,难道仅仅是他个人的原因吗?

社会有时是个教员啊……

走吧,走吧,于而龙现在倒不那么坚留他了,在政治斗争的漩涡里,他,一个只顾学问,无暇旁骛的知识分子,永远是个失败者。要不然,就是这个或那个运动的牺牲品。

看,在下面院落里的花丛中,席地而坐的王纬宇,正擎着酒杯,像葛天氏之民那样,无忧无虑地高谈阔论,听不清他在讲些什么?看他那趾高气扬,有恃无恐的神气,可以估计到老徐,和比老徐还大的人物,仍旧很健康,很结实。所以,他认为廖老头的选择,或许还不是那样没有道理。但是,无论如何,明天就要握别了,他还是情不自禁地问:

"老廖,当真你对这块土地不产生一点点感情?"

没有回答。

"老廖,难道你不惦着你亲手建造起来的工厂?"

仍旧没有回答。

"老廖,你对我们这些共事多年的人,真的舍得抛掉?"

廖思源凝视着共了二十五年事的共产党员,摇摇脑袋,朝那镌刻着"莫回头"三个大字的曲径走去。

他好像衰老得很,一个失去补天信念的人,步态龙钟,孤孤单单地走了。

那模样,使于而龙回想起被王经宇杀死的郑老夫子。

是谁用一把无形的刀,砍向廖思源的呢?于而龙多么痛恨那些制造罪犯,制造混乱,制造歇斯底里狂热,制造荒唐逻辑的祸首啊!

他不禁想起那些攻破巴士底狱的人,是怎样把路易十六送上断头台的?也不禁想起托尔斯泰在一部小说前面引用过的,那两句《圣经》上的阴沉沉的语言:"伸冤在我,我必报应。"

"走吧!老廖,祝你一路平安!"

——至于我,却是要留在这里跟他们干到底的。

五

花丛里一阵纷乱,于而龙不知发生了什么事?

男大当婚,女大当嫁,他现在算是有了足够的体会,好端端的春游,被她一阵喜怒无常的脾气,给搅得兴致全无了。

等他回到庭院,在淡雅的香味里,那儿只剩下两个人,一个是把自己作品撕得粉碎的于莲,另一个是努力把画拼凑在一起的陈剀。

"怎么啦?"

她回答,若无其事地:"什么也没发生。"

陈剀像拼七巧板似的在组合嵌拢着那些碎片,仿佛研究学问一样的认真,但是那些碎片上的花瓣,也不知谁跟谁应该吻合到一起,然而又觉得不论谁跟谁都可以硬凑在一块。在生活里也是同样,幸福的情侣被拆散,别别扭扭的夫妻非要捏着鼻子过下去。

"别弄了,陈剀!"他敦劝着。

陈剀站起来,抖掉那些纸上的花瓣,和从枝头上落下来的真的花瓣,总结性地发表了一句感想:"艺术要比技术复杂得多。"

于而龙忍不住赞同这个观点,并且补充说:"而走上艺术创作这条道路,则更险恶!"所以他总认为:艺术创作多少有点类似登山运动,对于每个队员所迈出的每一步,应该给予鼓励,给予支持,而不应该在耳边喋喋不休地指责,没完没了的教训,甚至摆出一副教师爷的架势吓唬:"你这一步迈错,跌下去就粉身碎骨啦!"虽然,也许出于一种好意,但那样只能把人吓退,永远也休想到达顶峰。

"但你干吗要撕画呢?难道也是因为印象派嘛?"

"你别问吧!爸爸。"

陈剀突然冒了一句:"我太不善于辞令啦!"他转向于而龙解释:"因为我随便发表了一点看法,生活要是也这样美,就太好了。如果我有什么说得不对的地方——"他望着于莲,轻轻地:"请原谅吧,莲莲!"他慢慢地踱开了。

于而龙本想喊住他,但是由于他一向持重,很少冒失,竟会如此亲昵地称呼"莲莲",真有些不太理解。

待他走后,于莲哈哈笑了:"生活的美,不是寄托在愿望上。现在还谈不上真正的欢乐,干吗我粉饰现实?春寒料峭,他那快被驱逐的论文和本人,倒觉不出冷意?"

"追求理想的人,不大注意那些卑微的细节。"

"爸爸,你认识他吗?"她突然冒出一个古怪的问题。

于而龙望着女儿那张玉兰花似的漂亮面孔,心中那个朦胧的影子隐隐约约:"我承认,确实是又陌生、又熟悉。"

"爸爸,也许更难使你点头了,一个右派家庭,还不够,马上又要有一个海外关系。"

"啊！我想本来应该是他。"

"现在,我需要你说一句话,爸爸——"

于莲望着他,那双像芦花一样明亮的眼睛里,流露出热烈的、期待的、盼望着给予肯定答复的神情。和三十多年前,沼泽地里那扇形灌木林前,她生母的眼光一样,只是多一丝诡谲狡黠。她接着说下去:"爸爸,假如他跟我一样,也是结过婚又离了婚的呢?"

难题放在了做父亲的面前,他愣住了。

在人们的脑海里,存在着多少有形或无形的禁令啊！那些别人设置的,自己套上的精神枷锁,重重地束缚住自己。既不敢对"正确"说声"是",也不敢对"错误"道声"非"。哦,好比蜗牛一样,背在心灵上的硬壳实在太厚太重了,以致在那样明亮的眼光面前,都不敢正视,只好连忙缩回到自己的壳里去躲着。

但是,于莲像她生母那样,突然间爆破地冲出来一句没头没脑的话:"爸爸,你知道什么叫私奔吗？如果你不答应的话……"

"你有那个胆量吗?"

画家的脸色倏变,葡萄架下那宣判的场面又出现在她眼前,但经过一连串生活上的不幸折磨以后,更加珍惜那可贵的真正爱情,可不能轻易地抛舍和割弃了。于是立刻和她父亲摆出了一副决斗的架势。但是,她无论如何没想到,那个双鬓斑白的老游击队长脸上,出现了一股天不怕地不怕的神气,他说:"莲莲,如果你认为你所做的一切,都是正确的话,你就谁也不要管地走你的路——"

"爸爸……"于莲扑了上去。

然而三十多年前,当他还叫于二龙的时候,对于那个第一次剪掉了辫子的女战士所提出的问题,却缺乏回答的勇气啊……

现在,他已经回忆不出在沼泽地的雨天里,对芦花那热烈期待的眼光,到底在思想里转过多少弯子,因为她本应是他的嫂子,因为母亲临终时的遗言?因为他哥是个太老实的可怜人?因为游击队员和乡亲们的非议?因为不成文婚约的束缚?因为芦花一定要自作主张?……以致本来应该回答的话,到了嘴边,成了不伦不类的回答:"要大龙哥走,你就留着;要大龙哥不走,你就离开——"

"你说什么?"芦花盯着他。

"到滨海支队,或者去抗大分校学习!"

"你去吗?"那双亮得出奇的眸子凝视着。

"我?"于二龙嗫嚅地说不出话来。

他有时自嘲地想过:孔夫子的书不曾读过一本,可自己身上孔夫子的气味倒很浓。为什么把老房子的家抄得一塌糊涂而不敢非议?为什么关在优待室里受罪而不越狱逃走?为什么对一连串的迫害逆来顺受?为什么不敢大声说那是鹿,而不是马?为什么不能像年轻人,把鲜血洒在广场上?为什么不能杀人,像那老红军赵亮说过的那样?

是的,他缺乏突破精神上禁区的力量。但是,芦花比他在爱情上要大胆得多,解放得多,敢于讲出她心里的话。

"大龙哥走也好,留也好,跟我有什么关系?他是他,我是我——"说着说着像决堤的水流,止不住地涌了出来,"二龙,咱俩生在一块,死在一堆。我对你实说了吧,你到哪儿,我跟到哪儿,我是你的。二龙,从我见你的那一天起,我心里就跟定你了。咱俩不分开,永生永世不分开。你不要折磨你自己,也不要折磨我了。我把心里话,多少年的心里话,全说给你,我……"

如果不是一顶土黄色的战斗帽,在不远处的草丛中移动,她一定还会接着说下去,尽管她不是石湖土生土长起来的,但也终于像船家姑娘那样,大胆地表露自己的情感。

"咦？你看——"芦花吃惊地掩住嘴,指给他看那个缓缓移动的目标,由于是雨天,帽子的颜色变深了。起先,于而龙以为是一只斑鸠或者鹁鸪,但是在石湖,野禽多的那年准是丰收年,多得会自己落进饭锅里来;然而到了灾荒年,想寻一只做药引子都不得,猎人的肚子饿得咕咕叫,哪来味美的下酒物？糟糕！他们终于像一句谚语说的:"盼什么,没什么;怕什么,来什么。"认出来那是日本鬼子带着披巾的战斗帽,而且不止一顶。仅是他们能够看见,浮在草丛上的,数了一下,就有二十多个鬼子,正沿着他们走过的路,在沼泽地猫着腰潜行。

敌人怎么获知开会的秘密？

哦！可怕的不堪想象的后果……

现在,两位空降下来的游击队长,坐在沼泽地里一块簇生着野慈菇的土墩上小憩,那亮蓝色的花有着诱人的美,仿佛使岛屿似的土墩周围,成了充满神奇色彩的幻景世界。

走累了,需要歇一歇,但停下来,小咬和蠓虫的骚扰更加厉害了。

江海挥舞着野蒿,轰赶着:"真的,想起来了,二龙,你们俩怎么打响第一枪的？"

"哦！第一枪！可我们俩谁也不曾带枪。大久保是个狡猾的家伙,你跟他打过交道,了解他的性格。我估计他命令过,不许有一点声响,以免惊动我们那些开会的同志;他肯定要尽可能地接近目标,以便一网打尽。因为他那时是占绝对优势的强者,根本不存在畏惧之心,撒开大网捞捕在石湖四周活动的共产党,那是再好不过的机会了。"

"到底也没查出谁泄漏了会议秘密？"

"历史有时是一笔糊涂账！"

"你们不是认为他极有可能吗？"江海伸出了两个指头。

"现在看起来，被他骗了，他妈的挖坟，把大伙搞糊涂了。那家伙太会演戏，我们也年轻幼稚——"

"今天敢说自己聪明了么？"

"至少，十年来我认识得出，凡是搞极左的，背后都隐藏着一颗不可告人的邪恶之心。"

"反正他在滨海搞土改，是左得可怕的，天怒人怨，甚至闹了海啸，群众都说是天报应。"

"报应落在我们头上，江海，你我都受到惩罚啦！"

"于是你俩成了向组织发出报警信号的'告密者'，成了掩护同志们撤退的'叛徒'。"江海笑了。

"那些专案组的酷吏们，也觉得情理不通，说不过去，为什么我们要夺鬼子的枪发出警告？历史的真相就是，当时我和芦花犯愁了，既赶不到鬼子大队以前去通知他们散开，也找不到武器能牵制住敌人。可是，必须让同志们知道处境的险恶。芦花悄悄说，只有夺枪一条道好走，枪一响，整个沼泽地都能听到。可两个人，赤手空拳，去撩拨大队的日本鬼子，不是明摆着送死么？总算幸运，天保佑，一顶帽子浮在草丛上不动了，真是天赐良机。我一分钟也不迟疑地，像蛇一样，拨开半人高的蒲草钻过去。出敌不意是获胜之道，但是这个稍为离开队列远了一点的鬼子，倒是我一生中肉搏过的最凶恶的对手。你信不信，江海，老鬼子要比后来的日本兵能打仗些，武士道精神要强烈一点。"

"但三光政策可是后来有的。"

"不奇怪，越是趋向没落，精神上要比肉体死亡得早。但那是个重量级的日本鬼子，起码有八十公斤重，他不喊也不叫，而是笑吟吟地跟我在草丛里厮打着。他是准备解手的当口,被我一阵飓风似的袭击撞倒在地,未曾系好的裤子,挺碍他的手脚,我暂时占了上风。但是当他不顾一切,赤条条地跟我肉搏的时候,他那公牛似的体力,和我吃不饱的肚子,形成鲜明的对比。我把他按在泥里,他很轻易地一扭身子就翻过来,而他把我压在底下,那沉重的身躯,那毛茸茸的腿,像一头熊那样,很难摆脱开。他把我揿在水里,居然还能腾出一只手来掐我的脖子,打算连掐带淹闷死我在淤泥里。"

"啊?他不咋呼他的同伴?"

"也许是他太小看我,要不就是我猜测的,大久保有过命令。我哪能等着让他结果我,总算一把抓到了他的腿,真该死,那些泥水滑得我无法给他留下致命的伤害。看样子,我是逃脱不了死亡的命运,因为那虾夷人的脸上,渐渐升起一种残酷的笑,一种杀人的快意。我喊芦花,但是喊不出声,喉咙快被他掐断了。"

江海说:"咱们这一辈子死的回数也太多了。"

"阎王爷都讨厌我们这些人。死不了啦!芦花冲过去,她也是手无寸铁,只好和他撕掳着。他很快辨别出是个女的,龇着白牙色情地笑了,举起那钵头大的拳头,朝我脸上猛击过来。很明显,想把我击昏,好去捉拿芦花。但是,芦花像只灵巧的山猫,跳到一边,抠起一大块淤泥,朝他脸上砸过去,命中率那个高哟,准准地糊住了他的眼睛鼻子,我就势翻过身来,把他重又压倒。"

"结果呢?"

"二比一,当然我们占了优势,那个鬼子就赤条条地来,又赤条条地去了。芦花直到这个时候,才看到那趴着的死尸,是光着个大屁股的,便别转脸去,叫我拿枪快走。"

江海回忆:"接着,我们在船舱里开会的同志,听到你们朝天放的三枪……"

砰,砰,砰!

三声清脆的枪响,毫无疑问,是一种信号,船舱里一阵骚乱,越是在处境恶劣的时候,人的心弦也绷得越紧。有的人赶紧拔出枪,倒霉的是,不知谁紧张得过了度,枪走了火,乓的一声,子弹从舱顶穿了个窟窿钻了出去。

——江海闭上眼,喃喃自语:"原谅我们吧,每个人都有穿开档裤的时期。"

这样一声枪响,给在另一个方向埋伏下的人马,把目标完全暴露了。王经宇的情报来源可能只告诉他,要在沼泽地里开个会,但具体地点未必掌握,现在等于向他们打了个招呼:"来吧,我们共产党在这儿猫着呢!"王经宇率领他的保安团,配合大久保,两路夹攻包抄而来。

会议只好到此结束,中心县委的领导同志和赵亮商讨对策,又开碰头会。唉,会议啊,会议!已经成了可怕的灾难啦——江海苦笑着,他是在场亲眼看到那些害死人的形式主义,还开哪门子会?当机立断,时间就是生命呵!

总算作出了决定,大部分同志往东撤,肯定发来信号的地方,有自己人接应,而赵亮带着警卫班抵挡冲过来的保安团。

大久保是个卓有经验的老手,他不像刚当上保安团长的王经宇那样轻狂浮躁,刚握点权柄的暴发户,免不掉那种技痒之感,总要跃跃欲试的。(过去十年里,这样的新贵是屡见不鲜的了!)但大久保仍旧不动声色地张开网,等待着自己游进来的鱼儿。

——江海现在已经记不清楚那场混战的各个细节,就仿佛同时做着好几个梦一样,乱糟糟地纠结在脑海里。

那些县委领导同志,两位游击队长都记不起姓甚名谁了,或者早就见马克思去了。不过在他们印象里,似乎是书生意气多些。当那草丛里,突然呀的一声,站起来一片杀气腾腾的鬼子,呼啸着,像龙卷风一样杀将过来。这时,腹背受击,已经无法组织有效的抵抗,只好发出这样的命令:"各自想办法突围冲出去吧!"

——他妈的,难道除了逃命,就找不到别的法子了么?打蒙了,没有任何思想准备,仓促上阵,一不想缴械投降,二不想马革裹尸,只好跑掉了事。

江海他们几个人,在鬼子的重重围困之中,厮杀、滚打、肉搏、拼命,连他自己也不清楚怎么爬钉山,滚刀板地冲出来的。(战争中最容易出现奇迹的了!)沼泽地呵!他永远也忘不了的沼泽地啊!有时候不由得绝望地想,纵使逃脱鬼子的手,也挣扎不出陷阱似的酱缸,好几次踩进泥塘里,再也爬不出来,而且每动弹一下,就深陷一点。倘若不是伙伴们扯下大把蒲草苇子伸过来拽他,就活活地埋葬在沼泽地里了。于是,这位初到石湖的滨海人聪明了,再落到这种危险的境地,赶紧四肢平摊卧在淤泥上,像爬行动物一样,慢慢蠕动。也顾不得那些该死的蚂蟥,像活蛆似的涌来;因为子弹在头顶上飞着,手榴弹在身边爆炸,那是比蚂蟥还性命交关的东西。不过,沼泽地倒是很公平的,蚂蟥照样纠缠住鬼子不放,他们每追来一步,都要付出巨大代价,甚至可以听到他们蹲下来摘蚂蟥时,气得直骂"八格牙路"的声音。那些草丛曾经掩藏过鬼子,使他们隐蔽行军接近目标,现在,倒转来帮江海的忙了,大地像母鸡的翅膀,护卫着游击队员,使他们不受老鹰的伤害。

所以在历经死亡的途程以后,拨开草丛,忽然看见于二龙和芦花的时候,那张自己人的面孔,哦,该是多么亲切和温暖啊!哦,不但活着,而且得救了。

"二龙!……"江海扑在了他的怀里。

芦花问:"别的同志呢?他们——"

"快,二龙,去救同志们吧!县委领导同志还陷在包围圈里,赵亮跟保安团接上火,看样子危险,快带你们支队的人去解围吧!"

"我们支队?"于二龙凄苦地一笑。

"人呢?你们的人马呢?"随后又冲过来的同志问,"你们不是发信号,掩护我们来的吗?"

"就我们两个人,也是来参加会的。"

有人顿脚嘈了一声:"赵亮他们非完不可。"

芦花走到江海跟前,威武地:"给我武器!"

"干什么?你想死么?"江海护住自己腰间的匣枪,不是舍不得给她,而是不愿意她跳进那似乎在燃烧着的一片火海里。

"给我枪!"

"你有几条命?"

"一条命,就不找他们去啦?走——"她一摆头,向于二龙说。

"你们疯啦?"不光江海,那些活着冲出来的同志,也跳起来拦阻,"去不得,那是无谓的牺牲,回来,给我回来。"

江海横住胳膊挡着:"站住,不许去!"

于二龙说:"不行,那儿有我们支队的同志,我得去跟他们一块战斗!"他脱身甩开了江海的手臂,快步冲了出去。

江海转身抓住芦花不放。

"松开我,你听见吗!把枪给我,让我去——"

"不行!"江海不撒手。

她几乎是吼了,那样子威严可怕,每当她发脾气,脸上的血色一下全消失了,白得吓人,眼里闪出凶狠逼人的光芒:"放开手——"她指着在草丛里一隐一现的于二龙,正飞快地朝枪声响得最激烈的地方奔去。不容江海考虑,转过来,用脚使劲绊他一跤,趁机下了他的匣枪:"我不能让二龙一个人去送命,不论生死,也在一块!"

那几乎是不可抗拒的,江海无可奈何地爬起。但是,等她走开,便狠狠地骂开了;不知是骂自己,还是骂芦花:"混蛋,你就后悔去吧!"

她很快消失在一片草莽之中,只听得鬼子的机枪,随她一路扫射过去,不大一会儿,她那披着蓑衣的身影,在远处出现了一下,江海听到他自己那把匣枪清脆的响声,毫无疑问,她同敌人交上手了。

——江海叹息着:她是个女人么?不,她是一尊杀人不眨眼的战神。

"我不晓得那些暴发户怎么自圆其说的,世界上有这样的'叛徒'和'告密者'吗?可非让我证实这件事的审判者说什么,你猜?"

"说我是一种精神上忏悔和自赎。"于而龙揣测着。

"弗洛伊德的心理学——"他又补充一句。

于而龙哈哈大笑,吓得那些鼓眼睛蛤蟆都蹦到水里去。"是他和那位编辑想出来的,虽然躲在幕后,嘴脸看不出来,那些四肢发达,头脑简单的小贵族想不出这一套的。"

"怪不得,怪不得——"

江海那时在公路工程段当小工,从事政治经济学里所说的那种简单劳动,背填路的石头,一天劳动九小时。在累得腰直不起来差点咳血的时候,实在缺乏幽默感,但还是忍不住说:"那阵儿于而龙不信上帝,决不会忏悔的。"

"他是因为把亲嫂子搞到手,遮人耳目,耍了点把戏而已!"那些满天飞的专案人员提审江海时这样解释。

江海真想给那个外调人一拳,心里骂着:"你敢拿生命去玩那样的把戏么?"但他却伸不出手,虽然没有脚镣手铐,但那些年,却有一根无形的绳索束缚住,甚至那位和他一起背石头的老红军,走过两万五千里的人哪,也只得气鼓鼓地别转脸去。

于而龙站了起来,独自沿着一条不大的河浜,向前溜达,因为他终于辨认出,这里再往前走,正是当年厮杀血战的沙场。啊,芳草萋萋,碧水依依,什么可以凭吊,可以回忆的遗迹都看不见了。

"嘿!干什么去?"地委书记在招呼他。

"看看——"他想:这是我来沼泽地的目的呀!

"别走远了,咱们一会儿往湖边走,该找一条过河的船,渡我们到闸口镇去。"

于而龙懒得去答理。刚来,怎么能走呢!不,他顺着河浜,远远的波涛声,又使他回到那永世难忘的场景里去。

"原谅我吧,哥!"

他猜不出他哥哥躺在沼泽地里,在枪声逐渐平息下来,熬过生命最后一刻时,到底想些什么?他始终记得那愤怒而带有责备意味的喊声:"开枪啊!二龙,朝他们开枪啊!"看得清清楚楚,他哥跳上了船,把敌人注意力最重要的目标,从人们身边撑开,也就将王经宇保安团的火力全部吸引走了,以他那朴实无华的生命,为大家争取了时间。

"朝他们开枪啊……"这是他最后的一个要求。

他们是谁?于而龙现在把三十多年的前前后后一想,好像直到今天,才领悟出于大龙的话里,显然并不是没有所指的。赵亮曾经说过:大龙是有些什么话,要跟我说的,可来不及了,情况非常紧急,船的目标太大,他是警卫班长,让别人掩护干部撤退,自己驾船走了。

他究竟想说些什么呢?

也许他认为于二龙应该明白,然而他的弟弟,过了三十年,也不曾开枪,相反,自己倒落了个遍体鳞伤。"原谅我吧!哥!我没有完成任务。你的嘱托,要不是来到石湖,已经淡忘得差不多了……"

他回想起他哥欢乐不多的一生里,那种对芦花的爱情,那种不善于用语言表达,而只是默默的无声的爱情,怕是他胸怀里视之为最光明、最圣洁的东西了。虽然它像无根的飘萍一样,找不到一块可以落脚生根的地方,但他还是怀着深沉的感情,对待那个距离愈来愈远的芦花。

爱情,那是无法按一个固定的模式框起来的,正如七个音符,可以谱写出无数不同的乐曲,它有它自身才有的,谁也不能左右的特殊规律,勉强的爱情是不会幸福的,迁就的婚姻只会带来痛苦。于莲在绕了一个圈子,付出了沉重的代价以后,又回到了陈剀身边,而陈剀呢,也同她一样,受到了不必要的创伤,至此,他才相信,没有爱情的结合,终究是要离异的,那杯苦酒还是不要喝的好。

——原谅我们,哥,我们都是活生生的普通人,不是神仙,不是圣贤。产生神仙和圣贤的传奇时代,已经过去了。

船撑走了,一去再也不回来,赵亮命令大家快撤,他负责掩护。那些日子,游击队一连串的失利,总是他,从江西苏区出来的红军战士,像护卫天使似的,使人们一次又一次地平安脱离险境,他冲在最前,撤在最后,好像已经成了习惯,大家也不争执地顺从地退走。

于二龙和芦花一溜烟地跑着,她不时回过头去,担心地看望,他催促着:"快,鬼子要掐住湖边,我们就跑不掉啦!"

"下湖?"

"只有那一条路。"

她担心她的水性:"我怕游不到闸口镇。"

"只要我有一口气,你就能活!"

在石湖里长大的于二龙,漫说几里水路,即使再宽阔些,也不会望而生畏。但是两支步枪,一些子弹,可是真正的累赘。枪是来之不易的,子弹也像吝啬人手里的铜板,不捏出四两汗来,舍不得按入枪膛,怎么能舍得抛掉呢?远路无轻载,这一带湖水入海处浪急漩深,确实是沉重的负担了。

芦花起先还有点劲头,游得比那有名的鱼鹰要矫健些,将江海那支二十响,顶在头上,奋力地划着。

他提醒她:"匀着点劲,路还长着呢!"

她温顺地点点头,那神态充满了信任,把全身心都寄托在他身上,她相信他会保护自己,渡过那漫长的波涛起伏的险恶航程。离开沼泽地越来越远了,枪声逐渐稀疏,而石湖的浪涛也越来越汹涌了。

现在,目力所及的天底下,只有他们俩奋力游着,不管是风,不管是雨,全靠自己搏斗,谁也指不上了。而且也不知背后沼泽地上的同志还活着没有?前面闸口镇有无敌情?但必须泅渡过去,搞一条船,半夜来接应同志们。

"行吗?芦花!"于二龙扭回头去看她,因为她的速度开始变慢了,"到底是只旱鸭子哦!"

她咬咬牙,努力追赶上来。

他伸过手去:"抓住我,省点力气。"

"不,你也够累的。"她那明亮的眼睛,在水面上,显得更加晶莹,"不知大龙哥跑得出来不?"她又扭回头去看望,但沼泽地已经在视线之外,什么都看不见了,由于耳边听到的全是波涛和风雨声,沼泽地敌人打扫战场的断续枪声,也只是依稀可闻了。

于二龙给她鼓劲:"加油,芦花,跟紧哪!"

她眨了眨那充满水光波影的眼睛,奋勇地扑水前进。雨下得密了起来,风把浪头掀得更高了,凉飕飕的风,冷丝丝的雨,和噎得人透不过气来的浪涛一起推阻着他们,每向前一步,就得退回一半,闸口镇的教堂尖顶,早出现在水平线上,但是,要想到达那里,还需要豁出性命去苦挣苦熬呢!

于而龙从来不相信老天的慈悲,如果有的话,那也肯定是个反复无常,不怀什么好心的家伙。他多次体会到,在生活途程中,每当不幸、灾难、祸祟降临在头顶上,这个老天总是推波助澜地,来些愁云惨雾、凄风苦雨,和那弥漫的、永远消散不掉的迷雾,雪上加霜地增加些苦痛,现在,又在折磨作弄这两个从敌人包围圈里冲出来的人。

"把江海那支枪给我,你总顶着,游起来费劲。"

"你不轻巧,二龙!"

"还在乎多那半斤八两吗?给我,要不,你游不到闸口的,越往前漩涡越多,你得加倍小心哦!别把你裹走——"

她刚想说些什么,一个浪头把她打退了回去,但她又从浪花里涌了出来,那股不屈不挠的劲头,于二龙知道,宁肯拼出最后的力气,也不舍得给他增加负担了。

"抓住我,喘口气吧!"

她靠拢过来,分明是力气不多了,涌来的浪涛把她淹没下去,而且一股漩涡的力量在死命地吸住她,要不是眼疾手快的于二龙,一猛子下去把她拖上来,肯定是挣扎不出的。她无力地甩去头发里的水,大声地喘息:"我喝了一口,呵,漩涡差点要了我的命!"

"歇会儿,靠着我!"他觉得那软软的身体紧紧贴了过来,只见她一手揽着,一手划水,怜惜地说:"哥,会把你也拖垮的。"尽管那样说,那个深情的女战士再也舍不得分开。

于二龙尽力抱住她,使她能够尽可能减轻一些体力消耗。她虽然在石湖生活了许多年,但还从来不曾游过长路,何况是在风浪里,在激流中,在危险的漩涡区。因此,于二龙除两支长枪和子弹外,不得不挟带着她往前游。

"你先去吧,哥,我慢慢游。"她把脸贴过去说。

"会淹死你的。"

"不能。"

"别胡说!"于二龙不容她挣脱,拉着她,起先,她还抗拒,定要自己游,后来,见于二龙毫不让步,也就只好顺从地,追逐着波涛,飞越过激流,一英寸一英寸地朝闸口靠近。

啊!终于能看清楚教堂尖顶上那个十字架了。

"哥——"她哭了,滚热的泪水滴在了他的胳膊上,那是她从心底里涌上来对他的怜爱和她不能为他减轻负担,反而增加压力的痛心。是的,要回避开这一片湖水间的无数漩涡,是相当相当困难的,而且一旦被湖里的陷阱拖住,已经没有什么精力的人,要想摆脱,几乎是绝无可能的。他真害怕他也许一下子像吹折了篷帆的船,覆灭在巨浪里面,似乎筋肉间的燃料,快要消耗殆尽,指针已经指向零,再找不到什么可以凭借的力量了。

"让我自个儿再游一会儿。"她央告着。

但他却握住不放,因为只要一撒手,在这毫不留情吞噬人的涡流里,也许会永远失去她了,这两个人都奄奄一息了。

赞美爱情吧!要不是它,于二龙休想把芦花从那随时都可死亡的浪涛里解脱出来,同样,一九四七年,芦花也不会从黑斑鸠岛上把他找到,而且还在结有冰凌的湖水里,蹚了那么远,用自己的体温使得于二龙从冻僵中苏醒过来,至于为了那几瓶盘尼西林的奔波，更该是万分艰难的历程了。

离闸口镇不远了，雨才渐渐地停了，多少日子隐在云霭雨雾里的太阳，在日落西山的傍晚时光，在鹊山老爹的身后露了一点脸，湖面上登时明亮了许多。这时，他们发现了一条船的影子，虽然只剩下不多的路程，但精疲力竭的两个人，还是朝着船的方向游去。

然而，那不是救星，而是一条形迹可疑的陌生船。

芦花连把头昂起的力气都没了，也许有了获救的可能，她顿时软瘫了；要不，就是坚信那双托住她的手，是绝对可靠的，是万无一失的。自从她像决堤似的，在沼泽地吐出了那么多热情的语言以后，至少在她思想里，已经不复存什么顾虑，任何力量也不能把她从那手臂里拆散了。她紧紧地靠着，而他侧着身子带着她，再加上那些武器，说不上是游，是挣扎，还是拼命，多么希望一步跨上船。

那条船向他们摇了过来。

他马上辨别出那不是渔村的船，是农村里用来罱泥的平底船，在生命危急的时刻，也就顾不得考问它的来历了，马上举起手来摇晃，向船上打招呼。那个不大像打鱼的，也不大像庄稼人的汉子，把船在距离他俩几丈以外的湖面上横过来，问道："干什么的？"

"石湖支队！"

"站住，不要游过来。"

"帮帮忙，老乡！"

于二龙看出他是个干什么的，毫无疑义，是麻皮阿六一伙，那个惯匪是喜欢趁火打劫的。自从他那年撕票，杀了小石头以后，一直躲着石湖支队。于二龙琢磨：莫非今天他也想来吃些剩茶残饭吗？

趁着卷过来的浪头，于二龙悄悄告诉怀抱里的芦花，闭眼装死。

那个匪徒划起桨,要走了:"对不起啦!"

于二龙叫起来:"你眼瞎了吗?人都快死了嘛!"

他贪婪地盯着芦花,眼光始终离不开她那被湿衣服紧紧裹住的身子,咽下了馋涎欲滴的口水,止住了桨,衡量了一下,一个精疲力竭的游击队,一个半死不活的女人,不可能是他的对手。而且芦花那充满青春魅力的丰美体态,优柔线条,使得匪徒动了邪念,便划了过来,先拔出腰里的手枪,对准着,然后才说:"把武器扔到船上!"

感谢那折磨得他们要死的浪涛,把船直推到他们身边,时机来得太巧太快了,于二龙想起渔村年轻人好搞的恶作剧,连忙给闭着眼睛的芦花一个信号,用手指头捅她一下,——那还是孩提时代淘气的把戏,生怕她早忘了呢!但芦花从来是个心细精灵的伙伴,虽然浑身疲软得快成一摊泥了,还是一跃而起,帮着于二龙,按住船帮,拼命往下压,要一直把船扳翻过来为止。

"他妈的,他妈的,我,我要开——"那匪徒站立不稳地嚷叫威胁着。

倘是渔村的船,早就该扣在湖里了,这条罱泥船,任凭怎么使劲,已经像簸箕似翘起,也翻不过来。亏得那匪徒不是长年在水上生活过的,不知该怎样在风浪的颠簸里站稳脚跟。正说要开枪,那"枪"字还未出口,先就一头栽进浪涛滚滚的石湖里去了。

船没翻扣过来,倒便宜了他们俩,赶紧爬上船去,人的潜力也真是无法捉摸,到得船上,似乎又活了。于二龙划桨,芦花把江海那支手枪压好子弹,端在手里等待着。

果然,匪徒从湖底钻出水面,骂骂咧咧地游着靠拢过来,但是一眼瞅见芦花手里黑洞洞的枪口,才想起自己的枪,早沉落在湖底淤泥里了。

他责备着:"太不讲江湖义气了!"

芦花问于二龙:"给他一枪算了。"自从小石头牺牲以后,芦花一直寻求机会,要惩罚社会上这股最疯狂的破坏力量,和麻皮阿六算账。

那个匪徒听见了,连忙恐怖地叫喊:"别,别……"

她举枪的胳臂抬了起来,也许井台边的哭声在她耳边响着,食指钩住了扳机。

"我和你们无冤无仇……"他没命地大喊起来。

芦花自言自语:"谁说的?"眼睛瞄着匪徒的天灵盖。

"哦!饶,饶命!"他服输地央告着,举起一只手投降。

于二龙止住了她,问那匪徒:"干什么来啦?"

"六爷到闸口办事。"

"闸口是个穷地方,除了破落户,抢谁去?"

"给那老秀才一点教训。"

啊!于二龙明白了,王经宇的借刀杀人计,高门楼惯用的伎俩。老秀才怎么会得罪麻皮阿六呢?土匪头子决不会去求他给自己老子做祭文的。于是,他划动船桨,离开那个丧魂失魄的匪徒。

芦花多少有点遗憾:"饶了他?"

"拉倒吧,他举手投降了。"

"干吗去?"

"会会那个麻皮阿六——"于二龙以为这个有诱惑力的题目,给小石头报仇,芦花一定会举双手赞成的。

但芦花却拦住他的桨:"二龙,咱们回队一趟看看还来得及,横竖我们搞到了船。"因为约定黑夜才去接应赵亮。

"不!"于二龙还是把船朝闸口镇划去。

"听着,二龙,我恨不能一枪把麻皮阿六撂倒,把他的眼珠也剜出来,可……"

"可什么?"

她说:"咱们两个人太少了!"

于二龙揭穿她:"芦花,这不是你的话,你是怕队里出事,对不?"

其实她最不放心的,是赵亮和他们俩都离队的情况下,只剩下老林哥和几名同志,会不会敌得过王纬宇?这个她永远也不信任的人,尤其那场噩梦以后,她相信,他是什么事都能干得出来的。但是,她知道于二龙准会认为自己胡乱猜疑,并未明确说出来,只是讲了句:"我担心放了公鸭嗓,会招来什么歪门邪道?"

"瞎说什么!"于二龙知道她的心事,便说,"你可以不相信他,可应该相信同志们。放心,你长着眼睛,别人也不瞎,他要真搞些什么名堂——"

"你以为他不能吗?"她想起那个在漆黑的夜里,绕着屋子的脚步声。是的,他打过她的主意,曾经半开玩笑半认真地挑逗过:"干脆别让他们弟兄俩争吧!芦花,归我吧!"

她给了他一个嘴巴,然而又没法对那哥儿俩讲。现在也不能对于二龙说,只好叹气:"七月十五,日子不吉利啊!"

"得了得了,又来你这一套了!"

芦花望着他:"二龙,二龙,你这个人的心啊……"

是的,就是这颗实实在在的心,吸引住坐在对面的那个女战士的整个灵魂。

按照这颗心的逻辑:高尚的人不会从事卑鄙的勾当,文明的人不做下作的事,正人君子总是和道德文章联系在一起,决不能男盗女娼。于而龙固然不会单纯到这种地步,会一点不懂得人世间的复杂性,然而他还是一次又一次地,尝到按这种逻辑推理而带来的苦头。

"细想想,真叫人寒心呢!"这位失败的英雄拊掌自叹,似乎在冥冥中,那个女指导员又是疼爱,又是怜惜,可更多的却是责备的口气,在遥远的年代里,向他呼唤:"二龙,二龙,你这个人的心哪……"

"唉!芦花!直到十年前才算懂得人是多么复杂的生物!"

当那场急风暴雨刚在天际出现的时候,王纬宇的痔疮犯了。"妈的,有的人就是会生病,生得那么不早不晚,恰到时机;我要是早梗死儿天,不就免得背氧气袋上台挨批了吗!"于而龙愤愤不平地骂着。

王纬宇回到石湖养病,直到接二连三的社论发表以后,于而龙濒临着垮台的边缘,他才出现在老房子的书房里——没隔几天,于而龙就被礼请出这座四合院了。

王纬宇吹着杯里飘起的香片,叹息着:"由此往后,老于,咱俩就是涸辙之鱼,只好相濡以沫了。"他从石湖回来后,好些日子不曾露面。那时候最活跃的莫过于夏岚,她整天马不停蹄地跑来跑去。据说——也许是小人诽谤,王纬宇每晚都要给走累了的太太,用热水烫烫脚解乏。就在一个深夜,下着纷纷扬扬的大雪,他悄悄地来访了。

热水瓶的水,已经不大沏得开茶叶了,偏偏谢大夫去上夜班,不在家;保姆也被勒令辞退,因为那是一种剥削,虽然马克思的家里,也有那么一位恩格斯都非常尊敬的保姆。所以无法弄到开水,只好将就了。

"二龙,这大概真是一场革命!不过是野蛮的,原始的。"

"疯狂,歇斯底里——"于而龙愤愤地说,"应该顶住。"

"抵抗不住!咱们认识的所有老同志,几乎全部垮的垮,倒的倒,一败涂地。"他像敲着丧音的钟,不停地数落着。

"石湖的风浪大么?"于而龙不愿谈那些,换了个话题。

"冬天开始降临了,结冰了。"

"银杏树还活得挺结实吗?"

"在风雪里依然故我。"

"哦,说明石湖支队还在坚持战斗。"

"你总是乐观。"

"我看不那么绝望,党不会死。"

"早晚会把咱们押上审判台的。"王纬宇忧心忡忡地说。

"我不会屈膝投降的。"

"他们待你怎样?'红角'的年轻人。"

"就像四九年进城,对待国民党政权的留用人员一样。"

"真有点改朝换代的气象!"

"真龙天子都出现了,就是那些连屁股都染红了的毛猴!"

"连最高领导层都那么器重这些小将咧!"

"现在后悔还来得及!"于而龙自然清楚他和"红角"的关系。

"我不想把我写进贰臣传里。"

于而龙淡淡一笑:"其实那又何妨,都活一辈子。"

"咱俩干吗内讧呢?你生我的气,我理解,把你一个人扔下抵挡四面八方的围攻,我去养病,说不过去。好啦,从今天起,咱俩有难同当。"

"你用不着海誓山盟,这种爱情式的表白,只能骗骗头脑简单,天真烂漫的女孩子。"

——王纬宇一听这话,吓得放下茶杯,惊恐地望着,脸皮唰地白了。

可惜灯光暗淡,于而龙注意不到他脸部表情的变化,接着说下去:"……如果你真心实意的话,你明天就去跟高歌他们谈,谁也不许染指实验场,让那里的研究人员得以继续工作下去,把廖总放出来,使他有可能把试验做完,要不然多年的心血就付之东流了。再说:革命的人道主义也该有的,廖总的老伴都被三番五次的查抄吓出病来了。"

——王纬宇这才松了一口气,知道那不过是于而龙信口说出的话,并无深意,那个罪恶的谜园之夜,此刻他本人都不敢去回想了。

他站起来,握了握于而龙的手:"我去套套交情看,想办法施加一点影响,使实验场不受到冲击。"

在院子里分手时,于而龙说:"咱们不是小偷,用不着如此害怕,深更半夜,鬼鬼祟祟,有什么见不得人的,不要心虚胆怯,放心,决不会改朝换代——"

葡萄架已是一片积雪,白花花的了,他说:"至少,我看到是到了更新设备的期限,大部分老掉牙的机器,该淘汰了吧?"

"我不认为我超过了使用年限。"

"可是,我们被上头嫌弃了,'飞鸟尽,良弓藏',我是学过历史的,历史上有过类似的事例。"

"历史会重演,这一点谁也不怀疑,可还有一个真理在,因为我们是共产党。"

他拍掉落在于而龙身上的雪花:"你的天真无邪,一向使我敬佩。"

"你不相信真理最终会取胜?"于而龙不能设想,一个共产党员怎么能失去真理必胜的基本观点,"雪花遮住了大地,但是,雪花会化,春天会来,大地长存……"

"我们也许看不见了!"

"王纬宇,你错啦!我以为你不该这样。"他望着高门楼的二先生,在飘舞的雪花里,仿佛看到了那种再熟悉不过的惊怖绝望的神色,那好像是一九四七年,当延安丢给了胡宗南的时候,他拿着那张《申报》,就是这个德行。

"也许我们应该识时务些,三千年为一劫,我佛如是说。"他喃喃自语地,踏着小胡同里的积雪,消失在黑暗里,一路留下了彳亍的足印,但不大一会儿,雪花遮掩住这个世界上那些肮脏的一切,所有痕迹都覆盖住了。

于而龙沿着河浜,走得够远的了,而他的思路,更延伸到从未涉猎过的腹地里去。江海在后边喊他:"二龙,有什么新的发现吗?"

他站住,回过头来,似乎对江海;似乎对那九泉下一对特别明亮的眸子;似乎对有着妈妈眼睛的画家;似乎对特地让他回到故乡来的"将军";似乎对石湖;似乎对那些子弟兵的英灵;也是对最早在石湖播下火种的赵亮和共产党,大声地说:"会有的,而且一定会有的。"

他仰望着那须发苍苍的鹊山,心里在念叨:

"老爹,你是历史见证人,给我力量吧!"

六

太阳暖洋洋地照在两位旧日的游击队长身上。

湖面上看不见一条船的影子,偶尔一片孤帆,也是在叫也叫不应的遥远湖面上。

"别看你是地委书记,当方土地,道台大人,也没法摆脱尴尬局面了。"

"你自找的,活该。我真后悔没把那孩子的饼干带来。"

在降落前,肖奎的孩子念芦,曾经要拿些压缩饼干给他们带着,也无非防而不备点点饥的意思,但那位骄傲的石湖支队的队长拒绝了。因为有人说:"拿着吧,万一陷在沼泽地里出不去,还顶点用。"于而龙感谢了孩子的好意,看来,为了面子上的光彩,只好肚皮受点委屈了。

于而龙不用看表,太阳影子清楚地提醒他们,到了应该进餐的时间了,经过在沼泽地的奔波,早就饥肠辘辘了。"你承不承认,江海,文明使得人类软弱?"

"少唱些高调,先解决肚皮问题。"

"其实,还是你消化能力不行了,树皮草根都啃得下去,沼泽地能饿死你?当初你怎么过来着?"

"不要忏悔了,石湖佬,也许你能找些什么果腹?"

于而龙望着舍不得抛掉的花篮:"江海,咱们捉虾吃。"

"没锅没柴,缺盐少酱。"

"照样吃,就看你有没有口福?"

"怎么个吃法?倒要请教请教,西餐吗?"

"石湖有句俗话,生吃螃蟹活吃虾,趁活剥壳,往嘴里一丢,就是了。"

"哦,野人。"

"你要想当文明人,靠那股仙气活着,就等着夏岚文章里许诺给你的共产主义吧!我先去摸两只河蚌上来。"说着脱鞋脱袜,并且把裤脚管卷得老高老高。

江海跳起来:"你要干吗?"

"下河!"

"也不怕笑话,亏了没人。"

于而龙一边朝河里蹚着,一边笑着说:"看你大惊小怪的样子,倒像若萍那年到干校看我那回,正好撞着我在河里摸鱼,把她气坏了,就跟你刚才一个德行。哦,那顿抱怨哦,什么丢人现眼啦!什么出洋相啦!什么不顾身份啦!因为好多司局级干部也围着看热闹,彼此都面熟,她觉得脸上过不去;而且,不走运,马上要'解放'我,回厂抓生产,怎么能做出这种有失体统的事?——喂,接住,江海(他随手甩上来一只河蚌)!把它剖开,绑在篮子里——我弄不懂,好像当官非要有点派头官谱不可,踱四方步,说一本正经的话,不苟言笑,做出一副俨然君子的模样才好?纯粹是假道学!——呶(他又扔上一只更大的长了绿苔的河蚌)!这下子我们可以动手钓虾了!"他爬上岸,抖去腿上的水,套上鞋袜,一看江海连蚌壳都撬不开,"唉,唉,老兄,你大概除了当官做老爷,没别的能耐了。"

"废话,我在修路队当过普工。"他自负地回答,"那些料石,块块像石碑似的,不是小瞧你,厂长同志,你未必吃得消,请你欣赏欣赏——"他撩起上衣,露出脊背上的累累伤痕,并不比那些畜生用钢丝鞭、三角带在于而龙身上留下的纪念少些,"我们地委的另一位书记,老红军,给大石头压得咯血,后来死去了。"

两个人都沉默了,因为死在自己人手里最可悲了。

过了好一会儿,于而龙把那最简单原始的捕虾工具做好,才想起来什么似的说:"他在爬雪山过草地的时候,不知可曾想到他是这样一个结局吧?那些被他拯救解放的人,却在用石头压死他,可怕的报答!算了,不谈这些,钓虾去!"

在水族里,虾是个有点狂妄,而且还是个愚蠢的鲁莽家伙,好像头脑要少一些。石湖的水,清湛澄碧,一眼见底,看得清清楚楚,那些虾大爷们,一个个张牙舞爪,不可一世地过来了。一看,就知道是些胸无城府的浅薄之徒,刀枪剑戟,锋芒毕露,那头部的须须刺刺,显得那样骄纵狂横,气势汹汹,然而,又不可免地使人感到那样纤细脆弱,和可笑的神经质。最初,它们还略微持有一点警惕,比较谨慎,那长长的触须在试探,想上前,又胆怯地准备后退。——假如王纬宇在场,肯定会给虾大爷们讲一讲《铁流》里无情的阶级斗争,于而龙不由得想。但是,那些蚌肉的美味在水里溢散开来,使那些蠢材们不顾一切地弓起身子,随即弹射似的跳进篮子,等它们尝到了鲜嫩可口的甜头以后,就忘情地大餐起来,什么利害全不管不顾扔在脑后了。

直到于而龙把篮子轻轻提出水面,它们才哎呀一声,想不到自己落了个这样的结果。

"尝尝吧,江海!"

望着那一摊像鼻涕虫似的,剥出来的新鲜虾肉,地委书记皱着眉头,肚子尽管非常饿,因为天不亮在电话里,把王惠平剋了一顿以后,有点火气,随便吃些点心就登上飞机到石湖来。现在,他的胃口,足可以吞下半座望海楼饭店,但于而龙吃起来挺香的东西,他实在难以下咽。

"那你就只好精神会餐了,笨伯,其实,味道还是不错的。"

"要是有柠檬汁、沙司还凑合。"江海馋得直舔嘴唇。

于而龙嘲笑他:"要是有锅有火的话,我们可以吃一道日本风味的虾肉素烧了!"他把剩下的两三只小虾,剥都不剥地塞进嘴里,又把篮子沉下水去。

"你们石湖姑娘那样野性,可能和这种茹毛饮血的习惯分不开。"

"谁得罪了你吗?"

江海心想:"故事还没有给你讲呢!"

于而龙又蹲到河湖交接的岸边钓虾去了,他看到那些蠢头蠢脑的家伙,趋利忘害地往篮子里游过来,不禁想起那些沐猴而冠的新贵们来了,人,同样如此啊……

哦,他又回到了那绽放的玉兰花下,静寂的庭院里。

那次春游恐怕是他们家历年来,最不成功的一次了,本来那该是最为欢乐的。因为那不仅是大自然的春天,而且也是九亿人的春天,终于盼来等来,拿血和泪换来的春天啊!但是实在可惜,理想与现实往往不能吻合,好像也是一种规律,正如雪莱那句脍炙人口的诗一样:"冬天来了,春天还会远吗?"相反,春天来了,冬天就会马上走么?

那田野里的残雪并未化尽,春寒料峭的日子,还会抖一抖余威,准备着吧,春天虽来,冷意犹存,隆冬的残影,要很过一些时间,才能消退的。

春游的人们,在主妇的召唤下,陆陆续续又回到芳菲的花下,除了那位显得特别苍老的工程师,还在那块"莫回头"的巨石旁边站立,眺望着大地上已经明显的绿意春色外,所有的人,都拿着谢若萍、夏岚分给的夹肉面包,就着啤酒和汽水咀嚼着。

于而龙想:谢天谢地,赶快收场吧,他已经毫无兴趣了,而且后悔耽误了可贵的时间。但是,在临走之前,快收摊的时候,王纬宇笑滋滋地来到他身边,问道:"还有酒兴么?最后干上一杯,如何?"

谢若萍拦着:"你就饶饶他吧!"

夏岚以社论的口气说:"我认为这杯酒很值得一喝,在某种意义上讲:是一杯政治上打了个翻身仗的酒。"

于而龙晃晃脑袋:"得啦得啦!鲁迅有句诗:'未敢翻身已碰头。'我岂敢轻易谈翻身二字?"

"你呀你呀!"王纬宇大不以为然地,向徐小农说,"打开那个盒子,让滑铁卢的拿破仑,看看威灵吞的头盔吧!"

在于而龙全家的记忆里,这位过去的乘龙快婿,一向是以魔术师的篮子闻名的,他的物质攻势是相当凌厉的,那些年进贡岳父大人的食品,连于而龙那样一个贪点口腹享受的老吃客,都禁不住捧着肚子喊一声吃不消的。但是,谁也料想不到,锦缎盒子打了开来,不是别的,正是让于而龙由不得要掉几滴辛酸之泪的白金坩埚,差一点为它进了八宝山呀!

"拿那一只小号的,倒上点酒!"夏岚赶快举起一分钟照相机,"可不要再愁眉苦脸啦!"

"伟大的列宁讲过,真理前进一步,就是荒谬。两年前,你费了九牛二虎之力,差点把老命赔了进去,也没弄到手。为什么?时机不成熟,你纵使有三头六臂,七十二变,也无能为力。最后甚至可笑地诉诸法律,指望着一位公平的皇天菩萨,结果,碰得头破血流。现在,请看,水到渠成,不费吹灰之力,乖乖地送回来了。"

于而龙并不理会他的嘲弄,问道:"你抓了康'司令'?"

"暂时还不打算。"

"你说服他们自动缴出来的?"

"也谈不上说服。"王纬宇说得轻松愉快,"我只是让我们那位铁的手腕,保卫处老秦,去警告了一下,那几位头面人物,可能觉得日子不好过了吧?……"

可怜而又愚蠢的虾呀!于而龙又一次从河里提起捕虾的篮子。这一回,江海终于饿得忍不住了,只好学着于而龙的样子,把那草腥气的鲜虾肉,闭上眼睛,塞进嘴里,不敢怎么细嚼就咽下肚去。慢慢地,品出点味道来了,最后,连那些小虾米都不放过,大口大口地吞吃起来。

江海的胃口,还真不小,简直来不及地往嘴里送,那模样,使于而龙想起,很有点像王纬宇举着白金坩埚,张开血盆大口在喝酒的形象。

当初康"司令"们用白金坩埚炖鸡,现在,他们可敬的王老,却用这只锅来煮他们。正如十年前,那次雪夜的谈话以后,他把于而龙推上断头台——那台七千吨水压机,自己脱身出来一样,他永远立于不败之地,又该用那些小朋友们的鲜血和泪水,来冲淡他灵魂上的不安了。

老天总降福给他,他度过了去年十月的慌乱以后,只是犯了几天痔疮,又恢复了镇定的神态,又听到了他那自信的笑声。

"不,编辑(夏岚从那个写作班子回到报社来了)!你是不会猎取到这个镜头的!"于而龙掂了掂那只白金坩埚,它一点也不像它应有的贵金属身份那样灿烂辉煌,有点像锡,有点像铅,普普通通,平平凡凡,一点也不出色。叹了口气说,"这酒,我是无法奉陪的,眼珠掉了,眼眶还有什么价值呢?"

他那颗皇冠上的宝石,已经被人摘除了,只留下镶嵌宝石的底座,一个空洞,像那剜去眼球的孩子,死死地盯着。

啊!难怪那个廖总工程师还在那里凭栏远眺,是的,心灵上的创伤是永远无法愈合的。于而龙想:你和我一样,失去的东西未免太多了。

他终究还是走了。

在飞机场高大宏敞的候机室里,在那些穿着奇装异服的外宾和侨胞中间,他们全家人来给廖思源送行。送一位相处了二十五年的朋友,送一位一去不回,注定死在异国他乡的老人。

他穿着一件朴素的涤卡上装,我们国家每个拿工资的男人都穿的标准国服。看那样子,更多的像是去开会,去出差,而且也非常像过去经常发生的情况一样,他总是不乐意放下研究工作,去参加那些与他无关的会议。于而龙记起来了,老头子总是勉为其难地摇头,他对这位厂长毫无办法,拿着塞给他的飞机票,离开实验场,也总是摊开双手埋怨:"你把我毁了!"

现在,他不这样讲了,已经无此必要了,他站在这一家虽说不上生死与共,但也休戚相关的人前,心情绝不是愉快的。当他离开这九亿人的土地后,除了那骨灰盒里的老伴的残骸,除了陈剀惟一的亲戚,还有谁牵住他的心呢?不就是这一家的几口人么?他们全来了,而且那难以抑制的惜别之情,从眼光里流露出来。

眼睛是心灵的窗户,他看得清清楚楚,人们甚至带着最后一刻的希冀:"扯掉那张飞机票,回到这个家庭里来吧,绝不会多你一个的。"谢若萍招呼他坐,他不肯,只是不安地,多少有点神经质地走动着。

"你把我毁了!"

他虽然没有讲出口,但是那个曾在王爷坟滚过一身泥的于而龙,却听到了这无言的责难,他在脑海里反躬自问:"难道你不承认把他毁了吗?"

于而龙责备着自己,悔恨地望着这位马上要走的老人,想起二十五年前,到火车站去接他们夫妇的时候,无论如何也料不到,甚至有最丰富的幻想力,也估计不出会有今天,又由他亲手把他送走——文静的廖师母永远留下了。

那时候他们两口多么高兴回到故国来啊,在月台上兴致勃勃地等待着,等待迟迟不来的于而龙……

原谅这位泥人儿来晚了吧!

那辆从朝鲜战场带回来的吉普车,在王爷坟的烂泥塘里抛了锚,怎么也开不出来了。他不得不派他的骑兵,套上四匹军马,拉着吉普车在石人石马间驰骋,那种场面使人回想起电影里夏伯阳的骑兵才能干出这种事,大概石翁仲也觉得可乐,竟笑得歪倒在路边了。

他的那些个骑兵们,高兴得直是呼啸,因为他们终于得到机会,向他显示,也向王爷坟那些看热闹的人表白:骑兵永远只能在马背上生活,离开马匹是不行的,让骑兵交出马匹,告别无言的战友,像老娘们儿守着锅台似的,成天围着机器转,当工人是决计不干的。

现在回过头去看,这许多年该浪费了多少精力呀!无数的气力都浪费在无用的地方上去了。就拿让骑兵交出他们的战马来说,要他们脱掉军装,穿上工作服,去驾驭机器,费了多少口舌啊!宣讲动员,恫吓威胁,那些丘八们哪,为了和那些哑巴畜生告别,哭天抹泪,抱着马脖子嚎个没完,如今一提起都成为笑话。大概中华民族的性格习惯,比较倾向于因循守旧,因此,每一次改革转变,都像蝉蜕壳似的要经历一阵苦痛。一旦离开了原来走惯了的老路,哪怕面前展现出一条更加光明灿烂的坦途,也会犹豫、退缩、惊惧,以至止步不前。甚至春天的气息如此浓郁地袭人欲醉,还习惯那闷了一冬天、门窗都不开的屋里那股污浊的空气,反把清新的沁人心脾的春风视之为奇怪的、格格不入的异端。也许正如三百年前的卢梭说过的那样:"自由这个东西,是一种重味的食品,对于肠胃不好,消化能力不强的民族,是不适宜的。"岂止自由,任何使国家前进,民族向上,人民幸福所迈出的一步,都要付出艰巨的努力。

可是有什么办法呢!周浩打来电话,让他马上放下手头的一切工作,去车站接工程师,特别强调了寥寥无几那四个字。他妈的,只好由着那几个剽悍的骑兵大爷向他逞威风了。

吉普车被拖到公路上,解开了那跑出一身汗的马匹,骑兵向他炫耀地说:"这才是我们的真本事,老团长,咱们还是打仗去吧!"

"上哪儿打去?全国都解放了,只剩下台湾,你的战马也蹦不过去!"

"回部队去吧!"那时候人们不愿意转业,"那儿才是我们的家。"

于而龙告诉他们:"从今往后,王爷坟就是你们的家,你们要在这里成家立业,生儿育女,将来还要当爷爷,抱孙子,永远扎下根啦!该变一变啦,过去打个没完没了的仗,结束了,今后该搞建设了。咱们比一比,到底是你的马快,还是我的车快?时代在变化,不要拽住马尾巴,落在后边啦!"他把司机推到边座上,把住方向盘,沿着进城的盘山公路飞驰起来,很快挂上了四挡。那几个骑兵追了一阵,看距离越来越远,也不上劲了,掉转马头往回走了。

他停下车,向他们哈哈大笑,那几个败兴的骑兵,竟然捏起拳头,朝他伸出中指,做了个猥亵的手势,那是浪荡的骠骑兵骂人的话,意思是给你个卵吃。

"好小子,小心给你们算账!"师长骂着他的战士。

那些调皮鬼嘻嘻哈哈地一挟马屁股,一溜烟儿跑了。

等他走进车站月台,旅客已经星星零落,所余无几,两口子正在用英语交谈,那时,于而龙一点都不懂。

现在,在机场候机室里,于而龙可以完全听明白,紧挨着他们坐的那对澳大利亚的年轻夫妇,正悄声谈论着是否应该去小卖部给墨尔本的姑姑,买些什么纪念品?——"哦,廖总,谢谢你的比较语言学,我发现我的牛津式发音,甚至比他们还要标准些。"

二十五年前,他听不懂嘀里嘟噜的廖师母在对她丈夫议论些什么,也许在打量这位满身泥水的共产党员,是不是未来的合作者?但于而龙一眼认出,这两位确实属于寥寥无几的人物,只看廖思源的领带,廖师母的项链就明白。尽管看不习惯,他还是礼貌地伸出手——于而龙记不得曾经向他们索取介绍信,或要过证件,也许那时的阶级斗争观念要低一点吧?廖师母那落落大方的姿态,给他留下了不可磨灭的印象。说实在的,他那渔民的手,骑兵的手,如果形容为锉刀未免过甚其辞的话,说是鲨鱼皮是一点不过分的,但她却文质彬彬地握了握,连忙把她的丈夫介绍给他。那温文尔雅的性格,使他得出结论,谁有她那样的妻子,肯定是非常幸福的。

她一直到垂危时刻,也还是这种文静,和特别明白事理的样子,她要求谢若萍——那是惟一陪伴她的同命相怜的人,不要马上去告诉关在优待室里的廖思源,等他什么时候放出来,再把她的死讯,找一个最适当的方法使他知道。

哦,一位多么深爱丈夫的妻子啊!

她宁肯自己孤独地死去,也不愿使身陷囹圄的丈夫更加深一层痛苦。

"……会把他放出来的,一定的,会把他放出来的,有那么一天,会放……"她怀着这个信念,闭上眼睛,离开这个世界了。

唉,二十五年前,他们是两口子一块儿回到祖国,来投身社会主义建设的。二十五年后,他却孤孤单单,孑然一身地离开了祖国。"老廖,我的老伙伴,是我把你毁了!"

"老廖,如果有什么使你不愉快的地方,你就怪罪我吧!"这时,大家已经来到了停机坪,马上就要握手告别了,于而龙说,"周浩同志本要来送你的,因为今天一早他要去国务院开会,他委托我代表,并且说,欢迎你作为亲戚,常来常往着吧!"

廖思源激动地哭了,但只见泪珠从那干涩的眼里滴下来,而没有哭声。

于而龙咽下了"将军"接着讲下去的话:"……二龙,对于祖国,我们是不肖的子孙,对于党,我们算不得真正的革命者,眼看着一个好端端的国家,一个好端端的革命事业,搞成这种样子,而束手无策,甚至坐以待毙。你说他一个知识分子,伤心失望到这种程度,有什么不能理解的呢?寥寥无几啊!二龙,再那样下去,我们可真要成为千古罪人啦!"

"再见吧!"谢若萍忍不住呜咽了,也许她想起了那文静的廖师母,于是于而龙再也憋不住了,索性说出来吧,分明是块苦痛的伤疤,捂着盖着疼痛就会减少吗?他握住廖思源的手:"老廖,我完全了解你的心情,原谅我没法替你分担这种痛苦。本来,今天还应该有一个人陪你一路走的,但她永远也走不了啦!还是那句话,老廖,千万别闷在心里,怪我吧,你要恨的话,就恨我好了。"

"不,那你恨谁去?"他紧紧握住于而龙,"老于,咱们都是无罪的罪人。"

"可是廖师母……"谢若萍用手绢擦拭眼角。

"人迟早都要到上帝那里去的,那是必然的结局,但实验场不应该死,科学不应该死,但终于死了。人死了,销声匿迹了,可实验场死了,骨头架子永远摆在眼前,触目惊心,从哪找到妙手回春的法术,没啦,死定了!难道你以为我愿意离开吗?那终究是咱们一把屎,一把尿侍弄大的嘛,它本不应该死,它完全可以活得很结实,很健壮,二十多岁,正是它应该出力的时候了,它可以做多少事啊!……"廖思源怀着一种挚爱的感情,像谈论一个人似的说着实验场。

于而龙把他的手握得更紧,似乎想把自己那股劲也传送过去:

"老廖,咱们可以从头搞起来!"

"老于,我们都太老了!"

"那就从现在起,一直干到死,干成个什么样子,就是个什么样子。"

他凄惨地笑笑:"也还有可能从头毁灭。"

"不——"

"也许你信仰比我强烈,但我认为,有些人是决不肯放下鞭子的……"他讲完话以后,松开了手,"老于,再见吧,往后你也要好好保重呵……"

他向舷梯走去,头也不回,于莲喊了声"廖伯伯",跑过去,抱住那老人,吻着他那智慧聪睿的前额。他看着那个用鞋跟踢着沙砾的陈剀,对于莲说:"希望你们幸福!"然后,他松开了她,摘下帽子,露出苍苍的一头乱蓬似的白发,向她鞠躬。"孩子,原谅我吧,我这一走,又会给你们涂上一层不幸的色彩!"他突然变得激动起来,"不会的,那只是短暂的历史现象,会好的,一定会好的,也许我看不见了,但一定会有希望的……"

他俯身下去,在地上捏了一撮沙土,珍重地放在手心里,走了。

飞机向南天飞去,很快隐在云雾里去了。

"你在想什么?"吃饱了生虾的江海问。

"我在想——"于而龙回答不上来。

想什么呢?在他脑海里正萦绕着两位老夫子的形象,一位是王纬宇嘲笑为只晓得漆自己棺材的郑勉之,一位是夏岚所不齿的廖思源,这两个人,倒确确实实只有中国这块土地上,才会有的知识分子,所以,他们的命运有某些共同之处。

在那次春游回来的路上,好心的编辑曾经奉劝过谢若萍,她亲切地附在大夫耳边,窃窃私语:"若萍,你们明天可不要去送那个老怪物。现在还往外国跑,我不能理解,肯定可以讲,他对于我们的社会,我们的制度,有着一种格格不入的感情。我可把底交给你,正打算把你们家和老徐家往一块捏合,千万不要再惹是生非,像老徐那样的门第,是特别忌讳在政治上搅七念三的。"

那天晚上,于而龙听到他老伴转告的这番话后,完全出乎谢医生的意料之外,非但没有暴跳如雷,大骂山门;而且也不曾冒出"滚他妈的蛋"那些粗话。只是冷冷地说:"左右全是她的理了,好像世界是她嘴里的馅儿饼似的,愿意怎么咬就怎么咬!"

"怎么咬都有理呢!"他老伴也不那么迷信了。

于而龙突然提出个冷门问题:"你听说王纬宇有门路,搞到进口药品吧?"

"是啊,还送过你美国的硝酸甘油,忘了?"

"你是医生,告诉我,有没有一种使得妇女性机能亢进的药品?"

谢若萍望着自己的老伴,愣住了,竟提出个如此怪诞的问题,发神经病了吗?实在惶惑不解。

"瞪着我干吗?我用不着那东西,而是那位让你提高警惕,划清界限的左派编辑,和你过去的亲家母,一本正经的太太。她们都在服用这种无聊的药片呢!"

"啊呀!"谢若萍瞪大了眼,惊诧地,"都是早过了更年期的老婆子啦,真不害羞!"

"我奇怪那位女孔老二,在公园里学革命理论,在饭桌上搞忆苦思甜,竟然想返老还童,成为情欲横流的荡妇,多可笑!她们就是一种能在虔诚的革命高调和庸俗的低级趣味之间,左右逢源的人,所以她们的话,你也不宜太相信了。"

"谁告诉你的?"

"别忘了莲莲做过他家的儿媳!"

"丫头从来不对我讲。"

"我考虑会破坏你对一个人的完整印象,幻灭是可悲的,当你终于发现神也会做鬼的事情时,难道会不痛苦么?而你一直把那些人当做楷模呢!"

"我们社会里的癌细胞啊……"谢医生忧虑地说。

谢若萍第一次不被夏岚的蛊惑而动摇,而且听到自己女儿和陈剀的事情以后,也不再因为那个研究生的右派家庭和海外关系,而像那年在葡萄架下死活不赞同的拒绝。只是忧虑地谈起:"我听廖师母病危时,提起她外甥的事,她挺惦念他,好像这孩子的命运和她有着什么牵连。她说陈剀也够不幸运的了,工作如此,生活也如此,爱上了一个姑娘,彼此也情投意合,不知怎么就中断了;随后又和另一个女孩结了婚,但感情又不合,弄得很苦恼,谁晓得该怎么了结呢?"

挠头啊!于而龙看不出一个光明的前景,只是怨恨自己,这些年轻人的挫折和烦恼,不正是由于自己那副部长的美梦所造成的么?

嘀嘀——那轻盈的茶色上海车,揿了两声喇叭,停在了他们楼栋的门口。

"谁?"站在窗口的于而龙不禁诧异,只见保卫处长老秦匆匆钻出车门,直奔他家楼门而来,心里想:"他来干吗?"

"完璧归赵!"大个子经过十年风浪,显然学问长了,文绉绉地讲明了来意,"高歌那辆伏尔加还给纬宇同志,纬宇同志这辆上海,仍旧交给你老书记使用。"

"这也得由保卫处管?"于而龙奇怪地问。

老秦坦然自若地说:"现在高歌行政那一摊子事,我暂时代理一下。"

于而龙明白了,那颗曾经闪亮的明星,先在王纬宇的眼里暗淡下去。"厂里作出的决议么?王纬宇的主意?"

老秦说:"不,是根据部里老徐的指示——"

"听见了没有?若萍……"于而龙情不自禁地笑了,不过,笑得有些苦涩。那位深信自行车更有益于健康的医生,丝毫不感兴趣地说,"我既不希望坐门背后的马扎,也不希望坐这种小汽车。"然后,抬起腿要走。

"谢医生!"老秦叫住她,"那套四合院正叫那两家往外搬,再大修一次,保险叫你们满意,只是可惜那架葡萄,不过,还可以重栽——"

谢若萍连听都不想听地走出书房,不知为什么,她想哭。

"怎么回事?"大个子怔怔地问。

于而龙塞给他一支雪茄,给他点燃了,然后紧挨着这个挺不错的部下,在沙发里坐着:"老秦,咱们在一起多少年啦?"在他掐着指头算的时候,接着说,"你该知道我的性格,我不要小轿车,也不要四合院,我只要一样东西——"

"什么?"

"实验场!"他几乎是想大声喊的,但说出口却是轻声的。

保卫处长沉默了,他想起了那只叫于而龙身败名裂的大皮箱,那号码正好是外国人最犯忌的数目字:十三。

于而龙问:"他高歌、他王纬宇、他老徐,能还我实验场么?把车开回去,谢谢你的好意。"他断然拒绝了,而且是任何人也无法说服了,这一点,老秦是最理解的。

他知道这辆车今后的命运,恐怕锁在车库里时间要多于出车的时间了。于是起身告辞,其实王纬宇给他这个差使时,他倒估计到会碰壁的。

"哎!你等等——"

于而龙从写字台里摸出那支差点惹祸的二十响,擦了擦,还像三十年前那样锃亮,只不过有几处烧蓝褪了,不免有点珍惜地塞给老秦,终归是故人遗物,能不心疼么?

"何必上缴呢!老书记!"

"隔七八年来一次,不又得让你编谎诓人!"

老秦说:"再来,神州就该陆沉了……"他掂着手枪,小心地摸着枪口,并且放在鼻子前嗅嗅。"看得出来,这支枪喝过不少血!哦,我小时参军,做梦都想有这么一把大镜面匣子!"

"拿去吧,既然你喜爱!"

"留下吧,我给你补办个手续——"

"不,我老啦!"

"笑话,等着你走马上任。"

"胡说——"

"纬宇同志亲口讲,你马上要官复原职。"

"他?"

"哦,看起来,纬宇同志挺有板眼,目光比较远大。"

于而龙心想:"可不么?他能看三千年之远咧!"

"老书记,他说在给你扫清道路,反正那些响当当的,他都会一个个收拾的,还直埋怨十年前那箱黑材料——"

于而龙耳朵竖了起来:"什么黑材料?"

"就是从军列上查抄出来那一皮箱打算偷运出去的黑货。"

想起使自己十年前栽跟头的那只皮箱,头都有些发晕,于而龙叹了口气:"算了,还提那些干吗?"

"我也是这样讲的:'纬宇同志,别提啦,要不是你给我出那个主意,老书记也不会在那么多职工面前栽倒,嘻,还叫他挨了那卷毛娘们儿一记耳光!'"

于而龙两眼顿时黑了……

他一把抓起桌上的二十响,把保卫处长吓了一跳。

"你怎么啦?老书记!"

"告诉我,那主意不是你拿的!"

"是纬宇同志啊,那时,他是副厂长,悄悄告诉我:'你不到实验场去看看热闹,老于打算把廖总的资料,偷偷利用军列运走。你手里那些东西,放在厂里怕不安全吧,还不一勺烩了。'"

于而龙倒吸了一口冷气,十年前从七千吨水压机上一头栽下来,原来是他!是他王纬宇!这边支招,那边出卖,正是在雪夜谈话以后的事呀,他良禽择木而栖,可把于而龙送上了断头台。

是的,正是他二先生,戴着礼帽,穿着长袍的王纬宇,笑吟吟地看着他,好像在朝他说:"生的什么气呢?我是为你好。"

"你给我闭嘴!"

"不要分不清好赖人。"

"你把我卖了多少钱?你说,你说……"他端起了手枪。

他嘴角下落,露出一副阴鸷的神色:"无所谓卖,无所谓买,一切从需要出发,适者生存。"

"混蛋——"他瞄准了王纬宇的脑袋。

二先生把礼帽从头上摘下来,指着自己的前额:"请吧,你要记住,我是工厂党委书记兼革命委员会主任,而你,一个离职休养的干部,考虑考虑吧,政治谋杀案的主犯,名声不雅吧?"

"你是个杀人犯!"

"拿得出证据来吗?有什么凭证吗?找得到足够的法律依据

吗？算了，你没有那本事，连蛛丝马迹也找不到，我是戴着绅士的白手套干的。你还是这样开枪吧，打吧，像芦花一样，从两眉中间打进去，有百死而无一生，可你缺乏这份勇气。于而龙，拉倒了吧，放下你的枪，不要逞匹夫之勇，老实对你讲，你不是我们的对手，认输了吧！"

他闭上眼，扣动扳机，只听砰的一声，王纬宇哈哈大笑，倒在血泊里……

"老书记，你怎么啦？"秦大个在桌子对面站起来。

于而龙这才发现什么事都不曾发生，只是拍碎了一只刻花玻璃茶杯，手被扎出点鲜血而已，手枪还在桌子当中摆着。

黑洞洞的枪口，似乎诧异地瞧着发怔的于而龙。

在那个多雾季节里，甚至正常人的理智也会混沌、混乱，说不定还会疯狂的。

现在，于而龙在沼泽地的小河边，望着那一大片被阳光照得格外明亮的湖水，心里在思索着：过去了，总算过去了……

——芦花，要不然就无法来到石湖破谜了，活着，就是胜利啊！

那位地委书记解决了肚皮问题以后，着急谋求出路了，总不能在沼泽地里当鲁滨孙哪，独自跑走找船去了。于而龙坐在小河旁边，望着影影绰绰的闸口镇，那熟悉的教堂尖顶似隐似现，这使他想起那一天和芦花冲破了恶浪险涛终于靠岸时的情景。

……也像现在一样，雨后斜阳把湖面照亮了，两个人的心情舒畅多了，特别是于二龙讲了应该相信同志们的话后，芦花想想也是个道理，便说："依你的，就这一回！"

于二龙说："要不是麻皮阿六——"

这句话说到了她心坎上，她笑了。

芦花起劲地拧干头发里的水,这时,她才发现紧贴在她身上的湿裙子,把那饱满的,箍都箍不住的胸部,无可奈何地暴露出来。"看我这样子——"她原本就不怎么回避他的,如今她更加坦然地迎接他那困扰的目光,半点也不心慌意乱了,更不失悔自己莽撞地抢先说出心里的话了。她觉得轻松,像了却一桩大事似的卸去了心头的重担,想到自己终于也像石湖姑娘那样大胆地吐露衷肠,便问:"二龙,你该嫌我了吧?"

对着那样真诚的眼睛,说假话是不可能的,便坦率地摇了摇头。

"你心里什么时候不嫌我的?"

哦!也许女人的天性就是如此,谁落进她爱情的罗网里,下一步就该牢牢地控制住,用绵密的情丝紧紧地缠绕起来。

于二龙不知该怎么回答这个奇特的问题,难道有过什么时候,心里不装着她的影子么?

"我……"芦花抖弄开那又黑又密又厚的头发,回忆着自己的爱。直到今天,还可以从于莲的浪漫主义的长发上,瞧见当年芦花的影子。他女儿那波浪似的拖到肩头,像瀑布似的闪着光泽的秀发,使舞蹈演员嫉妒。因为柳娟的发型,是靠理发师的手艺,而那个在血管里继承了母亲那一头秀发的画家,即使不精心地梳理一下,也是风姿翩翩,格外动人。

"哥,从我见你的第一眼起——"

于二龙不相信:"那时都还小呢!"

"哪怕是小孩,也有个喜欢谁,不喜欢谁的。"

于二龙为他哥哥的命运叹息,他知道,那个拙于语言的人,有一颗多么爱她的心啊!然而却像飘蓬一样永无定处的被摈弃了。爱情的不等边三角呀,有时是相当残酷的。

"你还记得吗?在冰窟窿上一把抱住,死活不让你钻进去?"

于二龙清楚地记得她紧紧搂住自己的情景,生死关头,显然什么都顾不得了。但那是他第一次挨得她那样紧贴,如果说砒霜的毒性要使他死,那么她的泪水,她的亲近,她的拥抱,使他产生了强烈的活下去的愿望。

"后来,在陈庄游街,关在黑仓屋里,还记得么,咱俩紧挨着,伤疤贴着伤疤,血都凝到了一块,从那天起,说什么也分不开啦!"

"那他呢……"

"他?"芦花轻描淡写地说,"我应许过娘吗?还没等我来得及说话,她老人家就闭上眼了。二龙,他待我好,我心里明白,他有那个心思,是他自己的事,我敬重他,为的他是我哥。"

"他心里总装着娘的话。"他有些可怜他哥。

"就是娘活到今天,也办不到,我自己做自己的主。"

他回想起那眼睛里,闪出的毫无回旋余地的光芒,也曾经在他女儿,在未来儿媳眼睛里同样出现过,她们拒绝徐小农,拒绝高歌,拒绝艾思,拒绝其他她们所不爱的追求者,这种爱情的拒绝,同时掺进了恨的成分,那恨,几乎和爱同样的强烈。

芦花望着他,似乎等待着他的热烈语言,来填充她敞开的胸怀,简直可以说是期望着爱的抚慰,尽管眼前是土匪骚扰,身后是敌人围剿的暂时宁静局面,然而,爱情是无法遏制的,在战火中同样会产生爱情。

但是于二龙却有些忧虑不安:"谁知大伙怎样?芦花,他们会说些什么?"

她似乎早经思索,一点也不犹豫地脱口而出:"我不管别人说千道万,大主意我自己拿,哪怕只活一天,这一天,是我的。"她凝神注视,那眼神直逼到他心里,"你怕?"

"不,我是怕你——"

她笑了,那银盘似皎洁的脸,闪出一股令人望而生畏的光辉,像出鞘的利剑,寒光逼人。于二龙有时也不愿直视她那美丽可是刺人的双眼,如同她手里那把二十响匣子,张嘴是要杀人的。直到今天,他也承认,那是惟一能够用眼睛向他发出命令的女人:"我才不怕呢!二龙,都死过不知多少回的人啦!"

她确实是拼出性命爱的,谁也比不上她为这份爱情所付出的代价更为沉重的了,一直到献出生命。她爱得那样真挚,那样深切,把满腔炽烈的爱都付与了他。在艰苦的战斗岁月里,在生死决战的火线上,人们也许难以相信那样的土壤里会萌发爱情的幼苗,但那是不可阻挡的,只要有生命的地方,就会诞生爱情。

可人们,包括那些正直的人,又是多么的不谅解啊!于而龙记得,最随和人的,通情达理的老林哥也不表示支持,小烟袋一锅抽了一锅,摇晃着脑袋:"不成,琢磨来琢磨去,不成。二龙,芦花,你们俩丢开手罢休了吧,咱们都是党员,二龙还是队长,要做出不在礼的事,老百姓该戳着咱们的脊梁骨骂啦!"

赵亮根据他在苏区生活的全部体验,懂得婚姻自主,决定权在女方手里,这一点,一开始他就尊重芦花的选择。但是,在于大龙光荣牺牲以后,情况发生了变化,因为活着的时候,双方当事人都在,如果有婚约的话,也好解除;然而现在,一方成为烈士,又是如此悲惨地死去,倒成了永远也解除不掉的婚约,情理上的负债,变成精神上的束缚。因此,他也十分为难,真后悔自己在苏区时,只顾当他的赤卫队长,没关心苏维埃政权是怎样处理婚姻纠纷的。在小组会几个党员的众目睽睽之下,犯愁了:"都盯着我干吗?让我好好回想一下!"他拍自己脑袋,想拍出当时苏区也有个于二龙和芦花就好了,那里是怎么解决的,这儿也就有章可循了。所以只好说:"同志们,放炮是容易的,要心里没十分把握,保险不是左,就是右,会打偏的,给我容点空吧!"

他那虚怀若谷的精神,至今还印刻在于而龙的脑海里。这问题就一直拖着,正好抗大分校开办,芦花去学习,遇上了阳明,才算结束这一桩公案。——唉,精神世界的解放,是多么困难啊!

他们的鬻泥船渐渐靠近了闸口,教堂尖顶下的圆拱形长窗都看得很清晰了,也不知什么朝代,一个传教士在这里建了座哥特式的小教堂,随着教士的离去,教堂也失去宗教的作用,而变成一个不伦不类的建筑物,和老秀才一样,是闸口两怪,大概怪就怪在他们的不同一般吧?

那天,他们完全有可能活捉麻皮阿六的,因为匪首犯了一个原则性的错误,钻进了小教堂,就像螃蟹爬进了篓里,只能进不能出堵死在里面。如果活捉到手,小石头的死因,穿皮鞋的阴谋家,都可能从他嘴里掏出来。但是动手前少说一句话,错过了良机,因此至今悔恨不已,为什么绝妙的主意,总是在事后才涌出来。

把船靠拢在村头,迅速地钻进一家基本群众的屋里,想摸清匪徒的一些情况。那时广大群众对党领导的这支游击队,并不十分理解,加上鬼子和保安团势力强大,他们开展工作困难,所以基本群众队伍根本形成不起来,越是得不到群众支持,队伍也越吃苦头;好像是恶性循环似的,队伍越削弱,不能给群众撑腰,群众越来越躲着队伍,以至于把门闭得紧紧的,苦苦地哀求游击队走开,别给老百姓带来不幸和灾难,离开了群众,支队没处躲没处藏,吃喝都成了问题。所以,那虽然是春天,但是,失去群众的春天,比冬天还寒冷,还难熬呵!

正是在尝够了苦头以后,才懂得人民是母亲的道理。于是,以后无论是再寒冷漫长的冬季,都能感受到来自地底下春天的温暖,春在母亲怀抱间,春在人民心田里。

他们刚跨进门槛,吓了那家人一跳,脸都变了颜色,老妈妈连忙跑过来,直撅撅地跪在于二龙面前,直是央告:"队长,你饶了他吧,你可千万别杀他头啊!"

芦花弄得不懂起来,慌忙扶起了她,那时,她是镇上惟一的可靠群众,儿子是支队的一个战士:"大娘,你在给谁求情啊!"

里屋门咣当一声,正是那个战士满面怒气地闪将出来,豁出命地顶撞着:"刀砍斧剁由你们便吧,我开小差,不干了。"

要早一年,于二龙那脾气,肯定会有一场火并,但应该承认,芦花那对明亮的眸子,在光线不大充足的屋里,闪闪发亮,分明是在警告他,不得盲动。他那扣枪的指头,从扳机上滑下来,伸出手,给那战士一拳,笑着骂:"好出息的货色,吃不了苦溜了,多丢脸哪!芦花,给他一支枪,走,打麻皮阿六去。"

老妈妈奇怪地问:"你们不是来抓他的?"

于二龙告诉她:"我们来和麻皮阿六结账。"

"那他?"老妈妈指着自己开小差的儿子。

芦花说:"那是饿得他没法啦,大娘,不能全怪他。可还得让他干,连麻皮阿六都回来了,往后的日子,乡亲们就该更不好过了,石湖支队的旗子不能倒,走吧!"

那个开小差的战士,无可奈何地抓起枪跟他们一块去了。

麻皮阿六挺狡猾,短兵轻骑,带来五个人,四个都给他放了哨。他是得到消息才回湖西重新开拓地盘的,既然石湖支队的头头脑脑陷入重围,劲敌已除,便放心来到闸口,给秀才一点教训,好给王经宇一个交待,那是高门楼大先生早就关照过,要给点颜色看看,紧紧老东西的骨头。

土匪头子一脸横肉,杀气腾腾,像饿虎扑食地一把抓住老秀才。那可怜的老人,除了颤抖,半句话都讲不出来。他想,今天,大概是来年他的忌辰,该是去见列祖先宗,和板桥先生的日子了。

"告诉你,六爷特地来敲打你骨头来的,你这块粪坑里的石头,又臭又硬,我倒要试试,你硬,还是我硬?"

"天哪!我可不曾招你惹你啊!"

"求你写文章比什么都难,还拐弯抹角绕着脖子骂人,今天,我偏要打出一篇好祭文来。"

老秀才恍然大悟,王经宇是决不会只给一拳就肯拉倒的,看来,他的现实主义文学,在麻皮阿六批评家手下是过不了关的啦!老秀才希望这位掌刀的天良发现:"你是绿林好汉,理应秉公判断!"那意思说我是忠实于生活的,学不来在广场血迹里还有唱赞美诗的功夫,高抬贵手吧!

那满脸核桃麻子一亮:"不错,老子专门打抱不平。"

"苍天在上,是非曲直你可得分清,干嘛替高门楼撒气呢?"心想:"给凶手恶棍写颂诗未免太下作了吧!"

麻皮阿六是个无赖光棍,笑了:"老不死,你年岁大,倒不糊涂。老子也有不得已的苦衷,今天,我要不打你发个利市,我在湖西就站不住脚。委屈你老人家啦!"说着,按住老人在板凳上,"你放心,准给你留条命!"

杀人不眨眼的麻皮阿六,下手岂有轻的,才拍了几下,廖思源,那位总工程师,皮开肉绽,昏过去了。

于而龙怔住了,怎么在记忆里把两位老夫子纠缠到一块去啦?难道每一个时代,都会有以不同形式出现的麻皮阿六么?也许历史会惊人的重复,只是时间上有差异罢了。

他终于苏醒过来,望着做八段锦的于而龙,断断续续地呻吟:"老于,你可千万别告诉她……"

"放心吧!"于而龙转过脸去,努力控制着自己,"我永远也不会对廖师母讲的——"他看着在优待室门口倏忽而过的黄鼬,心里拧成个疙瘩:"该怎么告诉他呢,他的妻子永远也不能听见人间的声音了……"

——老夫子啊!你们的皮肉也太经不起风吹雨打啦!

砰!砰!

枪声在闸口镇上空响着……

只要一投入战斗,接火以后,芦花马上精神抖擞,像一只凶猛迅捷的鹞鹰,倒背着双翅,笔直地朝枪响得最厉害的地方猛扑过去。无论对手怎样毒辣致命的打击,她都能利落地避开,仿佛旱地拔葱似的脱离险境,又好像脑后长着眼睛似的躲闪意外的偷袭。而当敌人落到她手里的时候,怎么说呢?于而龙在琢磨该用一个什么字眼,来形容他的妻子,是的,她残忍,斗争使得她对于敌人相当冷酷无情,只听她咬着牙狠狠地说:

"我要他活着进来,死着出去!"

她把每一发子弹,都在鞋底上蹭了蹭,然后,压进枪膛,小石头的血,从她眼睛里冒出来。现在,即使麻皮阿六跪着讨饶,也休想给他留下这条命了。

仇恨使得她把枪口,对准敌人最致命的地方,所以她要在鞋底蹭弹头,就因为她听说那样击中敌人的头,就会开花,成为炸子,其实并无科学根据。但仇恨使得她非这样做不可,她成了敌人眼里一尊可怕的复仇之神。

"闪开!"芦花再不是刚才在湖里那温柔的姑娘了,她说:"先敲掉那个哨兵,分两路包抄过去。"她穿过一条窄巷,手一扬,嘿地叫了一声,那个站岗的匪徒回过脸来,没想到眼前一亮,一个美得出奇的女人在他跟前,(她从来不冲背后开枪,要杀死他,就让他死个明白,必须把对方叫得调过脸来,从两眉之间打进去这颗子弹。)才惊讶地张开大嘴,刚刚呀出声来,子弹击中了他的脑袋,一声不哼地倒在墙脚边了。

"跟着我,堵他们的退路。"她拉着那个想开小差的战士,猫着腰,像狡兔似的,穿过那几个被枪声惊动了的匪徒,还未等他们清醒过来,已经到达村口,抢先把守住那座匪徒要撤,必走不可的木桥。

麻皮阿六想冲出秀才的家,但于二龙手里那把江海的二十响封住了门。

"妈的,偷鸡不着蚀把米,于二龙来得好快!"麻皮阿六对撤回来的匪徒说,"翻后墙,跑!"倘若他了解门口只有一支匪枪,仗就不是这样打了。

老夫子在昏迷中苏醒过来,听到匪徒们互相埋怨:"不是说把共产党一网打尽,怎么于二龙在闸口冒出来了,妈的,咱们算是给保安团搪了灾啦!弟兄们,只要跑脱了二龙的手,我要不扭断那哥儿俩脖子,白在江湖上拉杆子啦!"

"高门楼的鸦片膏,把你烧糊涂心啦!"

他们几个急急忙忙翻过东倒西歪的后墙,绕过教堂,刚在村口稍一露面,芦花他们三八大盖发言了。"糟啦!"麻皮阿六拍着大腿:"出不去村啦!"又龟缩回小巷里来。

断断续续的枪声,早把闸口镇惊扰得鸡犬不宁,那年头还不作兴跑反逃难,家家都关门上闩,悬着颗瑟缩不安的心,等待着灾祸降临。麻皮阿六匪帮只是在县城、大集镇有秘密联络点,小村小舍,除了威胁利诱,找不到同情者。现在,无论敲谁家的门,都不敢接纳收容这些打家劫舍的败类了。

他们只好退守教堂,坚固的建筑物,足可抵挡一阵,原来造教堂的外国传教士,显然也只存固守之心,只留了一个可以进来的狭门。哦! 匪徒们一步钻进了死葫芦,是不会有出路的了。

"投降吧,麻皮阿六。"

于二龙向教堂喊话,芦花也收缩过来。

匪徒们倒留点心机,把老秀才弄到教堂里当人质。现在,暮霭沉沉,子弹所剩无几,而惟一可以活命的门,像油瓶口被堵死了。麻皮阿六懂得苦肉计不中用,投降没出路,背信弃义的撕票,早结了不解的冤仇。他把死去活来的老先生,推上教堂的尖顶钟楼,他躲在背后,让老人向全镇乡亲喊话,叫石湖支队腾出一条路,要不然,三天以后,全镇人人过刀,鸡犬不留。

石湖四周数县,谁不晓得麻皮阿六是个杀人如毛的刽子手。

老秀才喘气都困难,浑身伤痛,哪里站得稳,更谈不上喊叫了。况且他一生正直,不惧淫威,宁肯与匪徒同归于尽,也决不叫他们活着走出教堂。麻皮阿六在身后用匕首刺他:"快喊,快,小心老子恭喜你!"

他终于张嘴了,力竭声嘶地喊了出来:"你们就开枪吧,他在我背后头,开吧,快开枪吧!"

"把枪给我!"芦花伸过手来。

"你会连老秀才一块报销了的。"于二龙不放心地把枪递给了她。那时,这支枪是江海刚从盐警大队缴来的,是一把崭新的,可能刚开荤的二十响,尤其握在她手里,更显得秀气端庄,英姿飒爽。

芦花把枪端了起来,那枪身上的烧蓝发出一股幽光,从这一刹那开始,麻皮阿六的生命就得以秒来计算了。

他记得当时在教堂外边,天色已经昏暗,能见度不那么高了,她自言自语地:"老先生,我得让你受点苦啦,没法子。"

砰的一枪,那锐利的声音像女高音一样清脆。这一枪不偏不斜,正好打在老秀才的小腿上,看得清清楚楚,他好像被人拦腿一棍,栽到一边去。在秀才身后的麻皮阿六,赶紧识时务地纵身一跳,企图躲开。好了,他没遮没拦地暴露在芦花的枪口面前;于二龙本想告诉芦花一声,给他留条命,有些话得从他嘴里掏出来。但晚了,刚要开口,芦花手里的枪响了。骚扰石湖多年的匪首,天灵盖给揭开了,粘在了教堂大钟的柱子上,子弹是从双眉之间斜插进去,再准也不过的了。

余下的匪徒举手投降了。

芦花向抬出来的老秀才跑过去,直向他道歉:"老人家,别怪罪我,叫你受苦啦!"

老夫子从休克中醒来,刚才似乎是一场可怖的噩梦,终于结束了,在涌过来的乡亲们灯笼火把里,他慈祥地望着芦花,嘴唇在哆嗦着,显然讲些什么。

"你说些什么呀?"芦花问道。

乡亲们庆贺为害多年的麻皮阿六被击毙,那些对石湖支队敬而远之的人家,也忙着给他们三个人端茶送水慰问来了。

老秀才仍在哆里哆嗦地说着,人声嘈杂,芦花分辨不出,便俯身过去,弯下腰,听那躺在门板上的老人说:"……姑娘,你,你……做了件好事,我不怪你……"

笑声在古老的镇子里飘扬,因为过去麻皮阿六在石湖抢劫作案,闸口镇是匪徒撤向海边的通道,他们真被这帮祸害作践苦了。哦!如今去了块心病,怎么能不兴高采烈呢?于二龙从这一天真正体会到:不给人民除害,不为人民造福,还算什么共产党员呢?

"还想开小差吗?"他问那个战士。

小伙子不理他,背过脸来:"芦花大姐,你一定得教我成个神枪手,百发百中……"

于二龙捅那战士一拳,要他回答问题,芦花给这位队长一眼:"你也是,人家已经回答你啦!"

在欢乐的声浪里,只见江海浑身湿漉漉地出现在人群里,他也游过来了。

"哦,我到底没有弄错,听得出来,是我的枪响,快走吧,赵亮同志在等着你俩呢!"

"不到时间,让我们后半夜去接你们。"

"快,找条船,再搞上几斤细盐,快,越快越好,我实在游不动啦!"他挤着衣服里的水,蹦跳着,夜深了,已经有点凉意了。

于二龙诧异赵亮怎么会这样着急,乡亲们也围了过来,关心地询问着发生了什么事?

江海也支支吾吾地不肯讲,直催着快些走。

芦花似乎有些预感,忙向乡亲们借了条快船,跳上去,招呼着他们,同时向乡亲们挥手告别。

船到了湖心,江海被逼迫得没法,才慢吞吞地告诉他们:"你们俩不要难过,大龙牺牲了。"

七

好像直到今天,盐工出身的游击队长,还是那个脾气,于而龙急于想了解的有关芦花的下落,她的棺柩、骨骸、墓碑,甚至包括那棵参天的银杏树,等等,等等,然而对这些疑问,地委书记到现在还不能爽爽快快地和盘托出。

他觉得和老林嫂一样,这位老战士也是吞吞吐吐,支支吾吾,似乎有什么难言之隐。他不理解,有什么不便张嘴的呢?最大的噩耗莫过于死,但芦花已经牺牲三十年,还有比死更难讲出口的可怕消息么?

也许这是江海的奇特秉性,你急他不急,你忙他不忙,你当回事,他毫不在乎——谁让他偏偏生肖是属牛呢?也许是巧合,这位地委书记有股子牛劲。

据说——自然是王惠平在饭桌上,当笑话讲给于而龙听的。十年前,江海被送到公路工程段当普工,背大石头去了,仍旧时不时地给县委写来条子,提出一些带有指导性的意见。譬如围湖垦田,他建议要慎重再慎重,三思而后行。大伙儿不但当做笑话看,还当成反面教员批。王惠平也很窘,出于好意,亲自到三王庄给这位下了台还不肯卸妆的老兄提个醒。江海那时已来到这一带修公路,王惠平劝他罢休算了,何必贻笑大方。"不!"这位盐工回答,"我认为是我应该尽到职责。"

笑话之至!顾全老同志的面子,王惠平不愿讲那些刺激性的话,只是提醒他:"您已经靠边站了!"

江海身背那二百来斤重的石头,顽固地坚持问道:"我想提个问题,党,死了吗?"

"何必这样不识相呢?"

"人有时得认个死理,不能灵活得过了度,既然党还活着,我就要履行我的义务,因为直到今天,谁也不曾给我一张中央或者省里,免去我地委第一书记职务的命令嘛!"

王惠平讲完这段小插曲以后,总结了一句:"他就继续当他那个背石头的地委书记。"

看来,对这样固执己见的同志,只有芦花,那个敢作敢为的女人,能撬开他的嘴巴,能使他讲话……

在往沼泽地回驶的船上,于二龙关切地,不止一次地问:"究竟出了什么事?""怎么啦?""你倒是吭气呀!"

江海坐在船尾,盯着西天里一钩如眉的细月,听着浪涛拍击船头的水声,硬是沉默着,休想从他嘴里,询问出个结果来。

坐在他对面的芦花,或许意识到什么不幸,要不,就是一种第六感觉,叫做直觉,或者叫做预感的神经在兆示给她,她沉不住气了。

"老江,你讲不讲?"

江海打量着她,仿佛她讲的是外国话。

"我再问你一遍,你讲不讲?"

那位固执的盐工,偏过头去,不愿理她。

芦花急了,站起来,厉声地喝着:"你给我滚!"猛一掀,把猝不及防的江海,给扳倒在石湖里。

于二龙听到身后扑通一声,赶紧止住了桨,回过头去看,江海已经从水里冒出来,扳住了船帮。但是,料想不到他的那支二十响匣子,在芦花手里捏着,黑洞洞的枪口,正对准自己。

从来没见芦花如此暴怒,因为她不但有第六感觉,而且深知江海在谴责她了:"滚!"

江海当然不会滚,但也不往船上攀,他非常理解眼前执枪的女人,那是个什么都做得出的女中好汉,一个长着漂亮面孔的凶神。是这样,她有时候很温柔,甚至娇媚,但要酸起脸来,心肠比铁还硬,她真敢给他一枪的。

芦花僵持了一会儿,突然地问:"是不是大龙他——"

江海点点头,爬上了船,这才慢悠悠地讲出大龙牺牲的消息。

谁都没有惊讶,似乎在意料中的,船上一共四个人,对这个不幸的消息,竟没有一个出声表示出什么感情,真是奇怪极了。而不论是谁的心里,都横梗着一块东西,是痛苦吗? 不是;是悲伤吗? 不是,他们四个人,只是感到无可名状的压抑。

那是一个很长的梅雨季节过后,气候开始转暖变晴的夜晚,空气不再那么霉湿,而变得爽朗,身后闸口镇跳跃着的灯笼火把,像眨眼的星星似的光亮,显得欢乐、轻松和痛快。按说那应是一个非常美好的夜晚,但是,对于二龙来讲,似乎是一种嘲弄,一种讽刺;又好像故意制造罪恶似的,把他拖陷在难堪的罗网里,仿佛他参与了什么阴谋似的。

要是白天在那避风的扇形灌木林前,芦花未曾吐露那番勇敢的表白,他此刻心里负疚的情绪,或许会轻一点。固然,在娘死后的几年里,芦花终究和谁生活下去的问题,横亘在他们弟兄俩之间,但谁也没有力量下决心突破。直到这一天,偏偏是芦花自己做出抉择的时候,而且也是于大龙终于明白爱情是勉强不得,也等不来的时候,天大的一个问题,却以这样的方式来结局,无论对于生者,抑或对于死者,在感情上,在所付出的代价上,都未免太沉重了。

在登上沼泽地以后,江海引着他们,急匆匆地向于大龙牺牲的烂泥塘走去。甚至到了今天,三十多年以后,于而龙也不大愿意回忆当时的情景。

于大龙是在被敌人残酷地折磨以后,延缓了很长时间死去的,直到傍晚时分,敌人全撤走了,赵亮才把他找到的。那时,他还存有一丝丝意识,于是赶紧打发江海过湖,来寻于二龙和芦花。现在,等他们赶到,大龙已经断气,停止呼吸了。

那个战士拎着桅灯,踩着泥汤走过去,站在于大龙尸体旁边,定睛一看,立刻恐怖地叫了起来,失神地往后一仰,跌倒在水里,桅灯也熄灭了。

于二龙和芦花走过去,看见他们的哥静静地躺在那里,在月光下,显得恬静安详,等到赵亮重把桅灯点亮,他们俯下身去,想看一看他的脸容,这时才看清楚,于大龙被剥光的尸体上,像穿了一件黑色紧身衣,不是别的,是爬得密密麻麻的蚂蟥,黑压压的一片,遮住了裸露的身体。那些嗅到血腥味的蚂蟥,继续从水里,从泥汤里涌过来;已经吸饱了血的蚂蟥,也像蚕蛹似的仍然紧吮着吸不出血的尸体不放,看得人发瘆,看得人麻心,看得人头皮发麦。

赵亮累得精疲力竭,那些吸血鬼在他的腿上,脚面上,也叮了不少,它们像疯狂了一样,嗜血的本性促使着,不管一切涌过来。

他喊着:"弄到盐了么?快,给我!"

赵亮爬起来,顾不得自己,抓起大把的盐粉,搓弄着于大龙尸体上的蚂蟥,一边狠狠地骂:"让你们吸,让你们吸……"

于而龙现在闭上了眼,顿时觉得那无数的吸血鬼,爬在了自己身上,可不么?爬满了,像那工厂后门守卫室里的木柱,无数的斧痕,印在了自己的心上。哦!生活里的蚂蟥,社会里的蚂蟥,十年来,用多少鲜血,把他们一个个喂得肥头胖耳,这些吸血鬼啊……

于而龙记起他哥最后的呼声:"开枪啊!二龙,向他们开枪啊!"

三十年以前的话,好像在鼓舞着,催促着;满怀信心地期望着,等待着;甚至还含有深情地责备着,鞭策着这位三十年后又回到沼泽地的游击队长。

——哥,原谅我吧,原谅我没有完成你战斗的嘱托,非但我不曾朝他们开枪,而是他们一枪又一枪地射击过来;他们并未倒下,我却伤痕累累。

历史就是这样惩罚于而龙的,但究竟怪谁呢?

于大龙活着的时候,是他和芦花结合的障碍,在他牺牲以后,那并不存在的影子,仍旧是他俩头顶上的一块阴云。不但他自己推拭不开,许多同志,包括眼前吃饱了生虾肉的江海,也不支持,他理正词严地劝说过。

"拉倒吧!"

"拉倒什么?"

"你和芦花同志的关系。"

于二龙火了:"为什么不敢找芦花谈去?都来围攻我,我怎么啦?做出什么见不得人的事么?"

"保持点距离,咱们不能给队员,给非党群众造成不良影响。"

"什么不良影响?"他在滨海,倒会了解到石湖的不良影响,岂非怪事?于二龙不再理他。

江海是个顽固的家伙,偏要说:"你们俩太接近了,我看都有点过分了!"

"闭上你的嘴,我和芦花从来就是这样,一块儿长大的,怎么?让我朝她脸上啐唾沫,才叫正确?"

江海的一定之规真可笑,又去说服芦花,但是,芦花回答却异常简单,只有一个字,干脆利落:"滚!"

谁也猜不透芦花在听到于大龙死讯,看到于大龙尸体,心里是怎样想的?

他记得于大龙尸体上那些蚂蟥,涂上了一层盐粉以后,不一会儿,全化成了血水,发出一股难闻的铁锈味,特别是那张沾满泥浆,但神色坦然的脸,谁见了都得把头偏过去。

芦花喊他:"来,把哥抬到湖边去!"

"干吗?"

"给他收拾收拾,总不能这样让他走!"

赵亮交待了几句,和江海去找中心县委汇报去了。芦花他们三个人,在湖边的清水里,给于大龙洗去浑身血污,穿上在烂泥塘里找到的衣服。

于而龙回想起一个细节:当芦花在湖边洗那些泥污衣服的时候,突然间,她的手停住了,半天不吭声地愣着。他透过桅灯的光亮看去,只见她正在展平着那条断了的子弹带,若有所思地看着,但那不平静的一刻,不多一会儿也过去了。她用手捋了一下头发,又低头洗了起来,也许她借此擦一下泪水,可在黑暗里他看不真切,无法判断她的心绪。他想:说不定大龙的死,也给她带来相当大的内心震动吧?但是,她丝毫没有流露出来。

载着尸体的船,应该驶到什么地方去埋葬呢?他们母亲的坟是埋在三王庄的乱葬岗里的,可三王庄,现在,在保安团的手里。于是,只好回到支队驻地去,另外找一块地方掩埋算了。

但料想不到那个开小差的战士冒出了一句:"咱们支队这会儿怕要开进三王庄啦?"

芦花担心的事终于发生了,害怕什么?老天准会给倒霉的人送来什么,现在,整个支队覆灭的命运,更牵系住他俩的心了。

那是一个动荡的年代啊!

"谁决定的?"

"谁也没有决定,那些家住三王庄的人,都想趁保安团开走的空儿回去看看,惦着家里的妻儿老小呢!"

"老林哥呢?"

"他不准。"

"王纬宇呢?"

"他说他不赞成,也不反对。"

于二龙骂着:"混蛋——"

"后来,大伙说,白天不让回,晚上也得走,我趁他们乱着的时候,开小差跑了。"

芦花夺过一支桨:"快划,许能截住他们。"她分明看得清楚,王经宇的保安团,并未全部拉到沼泽地投入战斗,听不出来吗?成年到辈子打交道,谁手里有哪些长短家伙还不摸底,那挺马克沁重机枪就没在沼泽地响过。肯定,三王庄布置了一个圈套,让支队钻进这个口袋里去。"快——"她沉不住气地对那个战士讲:"你别傻着,找块板子帮着划船!"

"不赶趟的,芦花大姐!他们有人说,天一黑就动身!"

"少废话,你快加把劲吧!不该这么晚才想起说啊……"

埋怨他有什么用呢?应该把账记在那个蛊惑人心的家伙身上,于是把江海那支二十响摔给了于二龙。

"干吗?"

"七月十五,这日子不怎吉利啊!"

细想生活里许多偶然碰巧的事情,有时很离奇,而且是极不可能的,偏偏弱者战胜强者,险途夷为平地,明明办不到的事情成功了,以为错过的良机碰上了,这似乎是难以理解的。但实际上,从整个历史发展的趋势看来,占主导地位的那个阶级,只要顺应潮流,不人为地制造悖谬,倒行逆施的话,必然和时代步伐合上拍子,必然能在天时、地利、人和三个方面协调一致。因而能够容易取得优势,占到上风,特别在一步决定成败的机缘上,往往会抢先在对手前面。因此,看起来在局部上的偶然性,从整体来说,倒是历史的必然性,并不怎么可怪的。

他们三个人汗流浃背的划,那一船三心二意的支队战士,也七手八脚地往三王庄驶去。这是一场紧张和古怪的竞赛,真正就差那么几步,如果碰上顶头风,如果是个有雾的天气,如果他们那些人心要齐些,划得快些,那就永远追不上了。然而,话说回来,逆潮流而动,要心齐也是不可能的。

终于他们三个发现了湖面上的一个黑影,那个战士高兴地喊起来:"是的,没错,准是那些人——"

于二龙摸摸插在腰间的手枪,心想:只要在人堆里看到那个七月十五来的鬼不鬼,神不神的东西,是决不会让他活得自在的。

然而等他们驶近了这条船,天知道,一条空船,一条当不当,正不正地锚抛在湖心里的船。他们三个汗毛都竖了起来。

突然间,离船不远的一丛稀疏的芦苇里,有人轻轻地拍了拍巴掌。哦,在这黑夜静悄悄的湖面上,是令人毛骨悚然的。但是,谁都明白,这是个信号,他在这里等谁?和谁取得联系?要搞些什么秘密活动?显然是不能放过的。芦花似乎碰运气地也随着碰了两下手心,芦苇丛里传出了话音:"二先生吗?怎么他们还不来?"

一听那嘶哑的公鸭嗓子,于二龙火冒三丈地骂着:"妈的,你过来,要不敲了你的脑袋——"话未落音,只听两三个人扑通扑通地跳入水中游走了。等他们把船划到那里,空空如也,什么都没有了。

芦花下了狠心:"追——"

于二龙心里全明白了,暗自骂着:"于二龙,于二龙,你算瞎了眼啦!"他说,"黑灯瞎火,往哪一猫,休想找到。走,先堵住人,后找他算账!"那条闸口镇的快船又扭过头朝驻地方向驶去。于二龙边划边想:"也许王纬宇就在马上要碰头的船上,那更好啦,当场崩了他,这是哗变,不干掉他干谁?可听公鸭嗓的口气,又像是并不一路来,很可能,那挺马克沁重机枪在另一条道上,等着'欢迎'这些回家看看的傻瓜们呢!妈的,不管什么样的花言巧语,不管把谎撒得怎么匀称,今天,王纬宇要想跑脱我手,大概是不容易了!"

这时,就在和三王庄平行的方向,那条篷船滑入了石湖里的塘河,顺流而去,过不多远,就该进入马克沁重机枪的射程里,变成伏击圈中的活靶了。

"站住!"于二龙喊。

"你们去找死么?"芦花的声音在夜静的湖面上,显得更加嘹亮,那条船迟疑地站住了,过一会儿,扭过船头,向他们驶回靠拢过来。

于二龙打开匣枪的保险,扣住扳机,跳上那艘大船,在人群里寻找他要算伙食账的人。那些懵里懵懂的战士,看到队长一脸杀气腾腾的样子,都惊诧地看着,显得疑问重重:"怎么啦?我们回家看看,犯了啥法?保安团开拔了,三王庄又成了我们的啦!"

正好,三王庄响了几枪,估计是公鸭嗓回庄,哨兵误会动了武,于是,船上的战士你看着我,我看着你的倒抽一口冷气。还用解释什么呢?乖乖地和于二龙他们一块回队了。

芦花问道:"哎,王纬宇呢?"

"他?"有人回答:"他上他家祖坟去了!"

这无疑火上添了一桶油,于二龙立刻带了几个战士,和芦花分手,她领着同志们回驻地,他去跟这位七月十五来的人结账。还是那艘快船,增加了几个人手,嗖嗖地像飞箭一样破浪前进。站在船头的游击队长,已经看到了这个场面:那位高门楼的二先生正在他爹的大坟前跪拜叩首,也许请求肥油篓子宽恕他误入歧途的过错,现在忏悔了,浪子回头金不换,王敬堂一定含笑九泉了。

"让你们笑!"于二龙想象自己准是自天而降,在香烛纸马的缭绕烟火里,一手把那匍匐在地膜拜亡灵的王纬宇抓起来,"叛徒,败类,你这个狼崽子——"

他一定会狡辩,会祈求,会指着天赌咒发誓,会流着泪水为自己表白。妈的,他什么都干得出来,只要他认为这样做对他有利。

他的发展决定他的存在,他的存在决定他的需要,需要就是一切,这是他的座右铭。无所谓神圣的原则,哪怕和魔鬼拜把子称兄道弟,如果有必要,亲娘亲老子也可以动手宰杀。"无毒不丈夫吗!亲爱的——"

"站起来,你还有脸笑!"

"为什么不可以笑呢,我可以告诉你:我是从大龙那儿打听出开会的大致地点,又从你那儿证实了开会的日期;然后,我又叫你自己放走公鸭嗓,给我通风报信。下面的事我也不讲了,跟你想的一模一样,但是你没有任何把柄证据,你能拿我怎么的?"

"毙了你,今天就在这儿,让你们父子俩团圆见面——"正想到这里,他们快船靠岸,朝离三王庄大约不到三公里的山脚下,那个唤做王家祖茔的小村舍飞步而去。一路上还在心里继续审问着他,当把所有疑点都穿到一根线上的时候,也就自然而然地构成了他的轮廓:"大龙哥是你挑唆得要离开石湖支队的?那帮战士是你鼓动得回三王庄的?毫无疑问,你利用了他人的弱点,大龙哥最大的苦恼是什么?芦花;战士们迫切的愿望是什么?回家。对了,你就在这些地方下手,对不对?你脸白了,你跪下来了,你讨饶了。'拉兄弟一把,你是宽宏大量的!'呸!看着我,我要把你的心掏出来!"

就在这个时候,一片灯笼火把从围着坟茔的柏树林里透出来。出了什么事?似乎有不少乡亲在那里挥镐舞锹,传来丁丁当当的声响。走近一看,只见王纬宇领着乡亲,约有十几个人,在那里刨他老子的坟山。石碑拉到了,现在正挖墓,他赤红着脸,满头大汗,好像怀着无比的仇恨,和最坚决的革命性,要把他死去的老子,从棺材里拖出来鞭尸三百似的。他像疯了似的挖着,让人感到他的每一锹,每一镐,都是革命的,都是无产阶级的,都是左得可爱的行动；而且表明他的心，红得不能再红，忠得不能再忠，拿十年前流行的副词加码法来说，他该是最最最最最最最革命的人了。甚至别人告诉他："二龙队长来了！"他也装没听见似的，更加起劲地挖下去，黑漆棺木露出土了。

于二龙的枪口，虽然低下了一点，但是并未放松，因为他多少从那革命行动里，看出了一点做戏的味道。他喝了一声："王纬宇——"

这位革命家停止了那狂热的动作，回过身来。

"你搞什么名堂？"声音是严厉的，决不客气的。

"我要向他们宣布，决不能再跟他们走一条道，看见没有，我刨了这座坟，就是叫他们死了那念头，也是我向党表的决心，我要坚决革命到底，我要永远跟党走！"

"算了！"他止住了王纬宇那高声地念台词式的表白，"别说得那么好听，你和公鸭嗓怎么串通？怎么约好？怎么打算搞垮支队的？"

"谁？"

"你们府上的管账先生！"

他吼了起来："是他找我来的，我把他交给你处理，是你给他放了的，现在倒转来赖上我。好吧，你相信他的话，倒不相信一个坚决革命的，连牺牲都在所不惜的人。来吧，把你的枪冲着我这儿，开枪吧！"王纬宇将那汗涔涔的脑门，紧紧凑到于二龙的枪口前头，声音变低了，调门显得那么柔和，似乎在劝诱和恳求着于二龙说："开枪吧！请开枪吧！……"

于二龙把手枪放了下来。

紧接着，王纬宇从怀里掏出一张纸，变戏法似的摊在游击队长的面前："你如果不枪毙我，那你就收下这份血书吧！"

"什么？"

"血写的入党申请书。"

天哪！于二龙无论如何也弄不懂，这个站在他老子棺材上的王纬宇，到底是怎么回事？就像阴沉沉的坟山柏树林外的黑夜一样，任凭你眼睛瞪得再大，也休想看透。

三十多年过去了，于而龙不禁琢磨，任何一次姑息，一次容让，都要付出沉痛的代价。因此，他对走回来的江海说："账最好早早结清，否则，拖久了，贷方会变成借方。"

"说得很正确，革命成了反革命！"

横竖也找不到出路的江海，打开话匣子，坚决要给他讲点什么，也不管于而龙摆手拒绝，因为除了芦花外，什么都不感兴趣，但江海有他的固执，他偏要讲不可了。

"……你不会忘了三王庄那棵银杏树吧？故事，就发生在那里，时间嘛，哦，那是十年前的事情了。"

"好吧，你现在有耐性听下去了。"

"那一年，我去省里开会，会后，因为我那点病，年轻时盐粉吸多了，谁知在肺里长了个啥玩艺？结核不像结核，肿瘤不像肿瘤，省委便让我彻底查一查，住了院。

"大概过了不久，石湖的波浪受到那阵强台风的影响，一浪高似一浪。突然有那么一天，来了几个胳膊戴着红箍的年轻人，为首的是一个姑娘，要押解我回到地区去。押解，你听见没有？一下子成了囚犯，真是比黑暗的中世纪都不如，那时至少还有个宗教裁判所；现在，好，什么时候变为罪人，连自己也不晓得。

"当时，我很想给那姑娘一记耳光，但是举起手来，又放下了，倒不是我软弱，不敢打人；也不是我性格变得驯良，对女性讲究礼貌。不,我把她认出来了,她是主动要求从省会回到县里工作来的,在某些方面,我们还有着共同的语言,因为她特地来地委向我呼吁过保护石湖资源。他们那几个青年,气势汹汹,好像我们革了一辈子命,革出天大的错,他们吃了十几年安生饭,倒吃出功劳来了。看那一个个的神态,至少是半癫狂的神经质人物,惟独那个姑娘还比较清醒,她臂膀没缠尺来宽的红箍,也不炫耀胸脯上碗口大的红牌牌,而是客客气气地问:'还认识我吗,江书记?'

"'好像见过一面。'

"'不错。'

"'在保护鱼类生存的问题上,我们应该说是同志。'

"'噢!对不起,现在和你谈不到同志二字,请吧,收拾收拾,跟我们回去。'

"'你们没看见吗?我在住院。'

"'用不着你提醒,我们知道。'

"'如果有什么问题,等我出院再谈——'

"她瞪起双眼,露出石湖姑娘的野性,声严色厉地警告:'我们是来勒令你回去低头认罪的,医院不可能是你的防空洞。'哦,她以为我是贪生怕死的胆小鬼,笑着对她的同伴说:'看见了吧,大人物的内心更空虚,更胆怯。'说实在的,我有生以来,还不曾这样被人当面奚落过呢!"

于而龙不感兴趣地问:"江海,你说这些,跟我有什么关系?也许你说的那位保护鱼类的姑娘,我倒见过一面。"

"哦?"他多少有点惊讶地说:"见过她了?那好,马上转入正题。于是我被她押解着,由省里到了地区,然后,又由地区到了石湖。很荣幸,在作为阶下囚的航行途程中,会晤到一位老朋友,你猜是谁?"

"谁?"

江海伸出两只手指:"我是被内河小轮船统舱里的气味,熏得实在受不了啦,到甲板上来透透气,他老先生正好站在我面前,向我伸出了手。真可笑,老朋友见了面,使我忘了情,张开两臂,把他拥抱。直到他在我耳边,轻轻告诉我:'老兄,那些押解你的人瞪眼啦!'我才醒悟一个失去自由的罪犯,这样不管不顾,太不知趣了。

"那个姑娘走过来盘问他:'干什么的?'

"他笑嘻嘻地反问:'你说我是干什么的?'

"'还用问吗?带长字的人物,一套号的。'

"王纬宇一乐,掏出一封介绍信。鬼知道他从什么途径,搞到这一位重要人物亲笔写的信。乖乖,那可不得了,别看头衔不大,小组成员;职务不高,一个十七级小干部,可是,哪怕他放个屁,马上全国传诵。哦,你了解,我们是小地方的人,是没有见过多大世面的。那姑娘一看那封信,二话没说,立刻向王纬宇伸出了手:'哦,原来你是我们这个司令部的。'你想想,他那两片子嘴,死人都能说活,何况这样一个天真幼稚的姑娘呢!"

"你呐?亲爱的地委书记!"

"我?自然还是回到底层的统舱里去,闻那鸡鸭屎的臭味去了。"

两位游击队长哈哈地笑了……

"看见了吗?一条舢板正朝咱们划过来!"于而龙站起来,也不知道船上的人能否听到和看见,挥动着双臂,大声疾呼地喊着。

江海也忘了他的矜持庄重,脱下褂子来当做旗子挥舞。"哦,他们发现了,看,竖起桨来给我们打招呼呢!这下我们不至在沼泽地里过夜了。好,我也该结束我的故事了,大概过了两天,他们把我从县城押解到三王庄,押到了村西银杏树的底下,押到了芦花同志的墓前。在那里,聚集了好几百人,不,简直是近千人的浩大场面。当我在刀枪剑戟的前拥后护之下,通过密密麻麻的人群,来到临时搭起的会场台前的时候,定睛一看,我才发现,一夜之间,我们共产党的地委、县委、许许多多的领导干部,全成了罪人,囚犯,站在被告席里了。

"但是怎么也想不到,站在我们行列里的,竟还有那位躺在墓里的女指导员……"

江海沉默了。

于而龙望着这位老战友,也不做声,显然他急于想知道下文,所以不再打岔,盼他马上说下去。

"是我的过错呀!二龙,没能保护住她,其实,我本意倒是为了维护她的呀!

"就在这个时候,那个女孩子跳上台了,向群众讲话。二龙,你简直无法想象,从那副漂亮的脸上,从那张秀丽的嘴里,会喷出那样恶毒的语言。我绝不是给她解脱,至今,我也认为她是在说着别人的话,她说:'为什么直到今天,三王庄还不通公路?为什么公路修到离三王庄不远,就停下来?为什么要改变原设计方案?为什么?大家想过没有?根子在什么地方?乡亲们,看看吧!问题就是她——'她指着那块矮矮的石碑。

"她从台子上蹦下来,跳到芦花的坟头上,力竭声嘶地喊:'乡亲们,就是这么一个死人,挡住我们的路,要不把他们推翻打倒,我们就休想迈步。江海,你交待,为什么要让公路绕过三王庄,难道她是皇帝老子吗?她是谁?她是什么人?就碰不得,动不得——'

"我对着人山人海的群众讲:'只要上三十岁的人,谁都知道:她是石湖支队的女指导员,是一个真正的共产党员,是把生命献给我们石湖的革命烈士!'我转过脸去对她说:'年轻人,你不觉得害

羞吗？这样来践踏一位革命先烈，你心安吗？……'

"哦，她又蹦回台子上去，说出来的话，差点叫我背过气去。不错，公路是我让改线的，免得惊动九泉下的英灵，即使有天大的错，刀砍斧剁，由我去领，跟芦花有什么关系？可是从她嘴里，吐出两个什么样的字呀？二龙，你不要激动，她当着数百乡亲高声喊叫：'她不是革命烈士，她不是共产党员，是叛徒，听清楚了吗，是叛——徒。'"

于而龙登时觉得一盆污泥浊水，没头没脸地冲着他泼了过来似的把两眼糊住了，天全黑了。

"你不要激动，二龙，都是过去的事了。乡亲们心里是有数的，她说完了那句话后，全场鸦雀无声，紧接着，有好多上岁数的老乡，我亲眼见到的，低着头，拉也拉不住，拦又不好拦地走了。

"也许因为这样，不知是谁在背后出了个招，非要我们这些罪人，当场刨坟毁尸立新功，每人给了一把铁锹，叫大家立刻动手挖芦花同志的墓。

"二龙，二龙，你怎么啦？听我给你讲完。'要永远记住这个教训啊！'这不是我的话，是那位老红军讲的。他长征没有死，抗日战争没有死，解放战争没有死，十七年建设社会主义祖国没有死，但是，十年前，他背石头给累死了。大口大口咯血，连医院都不让送，最起码的人道主义都谈不上。罪恶啊，二龙，应该说，那都是一代精华呀，活活给摧残了。生者如此，死者更谈不上了。我们一齐在挖芦花的坟，那位老红军讲：'记住啊，江海，要永远记住这个教训。我们党走了那么多弯路，受到那么大损失，有时并不是失败在敌人手里，常常就是这样一锹一锹地，自己动手毁灭自己啊！'二龙，想到芦花最后落到一个曝尸露骨的结局，我们许多同志流着泪离开了她。"

于而龙紧紧追问:"后来呢?"

"后来,还没来得及等我们求人去收殓芦花同志的遗骸,第二天早晨去一看,什么遗骨残迹都不见了,想必是夜间,被那些人扬散了,只剩下一块孤零零的石碑。

"没过多久,我们成了公路工程队的普工,背石头,一天一天地修到了三王庄。那位老红军,一边咯着血,一边对我说:'江海,我们还能为故人做些什么呢?这块石碑,眼看着要被压路机,推倒埋下去当路基了,咱俩偷偷地把它抬到一边藏起来,留给后人做个纪念吧!总有一天会竖立起来的,反正我是瞧不见了,可我相信,准会有那么一天的。'他望着雾蒙蒙的石湖说:'雾消去以后,历史,就是最好的见证人了。'可是,二龙,你也别难受,即使这一块殷红色的石碑,也不曾保留下来,老红军病重以后不久,他精心保管的石碑,也失去了踪影。"

"全完了?"

"全完啦!"

"一切一切都没有留下来?"

江海抱住脑袋,痛苦万分地说:"怪罪我吧,二龙,我没有保护住她呀!……"

石湖起风了,浪涛一阵高似一阵。于而龙伫立在湖岸边,敞开衣襟,任强劲的风吹着。此刻,他的心和石湖一样,波浪翻滚,起伏不定,久久地不能平静。

哦!多么严峻的岁月啊!

…………

第 五 章

一

　　风越刮越大,浪越卷越高,那条小舢板,在风浪里,颠簸得越来越厉害。

　　大概人生也是如此吧?于而龙望着在浪涛里一会儿沉没,一会儿浮升的舢板,联想到一生走过来的漫长道路,倒和这条在浪花飞沫间挣扎的小船,在很大程度上是相似的,从来也不曾有过风平浪静的日子。命运早给这一代人特意安排好了,好比一块烧红了的铁块,在砧子上只有无尽无休的锤打锻压,哪怕还有一点余热,一丝残红,敲击就不会停止,除非彻底冷却了,命运的铁匠才肯住手。然而,也许随着冷轧技术的发展,如今,甚至死去三十年的英烈,也被拖出来放在铁砧子上,重新加以冶炼了。

　　那位抱住头的地委书记有些失悔了:"也许,二龙,我不该讲的。糊涂着,固然是个痛苦;明白了,那就更痛苦。"

　　"不,江海,我们终究是铁,应该经得起敲打。"

　　他站起来,走到地委书记跟前,两个人并肩迎着那愈来愈烈的劲风站立着。闻得出,这是顺着晚潮而来的海风,有一点点腥,有一丝丝咸,生活也是这样,酸甜苦辣,味味俱全,甚至还包括残酷的血风腥雨。"铁永远是铁,但最可惜的,我们失去了时间!"

那条在风浪里出没的小舢板,已经清清楚楚地映入眼帘,他们先看到坐在船头的老林嫂,然后,秋儿——那是奶奶惟一的期望,昨天清晨帮着于而龙钓鱼的小助手在喊叫着:"二叔爷,二叔爷……"那模样,那神态,多么像小石头,多么像铁生,也多么像老林哥呀!

舢板划拢过来,先蹿上岸来的,却是那条摇着尾巴的猎狗,汪汪地围绕着于而龙欢跃地跳蹦,显得极其亲昵的样子,前腿直趴在他身上,用头顶着这位旧日的主人。因为它知道,什么叫做真正的猎人。会打猎的人并不急于扳枪机,而是等待、逡巡、跟踪,耐心地潜伏在草丛里,忍受着蚊蠓袭扰,瞄准着。这条纯种的猎犬,从于而龙眼里和习惯的动作里,看出了这种战斗姿态。但是,它同这位老主人一样,它生命中的最好年月,已经白白地虚度过去了。

老林嫂上了岸,拄着一根棍子,于而龙估计她一定会很生气,迎上前去,等待着她瓢泼大雨式的责难。从昨天下午离开柳墩,已经整整二十四小时不照面,连去向都未曾告诉她一声,肯定使她放心不下了。

但她笑着走了过来,本来她倒是有一肚子气的,为寻找下落不明的于而龙,她几乎划着舢板绕遍了石湖周围几个村庄。现在一看,沼泽地里,只有两位当年的游击队长,孤零零地迎风站着,一下子,好像历史倒退回去三十多年,她那候补游击队员的生龙活虎的神气恢复了。

再不是昨天在饭桌上,有王惠平在座,那副呆呆蔫蔫的样子了,她爽朗地招呼着:"啊!你们两个队长,在开什么秘密会啊?"

"又是事务长打发你给我们送饭来了?"于而龙也是触景生情,说出这句话的。但是话一出口,翻悔莫及,不该提那个乐观忠诚的游击队当家人,也许会触动老林嫂的心。

不过,老林嫂倒不曾在意——"谢天谢地!"也许于而龙苦头吃得太多了,深知心痛是个什么滋味,所以他懂得珍惜了生怕碰伤谁的心。老林嫂沉浸在回忆的激动之中,好不容易有这块清净地方,离开恼人的现实远了一些,不再为眼前扯肠拉肚的事,勾惹起许多不愉快,倒使她感到轻松多了。再加上女性的那种天然规律,随着年事日高,在她的心里,做妻子的感情,就要逐步让位给做母亲的感情,所以尽管于而龙提到了老林哥的名字,她也没往心里去。相反,眼前的情景,倒使她回忆起动人的往事——当现实是苦恼和麻烦的时候,就容易思念逝去的黄金年华。那时候,滨海和石湖两家经常互相配合行动,两位队长断不了碰头磋商,为了保密,就得选一个僻静隐蔽的地点,于是照料的任务,自然而然地落在她的身上。她高高兴兴地回答着:"带来啦!带来啦!"她回头去招呼拴船的孙子:"秋儿,快把那马齿菜馅饼拿来!"

酸溜溜的马齿苋,并不十分好吃,然而吞了一肚子生虾肉的两位队长,可能因为是熟食,有点烟火气,狼吞虎咽,倒吃得十分香甜。

"比你的望海楼怎样?"于而龙问。

"妙极了,今天我算开了洋荤,尝到了石湖美味。"

"要是有把盐,有口锅,我下河给你摸鱼捉螃蟹,来个清汤炖,保管你把望海楼甩在脑袋瓜子后边去。"

刹那间老林嫂脸上生起阴云:"望海楼正为你们忙咧!"

看来,她想逃避现实也是不可能的,不去想它不等于烦恼就不存在,为了寻找于而龙,担心他出事,又在王惠平那儿,惹了一肚子气。一想起那张灶王爷的脸——对待他的子民,永远是那金刚怒目的模样,给个饽饽也不带乐的,她心里就堵得慌。昨天夜里打电话,还能找到他本人,今天上午只能找到他秘书,下午,连秘书都找不到了,说是都去望海楼忙着张罗去了。亏得她在那饭馆里有个远房亲戚,求他去请县委书记听电话,那亲戚十分为难地说:"王书记忙得脚丫朝天,说是要招待三位上宾,正一道菜一道菜地商量合计呢,我可不敢去惊动他。"

三位?她望着眼前的于而龙和江海,除了他们两个,那第三位是谁呢?是个什么样的贵客呢?她可以肯定,准是个了不起的人,因为王惠平决不交那些毫无用处的角色,那么是谁呢?她,是无论如何想不起来的。

"为我们准备?望海楼的宴会可是赴不得的,江海。"

"哦!王惠平的名堂实在是多,干吗非拖你到望海楼去大宴呢,可能他记性也不太好。"

"能够忘却,算是一种幸福,我们倒霉,就在于感情的包袱太沉重,所以,往往在同一个地方,两种截然不同的回忆,欢乐和痛苦,高兴和忧愁,一块儿涌过来。望海楼,芦花和王经宇斗过法,同样,王经宇也请我去赴宴,为的是赎赵亮同志。老林嫂,你还记得么?"

"怎么能忘呢?二龙,忘不了,他爷爷那只火油箱子,直到今天还在呢!"

啊!老林哥那只装着银元的"美孚"煤油铁桶,闪现在这三个同时代人的脑海里。

于而龙似乎看到老林哥迈着沉重的步伐,向灰蒙蒙的雨雾里走去。游击队长的心一下子紧缩了起来,说句不好听的话,是他驱使着,简直是强逼着老林哥去的。他,一个支队的领导人,在赵亮被捕以后,中心县委责成他全面负责,每一句话都成了命令。尽管江海也在场,他也是为营救赵亮从滨海赶来的,但终究是个客人,明知老林哥此去凶多吉少,总不能当着众多队员叫于而龙收回成命。因为那钱是准备收买王经宇的经费,所以即使那雨雾里有死亡在等待着,老林哥也必须去。

——老林哥!老林哥!你要是能从九泉之下回来,揪住我的头发,狠狠地数落数落我,也许那样,我心里会感到轻快些,好受些。

按说,于而龙自己也思索过,要论起办蠢事、做错事,整整四十多年,还得数在石湖打游击的时期做得多些,年轻,不免要莽撞些;热情,必然会冲动。而且那是战争,稍一不慎,就要付出沉重的代价,甚至战士的生命。但是,那时的人要宽厚些,没让他坐喷气式,或者头冲下拿大顶;也不会把他关在电工室里,打得魂灵出窍。他弄不通,差点在十年无边的专政下送了命,难道罪过就是在王爷坟那片洼地里盖起来一座巨大的动力工厂么?

想起老林哥在雨雾里渐渐走远的形象,于而龙可真的忏悔了。

从来乐呵呵不知忧愁的老林哥,多少年来一直当着石湖支队的家,解了于而龙多少后顾之忧呵!只要有他在,那就意味着在长途急行军以后,有一盆滚烫的洗脚水,和铺着厚厚稻草的地铺;在战斗中打得舌干口燥,眼红冒火的时候,准会有不稀不稠,温烫适口的菜粥送上阵来。即使在弹尽粮绝的日子里——游击队碰上这样的情况是不以为奇的,吞咽着盐水煮草虾,野菜糠团团,他那顺口溜的小曲,也能把队员们的胃口唱开来。

然而那煤油箱子里的银元,有的是一块一块从乡亲们的荷包里募集来的,有的是上级通过封锁线调运来的,为的是营救落到敌人手里的赵亮。王经宇像一条贪婪的红了眼的老狼,拼命勒索。他在望海楼摆宴,等待于而龙,在那里,交出第一笔赎款,五百块钢洋,赎回赵亮。

约定去赴宴的时间快到了,偏偏出了岔子……

通常是这样,在危难困殆的时刻,无情的打击并不总来自一个方面,已成强弩之末,临近无条件投降的大久保,和挂上了忠义救国军牌子的伪保安团,还在不停地追剿着石湖支队。一九四三年的"清乡",滨海的日子不大好过,现在一九四五年,该轮到石湖难受了。哦,那是一个不大有笑容的一年。

事情就发生在一次紧急转移的行军途中,老林哥那个装着银元的"美孚"油箱,跌进了湖中的塘河里。天啊!这可把船上三个人吓晕过去了……在雾蒙蒙微明的晨空里,在细雨缠绵的石湖上,他们那份绝望心情,真是有天无日,茫然失措,不知该怎么好了。一向比较沉着冷静的芦花,也慌了神,因为牵系到一个人的生命啊!那时,她生孩子以后,身体尚未复原,所以就和老林哥一起,筹集粮草,管理辎重,安排住宿,烧火做饭。现在,眼看着一箱赎款落在滚滚的湖水里,一点踪影都找不到,能不动心么?她很想安慰一下着急的老林哥,和那个忐忑怛怛的王惠平,可她半句话也说不出来。

五百块银元,对只用过毫子、铜板的穷苦人来说,是一个不可思议的天文数字。

王惠平,可不是现在的县委书记,除了背影多少还有点相似,再找不到旧日那木讷、呆板、拘谨的模样了。其实也不完全是他的过错,那只去赎命的油箱,是沉甸甸地放在他腿前的。一个急浪,把船打得侧转过来,什么东西都不曾跌落进湖里,偏偏那只装满银元的铁皮箱子,仿佛鬼神附了体似的,骨碌一声,好像长了腿似的迈过船帮,钻进了塘河里。他惊愕着,战战兢兢说不出话来。

"唉,你呀你……"老林哥第二句话都没说,一头栽进塘河,扎个猛子钻进了湖底。

前面,转移的大队人马已经走得不见踪影;后边,扫荡的鬼子正坐着汽艇,沿塘河一路搜索而来。老林哥从水下钻出来,摇了摇头,喘口气;第二次又回到水下去寻找,那只"美孚"油桶,像一根针掉进大海似的杳无信息。

鬼子的汽艇声越来越响了,四周是茫茫一片湖水,无遮无盖,藏身之地都难找到。芦花也不赞成再冒险了,船上装有粮草辎重,弹药给养,要落在敌人手里,游击队在石湖坚持斗争就成问题。何况老林哥在水里泡得连点血色都没了,他万一出点什么问题,游击队可是缺了根顶梁柱啊!

等他们赶上了大队人马,来到了新的宿营地,老林哥呆呆地蹲在锅灶旁边发愣,再听不到他那欢快轻松的小曲,以至灶坑里的火苗,也那么没精打采的。

于二龙获知五百块银元掉进塘河的消息后,火了,而且还不是一般的发作,是狂暴的大怒,如雷地炸开了。因为马上就要进城赴宴,再也控制不住,除了未动手之外,什么过火的话都从嘴里喷吐了出来。

——原谅我吧,老林哥,你死后留下的惟一幸存的遗物,那顶新四军的军帽,还是从石湖戴走的。现在回想当时对你的态度,我简直后悔死了,倒好像你是偷走五百块银元的罪犯,或者你是杀害赵亮同志的凶手一样!

怎么能那样粗暴地伤害忠心耿耿的老同志呢?凭什么对多年来任劳任怨的老战士大张挞伐呢?那些无穷的责备,没完的抱怨,以及相当难听的话,像雨点似的落在他身上。即使在战场上,抓住敌人,哪怕刚才还拼死搏斗过,也得捺住满腔仇火,按照党的政策,优待俘虏。可为什么对自己队伍里的同志,对亲如手足的战友,对曾经为你不惜牺牲生命的亲人,却那样无情无义,冷若冰霜,非但不讲宽大,连半点回旋余地都不留呢?

结果,于二龙下了一道铁的命令:"怎么丢的,怎么去找回来,快,耽误了你负责。"

老林哥湿衣服还没脱掉,失魂落魄的劲头尚未缓醒过来,脸色苍白,嘴唇发紫,但仍旧像列兵一样,笔直地站立,敬礼回答:"是,报告队长,我一定把它找回。"

于二龙挥挥手:"去执行吧!"

那时,难道他没长眼睛吗?还不致糊涂昏庸到那种程度,分明在场的战士们,干部们,甚至包括江海,都不赞成他的所作所为。明摆着是去送死,汽艇还未撤走,一个人有几颗脑袋敢去开这种玩笑?抱着刚出世不久的于莲,坐在灶台后边的老林嫂,尽量把头俯得低低的,免得队长发现她满眶热泪,可以想象得到,她亲眼看着丈夫去送死,心里决不会好受的。

"报告——"芦花走了过来,"是我和老林哥一块撤的,我跟他一块去。"

鲁莽的指挥员,所作出的轻率决定,常是要用鲜血来补偿过错的。他们两人,冒着天大亮时的密密的细雨,猫着腰从芦苇丛中蹚水走了,很快,他们的身影消失在湖荡深处。

这时,他开始懊悔了,难道不可以稍为等待片刻,等汽艇搜索过后再寻找,现在,把他俩送到鬼子眼皮底下,还能有生还的希望吗?

雨和雾挡住了他的视线,阴晦昏暗的天色,使他看不见,也听不到他们的任何动静。每一分钟对他来讲,都是难熬的;每一个人的眼光,在他看来,都含有责怪和不满的神色。

也许芦花预见到这一步吧?所以她挺身站出来陪同老林哥去。不然,大家该怎么想呢?会认为当队长的,一点也不懂得怜惜人。她那时也刚满月不多久么,自告奋勇地去了,队长的爱人呀,同志们还有什么好说的,救赵亮要紧嘛!……"芦花呀芦花,你在走前,半句话也没讲,但从你眼神看出来,你在替我分担责任,减轻人们对我的怪罪啊……"芦花只是默默地接受了他塞给的一枚边区造手榴弹走了。

那顿麦糁粥谁喝了都不觉得香,一个个吃得萎靡不振,似乎筷子都举不动,因为那锅粥是他俩煮好的,但他俩却一口也没喝,饿着肚子上路了。

人们焦急地等待着,盼望着,同时又提心吊胆地捏着把汗,千万别跟鬼子打遭遇。然而,怕什么,来什么,突然砰砰地传来了一阵炒豆似的枪声。

于二龙心头一紧,好容易咽下的麦粥又涌回来,隔不多久,听到了手榴弹轰的一响,大家马上明白了,那是瓮声瓮气的边区造,肯定,他们俩出事了。

淫雨霖霖,把整个天色都下黑了。其实是早晨,倒很像傍晚,雨水从头发上流下来,抹把脸,满手是水,大家全在雨里站着,谁也不吭声;于而龙的脸扭向谁,谁都把眼光避开他。他能体会得出,大伙埋怨他的荒唐决定,但又不得不同情他,因为不但出事的人里面有芦花,而且他是等着火油箱子里的钱,去救支队政委。

终于,老林哥像水鬼一样,背着那只生锈的"美孚"油箱,和派去寻找的侦察员,从芦苇深处钻出来。已经快晌午了,人们眉开眼笑地迎上去,把他围着,可又把目光集中在那不见动静的芦苇后边,仿佛一个必然的疑问,涌在人们的心头:"芦花呢?指导员呢?"

"她——"老林哥双手捂住脸哭了。

一辈子很少流露忧愁和痛苦的老林哥,第一次,于而龙见他簌簌的泪水流了下来,和着雨水湖水,成了个水人。

又苦又涩的回忆,像蚕吃桑叶那样,啮着他的心……

而在场哭得更响亮的,却是老林嫂,和她怀抱里那个婴儿。她俩的哭声,一个沙哑,一个尖锐,撕裂心肺地在芦苇荡里飘荡。但是该出发赴宴去了,从石湖到县城还有相当一段路程,无法再等待了,咬了咬牙,于二龙把队伍交给江海。然后,拎起那只沉重的铁皮箱,招呼着长生和几个警卫人员:"出发!"

老林哥拦住他:"二龙,芦花掩护我冲出来的,现在,不知死活——"

"你跟江海商量着办,我得赶紧走。"

"等等!"老林哥一把拉住,从怀里掏出一个蓝布裹着的小包,于二龙一眼就认了出来,那是她始终珍藏着的五块银元,"芦花叫我给你的。"

他把那蓝布包掖在兜里,匆匆地走了,留在身后的是他女儿哇哇的哭声,走出去好远好远,依旧能听到她在啼哭。

远路无轻担,那只火油箱子,分量越来越重,他们六个去赴宴的客人,在肩头上轮流扛着。除了于而龙和他的通讯员长生,余下的四名战士,都是全支队精选出来的神枪手,每人腰里两支短家伙,能左右开弓,连踢带打,说实在的,是做了充分准备的。

他们以急行军的速度朝县城接近,说好了王纬宇在城关等待着,一同进城,在望海楼一手交钱,一手领人。虽然政委从敌人的关押下,捎出话来,不要做无谓的努力去营救。于二龙和江海商量以后,还是决定要王纬宇去找他哥哥谈判,答应付出一笔赎金。因为一九四五年开春以来频繁的战斗,部队已经很疲惫,劫狱,抢法场,除了付出巨大的伤亡外,未必能奏效。但是究竟谁先想出这个赎票主意的呢?是王纬宇毛遂自荐的?还是王经宇放出口风?或是其他人出谋划策?事隔三十多年,已是一桩无头官司了。

县城已经在望了,这一天,正好赶上逢七的大集,虽然兵荒马乱，战祸频仍，但是络绎不绝的乡亲们，照旧从四乡八村朝城关汇集而来。由于战士都换了装，穿的是伪军制服，老乡们像躲避瘟神似的远远离开。城关街道狭窄，加上集市临时铺设的地摊，和看热闹、做生意的群众，愈走愈拥挤了。他们担心会耽误行程，但是身上披着的老虎皮，帮了大忙，人们自动闪出了一条道，让他们顺利通过。牲口市过去了，粮食市过去了，卖鸡鱼鸭肉，新鲜蔬菜的闹市过去了，就在饭市锅铲丁当和响亮的叫卖声中，他们一行六人，拐了个弯，来到一家中药铺子门前，那块"丸散膏丹，应有尽有"的招牌还在挂着，说明一切正常，留下长生监视，其他人随他迈进门槛。"老板"是自己同志，连忙起立让进客堂后院。

"老王呢？"他一看屋里没人，便转回身问"老板"，约好了王纬宇在药铺会合，一块去赴他老兄的"鸿门宴"。"人呢？跑哪去了？"

"出去好一会儿了，枪留在我身边呢！""老板"掏出一支美式转轮手枪，于而龙认识，那是王纬宇的珍爱之物。早就劝他换一支得用的勃郎宁，当时左轮枪的子弹不大好找，而且在战斗中威力不大，但他喜欢它的娇小玲珑，像个玩具似的，总在身上揣着。

于而龙接过枪来，塞在腰里，问着："他进城了？"

"老板"回答："有可能。"

"不是说都安排妥当了吗？"他一边说，一边预感到可能要出问题，因为直到现在，王纬宇还不能携带枪支出入城门，说明连个通行证也没搞到手，怎么搞的？难道要出事？他把那一箱银元交给"老板"："快，你先把它坚壁起来，或者转移出去。"

"是——"

他的话还未落音，长生跑进来说："侦缉队出城了！"

"糟糕，不是王纬宇叛变，就是王经宇翻脸，准备一网打尽，撤，这里肯定暴露了。"

砰！——忽听外面枪响，整个集市立刻像乱了营似的搅成一团，骚扰不安，惊惶不定的声浪像潮水似袭来，一个店铺伙计走进里屋说："支队长，他们把城关包围了。"

没想到，于二龙成了落网之鱼，而且自动送上门的。"王纬宇，我要逮住你，不枪毙你才有鬼，就拿你的左轮，敲碎你的天灵盖。上一回你挖你老子的坟，这一回看搞些什么名堂？"他在心里咒诅着肥油篓子的两个儿子，白眼狼不是东西，大学生也不是好货，无论他俩中的哪一个，都把于二龙搞得够呛。按照当时他气愤的程度，即使王纬宇不曾叛变，办出这种荒唐混账事情，也决不会轻饶的。

"老板"拿来老百姓的穿戴，让他们抓紧换，裹在赶集的群众里，混着冲出包围圈。

"不！"于二龙拒绝了。

他马上想起那几百几千赶集的乡亲，在围猎者和逃亡者之间，会陷入什么样的境地？子弹是不长眼的，共产党人怎么能拿人民群众为自己搪灾。所以后来他在银幕上，看到那些游击队，或者地下工作者，在熙来攘往的闹市人群里，制造事端，搞成一片混乱，然后趁机遁走的镜头，就不禁思索：倘不是他们共产党的气味少一些，就是我身上那种要不得的人道主义多一些，反正，我于而龙决不干使群众遭殃的事。

那五个人问他："怎么办，支队长？"

"下河，截条船，走！"

"碰到水上警察怎么办？"

"硬冲！我们的枪也不是吃素的。"

他们从药铺闪了出来，趸进一条小巷，穿过去，来到河边。正巧，一条由荷枪实弹的保安团押解的船，从他们面前驶过。

"截住它——"于二龙发出命令。

"站住！把船靠过来，老子要搜查！"一个战士用骂骂咧咧的腔调吆喝。

谁知船上的伪军不买他们的账，竟然回敬了一句："瞎了眼啦？也不看看是谁？"

"老子们要抓于二龙，你敢不停船让检查，别怪我不留情面！"那个战士手枪一仰脖，那个伪军的大盖帽给掀掉在河里。如此准确的枪法，吓得他腿都软了，跌坐在舱板上。立刻，船舱里又钻出来三四个伪军，但是一看岸上并排站着的六个人，虎视眈眈，手里的短枪都张开机头等着，知道吃生米的，碰到吃生稻的，遇上厉害碴口了，便赶紧嚷着："别误会，别误会！"把船向岸边靠拢。

等于二龙跳上了船，老天哪！万万想不到王纬宇被捆绑得结结实实，屈着身子，坐在舱里。他真想踢上两脚，痛骂一顿："看你办的好事，全给弄砸锅了——"本想要跟这位二先生算账，但是他一句话说出口，于二龙什么也顾不得了。

王纬宇冷冷地说："你来晚了一步，政委他——"

于二龙半蹲下来，扯住那五花大绑的绳索："告诉我，老赵他，他怎么啦？"

"他，他被大久保弄去处决啦！"

"啊！"于二龙失声地叫了出来。

这位石湖播火者，最早来石湖地区开拓的共产党员，终于把他的鲜血和生命，献给了灾难深重的土地。

——赵亮同志，我的过错呀……

于二龙后悔死了，为什么不坚决拦阻他进城？为什么让他单独执行任务？他恨不能动员更多的人站到共产党一边来，站到革命队伍里来，所以他要到城里去开展工作。可是他是个江西老表，他的口音把他暴露了,而落到了那条豺狼手里。他死得太早了,还不到三十五岁的播火者呀!就这样离开了石湖。最后他的头颅挂在了县城西门,也许他还能看到波涛起伏的湖水吧?哦!他那像石湖一样宽阔的无产阶级情怀,恨不能使所有能站在革命行列的人,都唤醒心灵深处的革命激情。可是他自己呢?他那个赣南山村里的家还在吗?他那个赤卫队的伢子还活着吗?他的家人、亲属能知道赵亮仅有的骨骸,埋葬在县城北岗的陵园里么?

"将军"也记不得他的原籍了,尽管那是于而龙很久的一项心愿,应该去一趟江西那崇山峻岭之中寻找探询。然而,"原谅我吧,亲爱的赵亮同志,连石湖我也是隔了三十年,才第一次回来呀!"

于二龙松开了王纬宇,现在,责备他还有什么用呢?

"松开我,混蛋!"他挣扎着要解掉身上的绳子,见于二龙不帮忙,恶狠狠地骂着。

赵亮的牺牲,使得游击队长六神无主了,横直不能相信他会死。那样一个结实的车轴汉子,能把于二龙从砒霜毒酒里抢救过来,能把死神从芦花身边赶走,能把于莲由溺毙的命运里解脱。照理死亡应该和他无缘的,然而,他偏偏死在屠刀底下,身首异处地牺牲了。

王纬宇用脚踢他:"听见没有,给我解开绳子!"

"不——"

他误会了:"你要拿我怎么样?"说着他古怪地笑了,脸上的肌肉都抽搐起来:"好极了,他们捉我去请功,你们要跟我结账,猪八戒照镜子,内外不够人,哈……"

于二龙真拿手枪去捅他一下,差点没把他的魂灵吓出了窍,脸唰的一下变得死灰死灰的,好在船舱里光线暗淡,不引起人注意。"笑什么,住口,先委屈你一会儿,得过了水上警察的栅子口。"

他又斜躺下去,拿眼睛瞟着由于得悉赵亮死讯以后,仿佛受到沉重打击的于而龙,半天,冒出一句:"给我一把刀,让我回城!"

"你打算干什么?"

"给赵亮同志报仇,杀了王经宇,哪怕同归于尽。"

于二龙后悔当时为什么不扔给他一把匕首,每个人都带有的呀!

赵亮死了,芦花却活着回来了。

当他们平安地以押解罪犯的名义,渡过了水上警察的检查,过了栅子口,释放了那几个伪军,回到石湖,在宿营地,以为该拿钱赎回的赵亮,倒没有回来;以为在芦苇荡阵亡的芦花,却出现在人们眼前。

早晨,他们六个人是在哭声里出发的,傍晚,又在一片哭声里回到营地。芦花倒是强忍着,在湖边站立,望着县城的方向,努力控制住自己,不使泪水流出来。但是,于二龙把那蓝布裹住的五块银元,掏出还给她的时候,她再也撑不住,嚎啕地跪在地上大哭起来。

以后她整整地为赵亮戴了一年的孝,因为这位忠诚的红军战士在石湖没有一个亲人。同时,她有点迷信地认为:那一天她完全不可能活着回来,鬼子就在她潜藏的水面上来回搜索,盲目地射击着,但她能逃出命来,是由于赵亮代替了她。会有这种可能么?可被赵亮在冰窟窿旁边,指出一条生路的芦花,偏要那样想,也是自然不过的事。

望海楼的酒宴是赴不得的,饭菜也许是难得的美味,但想起高悬在城门上的人头,再好的奇珍异馐也索然无味。看来,三个同时代人都在怀念那位江西老表,那个背着小铺盖卷到石湖开拓的革命者。

老林嫂说:"要是老赵活着——"

江海淡淡一笑:"活着也未必能强多少,他比谁更东郭先生些。"

"幸好这世界上还是人多狼少,要不然那些画地为牢,惟我独尊,人人皆敌的家伙更有理了。"

老林嫂自然不理解他俩的对话,但她对鹊山上的狼,倒是有深刻印象的,便问道:"你们说的什么狼啊?"

两个游击队长笑了,站起来,望着鹊山老爹,似乎那历尽沧桑的过来人,能给他们一个满意的答案。

老林嫂好像也悟到了一些,便说:"先别管狼啦,还是谈人吧!书记忙着摆筵席,顾不上来接你们,我看坐船回去吧!"

然而那是一条舢板,即使在风平浪静的情况下,也无法载得动三个大人,一个小孩,加上一条猎犬的。于是,他们两个,只好先走一个,像那个鸡、米、与狐狸过河的故事一样,必须有一位留在沼泽地上守候。

中国是个讲礼貌的国家,他们俩相互谦让一番,最后,还是老林嫂痛快,她逐渐恢复了原来的泼辣性格,爽直地说:"我先把老江接到闸口,今儿晚上演电影,准能碰上些头头脑脑,他地委书记一句话,还怕没人屁颠屁颠地摇船来接,别看石湖里头的鱼越来越少,可马屁精倒越来越多。"

"好哇!老林嫂——"于而龙看到她终于摆脱饭桌上拘束呆板的样子,又有了那候补游击队员的神气,不由得叫起好来。

江海跨上了船:"我先走了!"

"风浪大,你可坐稳,地委书记有点长长短短,我可包赔不起。"

"你别走远了,回头不好找。"他叮嘱着。

于而龙向老林嫂挥挥手,秋儿划动双桨,小舢板离岸,在风浪起伏的石湖里渐渐驶远了。

沼泽地里只留下他一个人,点燃起一支芬芳的雪茄,于而龙漫无目的地沿着湖岸溜达着。初春,芦苇长得不算太高,蒿草长得不算太密,在劲峭的海风吹刮下,都压弯了腰,他得以一览无余地观赏着湖上的景色。只是可惜,天色渐渐在变了,上午在三王庄被当做卖假药的郎中给抓住的时候,那太阳光多么强烈,多么耀眼哪!现在,日落西山,代之以急走的浮云,涌起的波涛,和飞溅到脸上来的水花,又是一番新的景象了。

他又回到了那个狼的问题上去,那种残忍贪婪,毫无同情心的动物,好像从来不会绝迹,它适应生存的能力是很强的。而且无妨说,有人的地方,就有狼,人和狼是并存的,甚至搅不清,究竟谁是人,谁是狼。也许是人"狼化"了,要不就狼"人化"了。总而言之,有那么一些人的外表、狼的实质的新动物品种,出现在人类中间。

所以人咬人的现象也就不足为奇了。

按照这些"类狼人"的哲学概念,对于自己的品德,肯定觉得无可厚非的,因为当良心这个砝码丢了以后,道德标准就各有各的称量法了。人要生活,狼要生存,从本质上来讲,道理是一样的,所以它在咬死你的孩子,叼走你的羊,它不会感到羞惭、感到对不起、和在良心上受到责备的。相反,也是理直气壮的。要办起报,写起文章,照样也会大讲特讲它的吃人哲学,说不定还有写作班子为之吹捧,奉为圭臬。

但是说来说去,关键还是在人,究竟是我们大家的错呢?还是应该怪罪那只狼?过去有狼,现在有狼,将来还会有狼,而狼的本性是不会改的,不然,它就没法过日子。无数事实已经证明:人,对于狼,特别是那种"类狼人",是毫无办法的。

于而龙想:王纬宇和我跳了四十年的假面舞,竟不曾想起揭下他的面具看看,挨咬也是活该。四十年称兄道弟地过来,怪谁?怪自己吧!

是的,在他身上,肯定有一种在门捷列夫元素表上找不到的元素,姑且定名叫"变"吧!他太善于变了,有时候紧盯着他,到底想弄个明白,也是一会儿红,一会儿白,弄不准究竟什么色彩。他在拥护你的时候,留下不赞成的因素,而在反对你的时候,又使你感到支持和同情的温暖。他需要你的时候,可以跪下来吻你的脚后跟,可又不让你感到他下作,相反,他一脚无情地把你踢开,倒阳关三叠露出恋恋不舍的样子。他会哭着笑,也会笑着哭,他能把死人说活,也能把活人推进地狱里去,连眼皮都不眨一下。他从不落井下石,认为那样做,狗味太浓,而他,干脆连那个推人下井的人,也一块推下去,这才叫做无毒不丈夫。至于拥抱你的时候,摸摸你的口袋,帮你推车的时候,偷偷拔掉气门芯,那都是兴之所至的小动作,不在话下了。一句话,一切从需要出发,这是他的座右铭。

"要是赵亮活着——"于而龙想起老林嫂刚才说的话,"那么,他说不定会惊讶,怎么播下的是稻谷,长出来却是稗子呢?……"

错误总是积累而成,存在着许多历史渊源,绝非一朝一夕的事情。正如地壳下的能量活动一样,只是到了不能承受的程度,才会发生地震。所以,过错既有今天的,也有昨天的,而今天和昨天又是无法分割的,稗子在稻田里,并不是一天就长那么高的。

于而龙,感到自己在思索中走得够远的了,正如他儿子、姑娘,和那个舞蹈演员给他的评价一样:爸爸是个循规蹈矩的虔诚君子。所以决定往回走了,免得江海派人来接,找不到他。

但是,他突然站住了,那丛扇状的灌木林,像屏风似的挡住去路。妈的,他骂了自己一声,怎么会把这样一处重要的遗迹给疏忽掉呢？

他的两腿不由自主地朝那儿——三十多年前曾经避过雨的小灌木林走去。当然,他知道,沼泽地上,隔不两年,就要烧一次荒的,很明显,不知是第几代增殖的灌木林了,长得更茂密,更苍郁了,密不通风,成为黑压压的一片。但方位决不会错,因为鹊山千万年蹲在湖边,是不会移动半分的。他在心灵里觉得,似乎芦花还在那儿等着他,他害怕惊动她似的,轻轻地拨开蒿草和芦苇,朝她走去。

那时,他是个二十多岁的年轻壮实的汉子,一个浓眉大眼,英气勃勃的游击队长,一个魁伟颀长,充满精力,初步觉醒了的渔民。就是这座挡得严严实实的灌木林,它遮住了头上的细雨,也遮住了四周的冷风,两个人紧紧地挨在一起,那是第一个把身体缠靠住他的大胆女人。世界上没有任何两个物体,会比相爱的人贴得更紧,他都能觉察出她的心,跳动得那样激烈,但她的皮肤却是冰凉冰凉的。

蓦地,他听到了一个女人在说话的声音,确确切切地听到,不是幻觉,不是梦境,他头发一根根直竖起来,那腔调是陌生的,但语意却惊人的雷同,他不禁愕然地站住了。

"……你不要折磨你自己了,……真的,你不该这样跟自己过不去,他是你的……"

于而龙对于虚无缥缈,捉摸不清的,诸如命运之类的题目,有时倒会产生一点唯心主义的想法,但对于实实在在的,摆在眼前的事物,他是个严峻的唯物论者。他不相信返灵术,更不相信西方无所寄托的徘徊者,吞食大麻叶后产生的谵妄境界。不是的,他向前又走了两步,听到了另外一个女人的声音,在回答着刚才的话,但并不像是答问,而是循着自己的思路,在探索一个什么复杂的问题。

啊!敢情沼泽地上,不光是他一个人,还存在着第二者、第三者呀!

她在娓娓地叙述,又像在轻轻地自语:"……其实,我也并不后悔自己走过的路,因为终究是自己走的,有什么好怨天怨地的呢!告诉你吧,也许我是个不幸的人,尽管我不相信,然而生活总给我带来不幸。我被一个完全不应该爱我的人爱过,然后,我又去爱一个并不爱我的人。十年,回想起来,好像春梦一场。我伤了人家的心,人家也伤过我的心,我破坏过别人的梦,同时,别人也夺走过我的爱。不过,也说不定我倒是个盗窃者,想巩固住偷来的本不属于我的爱情,他是我的,不错,但他又不是我的。"

"你说得太神乎其神了。"第一位讲话的女中音插了一句。

于而龙想象她准是一位老大姐之流,爱替别人操心的人物,但是第二位,那个清脆的女高音却说:"你年纪还小,并不理解什么叫做生活,那是相当复杂的现象。当然,对你讲讲也无所谓,因为你是个过客,小江。"

"瞎说,我爸爸希望我能在石湖待下去。"

她笑了:"那么大的干部,会把女儿扔在石湖,跟鳗鲡鱼打交道?"

女中音说:"我哥哥复员了也要来呢!"

"为了我吗?哈哈哈,不必了吧!"

"看得出来,你心里还是有着那个人,所以一直到今天,也下不了决心,一刀两断。"

"不完全是这样,或许我也有点赌气。"

"真是够矛盾的了。"

"你算说对了,生活本身就是无穷无尽的矛盾。你知道吗?我实际上是很不走运的,因为我生来就没父亲,我只有一个名义上已经死去的父亲……"

糟糕,于而龙想着自己应该转身离开了,悄悄地偷听人家的私房话,多少是属于君子道德之外的。然而,她接着说下去的话,使得于而龙愣神了,世界上会有这种搅七念三的事情么?

"……我妈妈的一辈子,比我还要不幸些。她瞒着我,什么也不告诉我,眼泪也是偷偷一个人背着我流。我问过她,一直在给我们娘儿俩汇来钱的那个人是谁?她死也不说,我写信去邮局查访过,地址都是不真实的。但我知道,汇钱的这个人,才是我真正的父亲,我的生身父亲。这一点,从我舅舅那儿透露出来过;十年前,我又从一个人那儿得到了证实,这就是历史的本来面目。可是,直到现在,不,直到今天,他,一个多么卑劣的人,不敢,而且也不想承认我是他的女儿。我恨死了他,真想当着他的面问:你既然敢把我生到这个世界上来,你就应该负责,因为你是人,不是畜生,即使是畜生,也懂得疼爱它的儿女呀!"

"谁?"

没有回答。

"谁?"女中音又追问了一句。

"我不会告诉你的,小江,尽管他不承认我是他的女儿,但是,血统的呼声,使我还要维护他,因为我已经伤害过他一次了。"

什么血统的呼声?倘若于而龙知道,他本人正是那个女高音又恨又爱的、抛弃了女儿的卑怯父亲时,准会跳起来冲过去的。

但是,此刻觉得他是站在漩涡之外的陌生人,旁观者,除了认为她所讲的,犹如影片故事那样离奇外,剩下的,就是对自己这样有身份的文明人,居然也津津有味地窃听,深感不雅,决定要转身走开。

这时,那个烦恼不亚于游击队长的姑娘,似乎说给他听似的,不由得使于而龙欲走又踟蹰了。

"他来了,站了站脚,看看,听听,又走了。他大概是无所谓的,因为我听说,经过战争,见过生死的人,感情是特别冷酷的。我想,多少有些道理。可我呢?受不了,真受不了啊!他走了,影子会留在心上,那是永不消失的。小江,你体会不到我现在心里是个什么滋味,我真想大喊大叫,让所有的人给我评评理,为什么对我这样不公正?我应该得到亲生父亲的承认,我得不到;我应该得到我所爱的人的爱情,同样也得不到。为什么老天偏要惩罚我?而她,那个会画画的女人,倒是天之骄子?"

"谁?"

仍旧得不到回答,那位女中音也不再追问了。

沉默了一会儿以后,她又继续说下去:"她的画应该说画得再漂亮不过,然而我恨透了那油画,恨透了那朵玉兰,几次,我拿起剪刀,想把它剪个稀烂——"

因为提到了玉兰花,于而龙更不想走了,那种秀色可餐的花儿,是他女儿于莲笔下经常出现的画题。

"……但那有什么用呢?画可以剪掉,但剪不掉他对画家的爱,更剪不掉他们之间认为是志同道合的东西。我们结婚不多久分手了,因为过不到一块去,有什么法子,我对他说:'听着,我需要的不是同情,不是可怜,而是爱情。'他说什么:'同样,我需要的也不是同情,不是可怜,而是科学。''爱情呢?''死了!''再见吧!''再见。'就这样,散伙了。一个七十年代都不知怎么过的研究生,在那里写八十年代的论文,最初我也认为可笑。后来,唉,女人注定是要付出牺牲的,我终于还是爱上了他,甚至也替他那篇牛棚里产生的论文命运担心了。"

"这样说,你不完全是赌气呢!"

她叹了口气:"我妈讲过,我的命不好,小江,你别笑,人在不顺心的时候,容易迷信命运。"

"那你总不能永远这样下去!"

"我也不知道,很渺茫——"

"他还能回到你的身边吗?"

"谁?"

"写八十年代论文的那位——"

"你是说陈剀吗?"

于而龙听到这个书呆子的名字,就像在湖里经常发生的、一股水下的湍流,拼命把他拖进漩涡里去的情况那样,他害怕卷进去,赶紧快步离开了那丛灌木林。人事的漩涡,往往更复杂呀!

他根本料想不到,陈剀不曾处理好的事宜,偏是他在石湖碰上了。

也许他走得太急,而且也疏忽了沼泽地带那些泥塘的特点,慌不择路,一下子像踩进了软绵绵蜂糕似的发酵面团里,一点一点地沉陷在烂泥洼里。

他不得不发出呼救信号:"有人吗?来帮帮忙!"

听不到动静。

也许风大,她们未加注意,他又大声地喊了一遍:"快来帮帮忙,我要陷下去啦!"

他看到她从灌木林里跑出来,飞快地迈着大步,但是在看清了他是谁以后,出乎意料地怔住了,不但不往前走,甚至面对着他倒退了两步。

"你怎么啦,看着我活埋下去么?"

她犹豫了一会儿,又走近过来,脸色远不是那么友好,但是她看到于而龙双膝都淹没在泥浆里,恻隐之心使她咬着嘴唇,赶紧冲向于而龙。

于而龙猛地大吼着:"站住,给我站在那里,不要往前走,打算和我一块死么?去拔把苇子来拽我。"

她冷冷地问:"一块死不更好么?"

等被她用一大把苇子拖出泥潭以后,于而龙抖去裤脚上的泥浆,心情沉重地说:"也许我来了不该来的地方!"

"说不定还听了不愿听的话吧?"

"不要用这样的口吻讲话,年轻人。"

她挑衅地抬起头:"用什么口吻?你说,我该用什么样的口吻来跟你讲?我倒要请教请教。真遗憾,自从我落地直到今天,还没有一个人教我该怎样讲话呢!"

"要打架吗?"

她泪水涌了上来,两只眼睛更明亮了。

于而龙摊开了手:"我并没有惹你!"

她突然爆发地喊了出来:"你敢说没有惹我,你,你,我恨不能——"她举起手,怒不可遏地扑过来。

于而龙简直弄不懂眼前泪流满面,激动万分的姑娘,为什么对他充满了愤恨怨艾的感情,便问:"这就是你要赎的罪么?"

她愤懑地叫着:"我没罪,有罪的是你!"

"我?"游击队长凄然一笑。

但是,她伸出的手,还没触摸到他,女性的软弱心肠,使她缩了回去,现在,对她来讲,已经不是大兴问罪之师的时候,而是渴望得到她从未得到的慈爱。顿时间,她那股寻衅的锐气消逝了,扑在他怀里放声大哭起来。

"你怎么啦？你怎么啦？"

她只顾委委屈屈地哭,那满脸的泪痕,使他想起了自己的女儿于莲,那个感情丰富的画家,也常常这样尽兴一哭的,甚至弄不清她为了什么,无缘无故地哭个没完。于是,他习惯地抚摸她的头发:"告诉我,为什么？为什么？"

但他万万没料到,那个女孩子张嘴喊出了一个差点让他吓晕过去的称呼。她抬起脸,亲切地望着他,极其温柔地喊了声:"爸——爸！"

啊？一切一切都搅得乱七八糟了。

——老伴说得对呀！回到家乡,能够使我欢乐的因素不多,相反,使我伤感,使我烦恼的东西,是不会少的。

难道不是这样么？

二

游艇朝沼泽地开了过来。

很明显,那是派来接于而龙的,艇前探照灯的明亮光柱,像搜索似的在青青的芦苇、密密的蒿草上空扫来扫去,电喇叭传出叫喊的声音,因为风大浪高,听不清楚,也不知嚷些什么。但毫无疑问,是江海到了闸口,从那里给县委挂了电话,然后游艇直接从县城开到沼泽地来。现在的江海可不比背石头当普工的那个时期了。

于而龙对江海的小女儿,那个女中音说:"那时候,你爸爸一本正经的意见,他们当做笑话听;现在,分明不应该兴师动众,随便找条船来就可以的,但他的一句话,别人看做圣旨,赶忙把游艇开来了。"

那个女孩子也许年轻幼稚,不太懂事,也许对这类事习以为常,不觉得奇怪,所以未加理会。倒是那个非认于而龙为爸爸的叶珊,哼了一声,以一种看破红尘的腔调说:"社会就是这样的可恶!"

"还仅仅是个别人吧,不能一概而论。"于而龙觉得年轻人喜欢作出"全是"或者"全否"的绝对结论,便以商榷的口吻,对这个关心鱼类生存的姑娘说。心里思忖着:如果整个社会都可恶的话,那你们算什么呢?孩子,你们来到沼泽地绝不是要躲开这可恶的社会,相反,而是为了使社会多获得些蛋白质,才观察鳗鲡鱼从海洋回到淡水里来的路线的。由于围湖造田,许多通道被堵死了,可怜的鱼已经无法返回故乡了,也许正因为这样,认为社会可恶的想法,才愤愤然冒出口来。说实在的,在荒凉冷落的沼泽地上,在那些掉下去会没顶的泥塘里,守候着、等待着鱼类的信息,要没有对于生活的热爱,是不会产生出这种披星戴月的干劲来的。然而脚踏实地的人,似乎命运作梗,却得不到幸福。

既然喊了一声爸爸,就得有点女儿的样子了,再不能像昨天那样飞扬跋扈了,叶珊笑了一笑,把话缓和了一点。恰巧,探照灯的光柱,扫到她的脸上,于而龙又看到了那含蓄的伦勃朗笔下的笑意,她说:"虽然不应该一概而论,但也是绝大部分。"

"不然,年轻人,你所见到的,只是在水面上飘浮着的泡沫,因为永远在表层活动,所以首先投入你的眼帘,但主流绝不是它们。想一想吧,过去的十年,从老师们拍案而起,到广场上扬眉剑出鞘的青年,你不觉得历史的主线,应该这样联系起来看吗?"

但是,她说:"爸爸!"——叫得多么亲昵啊,于而龙笑了。不过,这是当她女友奔去迎接游艇,就剩下他们两个人的时候,她才这样叫的。看来,她确实是个懂事的姑娘,知道该怎样维护她父亲,所以刚才在泥塘里那样激动地扑在他怀里,小江的声音一出现,立刻破涕为笑,装出若无其事的样子。啊,也是个鬼灵精啊!大概这是年轻姑娘的天性吧?——"你讲的只是理论罢了!"

这时,游艇的探照灯发现跑去的小江,随着也照亮了他们,并向他们驶来。在耀眼的光柱里,于而龙多少有些悲哀地从这个假女儿的脸上,又看到小狄那种可怜他做一个愚蠢的卫道者的同情;和于菱那种责难他毫无激情愤慨的冷漠;以及儿女们嘲讽他为虔信君子的讥笑。"唉……"他暗自叹息:"要不是果然存在着两代人的隔膜,那就是我确实不理解今天的年轻人了。"

叶珊和那位秘书小狄一样,不像画家那样张狂,和毫无顾忌,多少有些女性的含蓄和温柔,用一种委婉的声调说:"爸爸,世界上有许多死亡的河,为什么死的呢?因为被污染了,表面的浮游生物太多了,氧气全被它们耗尽了,整个生态平衡被破坏了,河流无法更新,于是就成了死水。还存在什么主流呢?社会,也是同样的道理。"

"不!"于而龙几乎大声地喊出来,"太悲观了,我完全不赞同你对社会的看法,孩子。"

她哼了一声:"我也希望不那么看。"

游艇司机随着江海的女儿走了过来,现在这位师傅比昨天中午,当于而龙拖泥带水爬上他游艇时,还要客气些、热情些。伸出手来,直是道歉,并且代表王惠平请游击队长原谅,因为王书记要准备明晚的小宴并等待一位客人,不能亲自来接,实在对不起等等,讲了一大套。人要热情得过了分,就像放多了糖的食物,吃起来齁得难受了。

叶珊对王惠平不感兴趣,便对小江说:"咱们今晚也放假了吧!你不是要看电影去么?走吧!"

"难得你有这一天,对电影的兴趣,超过了鳗鲡。"女中音高兴了,二十多岁的女孩子,是电影最忠诚的观众层,所以中国会生产那么多乏味无聊的影片,主要是不愁没有观众的缘故吧?她雀跃地跳上了游艇,回过头来招呼他们快些。

叶珊问于而龙:"你呢?"

他轻声地说:"如果你不反对的话,带我去看看你和你母亲的生活。"

她迟疑地拿不准主意了,说不上是喜悦,还是发愁。而游击队长确实想了解,她为什么那样对他充满恚怨,而终于承认他是她的父亲,简直离奇古怪,误会也多少需要些依据啊!这个年轻姑娘究竟是谁?从他昨天见她的第一眼起,他敢对天盟誓,曾经在哪里见过她的?

"可以吗?要是不方便就算了。"

"走吧,请——"她变得高兴起来,拉住于而龙,朝游艇走去。

游艇把小江送到闸口,那些大小干部像捧凤凰似的,把地委书记的女儿接走以后,叶珊便对游艇司机说:"麻烦你,师傅,请送我们到陈庄去,正好你回县城,顺路。"

司机见于而龙毫无反应,便加大速度飞也似的,在深夜的石湖里飞驶着。艇前的大灯,像一把利剑,劈开了黑暗,开辟出前进的路。在灯光照耀下,可以看到浪花飞沫和那些惊起的水鸟,在光柱里仓皇失措地飞。毫无疑义,正如他和这个自认是他女儿的争论一样,在巨大的历史性变动中间,会有许多涌上表层来的东西,甚至会把水质搞坏,如她所说,成了一条死亡的河。但是,历史的主流是决不能中断的,在受到了足够的惩罚以后,会变得聪明起来。大自然也是如此教训着的,人类尝到了破坏生态平衡的苦头以后,就不得不改变原来的做法。现在,不是有许多遭到严重污染的河水,又澄清下来了么?可以设想,在不久的将来,那些鳗鲡会自由通畅地回到故乡。人类,在漫长的发展道路上,会产生一种律己的力量。同样,党在成长的过程中,有净化自己的能力。早早晚晚,错误终归要改正的,即使有人非抱残守缺不可,别人也肯定会替他扬弃的。尝试,失败;失败,再尝试,是无法避免的历史必然性。每前进一步,总要付出巨大的代价,但历史的主流,正像这艘游艇一样,毫不犹豫地向前飞驶。

比起那耀眼的探照灯,座舱里的光线,就显得幽暗,由于叶珊的目的地是陈庄,于而龙本想问一问她的身世,但是司机坐在身旁,就只好和她继续探讨在沼泽地上展开的话题。她说:"因为你提到了代价,我想问一句,假如花了一百块钱,只买回来价值一元的东西,那代价是不是太大了?"在柔和的乳白色顶灯映照下,她的脸色既有点怅然若失的感情,也带点讥诮讽刺的味道,很清楚,她并不完全同意他的观点,不过有些话不便说出口罢了。因为这种阿Q式的宣传"成绩极大极大,损失极小极小"的谬论,已经听得耳朵长茧了。

但于而龙出乎意料地回答了她:"不,叶珊,你总还是年轻些,要知道,有时你花一百块钱,连一分钱的东西,都落不到手呢,只给你留下一个惨痛的教训。"

她凄楚地笑了笑,点了点头,深有感触地说:"完全可能。"

也许因为她这种惨淡的,苦森森的笑容,和那种伦勃朗式的笑,截然不同的缘故,引起了于而龙的关切。他觉得好像更熟悉了,确实是在哪里见过她似的。终于想起来了,同样是在船舱里,对,不过是装满稻谷的船舱里,当他打开舱门,王纬宇曾经用挑衅的口气问过:"不认识吗?"那时候,坐在舱角蒲团上的四姐,脸上就曾出现过这种苦涩的无可名状的笑。

呵!天哪!于而龙坐不住了,怪不得看来眼熟,甚至越看越像，她就是年轻时代那个标致的船家姑娘的翻版，不但脸形像，眼神像，那摄人魂魄的笑靥也一模活脱的相似。叶珊要比早年的四姐显得聪颖些、洒脱些，还有一点过来人的深沉与世故。但她是四姐的女儿，这点确定无疑的了。她的名字叫叶珊，而那个衰迈的戴孝妇女叫珊珊娘，那么正该是她的母亲，何况，要去的地方，又是陈庄。于而龙暗自呻吟："啊！老天爷啊！原谅我这个无罪的人吧！可是，我怎么能被她认作是亲生爸爸呢？"

陈庄到了，谢天谢地，王小义和买买提正和陈庄的乡亲一起鼾睡。在寂静的春夜里，告别了司机，于而龙又从昨天爬上岸的地方，悄悄地登上了他第一次坐牢，第一次游街，也是第一次知道世界上有共产党存在的土地。

"你怎么啦？站住了！"

"我不晓得我做得究竟是对，还是不对？因为我不止一次问过我妈，我应该姓于，而不应该姓叶，但她从来不承认你是我的父亲，所以我想，你的突然出现，对她，是幸福呢？还是痛苦？"

"谈不上幸福，那是属于别人的，而我们，注定是要当靶子，谁都可以打的。"他想起那累累伤痕的木柱。

在菜园里，她请于而龙等一等，先向屋门走去，那是预先给她妈妈打个招呼了。他只好站着，嗅着蚕豆花和油菜花的香味，那些踩倒的蚕豆，可能珊珊娘料理过了，又恢复了原状。

叶珊很快转回来，败兴丧气地说："真不巧，妈不在家，请进屋吧！"

外表上半新不旧的房子，屋里收拾得倒比老林嫂家更接近于城市生活，因为船家是解放后才定居下来，她们娘儿俩又与农业生产无关，所以干净利落，类似城市里小康人家的模样。于而龙从昨天清晨钓鱼，今天清晨在三河镇，马上又要到明天清晨，整整快四十八小时不停地奔波。现在,在这间舒适的、充满脂粉气息的屋子里,他确实感到自己累了,而且也真正觉得自己老了,才熬了不到两天两夜嘛,就吃不消了。

叶珊问:"要我做些什么吃的吗?你大概饿了!"

那几个马齿菜馅饼根本不顶事的,于而龙笑着承认:"方便的话,我倒有一点胃口。"

她忙碌起来,点煤油炉,下挂面,卧鸡蛋,从里屋到外屋,张罗个不停,连她自己都认为可笑,自我嘲讽地说:"真荣幸,我长这么大,整三十周岁,头一回能为我的爸爸效劳。"

三十周岁,这账并不难算,但是他还是要问:"你一九四八年生的吗?"

"多么负责任的父亲啊,连我是哪年生的都忘怀了。"她拼命往锅里洒味精,借此发泄她心头的怨恨,多少年失去父亲的日子不好过啊……

于而龙又追问一句:"确实是一九四八年吗?"

她把煮好的面给他端来:"难道你还怀疑吗?怕什么义务需要你承担吗?"

"不,孩子,我现在一点也不怀疑,而且非常相信——"下面的话他咽住了,因为他确实知道她的生身父亲是谁了,但那还是由在等待与绝望中度过一生的四姐,亲口告诉孩子吧!他想:有什么瞒着的必要呢?历史应该回复它本来的面目。错的就是错的,对的就是对的,遮掩起来反倒不好,而且会既害人,又害己的。

"是咸还是淡,滋味怕不太好吧?"她瞥了他一眼。

他回答:"味道倒是蛮鲜的,只是那些谴责,埋怨,愤恨的作料,放得太多了,叫人受不了。"

她给逗乐了,然后坐在他对面,也吃起来,她用筷子挑起面条,边吃边说:"你猜,我曾经多么恨你,恨死了你。"仿佛于而龙就是面条,用牙狠狠地咬断。

"你不应该恨我的。"

"那我恨谁?"

"先不说这些,我问你,你怎么一下子,就猜准我是你的父亲?你说过的,你妈妈并不承认。"

"血统的呼声!"

"胡说。"

"我认为我的性格、精神,继承了你的某些特点。"

"更玄了。"

她憨直地一笑:"那都是我以后逐步发现的,因为我一开始懂事,妈妈就送我到省里去念书,那时,你用假名给我们汇钱。后来,我问过我那糊涂舅舅,寄钱的人是谁?他只肯讲是石湖支队的一个大干部,再详细的,就不说了,逼狠了,他就讲,'我这老不死还想多活几天呢!'十年前,我从省里回来落户,因为我学的是水产,石湖是理想的天地。一回家,像当时所有的幼稚娃娃一样,革命得厉害,自己先抄起家来,翻了个底朝天,许多东西都当做四旧,劈的劈、烧的烧。结果,在我妈妈的妆奁盒子里,发现一张粉红色的字帖,上面写着你和妈妈的名字,还有年月生辰。我妈妈看见了,一把夺了去,扔在火里,我从来很少见她那样异常过,赶紧从火里抢了出来,她整整哭了一夜,别提多伤心了。我逼着问她:'到底我姓叶,还是姓于?'她摇头,说什么也不敢承认。正巧,我去省里医院在把小江她爸押回来的路上,碰上了一个人——"

于而龙放下了筷子,心里在咒诅着自己:"老天,惩罚我吧!"坐在他对面的不是别人,正是毁了芦花的坟,扬了芦花的尸,那个不共戴天的仇敌。如果是个有血性的汉子,是决不能轻饶她的。他的拳头开始攥紧起来,胳膊的肌肉逐步在扭曲纠结,恨不能一拳冲她的脸击过去。

"……爸,面凉了吧,我替你再热热。"

他摇摇头谢绝了,对着这样一对清澈明亮的眼睛,好比万里晴空,毫无半点云翳似的澄净,是下不去手的。倒不是他优柔寡断,因为他相信江海说的话:她不是邪恶之辈,肯定,有人借她的手,假她的嘴,在办他的事,说他的话,一杆被利用的枪罢了!但是,于而龙还是控制不住自己的手,生怕不知哪一句话,点燃了传爆线,把满腔的炸药爆炸出来。于是,他摸出了一支雪茄叼在嘴上,她连忙划亮火柴趋过来,在烟雾里的叶珊,他看来是多么矛盾着的实体呵!她既是一个温顺的体贴的女儿似的人物,又是一个粗暴践踏他心目中圣地的,无可饶恕的凶手——一点也不过甚其词的夸大,难道她不是亵渎英灵的罪人么?

她接着讲下去:"他说——"

"他!他是谁?"

"你的老战友——"

"王、纬、宇?"

也许于而龙控制不住感情,嗓门放宽了些,夜静更深,万籁俱寂,叶珊怕惊动左邻右舍,开始压低了声音说:"……我把那个合婚帖子请他看了,因为我听说石湖支队活着的人并不多。他说——当然,他讲得比较技巧,比较策略,但他的话是最可信的。"

"他说些什么呢?"

"他说,'要是那棵银杏树下的女人,不从你母亲手里,把英勇的支队长夺走的话,也许今天你就不在石湖了。'我请他证实帖子是真的,还是假的,他说:'那时候没有结婚证书,再说有什么必要伪造。'后来,有一回问得更明确:'我真正的父亲是不是于而龙?'

他告诉我:'我只能对你说,你肯定不姓叶,如今是子教三娘的时代,你自己会作出判断的!'还能要他说得怎样明朗呢?够了,足够了。爸爸,你说,我能不恨那个过去挡妈妈道,现在挡人们道的所谓女烈士吗?"

于而龙霍地站起,把她吓了一跳,厉声地责问:"谁给加上'所谓'两个字的?"

她并不示弱:"我!"

"你凭什么把救过你妈妈命的恩人,叫做叛徒?告诉我,谁教你的?"

她仍旧倔犟地说:"要算账吗?告诉你吧,我——"

要是叶珊确确实实是他女儿的话,大发雷霆的于而龙肯定一巴掌打过去了。幸亏手里有雪茄,提醒了他,也阻止了他。他知道,她不是真正的敌人,她不应受到过重的责罚。然而,她又不是没有过错的;但是,叶珊也够冲动的了,胸脯一起一伏,气咻咻地,认为到底是来算账了,活着的人,为你这多年忍辱负重地过来,竟得不到一句同情熨帖的话;她确实有点于而龙那样的不肯服软认输的性格,他们俩僵持着。叶珊负气地认为他不够资格责备谁,因为活着的人要比死去的人,更难熬些;于而龙恨她不该把分明不是自己的过错,一股脑儿全揽在自己头上。终于,游击队长决定让步了,她是无罪的,真正的罪人是那个挑唆青年干坏事的人,他倒在一边看笑话呢!于而龙长叹一声坐了下来,几乎就在同时,她精神上的警戒线也垮了,冲到他的跟前,双膝软了下来,抱住他,把头扎在他怀里,痛心疾首地悔恨着:"你打我吧,你打我吧,我不该伤害你,也不该伤害那位……"

那本来要打她的手,落下来,拉她坐好,问着:"珊珊,叛徒两个字,你是从他嘴里听到的吗?"

她一个劲地抽抽嗒嗒地哭。

"告诉我,是不是他第一个讲的?我需要知道这一点,你明白吗?"

她不肯回答,只是说:"你要打就打吧,爸爸,别问我,别问我。"

——好一个糊涂东西啊!

于而龙不耐烦地站了起来:"好了,我也实在是太累了,你休息去吧,让我在这张藤椅上打个盹,天也该快亮了。"

"不!"她止住了哭,擦干眼泪,像所有勤快能干的女性那样,一边哽咽着,一边尽到女性的职责,把里屋匆匆收拾了一下,便招呼于而龙到她屋里去休息,她准备在她母亲的房里住。

这间一明两暗的屋子,她们娘儿俩一人一大间,倒是相当宽敞。于而龙谢谢她的好意,因为裤脚上还沾着沼泽地的泥浆,实在太狼狈了:"行啦!藤椅挺舒服,别弄脏你小姐的闺房了。"

她说:"不碍事的,我给你找了件替换的衣服,不知合不合身?"

他奇怪了,娘儿两个怎么会有男人的衣服?她看出了他的疑惑,便领他进到里屋,抖开了一条轧别丁的裤子,多少带点苦味地,向他说明:"这是我那没有爱情的婚姻,所留下的一点纪念品。"

"什么?没有爱情的婚姻?奇哉怪哉,年轻人哪,如今这类奇特的名词,我们上了点年岁的人,确实有些接受不了呢!"

"奇怪吗?半点也不奇怪。介绍,结婚,生孩子,是今天中国青年男女组织家庭的三部曲,这种结合,说心里话就是缺乏爱情,不,是缺乏那种强烈的爱情。严格讲,谈不上幸福,但谁也无法不这样办。我也逃不脱,按照三部曲嫁了个人,结果我发现他根本不爱我,心还在从前的女朋友身上。也许换个人,就忍了吧,慢慢让他回心转意,不,我办不到,要么我,要么她,爱情上怎么能搞和平共处呢?"

"那么,他就不该同你结婚!"他在心里埋怨陈剀。

"不能怪他,其实是我自己的过错,怜悯不是爱情,那样一个有学问的人,竟会因为家庭问题,没有人敢爱他。可他呢,也够认死理的,又是个不会撒谎的人,要是有一点点说瞎话的本领,也许今天,就相安无事了。"

"当时,你是甘心情愿忍受那种状况的啰?"

"不瞒你说,爸爸,我确实是这样的,他一开始就说他忘不了那个画家,而且永远不会忘。但是他答应体贴我,同情我,甚至怜悯我。"

"弄不懂你们这些年轻人哪……"

"等我后来真的爱上了他,那种体贴、怜悯、同情,简直是对我的侮辱,我不需要那些随便制造出来的廉价品,我要的是真正的爱情,全部的爱情。"

"看起来,你最初也不是真的爱他。"

她点了点头。

"那你为什么要结婚?"

她把头低了下去:"因为我要保全我的名声。"

于而龙呆了,太可怕了,难怪她眼光里有着一种玩世不恭的诡谲,她妈妈,那个赤诚真挚的四姐,永远也不会有的。

"能告诉我为什么吗?"

"你还是别问了吧,已经过去的事了。"

"现在打算怎么办?"

她的声调提高了,脸又扬了起来:"我要得不到他,谁也休想得到他。"她的嘴角露出了一种残忍的笑意。

他想:难道世界上还有另外一个同名同姓,写八十年代论文的书呆子吗?"珊珊,有他的照片吗?"

她从抽屉里找出一张照片递给他,正是那个不折不扣的研究生,一个差点被驱逐出境的倒霉蛋,照片背面是叶珊写的即兴题词,逗得于而龙笑了,因为相当准确地形容了他:"一个被抛弃的家伙!"

"怎么样,欣赏欣赏你老的乘龙快婿吧!"

他端详着陈剀的照片,心里像翻了锅似的,由于自己的过失,造成了莲莲,陈剀,以至眼前的珊珊,还有小农在内的一连串的不幸啊,该怎样来了结呢?……

自己的罪愆,别人的祸殃,他深深地感到不安了。

乱了,两天两夜得不到休息的脑子,成了一锅糨糊,连他自己也不知为了什么,竟那样轻率地,毫不估计后果地说出来了,他问叶珊:"你知道那个女画家是谁?"

她意识到什么,眼睛瞪圆了。

"叶珊,你别激动,她是我的女儿,叫莲莲,一九四五年在石湖生的,比你大三岁!"

叶珊像噎了一口似的透不过气来,然后,发出古怪的笑声:"哦!比电影还要电影哪,我们姐妹俩居然在共同争一个男人!哈……"傻笑着冲了出去。

游击队长实在太困了,再打不起精神来,只好相信年轻人吧!相信他们的聪明才智,也许会处理好的。刚挨着枕头,就迷迷糊糊地睡过去了,仿佛早年间在石湖里浮沉似的,一会儿,就进入了梦乡。

但是,神经衰弱症患者,总是很容易惊醒的,于而龙才躺下不多久,就被那屋的哭声,弄得睡意全消。他揉了揉发胀而疼痛的前额,像所有失眠之夜一样,困得要死,可就是睡不着觉,只好等待天明了。

他在黑暗里思索着,那是失眠的人,无法摆脱的胡思乱想,即使自己发狠从一数到一千,数着数着,又会陷进无穷无尽的思索中去的。

那个正在哽咽的女孩子,刚才说得多么坚决啊!"我要得不到他,那么,谁也休想得到他!"现在,不知为什么,倒哭个没完没了,也许在埋怨命运的安排,偏使她们之间,构成了一种充满敌意的关系。于而龙想,或许她的哭声,是在考虑到姐妹骨肉的联系上,作出牺牲的预兆;但是,一旦她明白了她和于莲之间,毫无任何关联的话,那么,她会让步吗?

但是,她还能得到陈剀么?

"由于出现了'将军'和路大姐,珊珊,你呀……"于而龙叹息着,"不但过去,陈剀不会属于你,现在,甚至将来,就更加是不可弥合的距离了。"

他已经不再是个被抛弃的角色了。

实在是非常偶然的,而且还是勉强的,因为是在极不可能的情况下,出现了可能。所以连当事人都有点不大相信,但那的确是言之凿凿的一些事实,想象力再丰富的人,也编造不出,何况那是一位善良诚挚的妇女,在临终前吐出来的遗言呢!

从飞机场送走了廖思源,回到了部大院以后,于而龙便让孩子们去帮助陈剀,料理善后事宜,赶紧把房子腾出来,交还给公家。

其实这正是撵走陈剀的一种手段,王纬宇的眼睛是何等精明,玉兰花下,他看出了于莲和陈剀之间的蹊跷,就觉得这个书呆子是个障碍,稍微添些油盐酱醋,陈剀便接到了克日离开的命令。于而龙赶紧给无家可归的陈剀设法,到处联系,结果也是碰了一鼻灰,气得直骂街:"真他妈的人走茶凉,一点情面都不讲,使人寒心哪!"

廖思源走了,也不曾留下个"遗嘱",对他那一屋子乱七八糟的书籍物件,究竟作何处理? 自然,这是陈剀的事。偏偏那个书呆子,除了要那幅瞪大眼睛,面露惊吓之情的廖师母的肖像外,余下什么都不感兴趣,只好暂时堆积在于而龙家的过道里,等待废品公司来收购。啊! 快堆得连下脚的地方都找不到了。

于菱,陈剀,还有把头发包扎起来的演员和画家,像耗子搬家似的,一趟一趟从楼下往楼上捣腾,年轻人干起活来格格的欢乐笑声,冲淡了早晨在飞机场,似乎送葬般的压抑气氛。这位知识分子的遗产,除了书籍,还是书籍。幸好,那许许多多科技书籍,都是硬面精装,个个像铠装的骑士,一本本比城墙砖还厚,所以十年来在痞子们三番五次的光顾下,居然能保存得完好无损,倒全亏了这副硬骨头。这使于而龙悟透了一个道理:应该挺起腰杆,应该理直气壮。于是,走出书房,对陈剀讲:"他们越是这样撵你,我还偏要留你,不走啦!"

正说到这里,客人光临了,路大姐陪着一位部队的同志登门拜访来了。于莲迎了上去,并给于而龙介绍:"爸爸,你不认识吧,这就是那幅《靶场》的买主啊!"

"今天,我请路大姐陪着来,上门提货啦! 准备搞个展览会。"

"怎么? 老爷们点头了?"于莲问。

"我们决定不理他。"部队同志回答挺干脆。

于莲笑着说:"过去那帮老爷没有说错,是有点印象派咧! 所以眼下新掌大权的老爷,有点害怕。"

游击队长一直为那位布尔什维克不平,愤愤地说:"弄不懂他们干嘛那样怕新鲜事物? 恨不能把社会主义像捂韭黄似的闷在小屋子里!"

最可乐的是陈剀,他又提出了一个冒傻气的问题:"怎么? 我有些糊涂,这幅画又不是毒草啦?"

"陈剀,陈剀——"于而龙赞赏地拍拍他肩膀,"你问得好,一部艺术作品的好坏,究竟由谁说了算?我不明白,九亿人民是什么时候把艺术作品的生杀大权交给这些老爷的?让他们拿出委任状来,否则,他们的话就是放屁!真奇怪,他点头,就通过;他摆手,就枪毙。以一些人的胃口,代表九亿人的食欲。十年,文化大沙漠吃够了苦,其实,他们何尝轻松过,难道不是有目共睹的事,不都绑在耻辱柱上过吗?可他们太健忘了。"

"不奇怪,爸爸,挨过鞭子的奴隶,手里有了鞭子,照样要抽人的。"于菱重复刚刚离去的那位工程师的警句。

路大姐说:"细想也够悲哀的。"

"走吧,抬到车上去,让真正的评判员,人民群众去鉴定吧!"部队同志倡议着,大家都帮着把那幅油画,装到卡车上去,面壁了多年的老兵,在初春的阳光里,依然是那样神采焕发。

路大姐在书房里凭窗看着,几个年轻人充满生气的笑声,特别是两个姑娘银铃似的花腔女高音,袅绕在部大院里,使这位失去儿子,然而疼爱青年的老大姐笑了。他们多么像画幅上那些细细的白杨树,笔直地向上长着,很快就会成材了。可是,斜对面那栋楼上,也许年轻人的欢声笑语,影响到编辑的文思,只见夏岚把原来敞开的窗户,砰地关了起来。但是路大姐从另外一个角度同情这位编辑:"这是可以理解的,到了应该做母亲年龄的女人,还是膝前空空,肯定是有点凄凉的。"其实,夏岚却站在百叶窗后,端详着画面上的老指挥员,咬着牙狠毒地说:"算你走运,老东西!如果七八年再来一次,我保险不拿笔,而拿刀!"

那幅油画在卡车上怎么也垫不平稳,于菱找了块砖头,他姐姐嫌硬;柳娟寻了片木板,画家又嫌脏,还是陈剀有办法:"我上楼给你扔下几本精装书来,又软又硬,富有弹性。"一切都是这样凑巧,第一本书扔下去了,第二本书又扔下去了,第三本书正要扔,楼下于莲嚷着:"够啦够啦,稳当了!"于是,就把这本书放在窗前,正好在路大姐的面前。那是一部马克·吐温的小说《王子与贫儿》,狗屁不懂的暴发户抄家时不认识外文,错当做技术书籍给疏忽了,其实那个汤姆和爱德华倒是有点阶级调和论的嫌疑。路大姐顺手拿过来翻看,要不是其中夹着的一张放大照片,她绝对不会毫无分寸地拆看和照片放在一起的信。事情往往怪就怪在这里,倘若照片放得小一点,或者信封稍大些,那该像芦花牺牲时,开黑枪的第三者一样,是个永远的秘密了。然而夹在《王子与贫儿》中的这封信,倒使王子成了贫儿,或者贫儿成了王子。

虽然陈剀还是陈剀,并没有丝毫变化。

照片上起伏的矮矮丘陵,沿着丘陵蜿蜒的曲折山路,以及山路上的那座颓败的歇脚凉亭,一下子,把路大姐的魂灵给勾住了。

谁照的呢?照它有什么用呢?既无人物,又无景致,更谈不上名胜古迹。路大姐做过几天公安工作,倒觉得很像一张以供查证的现场照片。如果她记忆力不错的话,照片照的地方,正是她解放后两次去寻找小儿子下落的刀豆山。

她顾不得一切地打开这封没有封口的信,老花镜也来不及戴了,越往下看,两手颤抖得越厉害,而且,字都一个个跳动起来,她的心像悬在一根灯芯草上,在激烈的摆动,随时有断的可能。果然,当她看到"咖啡色毛衣"几个字样的时候,再也控制不住自己,往后一仰,跌倒在窗旁的电视柜上,碰翻了养着热带鱼的玻璃箱,那种叫做"黑玛丽"的小鱼,在地板上乱蹦着。

"怎么啦?路妈妈!"陈剀连忙回身抱住,也许真是血统的呼声吧?——于而龙想起叶珊才说过的话,只听那位非被赶走不可的书呆子,大声地向楼下喊叫,至少整个部大院以为出了什么事,那位女编辑重新拉开百叶窗,幸灾乐祸地瞧热闹。

等到在医院急救室里苏醒过来,路大姐便追问那封信的下落,真是巧,那封廖师母临终前写的信,已经被鱼缸打翻在地板上的水泡湿,勤快的舞蹈演员收拾屋子的时候,把它团成一团扔到垃圾箱里去了。

要是早一年,于莲对这位弟媳无意中的过失决不会原谅的,现在她拿这位纯净无邪的天使怎么办?只好哭笑不得地说:"只有你干得出来,我的宝贝!"

"我去给你找,姐姐——"于菱弄不懂他姐姐干吗着急?更不明白路妈妈会对一封与她无关的信,发生兴趣?只好穿上靴子,在垃圾箱里寻找,总算上帝慈悲,在众目睽睽之下,找到了那个纸团。"是吗?"

柳娟点点头,但并不觉得做错了事。

一直等待着的路大姐,连忙把它装在塑料袋里,去求她的老同事,运用近代迅速发展起来的侦破手段,想办法在已成纸浆的一团里,将廖师母的遗信复原出来,赶紧坐着"将军"的"红旗"车走了。

大家都莫名其妙,因为人们已经习惯于高度的警惕,那根紧绷着的弦,马上猜测到和早晨刚走的廖工程师有什么联系,是不是那个老人有什么严重的叛国罪行?……那时,他还在波音飞机上,进行着最后一刻的激烈思想斗争,想不到又被人冤枉了一阵,而且还基本上是自己人呢!唉……没多久,路大姐匆匆回来,一定要在廖总留下来的寥寥无几的衣物里,寻找一件咖啡色旧毛衣时,大家才松了一口气。万幸万幸,总算不是什么图纸之类的东西丢失了,因为国产电影艺术家老是这样教导观众的。

满屋的人谁也不露声色,因为,除了陈剀,所有的人,差不多都听说过路大姐在"皖南事变"中失去儿子的故事,但谁也不想讲穿,而是怀着一种激动期待的心情,希望赶快寻找出那件毛衣,由实物来讲出人们衷心盼望讲出的话。

于而龙回想起那天晚间,他家书房里,走廊里成了处理旧货的破烂市,望着那些杂乱无章的东西,不由得慨叹一个孤老头子,由于失去老伴,竟会把日子过得如此糟糕。"是的,老廖确实是失去了信心啦!原来他是个多么一丝不苟的人。"

坐在沙发里焦急地等待年轻人翻检寻找的路大姐,轻轻地说:"别忘了人是生活在社会里的。"

谢若萍正在端详着那张照片,她记得廖师母曾经说过:"我要眼睛闭了,谁也说不清楚了,也许我该把实实在在的情况告诉孩子。"那时候,谢若萍忧虑的是关在厂里的丈夫,竟不曾多过问一句,但照片是有印象的,然而信呢,信是什么时候写的?她在回想,所以于而龙的叹息,路大姐的答话,都没往心里去。

"他是深感回天无力才走的,其实,并不舍得离开祖国。"

"即使那些有补天之才的人,也感到棘手的,这个烂摊子呀!二龙……"她望着屋里屋外乱糟糟的一切,深有感触地说。

猝然间,舞蹈演员在走廊里"嗷"地一声,叫了起来,她从一个纸箱里,找到了那件旧毛衣,人们立刻哄了出来。于莲一看,便摇了摇头:"大惊小怪,我刚才就翻到了,颜色不对头,这是烟色,不是咖啡色。小姐,再说,这哪是毛衣,而是麻袋。"画家的眼睛,对于色彩,有种职业性的敏感。

一听到麻袋,路大姐也走出书房,柳娟为了弥补刚才的粗心大意,把毛衣捧到路大姐眼前。对失去儿子的母亲来讲,颜色不是主要的,质量也不是关键;她赶紧抖开那件对襟织起的旧毛衣,摸了摸,有点不相信,又回到书房,在明亮的灯光下,仔细地看了看。果然,一个纽扣都没有,这是做母亲的无意中做下的记号;当时,她只不过怕硌着孩子,才把所有的纽扣都用牙咬掉的呀!她还是和来时一样,不露任何表情,拿着那件还是在大生产时期,用自己纺成的毛线织起来,在农村染坊里煮得黑不黑,烟不烟的毛衣走了。

人们总是在事后才聪明起来,那位文静的廖师母把这封信夹在马克·吐温的小说里,肯定是有些什么寓意的,多么聪慧的妇女啊,这不是王子和贫儿马上变换了位置吗?哦,所谓黑五类式的家庭出身,顷刻之间,几乎是讽刺喜剧似的,再填什么登记表的时候,在那成分栏里,该写上革干两个字了吧?海外关系那也该一笔勾销了!然而,在这一天以前和以后的陈剀,难道会起什么质量上的变化吗?不会的,他照旧是他。所以说,写在纸上,印在书上的东西,并非都是非常准确的,而永远真实的,只有生活,歌德的那一句名言说得多么好啊,"生活之树常青……"

他的学术论文弄不下去了,一个碰壁碰惯了的倒霉蛋,突然发现每扇大门,都朝他打开,而且每一扇大门里面,都有一张笑容可掬的面孔;每张面孔的嘴里,都同样用唱小夜曲的柔和声调,向他表示欢迎,实在使得陈剀有点接受不了。因此,他向于而龙提出:"看样子,七七年的春天,好像还不太正常,明年我再来为论文战斗吧!"

"打算回南方去吗?"

"火车票已经买好了。"

"你把车票给我,陈剀。"

"干什么?"

"给我。"

于而龙拿着火车票去见周浩和路大姐,他们老两口,正戴着老花眼镜,逐字逐句,在看着终于"破译"出来的原信。"将军"示意让他坐下,把那些一张张洗印出来的底片递给他,虽然是东一句、西一句,前言不搭后语,于而龙终于看明白:陈剀正是他们失去的小儿子。凑巧,廖师母因为丈夫赴美留学,就去廖总的姐姐家暂住,那家是一位江南著名的辛亥元老,有点声望,和新四军关系不错,所以廖师母才从部队的驻防区域穿行赶路,谁知正好赶上"皖南事变",就这样一个机会,在头天晚上激烈战斗过的刀豆山下,凉亭里等着挑夫的时候,发现了用毛线衣裹住的陈剀。江南的一月份是相当凄冷的,好心肠的廖师母便抱着他,来到亲戚家,正巧廖总的姐姐没有孩子,便留下抚养。名字是廖师母起的,她坚持要用一个"剀(剴)"字,这样,就把发现他的地点,也是他亲生父母失去他的地方,巧妙地像谜底似的组成了一个字,永远嵌在了他的名字里。

啊!她是一位多么细致的妇女!

而那件旧毛衣,她一直珍藏着,历经"革命"者的洗劫,能够保存下来,倒多亏了它那朴实无华的外表,那些海盗们对项链更感到兴趣些,不知谁揣在兜里拿走了。但那实际却是不大值钱的开金首饰。由此可见,真正的价值并不体现在闪闪发光的外表。同样,无论王子,还是贫儿,陈剀最可贵的还是那颗孜孜不息的心。

于而龙问:"那应该告诉陈剀,他还蒙在鼓里呢!"

周浩说:"不,我看暂时先维持现状吧!"

"他打算回去呢!"

"老家还有什么人吗?"

"记得廖总得知他老伴死去以后,曾经说过,只有他和陈剀在这块土地上相依为命啦,别人都到上帝那里去了。"

"那好吧,他不是要搞论文么?我来想办法安排吧!"他望着苦痛的母亲,便把陈剀的火车票接在手里,看了看,撕作两半,然后,对路大姐说:"不过,现在我们并不够资格去承认是他的父母,因为我们并未尽到做父母的责任。"

"你的意思是责备我吗?"

"不,应该受到责备的不是你我,但必须为错误做出牺牲、付出代价的,倒是你,我,还有二龙这一代人。"

"包括我们的孩子——"母亲在发言。

"是的,是这样。等吧!既然那么多年在绝望中都等过来了,我想在有希望的情况下,多等等也无妨。让我们重新开始吧!来得及的,既然春天来了,花总会开放的。"

于而龙望着桌上那些从纸浆团里分析出来的底片,心想,要是三十年前,有这些科学侦破手段的百分之一,或者千分之一,芦花的死因,也不会成为永远的秘密。惟一能知道一点线索的老晚,就是那在隔壁屋里哭泣着的姑娘的舅舅,偏偏在两天前死了。

看来,幸运,是和于而龙无缘的。

那个年轻漂亮的伦勃朗式笔下的姑娘,似乎也命运不佳,她最后终于爱上了的陈剀,还有可能属于她么?

"唉,哭吧,哭吧!"于而龙在似睡非睡,似醒非醒的状态中想,"我们俩都不是幸运儿……"他又接着往下数数,但是记不得数到几百几十了,只好再从头数起,"一、二、三、四……"

直到他回到石湖第三个早晨的太阳透过窗帘,把整个房间照亮,他才发现自己不知什么时候睡过去,现在精神健旺地醒了。

屋外窣窣縩縩的动静和低声细语的交谈,使他立刻意识到该是珊珊娘,那个四姐回家来了吧?便翻身起床,发现自己那条在沼泽地泥塘里弄脏的裤子,已经刷得干干净净,压得平平整整地放在旁边。他想:要真有这样一个可心懂事的女儿,倒也是一种福气。莲莲,从来不会在生活上替别人操心,相反,需要别人来照料她。

唉,什么家庭出什么样的孩子啊!

　　等他走到客堂间——农村里都这样称呼正中间的大屋,只见母女俩在桌旁忙着捏糯米粉汤团,叶珊笑着迎上来,分明是为了减轻她妈妈的窘态,问着:"睡好了吗?"

　　于而龙注意到了那双哭肿了的眼睛,笑着说:"很好很好,比我住在国外第一流的旅馆还舒适些,你妈什么时候回来,我都不知道。"

　　珊珊娘说:"昨儿个又去她舅家办点事,一早到的家。"

　　"你昨天猛地认不出来了吧?"

　　她酸苦地说:"哪能呢,慢慢就想起来了,你没变,支队长。"

　　"你还是叫我二龙吧!你的姑娘挺招人喜欢,也真像你,怪不得一见面就眼熟。"

　　"你孩子都好吗?那大姑娘,我见过的,要比珊珊大点。"

　　于而龙沉吟着:"可不,孩子催人老啊……"

　　叶珊手托着下颏,望着她妈:"妈,你认识莲莲姐?"

　　"怎么不认识,跟她妈妈长得一模一样,好多年前,回过石湖,成天追着我画像,——"珊珊娘回忆地说,"听说她到外国留过学,可一点架子也不拿,我们娘儿俩话不多,可挺投缘。"

　　"妈,听得出你挺喜欢她!"

　　"怎么?你不高兴啦!"于而龙开玩笑地说。

　　"珊珊可霸道哪,是个任性的孩子,我管不了。"

　　"妈,你算说错啦!珊珊不糊涂,我不是那种人,你看,我马上就去发信。"

　　"什么信?"她妈赶紧追问。

　　"昨天夜里,我写好了的给法院的信。"

　　于而龙沉不住气了:"什么?"果真应了他的猜测。

"是的,我决定跟陈剀了结这段姻缘,算了,强扭的瓜不甜;再说,莲莲姐也不是外人,我怎能破坏她的幸福。完璧归赵,就是这么回事……"说着说着,泪水又在她眼里打转,割舍是痛苦的,何况由自己下狠心来割舍。

珊珊娘弄得不懂起来:"又犯神经啦,死命闹离婚的是你,后来不肯离的还是你,今儿个又想起变卦,嘻,你到底有个准主意吗?"

"我本来不打算离,拿定主意的事啦,我要不舒服,他也甭想痛快——"她叹了一口气,望着于而龙,"可现在,她成了我的亲姐姐,这你们也不是不明白。"

"怎么出来个亲姐姐?"珊珊娘糊涂了。

"莲莲,就是你认为挺投缘分的莲莲!"

"她怎么是你的姐姐,老天爷,你乱搅些什么?"珊珊娘转脸看于而龙,希望他能解答她的疑问。

叶珊几乎是朝她妈妈叫嚷:"妈,我早不是三岁两岁的孩子了,你打算瞒我到几时?"

一提到瞒字,显然女儿的话说重了,汤团不能再捏下去,珊珊娘失神地坐在那里,双手拄着桌子,半天也不说话。

于而龙决定结束这种局面,于人于己,都有好处,那些属于历史的过错,孩子大了,也自会正确对待,便按着叶珊坐下:"听我说,珊珊,莲莲确实不是你的姐姐。"

"什么?"她瞪大了眼睛,失望地说:"你到底害怕承担责任!"

"你妈妈是对的,莲莲和你无关,毫无你认为的血缘关系。"

"哈哈,得啦得啦,不要串通演戏啦!亲爱的爸爸同志!"她多少有点神经质地笑着。

"不,我不是你的爸爸,珊珊,你完全给弄误会啦!"于而龙认为应该当着四姐的面解开这个结。

但叶珊一阵风地冲到自己屋里,很快找来一张已经烧掉四只角的红纸帖子,摊在了他的面前:"请看看吧,听说你是个勇敢的游击队长,可不是一个敢作敢当的爸爸,不要懦弱啦,想一想,让它帮助你回忆回忆吧!"

珊珊娘尽管说不出,也听不大懂他们之间的新名词,但从那张充满青春幻灭的梦,啮心般苦痛的订亲帖子,分明看出女儿误会了,连忙对叶珊说:"你别瞎说了,珊珊,不是,他不是……"把糯米粉推过去:"快包你的汤团吧!"

"不,再也不能包下去,也包不住的,讲清楚,必须讲清楚,而且,只有你们能讲得清楚。"她大声地嚷,"我要求知道我的生身父亲是谁!作为一个人,活在世上,这不能算过分吧?"

于而龙看着珊珊娘,懂得她此时此刻是多么艰难啊!这终究是不光彩的事嘛!难以启口啊!何况当着自己的女儿,揭自己的疮疤,那是一个对女人来讲,是至关重要的问题啊!"珊珊娘呀!……"他摸出了一支雪茄,叶珊生气地把火柴递过来,也不主动点火了,见她烦恼到这种地步,便叹了一口气说:"孩子大了,应该明白她想要明白的事,何苦再瞒着呢?都是半截入土的人了,还能活多少日子?瞒着,对孩子,对自己,都不轻快。再说已经是过去的事,三十年了吧?是对是错,心里什么滋味也尝遍了,还有什么讲不出口的呢?相信孩子是明理的,你的珊珊是个好姑娘,你该把那个人的名字告诉她。她原来一直以为我是她亲生父亲,说实在的,这样的聪明孩子,我并不嫌多。可假的真不得呀!今天她明白了不是我,早晚也要打听出来的,人都活在世上嘛!珊珊娘,珊珊娘,你就告诉孩子吧!"

珊珊娘站起来,要往外走,她女儿拦住,喊了一声:"妈——"那目光是相当严厉的,并且啪地关上堂屋门。

"妈不讲,妈不能讲啊……"她挣扎着向门口靠近,想拔开门闩走出去,避开这难堪的困境。

叶珊拉住她妈,恨绝无情地说:"你别走,妈!听我说一句话:你要我,还是要那个不能讲出口的人?"

"珊珊,妈要不是你,早不活在世上了。"说着搂住她女儿嚎啕大哭。

但是叶珊推开了她妈,走到于而龙跟前:"你告诉我吧,我的亲生父亲到底是谁?"

那个要躲出去的母亲倒不打算走了,她转回身恐惧地望着于而龙,嗫嚅地求着,眼睛睁得很大,仿佛看到一个妖魔快要钻出来似的,有些魂不附体了:"我求求你,二龙,求求你……"她顾不得哭了,屏神敛息地等待着命运最后的判决。

游击队长站起,他万分同情这个可怜的四姐,她的良知在这一生中受过多少次审判了啊?"我不晓得你是要我瞒,还是要我讲,不过,你的珊珊是个聪明人,不用跟谁去打听,只要想一想,这些年给你们汇钱的,要不是我,还能有谁?"

珊珊娘还未来得及反应,那个伦勃朗笔下出现过的姣俏面庞,突然脸色大变,转回身,紧紧地抓住她妈,连声音都不同寻常,问道:"是他?"

"谁?"

叶珊火辣辣地喷出三个字:"王、纬、宇——"

"哦……"珊珊娘惊叫了一声,捂住脸。

她女儿重复地问了一句:"是他吗?"

可怜的母亲在指缝里无可奈何地点了点头。

登时,那个女孩子像受了过度刺激似的,脸上的五官都有些挪位了,眼睛不是眼睛,鼻子不是鼻子,似哭非哭,似笑非笑地拔开门闩,往屋外冲了出去。

"珊珊,珊珊,我的珊珊呀……"

在门外,阳光暖融融地照着,那两个快乐的小伙子,又大声地在扩音器里舒展开歌喉,显得那么轻松,那么调皮,而疯狂地奔去追逐着女儿的母亲,和已经不见踪影的女儿,她们俩却生活得多么沉重呵……

艺术永远是艺术,生活总归是生活。

要作为一个人生活在这世界上,艰难哪……

三

石湖的天气,似乎形成了规律,每逢刮起大风的日子,吹得波高浪涌;吹得湖面上的船只,纷纷落帆回航,但是风平浪静以后,准会有一个响晴响晴的好天气。万里无云的天空,暖洋洋的阳光,洒在碧波万顷的湖面上,像是跳跃着的一池碎金,等待着渔民的,将是一场满舱的丰收。

生活也是同样的道理,离乱动荡,灾祸频仍的时期过后,接着就是兴旺发达,繁荣昌盛的年代;人也不能例外,经受了疾风暴雨的磨炼,会更坚强,更勇敢地去生活,去战斗,去迎接明天,去创造未来。

"放心吧,珊珊娘,你的孩子绝不会丢的。"

于而龙站在蟒河与石湖的夹角,那块原来盖着炮楼的地方,安慰着四姐。那个被腐化了的无产阶级,正惝惝惶惶地害怕着她女儿出些什么事。

"不,她是个烈性子,想做什么,就做什么,是个什么事情都做得出来的人。书念得好好的,不念了,要去找工作;在省里工作得好好的,不干了,回石湖来落户;找了个对象,结了婚,过不了几天,闹崩了,说散就散。就拿改田的事说吧,碍着她什么啦,鱼断子绝孙,也不是她一个人不得吃。啊呀!她到处告状,七斗八斗,碰钉子挨批判,到今天,还不死心——"

于而龙知道做母亲的绝不是夸说自己的女儿,但她的话倒描绘出这个有性格特点的姑娘。他觉得她至少不唯唯诺诺,有股敢想敢干的劲头,也许她所作所为不一定正确,正如于莲偏要在画里运用一点印象派的表现手法一样,那种敢的精神,总还是有可取之处,于是夸奖了一句:"我看珊珊这种样子,也不能讲她不好。"

"还好哪?芦花的坟就是她给闹的,弄得好多人都怨恨我。"

现在他理解叶珊为什么要赎罪。正因为不完全是她个人的过错,所以才敢理直气壮地承担,而且总用那种负气的口吻讲话。他绝不是想为她解脱,但良心使他要说:"不能怪珊珊。"

"那该怪谁?"

"怪王纬宇。珊珊是孩子,懂个啥?是他!"即使王纬宇马上站在他跟前,他也会客客气气指出这点的。当然他要对天赌咒发誓,说明自己如何清白。但是,这是一道只需要用减法就可算出的问题,除了他,没有别人。

但是珊珊娘摇头,她不相信。

"是他,半点都不会错的。"

她一口咬定:"不——"

可怜的女人哪!于而龙哀叹着,三十年都过去了,她的心还系在那根不存在的船桩上,除了赞美石湖姑娘至死不渝的爱情外,也忍不住想对至今执迷不悟的珊珊娘讲:"三十年,你都不能将他看透,就不是什么爱情蒙住眼睛,而是可怕的愚昧了。"可他也只是在心里想想罢了,因为她非常坚决的,不容丝毫置疑地反驳:"不,不,他不是那种人,怎么能做出那种伤天害理的事?不是他,不是他。芦花活在世上的时候,那年大年初一——"说到这里,她把话咽住了,说了句别的:"二龙,他下不了那个毒手!"

"你相信?"

其实于而龙也是多余追问,她要不相信,不深爱,甚至不是五体投地地崇拜王纬宇的话,是不会作出如此挚诚的保证。她已经被他征服了,三十多年来,她是在幻影中生活的,一旦那个幻影破灭,她将会是个什么后果?也许只有天知道了。

然而,她那句不经心说出的"大年初一"四个字,使他不禁多看一眼这个苍老而又怯懦的妇女,说不定她会知道一些什么吧?老晚是她的哥哥呀!

"求求你,二龙,帮我把珊珊找回来,我怕她出什么事,她是我的命根子啊!"

突然间,前天下午给于而龙自告奋勇当向导的废话篓子,跑了过来,一口一声珊珊娘,大惊小怪,神色慌张,唾沫星子隔多远就喷过来了。在晴朗清新的空气里,干唾沫的臭味更使人败兴了,就像我们突然从俨然正统的文章里,嗅到了声名狼藉的帮味一样,忍不住要掩鼻子了。

他看到了于而龙,立刻把来由全扔到脑后边,笑着问:"你找到那位船家老爷子了吗?"

对着这一脸诒笑,真遗憾,于而龙在口袋里摸不出过滤嘴烟卷。

珊珊娘问他:"你叫我干什么?满世界嚷嚷!"

他这才想起他来的目的,脸色倏忽变得可怕,仿佛他是亲眼目睹现场发生的一切:"……了不得啦!你们家珊珊,跳上了刚开走的班轮,在湖心里,扑通一声,寻了短见,跳湖自尽啦！蹦进去就没影啦！"

"啊！"珊珊娘被这想不到的一声霹雳,击昏过去,她的命根子,她活在这个世界上惟一的实实在在的联系,跳湖了。她仰倒在柴草垛上,差点晕厥过去。但是,她又挣扎起来,问道:"我的珊珊在哪？我跟她死到一块去！……"

"公社,电话,我是从那儿听来的。"

珊珊娘哭喊着她的女儿,跟跟跄跄地往庄里奔去。

于而龙也被这消息吓了一跳,历史竟会出现如此雷同的现象,母亲遭遇到的命运,她的孩子也该重蹈覆辙吗？

懦弱呀！年轻人,你干嘛走你妈妈走过的路呢？那是上代人走的不成功的路,一条失败的路,一条无能的路,一条事实上已经证明是碰了壁的路呀！

他站在河湖夹角的半岛尖端,拿不定主意是走还是留。但他终究是游击队长,就冲这四个字,也不能撇下别人苦痛不管。他怎么能不关心这母女俩的命运,她们和他一样,都曾和那个"需要就是一切"的人,打过交道,并且是深受其惠的同命人啊！是的,有形或者无形的联系,使他决定站在这个半岛的尖岬顶端,等派去追寻叶珊下落的船只回来。

闹嚷了一阵以后,半岛上又清静了,只有那个只知撅起屁股逃跑的豆腐渣,还在陪伴他,可能烟瘾又犯了,很希望抽上一支过滤嘴的香烟。

"你真是石湖支队的？"

"千真万确,半点不错。"

"你到底认不认识于而龙？"

"不是吹,哪怕骨头化成灰,我也认得出。"如今,吹嘘已经成为一些人条件反射的本能,只要一张嘴,就是什么"我早就进行过抵制,十年来我没少跟他们斗争"之类的大话,可忘了过去分吃一杯残羹时,那沾沾自喜的神色了。

于而龙决心戳穿这类人物:"你说我是谁?"那位豆腐渣挠弄头上几根不多的秃毛,不知该怎么回答。游击队长告诉他:"这儿原来有个炮楼吧?就是我扒掉的。"

"哦!"他一下子跌坐在柴草垛上,结结巴巴地:"你,你,你是——"

"对了!我就是于而龙,不过,还没化成灰。"

他惊恐地问:"你是回来算账的吧?看,挖指导员坟的珊珊跳了湖,该轮到我们啦!"

"我们?"

"我们几个都打过证言,说你是叛徒。"

于而龙爆发出一阵强烈的笑声,笑得那个作伪证者直是发毛。在同一个世界里居住着多么不相同的人啊!就在这个秃头构陷游击队长的时候,三河镇的老迟却咬断自己的食指,柳墩的老林嫂进省上京为他于而龙辩诬。他望着那一片茫茫的湖水,心里感叹着:"天哪!幸好这世界不那么绝望,要不,真不如一头栽到湖里去呢!太可笑了,为了按比例地制造出敌人来,为了把同志打成叛徒,竟乞灵于一张伪证,连不谋一面的豆腐渣放的屁,都奉为至宝,古往今来,到哪里能找到这些比贝克莱还贝克莱的唯心主义者呵!"

"支队长,我有老婆孩子,也是万般出于无奈,才干出这种下作的事。十年前,纬宇同志回石湖亲口对我们讲的,叫我们大胆怀疑,活着的,死去的,过去的,现在的,都可以打问号。我想,横竖你倒台了,也不会在乎那一张证言,田鸡要命蛇要饱,顶多你受点罪,我们可就立了新功啦!"

所有出卖灵魂的人,都会寻找一些依据来安抚自己的良心。像他,只是为了生计,倒也可怜。他真希望送这位作伪证者一包纸烟,然而抱歉,空空如也。

那个废话篓子看到失去了抽烟的希望,站起来,讪讪地走了。于而龙相信,只要价钱相当,卖过一次身,还可以再卖第二次。这种寡廉鲜耻的人是不会绝迹的,有买才有卖,商品是为消费生产的。倘若大家都光明磊落,告密者必然失业;问题全摊在桌面上,打小报告有什么用呢?一切皆绳之以法,作伪证岂不自讨苦吃;作风要是很正派的话,马屁精还会有市场么?在过去十年里,这些新兴行业所以生意兴隆,是和销路相联系着的。

但是,废话篓子的话,倒使于而龙更进一步认识了王纬宇,他那些模棱两可、似是而非的语言,都带有相当程度的弹性,既可以打出来击中要害,达到目的;又可以缩回去不负责任,溜之乎也。如果说他是个混蛋的话——于而龙笑了,一种无可奈何的笑,那一定是双料的。因为上帝给狐狸以狡猾,给狼以残忍,而赋予王纬宇以狐狸加上狼的双重天性,所以他常常是无敌的。

"物以类聚,人以群分哪!"那位老秀才的叹喟之声,又在于而龙的耳边响了起来。

郑勉之终于不同汪伪政权合作,也不去第三战区给国民党顾祝同之流装潢门面,这位腿被芦花打伤的老秀才,在外地治好伤以后,回到石湖,决定拥护赤脚大仙,参加抗日民主政府,从那开始,跟共产党在一起,直到死。

"你这个秀才先生,跟泥腿子、渔花子、光脚板的共产党混在一起,也不怕辱没先人!"他的儿子、他的女婿,都托人捎来话,讽喻他,劝导他。

但他的回答倒很简单:"将相王侯,宁有种乎?"

王纬宇口头上称呼他为前辈,背后,并不十分尊敬他,开玩笑地喊他"棺材瓢子"。因为人人都知道,老夫子的后事早给自己准备好了,有一口油漆了许多遍的柏木棺材。

"要不是那口寿材,二龙,我敢给你打赌,你的抗日民主政府,拿绳子都拴不住他。"

"你说他终究不和我们一条心,会走?"

"那是自然。"

"你放心吧,他不会离开石湖,也不会离开我们。"

"走着瞧吧!"王纬宇嘴角往下一撇,不相信地说。

于而龙耳畔响着老夫子的哀鸣,那是一句发人深省的话,就在这里,就在原来的炮楼底下,就在他生命最后一刻说出来的。"物以类聚,人以群分!"是多么语重心长呀!

现在,经过了三十年以后,石湖支队的队长才陡然间领悟到,这位老夫子的遗言,是在对他进行一种同志式的告诫,正如伏契克那句"要警惕呀"的名言一样,希望通过那茫茫湖水,传送到他游击队领导人的耳朵里。

——老夫子,站在你被处决的这块地方,我体会到了,你把你的思想,你的看法,同时,还把你的忠诚,你的关切,甚至你的焦虑,你的希望,都凝聚在这句话里面了。这是一句有分量的话,你以死亡前最后一口气时说出来,更加重了它。然而,三十年来,我并没有牢牢记住;可现在,连生活现实也在提醒我,确实存在着那种"类狼人",或者是人化了的狼,他们是以吃人为生的。

王经宇就在这里警告所有追随石湖支队的渔民、船民,谁要是不服从党国的命令,敢同共产党来往,就是被他们抓住的六个人的下场。

他下令当场枪毙了那六名党的基本群众,第六颗脑袋,就是至死也和党一心一意的郑老先生。

当时,那五个人都倒在血泊里了,王经宇站起来,喝了一声:"住手!"让人把老秀才带上来。

行刑队刚要端起的枪,只得放下。

他嘴角紧抠着,盯着郑老夫子,慢悠悠地问:"老东西,看见了吧!现在是一步即生,一步即死,前脚是阴,后脚是阳的最后机会,你要三思而行,回头还是来得及的。"

刚强的老秀才颤巍巍地回答:"人活七十古来稀,我已经七十六岁了,相当知足了。"

"你和他们不一样!"王经宇指着那些倒在湖边,血流遍地的尸体说:"他们是渔花子,是泥腿子,是愚民,是蠢材;而你有功名、有学问、有地位、有家产,怎么能和他们为伍,就是去阴间路上,也不该与他们同行!"

他仰望着蓝天,长叹了一声:"物以类聚,人以群分,我和他们在一块同生共死,那是理所应当的。"

王经宇大声吼了起来:"你这个不识抬举的老货,他们给了你什么好处?"

老夫子沉静地反问:"你又给了我什么好处呢,大先生?"

白眼狼勃然大怒:"好吧,那我就给你一点好处,成全你,让你跟他们一块走!"

"谢谢——"

老秀才转回身去,站在那五位已经倒下的烈士中间,望着眼前一片茫茫的碧水,似乎是自语,又似乎是向石湖倾诉:"记住吧,这话是一点也不错的,物以类聚,人以群分哪!"

这位和石湖,和石湖上的人民,和石湖的第一支共产党领导的队伍,永远站在一起的郑老夫子,昂起脑袋,背抄着手,动也不动,只有凄冷的风,吹动着他那长衫的衣襟,王经宇把手一挥,他便成了那次屠杀的第六个牺牲者。

在中国这块土地上成长起来的知识分子,有他们自身的特点,于而龙记得他的挚友、那位廖总工程师曾经剖析过,还用了一个不大恰当的比喻:"唉!中国的知识分子,很像俗话讲的:'儿不嫌母丑,狗不嫌家贫'那样,热恋着这块土地啊!"

那是在优待室里,闭门思过时的事情了,于而龙接着问廖思源:"所以一九五二年,你想方设法要回祖国来——"

他承认:"没有办法,我像得了病似的想念这块生我养我的土地。"

"所以,现在这样折腾你,你也并不想去你女儿那里。"

他沉吟了一句:"故土难离啊……"

"我看你还是走吧!既然你女儿来了信,也许我不该这样怂恿你——"于而龙那时态度是明朗的,他赞成这位老夫子离开苦海,要不然,他会走上他老伴的路,死在那种无端的恐惧之中。

"不——"那时,廖思源是坚决不走的。

他俩因为臭名昭著,罪行严重,被隔离在工厂大仓库后边,一间九平方米的优待室里。当时,这种叫做牛棚的民办监狱,是无边专政的产物,在中国这块土地上,究竟有多少,现在神仙也统计不出了。所以后来法家红了一阵,滥觞恐怕自此起始的。仓库的大墙后边,人迹罕至,大白天,黄鼬都敢在草丛中出没。起先,这些胆怯的小动物,看见他们俩一会儿被彪形大汉押走,一会儿浑身像散了架地被拖回来,都吓得躲在洞穴里不露头。但是时间长了,它们发现这两个人并无伤害别人之心,而别人却是可以随便伤害得他们。

小动物恐怕也有些奇怪:"你们干吗不敢反咬一口?"于是它们胆子大了,公然在这两个被折腾得连翻身都困难的"囚犯"眼前,蹿来蹿去,毫无恐惧之意,但恐惧症却压倒了廖总工程师。

"你还是申请出国,到你女儿那里去吧!"

他连一丝走的念头都不抱,倒反转来劝于而龙:"我认为你还是认真写份检查,搪塞一下,可以少受好多苦,放下你那种殉道者的自尊心吧!"他指着于而龙手里那本牛津版的《英语初阶》:"学那劳什子还有啥用?"

"我花钱也请不来的私人教师啊!老廖,精通三国语言的小狄,夸你的英语口音是标准的牛津腔调,虽然书面气味浓点,但很有绅士风度,她认为适合我学。"

"我越看你越怪,什么时候还有闲情逸致学英语,知识即罪恶,明白吗?要不是你懂俄语,人家哪会批你的修正主义?要不是你看那些外国著作,而且动不动就引用,小将们也就不能打你个崇洋媚外了。"

"照你说,白痴最安全了。不,老廖,那对我来讲,还不如死去好呢!我认识一位老同志,解放前搞城市工作,被国民党抓起来,判了五年,坐在牢房里。感谢马克思,也不知以前哪位难友,留下一本列宁著的《帝国主义是资本主义的最高阶段》,别的难友都不感到兴趣,他整整啃了五年。老兄,你现在要去听听他的关于经济危机的报告,保管比那些照本宣科的政治课教员讲得精彩。给我讲讲被动语态吧,别惦着晚上的批斗会啦!"

他叹息着:"我实在没心思啊……"

"我弄不明白英语的被动语态和俄语的语法习惯有何不同?你是学过亨雷的《比较语言学》的,给我讲透彻些,被动语态在科技书籍里经常出现,我要搞通它。"

"搞通它到英国去读伊顿公学、哈罗公学?"老头子一脸苦笑,"不是那年纪了!"

"我才五十多岁,老廖,你也刚六十出头,怎么,今日悟道,明天就死久?亏你白有那么多学问了。"

"好好,我给你讲,被动语态是最简单不过的了,亨雷教授认为:每一个民族语言的形成过程中,总是会……"他讲着讲着又想起来:"老于,我们已经在一分厂、九分厂、一零一车间作了检查,接受了批判斗争。今天是锻压中心,哦,那些个哥儿们的手劲可是挺大的,敢扭断咱们脖子,真要命咧……"

"嗳,老廖,动词改为过去时态加上 be,可是我要问为什么?"

"为什么?为什么?你最好去请教萨克雷、狄更斯、笛福,或者萧伯纳去吧!哦,还有个四分厂,转业兵多;对啦,铸造中心的关不好过,那些模型工、翻砂工的火气可不小。"他转回来问捧着《英语初阶》的于而龙:"老于,咱们还有几处没有磕过头?"

于而龙见他掰着指头计数:"你不在算?"

"糟,搞乱了,重新算,一分厂、九分厂、一零一车间……"每提到一处,两个人心里就一咯噔,望着那些藐视他们的黄鼬,想着当初设计工厂时,厂区惟恐不大,车间惟恐不多,两个人有着无可名状的悲哀和悔恨。《聊斋志异》里有个故事:一个财主在地狱里,被狱卒灌着他生平暴敛钱财所熔化的铜汁。蒲松龄叹息着,生前惟恐其少,此时深恨其多,但那是自私贪婪的报应。"可我们究竟是为了什么呢?……"动力学家莫名其妙地问着自己。

廖思源怎么也算不清,尽管那是道最简单不过的加减题,关键就是恐惧,他并不羞于承认,连自杀都打算过的,还在乎这点丑么?"……是这样,当时我得了一种恐惧症,老伴大概也是如此,她顶不住,就先我而去了……"

也许总工程师最使于而龙喜欢的性格,就是坦率。

但是,到了阳光普照大地的时候,他却走了。

物以类聚,人以群分,一个热爱土地、热爱人民的知识分子,终究是要和符合历史总趋势的大多数站在一起,并且生死与共的。

甚至在那架载有廖思源的波音飞机,离开跑道,腾空而起的时候,这两代知识分子的影像,在于而龙脑海里同时交叉出现。一个飞到外国去了,一个留在了石湖,都是和党有过密切联系的知识分子,为什么会产生这样大的差异?不仅仅是个人的责任吧?但是,他还是向那愈来愈小的机影说:"廖总,你无论如何不该走的呀!"

郑老夫子却是死也不曾离开石湖……

一九四七年是石湖支队相当困难的一年,也是于而龙和芦花生死离别的一年。好容易打下的地盘,差不多重新落入敌人手里,日子很不好过,他们又过起流动转移打游击的战斗生活。已经派几起人去接郑老夫子,要他离开石湖,到老根据地去,或者到他认为可以藏身的地方去。但固执的近乎迂腐的老先生,拒绝了同志们的好意。最后,支队研究了一下,决定把他接到游击队里来,多派几个人照顾就是了。因为他和民主政府一直合作到今天,是很遭国民党嫉恨的,尤其是卷土重来的王经宇,肯定不会轻饶。于而龙亲自来到闸口劝说动员,由于部队撤出湖西,这一带越来越紧张了。

他执拗地晃头不同意:"无非一死,何足惧哉!"

"毫无必要的牺牲嘛,你老人家还可以为革命做许多事。"

"我不能给你们出力,反而添累赘,二龙,你别讲了,我是宁死也不从的。快走吧,敌人说来就来,太危险——"果然,教堂响起枪声,还乡团进了镇,他们占领着制高点,控制住钟楼,居高临下地射击着,吆喝着。

"出来,共产党,今天你跑不脱啦!"

"不投降国军,老子们就毙了你!"

跟于而龙一块来的通信员长生,正在船上等着,这时,被还乡团的火力隔断,也无法接应支队长了。

郑老夫子说:"你只手难敌双拳,何况他们人多,如今只有一个法子,好在天黑,你穿上我的大褂,我换上你的短打,他们不是叫出来吗!咱们一块往教堂走,到了钟楼下,你就贴墙根穿小巷出镇——"

"你怎么办?老夫子!"

他沉稳地笑着:"二龙,我已是垂暮入土之人啦,快走吧,该来不及了!"

"你老人家——"

"大丈夫要当机立断,不能以小失大,我在世上还能活几天?你往后的日子还长着呢!"他把他的长衫递给于而龙:"快,快换上,迟则生变!"老人严峻的目光,深含着剀切的情意,于而龙激动地抓住了他的手,怎么也不肯接那件衣服,老人激动地催促着:"二龙,你应该深明大义,好心肠有时倒会坏事,快点,就听我这多活几十岁,算是一个长辈的话吧!"

"滚出来!老子摔手榴弹了!"还乡团在钟楼上嚷着。

于而龙拉着郑老夫子,推开大门,走了出来,老人关照他:"走得慢些,天色还有点亮,别让他们看出马脚来。"

"把手举起来!"钟楼上命令着。

他们俩并肩往教堂走过去,那只是不多的几步路,因为房子几乎紧挨着教堂,郑老夫子就在那十几米长的小巷里,向于而龙倾诉了一位知识分子最后的话："二龙,自打跟你们在一块共事,是我这一辈子最痛快的几年,就是闭眼,也不枉此一生了。现在,你该快步走过去了,贴着墙根,他们看不见的。放心吧,二龙,士为知己者死,我不会辱没我自己,也不会辜负共产党的!"他不容于而龙犹豫,竟放下手推了一把,"快走,多保重吧,孩子……"

老夫子当夜落入了王经宇手中,石湖支队还来不及采取措施营救,第二天,就传来了他和其他五个基本群众一块被屠杀了的消息。

曾经预言老秀才最终必将离开石湖的王纬宇,听到老人壮烈牺牲的详细情况以后,装哑了,再也不做声。他还有什么可说的呢？早在两年前,还是赵亮头悬西门的时候,王纬宇就结结实实挨过一记响亮的耳光。

其实老夫子并无意给他这个教训,"物以类聚,人以群分"这句话,虽是临死时才说出来,但肯定是早产生这个想法了,所以对王纬宇不怎么亲热,采取敬而远之的态度。

老先生为赵亮的不幸惨死,找政府来了,老泪纵横地对大家说:"烈士的头颅还在城门上挂着,不能收殓,不能掩埋,我们活着的人,怎么能心安哪？想办法,各位,别坐在这里发愣啦!"

大伙儿拿不出个准主意。

老夫子急了:"你们还指望着唇枪舌剑,说得鬼子汉奸发善心吗？"

在场的王纬宇觉得脸上挂不住了,因为责成他和他哥谈判营救的,便反驳着老人:"事情不像你老夫子想得那么容易,你以为是摇笔杆做祭文,坐在那里胡诌几句就行了？"

但是老夫子悼念赵亮的祭文,使许多战士、乡亲,尤其是老一点的同志都感动得哭了。他不是用文言文,而是用大家能听懂的半文不白的语言写的,连鲁迅说过的,"革命岂有被人头挂退"的名言都引用了。他说:"这也是我为赵亮政委,能尽到最大力量的一点心意了。"

王纬宇火了:"听这口气,赵亮同志的牺牲,是我的责任,或者说,是我蓄意谋害他的了。"

"你这个人——"于而龙止住他。

老秀才讲:"我并非那个意思,你也不用朝那些地方想,反正,我早先是寄希望于你和令兄的谈判上。如今,人头还在挂着,大家还等着靠嘴巴去打仗吗?我不晓得你们手里的枪,是做什么用的。哀兵必胜,这是古人早讲过的。"

终于组织了一次突袭,于而龙正面带着部队去夺西门,芦花领人混进县城,负责策应和牵制,才把政委的头颅从城门上抢到手。回来的路上,与沿途警戒的王纬宇碰上头,三支人马一块到了三王庄。船一靠码头,最先看见的,是那位穿得周周正正,虔诚守候着的老先生。哦!大家都明白,只有在最隆重庄严的时刻,老夫子才这样一丝不苟地穿戴的。

王纬宇轻轻哼了一声:"又该献出那篇祭文,他的最大心意了。"

于而龙瞪了他一眼:"不要那样看人。"

他撇撇嘴:"说说空话再容易不过的了。"

但是,王纬宇绝对料想不到,亲手接过赵亮遗骸的老秀才,领着人们朝岸上走去,来到三王庄湖滨大街,一口黑漆光亮,擦拭得干干净净的棺材,停放在街心,鲜明地映入了人们的眼里。

王纬宇吃一惊地陡然站住,正是郑老夫子的心爱之物,不知油漆了多少遍的寿材啊!"不可能!"他心里想,"绝不可能,他哪会舍得?"王纬宇不相信,然而却是活生生的现实,看得真真切切,是那口费了二十年心血,甚至早死的王敬堂都羡慕的柏木十三元棺材,他的脸刷的全白了。即使真的在大庭广众之下,给他一巴掌,也比这种无言的惩罚要轻松些,因为并不是个别人听过他的议论:"要不是那口寿材,用绳子也拴他不住,早到南京或者重庆去了。"这时候,他还有什么好说的呢!

老人家打开棺材盖,把这位播火者仅有的遗骸,放进去;同时,还把赵亮总裹在薄薄行李卷里的一双布鞋,那是他妻子在红军离开江西苏区时做好给他的,一直没舍得穿,如今,也放在棺材里和他永远在一起了。

也许他妻子在给他这双鞋时,盼望着他能穿着这双鞋回去,也许还在油灯下等待,也许能在梦中相见,但是她的丈夫,从此一步不离地留在石湖了。

"老人家,你——"芦花望着这位令人钦敬的老夫子。

老先生懂得她的意思,他说:"应该的,他是一个为国为民的好人,是理所当然的……"然后,合拢了棺盖,他后退一步,向终于回到同志们和乡亲们中间的一位红军战士,深深地鞠了个躬。

现在,三十多年过去了,王纬宇在谈论另外一位老夫子的时候,口气就相当缓和,不再讲得那么绝对,而且尽可能不流露辛辣的嘲弄。于而龙明白,并不是怕抬出棺材来而弄到下不了台,也不是他对飞广州去的廖思源产生什么好感,很清楚,是由于天气的缘故。

现在,王纬宇亟待照料的事情太多了,包括那位总受夫人支配摆布的老徐在内,都需要适应冬天过后,已经来临了的春天气候,虽然寒意未消,但也开始红杏枝头,春风一线,早晚有大地春回、万紫千红的那天,所以,他们都在考虑换季的问题。适者生存嘛!这是达尔文学说的精华,何况他们这些政治上的候鸟呢?更要寻找或者创造最适宜他们生存的条件了。

王纬宇说:"走了,廖总终于走了,可惜!"

于而龙对于最近常来串门的,这位兴致极高,一坐聊个没完的客人,并不太感兴趣。

"走了好!"王纬宇绝不是幸灾乐祸,而是十分同情地加了一句。

"为什么走了好?你倒说说看。"

"彼此心安,何况他早早晚晚总得走。"

"他本来不至于出此下策。"

"怪我吗?听你的口气!"

"岂敢怪你革委会主任,怪我自己。"

"怪你?"

"自然,我太无能了。"想起那天"将军"委托他去送廖思源的话,于而龙内疚地说。

王纬宇望着楼道里、走廊里,以至书房里都堆放着的书籍什物说:"真是物在人亡了。"

"三十年后,你有资格嘲笑了。"

王纬宇已经忘了他哥杀害的老秀才了,哦哦了好一阵,才在被近来繁忙的社交活动,搞得一塌糊涂的脑子里,想起那始终和共产党同心同德的老学究:"哦……那位老先生至死也留在了石湖的,这一点,倒是叫人钦佩。我想:可能秀才先生是圣人教诲出来的,而总工程师则是喝洋墨水成功的,所以,注定他们结局之不同吧!"

"不存在脱离社会的人,我不能预测秀才先生活到今天,还能不能和我们同生共死!难道廖总认为西方是极乐世界,才向往而去的吗?他在外国削过土豆皮,知道那里不完全是天堂。假如他不是为了国家、民族,和千疮百孔的土地,也不必二十五年前回来,早知如此,何必当初。"

"该到了吧?"

"还在广州。"

"怎么回事?"

"等他女儿——"

"哦,看来,廖总也许早就有了外心。"

于而龙有点生气了:"不要把人想得那样坏!"

"不过,也用不着把人想得那样好。"他站起来要走了,又是老规矩,迈门槛告别的时候,才谈正题,"你要求回石湖探亲休息一阵的报告,老徐批了,请你暂缓,如何?"

"为什么?"

"因为我要出国,老徐让你早一点到厂里上班呢!"然后以遗憾的腔调说:"可惜廖总走了,要不,又可以唱'三岔口'了。真是'黄鹤一去不复返,此地空余黄鹤楼',这位知识分子也太不给阁下留脸啦!"

他没有被激怒,因为王纬宇要出国这件事,似乎使他回到当年最后攻克县城那一仗,正是由于抓住了国民党主力部队调防的空隙那样,一个再好不过的战机出现在眼前。王纬宇前脚刚走,马上给周浩打电话。

听筒里传来熟悉的声音:"二龙,你在干什么?"

"我打算回石湖去,跟你说过的。"

"听说好像不太同意,是吗?"

"你呐,'将军'?"

"非走不可吗?"

"而且马上——"他急切地说。

"那怎么办呢？……也许你还从来没开过小差吧？"周浩笑了，"就看你有没有胆子，如果你认为那样做是十分值得的话——"

"我明白了！"

"不过，在你走之前，我得给你一项新任务，希望不耽误你的行程！"

"什么事？"

"二龙，你还记得若干年前，我曾经给你打过这样一个电话？'二龙，你洗涮洗涮，换身干净衣服，去接一位客人。'这印象还有么？"

"记得，怎么回事？难道老廖他——"

"对了，他决定不走了，马上回来，跟我们一块接着干！"周浩估计于而龙准会发出惊讶的反应，但奇怪的是听筒里喑哑着，长时间的沉默着，"二龙，二龙，你怎么啦……"

于而龙在想：黄鹤一去不复返，可中国的知识分子，最终是和这块土地分不开的……

廖思源决定回来了。

如果仅仅是为了结束自己的残生，那又何必远涉重洋，死在异国他乡呢？在飞机上，他给自己提出了这个问题。起飞后最初的紊乱和喧闹，终于渐渐地阒静下来，长时间的百无聊赖的飞行，除了打瞌睡，或凭窗俯瞰以外，也只有陷入沉思里去。但到了他这样年岁上，瞌睡就不多了；疲倦是青年的一种幸福，他们有着饱满的精力，干起来拼命地干，玩起来拼命地玩，所以困起来也没命地困。现在他既没有力气去从事大运动量的消耗，也就得不到那种疲劳后令人心醉的休息。只好让思路在脑际萦绕着，然后他又无法给自己找个答案。

要是扭过头看看祖国山河,或许能分散注意力,但是他敢看吗?因为看上这一眼以后,再也见不到的话,倒宁可不看为妙,何苦再加深那种生离死别的难受之情,给自己过不去?

看起来,他给自己总结出来了,既然还有如此浓重的乡土感、故国感,那种结束残生的概念渐渐淡了,尤其那个一辈子为之追求探索的动力理论,以生命去浇灌倾注的科学研究;那些个公式,那些个符号,那些个在电子计算机里跳蹦出来的结果,又回到他脑海里来以后,刚才那个古怪的关于死的问题,给挤到一边去了。特别是手心里那把机场上抓来的沙土,像酵母一样,使那些公式符号,像大力士似的膨胀起来,硬把那个得不到答案的问题,给轰了出去。

那瓶敌敌畏,他想起来了,当他从优待室放出来,回到了空荡荡、孤零零的家后,那个夜晚,他至少不下三次,把那二角七分钱从药房买来的敌敌畏,抓在手里,希望就此结束自己的生命。好像也是这些公式符号,驱走了死的念头,他终于把药瓶放下,抽出纸来,埋头演算,直到于而龙大惊小怪进屋时为止。

"我听菱菱说,你买了瓶敌敌畏,敢情是真事?"

"不错,不就在这桌上放着吗!"

"你要搞什么名堂,老廖?"他声严色厉地问。

"这屋好久不住人了,有些蚊子和小虫——"

"胡说!我警告你,干这种勾当是一种懦夫的行为!"

"怕我自杀?那还是需要一点勇气的,不信你试试看!"

"我才不试呢!宁可去杀人,也决不自杀,这是四十年前一个共产党员说的。"说着,把那瓶敌敌畏生气地抓起来,推开窗户,摔到楼下去,"看你这份出息,亏你还是个有学问的人,竟婆婆妈妈地想寻短见,我都替你害羞,五六十岁,白活了。跟他们干,干到底!

他们有句话我看说得好,叫做'人还在,心不死',咱们不能就此罢休!"

"放心吧!老于,我决不会死!"

然而现在,他却要到外国去等死。

他手心里的沙土使他不安宁了,终于克制不住自己,偏过头去,看一看窗外的景色,可是遗憾,等到他想看的时候,飞机正钻入了云层里,烟雾缭绕,什么也看不真切。但是广袤宽阔的国土,倒使他觉得王爷坟也好,实验场也好,终归是渺小的一个局部,简直等于一篇文章里的一个逗号。他想:太计较个人的成败得失,或许是知识分子的天生的弱点,即使实验场死了,王爷坟那个工厂垮了,整个民族,整个国家,以至这无边无垠的土地就会沉沦下去吗?

不会的,永远不会的。还有党,他曾经举手宣誓时的那个党,正是这只手,捏着那沙土不放。哦,那些憧憬,幻想,真理,信仰,和公式,符号充塞在脑子里,使他天旋地转起来,于是把那把沙土握得更紧。也许这正是知识分子的命运,沙土是祖国的象征呀!

中国的知识分子,怎么能离开自己的土地呢?他想起一位诗人写过的:如果我要死一千次,也要死在祖国的怀抱里。但是,他,却像一个开小差的战士一样,偷偷地溜走了,没有别的什么理由,只是因为害怕看见战场上的尸体。

飞机降落了,他最后走下舷梯,以为不会有人来接他的,便慢悠悠朝出口处荡去,谁知偏有三个人等在那里,他几乎认不出来了,即使亲亲热热叫着"廖老师",接过他的提包,扶着他走出机场的时候,也未能想起。他们正是二十五年前,在王爷坟那洼地里第一批他负责进修讲课的高足啊!后来都成了专家、总工程师,或者技术厂长了。

"老天爷,你们都老成这个样子?"

"老师倒觉得自己年轻吧？其实和孔乙己也差不多了！"

"是这样,看到你们,可以想象我自己。"廖思源笑了,然后问道,"哎,谁告诉你们接我的?"

"部里周浩同志!"

"'将军'?"他怅惘地朝北方的天空望了一会儿,才钻进了接他的汽车。

这些学生们的命运,和他几乎一模一样,好像一副拷贝的翻版,都差不多脱了层皮似的,从专政棍棒下逃出条命来。这三位高足啊!廖思源叹息着,一位被打断胫骨,没有得到很好治疗,以致落下了残疾,走路一拐一瘸;一位耳朵里灌进很多蓝墨水,现在严重失聪,不得不靠助听器;那第三位身体倒完好无损,只是爱人离了婚,如今,她很想和好回来,他也是旧情难忘,但她已经又同别人结婚并且生了孩子,这该怎么办呢？

廖思源在学术上是他们的老师,过去是、现在是,甚至将来也是。至于处理烦恼的生活,这位老师就不成其为老师了。要谈到对于生活的信心,对于理想的追求,对于明天的向往,廖思源倒是他学生的学生,因为无论他们三位中的哪一个,都没有想走的意思,而是和于而龙一样,要留在这里继续干下去。虽然他们的伤痕、苦痛、不幸并不比他少,但好像并不曾被那些沉重的负担而压得抬不起头。

廖思源有点茫然了。

他不得不思考,斗争,当他从狭小的思想境界跳出来,就觉得那三位弟子的殡仪馆式的送葬面孔,倒是个讽刺。那些个公式符号拉住他,那曾经是手心握过的沙土拉住他,所以当他在站台上,看到他女儿的第一眼时——多么像二十五年前一块回国的廖师母呵!他没头没尾地问了一句:

"孩子,你会骑马吗?"
…………
"听明白了吗,二龙?"周浩在电话里问。
"是的,他到底回来了,像那位老夫子一样,最终也是把一腔热血倾泻在石湖的。"他在心里念叨着。
"怎么,你哑巴了吗?我打发陈剀明天坐飞机到广州去。你看你——"
"我叫菱菱代表我去,行不行?"他回答着"将军"。
"陈剀的飞机票钱,可是我自己掏腰包哦!"
"放心,菱菱的飞机票我们老两口付款。"
于菱骑上那辆改装摩托不成的破自行车,去民航营业所买票去了,他二话也没有说,因为廖思源曾经是他和柳娟爱情上的惟一精神支柱。

——回来吧!廖总,到底还是回来了,虽然有些出乎意料之外,但细想还是在情理之中。因为不管是小米干饭喂养出来的,不管是吃面包牛奶学成功的,只要是中国土地上生长的知识分子,这块土地总是要更适宜一些,他的心总是离不开这块母亲似的土地。

——回来吧!廖总,在王爷坟齐心合力,从头开始吧!把失去的一切,重新捡起来。不错,还会有各式各样的鞭子,在人们脸前挥舞,但是,精神枷锁一旦摆脱,鞭子也不过是道士的符箓,和尚的经文,弄神弄鬼的急急如律令一样,已经在慢慢地失去效力了。

——回来吧!廖总,历史的总趋势是不可逆转的,如果再给十年时间,不,哪怕五年也好,让那颗皇冠上的宝石,再度在王爷坟熠熠发光,那就永不熄灭了。任何符合历史潮流的事物,只要屹立起来,强大的生命力也就表现出来。

就在那天晚间,于而龙给部党组写了份报告,正式表达了他要回到工厂里去的愿望。以前,管干部的党组副书记,奉上一级老徐的命令来征求过他的意见,要他回工厂去,现在,这颗跃跃欲试的心,更按捺不住了。

"你在写什么?写了扯,扯了又写?"谢若萍正在为于菱明天去广州接廖总做些准备。

于而龙了解她的主导思想,便说:"你不赞成的事情。"

"嗐,廖总回来,你的心更活了。"

"支持我吧!若萍!"他把报告叠好交给了她。

"唉……"她深深地叹了口气,"谁让我是你的妻子呢?"她知道,最后还是拗不过他。

"明天你顺便发走。"

"寄给谁?'将军',还是小农他爸?"

他斟酌一下:"按正常途径,给部党组。"

"估计他们怎么答复你?"

"关键是王纬宇——"

"他怎么?"

"我要赶走他,如果想把厂子搞好的话。"

看来,他自嘲地想:经过四十年的交往,才算清醒地认识到王纬宇不是一条船上的人,不可能合用一根扁担去抬水喝。"难能可贵,难能可贵……"他恭维自己:"于而龙同志,你总算有了一点进步。"说着,他写了个信封,把信装进去,贴上了一个四分邮票。

——回来吧!廖总,生活的河流总是滚滚向前,而且也不会倒流,但是,有些时候会产生挫折,有些迂回,甚至在个别地方,和局部环节上要倒退一些,那也无关宏旨。春天已经来了,它就不会再退回到冬天里去。

看,昨天还是满湖风浪,现在,一池春水。他站在这河湖夹角的半岛上，不由得想起这里曾经有一座形象丑陋的碉堡，是那么不可一世地蹲在湖边，威风凛凛。后来，不就是他领着支队战士和陈庄老百姓，扒掉了这座庞然大物吗？现在连一点残迹都找不到了。

这，大概就是不可抗拒的历史辩证法。

在目光所及的湖面上，出现了那艘蓝白相间的游艇，在水上飞也似的驶了过来，溅起的水花和波浪，像两条白尼龙纱绸簇拥着这艘石湖骄子，从他面前风驰电掣地掠过。他看到船舱里，坐着那位胖乎乎的当年的事务长，也许由于他的到来，使得县委书记格外地忙碌了。

由于他站在这个尖岬上，太引人注目了，那条游艇在湖上拐了一个大弯，车转头朝他开来，只见王惠平从舷窗里探出身来，向他招呼："老队长，今天晚上，望海楼！"

他还来不及表态，游艇九十度急拐着又飞走了。

王惠平连忙调过脸来，朝他喊着："我现在去接一位贵客……"下文听不清楚了，因为轰鸣的马达声压倒了一切，很快，那艘游艇在视线里消失了。

贵客？谁？难道是……

他的心弦耆拉一下紧绷起来，如果真是那样的话，倒有一场好戏看了。

候鸟，终于出现在石湖上空了。

对猎人来讲，也是该厉兵秣马，准备逐鹿的时节来到了。

四

冤家路窄，于菱去民航营业所买飞机票的路上，偏碰上了高歌。而且,他也想不到,手里捏着的那张飞往广州去的票,恰巧是高歌替王纬宇退的,革委会主任在最后一天,终于决定放弃这次出国考察的美差。但是,忙得七荤八素的于菱,竟认不出这个似曾相识的青年人是谁。

不过,于菱实在没工夫认,他现在倒羡慕去年那种囚徒生活。在牢狱中,在边疆时,无需费什么脑筋,思维简单到只有一个概念,不到十个月的日子里,只想着四个字"活着,出去"。现在,不灵了,广场方砖上的血,唤醒他那原来甚为朦胧的意识,能不思考吗?能不探索吗?一个社会主义的国家,一个马列主义的政党,竟会被几个蟊贼搅了个昏天黑地,差点闹得国家破亡,民族沉沦,而且还不是短时期的猖獗,整整忍受了三千六百个日日夜夜。有多少问题在他脑海里盘桓,寻求真知,又需要经历多么艰难的过程呵!

但是对面那个年轻人,也没能马上认出于菱来,反正觉得有点眼熟,就失神地站住了。放纵的夜生活,饮酒,打牌,女色,使得"红角"革命家失去了原来的精锐之气。现在,他脸上的惟一特点,是那双塌陷下去的眼眶,和一对失神的眸子,所有在赌场输光口袋里最后一个铜子的赌客,都会有这种充满血丝的结膜,和显得混浊的玻璃体,而变成一副令人望而生厌的样子。

其实,在黑魆魆的小胡同里,于菱,比较粗心的,总不及格的大学生,是不会看得那么仔细的。但是,由于近十年来,一直以车代步的高歌,竟然忘了行人应该躲避车辆的简单道理,直撅撅地挡住了于菱的去路,这才使他想起这个拦路虎,好像在哪儿见过面?

谁?

倘若不经过那十个月的磨炼,于菱也许不介怀地朝这个陌生的熟人,打个招呼,但如今,他的心要冷酷得多,别人不伸出手,他决不上前一步。胡同本来不宽敞,绕也绕不开,只好按了一下车铃,警告对方躲开。

哦,他先认出了于菱:"你——"

于菱轰的一下,仿佛踩在地雷上一样——啊!两眼冒出火来,原谅他是个有血有肉的人吧!一个男子汉(如果他确实是条汉子的话),对于曾经欺侮、凌辱、调戏或者诬陷过自己心上人的死敌,是无法心平气和,保持那种高雅的绅士风度的。他跳下自行车,一把抓住对方的脖领,刹那间,柳娟愤恨的脸色,几乎同时出现在两个人的记忆里,说实在的,无论对于他们两个人中的任何一个,都不是愉快的。

啊!七月流火,那难忘的一天呵……

据说,有些动物对于地震前兆,会产生某种预感,常常在地震发生以前,表现出惊慌失措,躁动不安,心神烦乱的状态,至今科学家也无法解释。

那一天,高歌早早地醒来了,一看表,才七点半,妈的,他骂了一声,无论如何也睡不着了。打完最后一个八圈,他做了一副满贯,已经是清晨四点钟了。只睡了三个钟头,就再也合不上眼皮,岂非咄咄怪事?自从他父亲,那位一辈子谨慎小心的汽车司机,抱着忐忑不宁的心情,离开这个世界之后,高歌搬进新居,很少在九点钟以前醒过。可今天,才七点半,就在原来是专家招待所的高级房间里,辗转反侧,无法成寐了。

其实昨天夜里的麻将,他本无意打,无奈那位卷毛青鬃马,贵贱缠住他不放。按说,那是过去的情谊了,然而她也忒多情些,自认为是高歌明媒正娶、合理合法的原配夫人。因为要不是她,冲上那七千吨水压机,给了下不了台的于而龙一记耳光,打得高围墙里的"独裁者"威风扫地,整个局面是无法改观的。她还当着数千人,强迫于而龙当场跪下向群众赎罪，可是，于而龙不是醋里泡过的，要他屈膝却不那么容易，气得她满头卷毛都直竖起来。不过，她的这一巴掌，是有功的，从此扭转乾坤，高歌得以正式登上舞台。也许为了感激她，高歌就和她产生了这种称之为介乎恋爱与结婚之间的过渡关系。

那时候，还在马棚住宅区住着，老高师傅活在人世，曾经向他儿子，向可能是他儿媳的这个女人，不，名义上还是姑娘，跪下来哀求过："你们可不要去难为好人，作践好人，那可是罪过，老天爷不是不长眼的。"

"什么是好人？谁是好人？现在中国成了洪洞县，连自己是好是坏都闹不清。"

"别人我不敢打保票，我给于厂长开了那么多年车，他可是一心扑在群众身上，一心扑在厂子里的呀！我在世上活不多久了，你们让我顺顺当当咽下这口气吧，我求求你们，他们谁愿意闹谁就闹去，你们别跟着折腾啦！"

高歌对他父亲的奴性感到气愤和羞愧。而卷毛青鬃马戴着碗大的纪念章，金光闪闪，对半身不遂的老人，挣扎着跪在他们面前，非但毫无半点怜惜之心，反而圆瞪着眼，气呼呼地说："看像个什么样子，神经透了，求爱一样地跪着，要不是纪念章挡着，差点碰上我奶子。高歌，管管你老子吧！"

不久，老高师傅含恨离开人世，他咽气的时候，他儿子正率领着人马，在市里初试锋芒，大打出手呢！

要不是王老，(哦！那真是有远见的人呵！)高歌和卷毛青鬃马也许过渡完了，该登记了，那后来也无法起飞了。王纬宇劝他："良禽择木而栖，小高，假如将来有一天，你满身朱紫，身居要职，愿意身边有一位粗俗不堪的太太吗？"

果然,高歌随着地位的提高,身份的改变,眼界和欣赏口味也不同往昔了。围绕着他的女性当中,最不济的,也比那位卷毛强得多。她,已经失去吸引力了,虽然她觉得自己是正宫娘娘。

　　可她来了,穿着一件近乎透明,而领圈开得太大的半袖衫,像一贴膏药似的粘着不肯走,高歌便招呼几位小兄弟搓麻将,那本是例会,一般打到深夜,也就拉倒的。但一来高歌手顺,连和满贯,不肯罢手;二来借此挡车,使那位紧贴在身旁热乎乎的女性滚蛋。所以一个四圈,接着一个四圈,打到四点多。也许他太集中精神做清一色了,不知什么时候,那个抹得香喷喷的女人走了,大家哈哈一笑散去。

　　高歌想起床,头昏昏沉沉,躺在那儿,又浑身不自在,心里憋着一股劲,真想嗷嗷地叫两嗓子,才能轻快似的。怎么回事,他也茫然了,过了一会儿,他似乎明白了,应该成家了,总这样打游击,过水浮云,实在不是长远之计。王老又给他敲警钟了,(哦,真是一个了不得的人!)"老弟,不要搞昏了头,你跟那三四个货色搞的什么名堂,争风吃醋,女人是什么事都干得出来的,你犯不上为她们身败名裂,要出了情杀案,就有你的热闹可瞧了。"

　　——都给我滚,这帮骚货,这帮破鞋,我需要真正的爱情,她们根本不是爱我这个人,是爱我的地位,我的职务,我的汽车,我的权势。妈的,只要我一旦失去那些身外之物,她们也会马上卷铺盖滚蛋的……

　　高歌突然想起前几天,在一次招待外宾的歌舞晚会上,他在舞台上那一群水乡姑娘的行列里,在那个领舞者的脸上,看到了熟悉的,然而却是引起酸性反应的面容。哦,那对魅人的眼睛,真是目光如水,顾盼多情,他多么想借邻座的观剧镜仔细地看上一眼呀!

　　是她,是柳娟,她那曼曼起舞的美姿,像一首玲珑剔透的诗,灵活轻软的腰肢,优雅婉约的体态,本身就是一支动人的旋律,舞蹈是以一种形体美来征服人的。而柳娟,则又加上她那磁铁般吸引人的眼睛,那时候,他觉得舞蹈编导太不懂得观众心理,应该让她在舞台上多停留一会儿,然而,她飘飘欲仙地隐去了……

是她,一点也不错,是那个在学校宣传队钟情过他的柳娟。他敢发誓,那阵儿,现在扭住自己脖领的于菱,只不过是个跟着瞎胡闹的傻小子罢了,压根儿就不是他的竞争对手。于菱唱起歌来跑调,演戏只能跑龙套,弹吉他连音都定不准。可是,一朵鲜花插在牛粪上,那个劳动教养的现行反革命分子,远在沙漠那边,永无翻身出头之日,据说,柳娟矢志等着他。"唉!为什么我得不到那样真挚的爱情呢……"

哦!乱透了,在床上翻来覆去,心里像一团麻,那种已经好久不出现的不安心理,又如吃多了甜腻食品,往上泛酸水似的涌上来。自从他冲杀出"红角",头角峥嵘以后,总有好几年的工夫,被这种时隐时现的不安心理困扰着。怎么形容呢?很有点类似范进中举后,搬进新居,他那可怜的妈,怎么也不相信屋里的一切是属于她的。他,一个三级磨工,也是很久很久以后,才习惯把自己看成一厂之主。可是,奇怪的是到了公元一九七六年的七月二十九日,这种真正的主人翁感还像空中楼阁一样,竟认为这座庞大工厂的所有者是于而龙,太可笑,也太反常了。过去,为了矫正自己的僭夺者感情,只好以亡命徒的思想来抵偿。今朝有酒今朝醉,得乐一天,且乐一天,狂饮暴赌玩女人,什么都学会而且精通了。后来,大概认为江山坐稳了,谁知经过四个月前广场上的大较量以后,他那好几年都不曾出现过的不安心理,又频频地发作了。试图用许多报纸上的革命理论来镇定自己,不灵,那些狗屁文章,恐怕作者自己都不相信,纯粹是白昼梦呓,怎么能给高歌一点安慰和信心呢?

于是,他萌出一个念头,要是把那个舞蹈演员弄到手,也许能填充自己心灵中的空虚吧?——唉!其实何止心灵,空虚的地方多着咧……

她多美啊,简直是个迷人的精灵,他在席梦思上翻来滚去。人的本能,凡是越是难以弄到手的东西,越是要想方设法地攫取,那个穿着半腿裤的水乡姑娘,怎么也在脑海里推不开了。

剥啄一声,有人轻轻地敲他卧室的门。

"谁?"

笃、笃——笃!

糟糕,两短一长,是卷毛青鬃马的暗号。妈的,不要脸的狗皮膏药到底饶不了自己。但是又不能不放她进屋,因为她声称有些要紧的情报,必须马上告诉他。

"真会找借口,臭妖精。"

但妖精千真万确是来向他报告的:第一,于而龙钓鱼打猎的距离愈来愈远,昨天,竟有人开车来接他。"是周浩吧?"高歌问着这位确实像一匹洋马似的动态组长。"不是,是部队的汽车,白牌,不知搞什么秘密串联去了?我们开吉普盯了一阵,没咬住。"

"还有吗?"

"第二,于而龙的女儿,那个披着长头发的美人,和一个挂着拐棍的老头子,在广场马克思像跟前站了半天,假装站在那儿看画像,不知等谁?"

"妈的,人还在,心不死啊,这都是新动向啊!"

尽管那样说,高歌心里那股烦躁不宁的情绪有增无减,对她那薄尼龙短袖衫里的一切,竟半点不感兴趣。

她说:"倒不如那回在电工室里,一不做,二不休,索性把于而龙给打发了。"

"真后悔没听王老的话,'给我狠狠地打!'那是什么意思,还得承认,姜是老的辣,人家早料到这一天,打蛇不死反遭咬。唉,再说那时哥儿们也不心齐,你打重,他打轻;你打东,他打西,这里下手狠点,那里要讲政策,妈的,毁就毁在窝里哄。我心里烦死了,天怎么这么闷,要于而龙现在落到电工室里,就怕——"

她嗤地一笑:"高歌,怕你也咬不了卵!"

一个女人竟然粗俗村野到如此田地,真可怕。他又想起那个袅袅婷婷,翩翩跹跹的柳娟,在追光下裕如雍容,柔曼轻盈的神态,相比之下,这位情报部长就令人倒胃口了。

"也许于而龙打算第三次爬起来?"

高歌说:"那就第三次把他打倒。"

"要是打不倒呢?亲爱的。"

"那,他不倒,也许就是我倒。"

她乜斜着眼扑上来:"你不已经倒了吗!"

像触动了他的痒处似的,他把这个女人紧紧搂住,两个人在床上滚着。但是卷毛青鬃马却在耳边,听见高歌在喃喃地念着一个陌生的名字,她怔住了,从他怀抱里挣脱出来。

"小高,你在说些什么?"

"我什么也没说呀!"

"谁是娟娟,你告诉我!"

"你就是娟娟,你就是——"他扑上去,眼睛里露出一股兽性的欲念。

许多地震观测者所看到动物在震前的异常表现,都可以归纳到一种末日来临感的特殊状态上,因而形成种种颠倒、错乱、反常,和魂不守舍的举止上来。那一天,高歌确实神经出了问题,从早上开始,本应睡得香香的,偏偏老早醒来。使他得到发泄的肉体,忽然感到恶心慌不迭地躲开。爬起来,坐着汽车,直驰厂区,看他的脱产文艺宣传队排练那"就是好,就是好"的声部轮唱,使他无端地发起火,大骂编这种没理搅理,耍无赖歌词的家伙,不是个白痴也是个混蛋。因为是他嘴里出来的话,民兵们也无可奈何,换个别人,轻则学习班,重则专政队,要收拾的。所以重新回到食堂卖饭票的小狄说:"看起来今后普希金,或者莱蒙托夫,大概还是需要的,总是'就是好,就是好',诗人还有什么用场呢?"

其实,小狄也是犯傻,诗人总会找到讴歌的对象,哪怕是广场上制造血海的棍棒,尽管那时并不付给稿酬。

然后,高歌又驱车到部里,在运动办公室见了王纬宇,把闲杂人等都支出去后,他啰里啰唆地说了半天。王纬宇还是莫名其妙:"小高,你的思路相当相当紊乱,首先,你得明确一点,于菱在被抓前已经送进大学,跟厂子毫无牵连啦!"

"不,我们派人上大学,是为了管大学,既然于菱没有管好,反而被人家管了,我们就有权收回这个人,该打该罚是厂子的事。现在这样处理,能对得起一国之母吗?"

"我弄不懂,小高,刚才你的意思,从路线斗争角度上分析,对明目张胆,丑化攻击首长的现行反革命分子,未能绳之以法,处理过轻,有意见,这种革命义愤,保卫首长的热忱,可以理解。可你偏要把对他的处置权抓到自己手里,工厂也没有毙人的权力,能拿于而龙的儿子怎么办?你能不能逻辑性强些,今天怎么啦?简直语无伦次!"

他忽然想起他的卧室门钥匙,还在锁孔里插着。糟啦!倘若谁要拧门进去,发现床上躺着一个脱得光光的女人,又该当故事传开啦!他赶紧拨卧室里的电话号码,铃声响了一会儿,无人来接,谢天谢地,他松了一口气,那个不要脸的骚货走了。

他和王纬宇怎么说得既清晰明确,而又含而不露呢!虽然和王老已经到了无话不谈的地步,但要赤裸裸地说出心里的话,还有点难以启口。他的真心本意是:要柳娟能答应我,作为交换条件,可以把于菱保释;要拒绝的话,那就给他来个罪上加罪,永无生还之理。但说出口来却是:"按我和于菱的私人关系,我应该帮忙,使他早一点回来,有什么罪过,也允许留在厂里监督劳动;可是从大是大非上衡量,胆敢攻击那样一位中央领导人,他的矛头实际指向谁,不言自明,所以又觉得便宜了他小子。"

王纬宇是何等聪明的角色,对方一张嘴,就能看出肚肠里装的什么名堂,看他满脸晦气,一脑门官司的样子,心里盘算着老徐的至理名言:这些暴发户们绝不是成事之材,既无创业的宏图大略,又无守成的雄心壮志,他们走上自我毁灭的道路,要比预料的还要快些。难道不是如此么?高歌的精神早就开始衰朽了,现在恐怕连抄那几万字学习心得的劲头都不会再有了。

他问高歌:"打开窗户说亮话,是不是因为还存在着一个第三者的缘故?"

"我不明白王老你话里的涵义。"

"你所以希望控制住于菱的生死,正是为了那个第三者,对不?"

高歌讲:"在更大程度上,是对付咱们共同的朋友,于而龙,现在,他活动频繁得很呢!"

"我从来不以感情代替政策。"

年轻人嘿嘿一笑:"王老,你总是说一些永远正确的话。"

"我劝你对那个第三者死心。"

"王老,请你不要误会,我如今对于女人,已经很反感,很讨厌。"

"哦,什么时候成了尼采啦?"

高歌不懂尼采是什么人,但又不愿露怯,便闪避开去,径直地说:"这是一项战略措施。"

王纬宇笑了,他非常理解,所有从事卑鄙龌龊勾当的家伙,总要寻找一些冠冕堂皇的借口。便说:"算了,谈实质问题吧!"

高歌当然也掌握住王纬宇精神上的弱点,只要于而龙不进八宝山,就是他的障碍,他的威胁,他的势不两立的对头。"十年前,不能从肉体上予以消灭,十年后,也必须在精神上把他彻底打垮,要不然,坩埚事件还会重演的。"

"啊!小高,十年前,你错过了良机,现在想跟他搞精神战,不是我小看你,你把自己乘以十,乘以一百,也不是于而龙的对手。想在精神上把他搞垮,小高,你肚子里的真才实学还少一些。历史上有一些文化落后的民族,凭一时野蛮征服了文化较发达的民族,到头来,征服者变成被征服者,最后连自己的民族都消融在早先的战败者手里。你以为杀了他的儿子,夺了他的儿媳,于而龙就会服软认输,你比大久保如何?"

"那你未免太长他人志气,我们一个有利因素,是注定要始终在路线斗争中占上风,无论老家伙多能耐,最高支持我们,也需要我们。"

"哈哈,很好,你能有充足的信心,那倒不妨试一试,沙漠那边,我倒有点板眼,可以按我们的意志要求办。"

"我来找你的目的就在这里,王老,你是个法力无边的人。"

"可是那位舞蹈演员,我怀疑你——"

难道他王纬宇不也有一种嫉恨的感情么?每逢二四六的傍晚,只要电讯大楼敲过六点,那个娉娉婷婷的姑娘,准会出现在部大院,朝于而龙家的楼栋走去。

准得不能那么再准,六点整。是什么因素使得那个女孩子把自己的命运,依附在一条覆灭之舟上?是一种他觉得恐怖的殉教徒精神。不但那个舞蹈演员,连那个会三国语文的翻译,连那些骑兵,那些和工厂一齐长大的年轻人,他都恨得要命。很清楚,只要于而龙张开怀抱,他们会情不自禁地扑上去。而他,革委会主任,倒有点类似英国女王派往殖民地的总督一样,工厂里的人,绝大多数对他是侧目而视的。是的,于而龙是块磁铁,当然,他想砸碎它,整整砸了四十年,结果又如何呢?

每当他看到,那个自由哥萨克,和他的画家女儿,和代替了于菱位置的舞蹈演员,在眼皮子底下出出进进,想到自己屋里,在菲律宾杨木与和田壁毯之中,空空荡荡,膝下无儿无女,那种嫉恨的感情就更加强烈。

"王老!舞蹈演员终归是个女人。"

"你不会得到她的。"

"试试看。"

"还是拉倒了吧,不要讨没趣!"

高歌站起来告辞,因为他得到了承诺。

王纬宇继续用激将法对付这类蠢材:"你不行的,小高,你不是对手!"

"你等着瞧吧!"高歌嘟哝了一句下楼,在汽车里,他对自己说,"如果我得到了她,我就开始过真正的生活。"

司机问他:"上哪儿去?"

他告诉柳娟那个歌舞团的地址。

"你要干什么?"

高歌镇定下来,早些年对于斗殴厮杀司空见惯的"红角"革命家,虽然很久不操旧业,但最初的慌乱过去,以挑衅的口气质问着。

于菱一把搡了出去,骂了声:"混蛋!"推车要走,好像努力想避开使人厌恶的东西似的。因为胡同狭窄,高歌虽被推在一边,但一伸手,仍然拦住了于菱的自行车。"滚——"他还有许多事等着办,决定以一种最大的蔑视,代替报复,喝了一声,离开这个越看越使他憎恶的人。

"你来得及听我说完一句话的,于菱,过去的,我们且不论它,因为这件事有关着现在,甚至将来,所以——"

于菱挺不客气地嘲弄:"你还会有未来吗?可笑!"

"谁都有未来,死去的人,也不例外,有的流芳百世,有的遗臭万年。"

"放开我车。"

"听着,如果你不怕柳娟的名声,闹得满城风雨,那就请她准备好,在法庭上和我当场对质吧!我马上就要被控告为强奸犯,或强奸未遂犯了。"

"谁在控告你?"

他苦笑了一下:"我的朋友,不,我的导师王纬宇——"

"他?"

"对的,我很理解他,他需要生存下去,所以用得着垫脚石。我希望你能转达给你的父亲,但我绝不是向他投降,请你告诉他,下一个回合,假如他想下手搞掉王纬宇,我可以提供一批重磅炸弹。"

"你他妈的卑鄙透了!"于菱跨上车离开了他。背后,还传来他狼嗥似的笑声,在胡同里响着,由于更深夜静,由于人迹稀疏,他那笑声在狭窄的街巷里反复回响,而且细细品去,那笑声又好像是哭声,但是,他干吗要哭呢?

于菱回到家里,夜已经很深了,见他爸爸妈妈的房间里还亮着灯,便推开书房门进去。

"啊哈,敢情都在。"

于莲招呼他:"快坐下吧,来晚了,就没你的份啦!"

"什么好东西?"

还带着舞台残妆的柳娟,朝他笑了一笑:"西太后的小点心,爱吃吗?"她递给他一个小窝窝头:"我记得还是小时候在东安市场里见过,多少年啦!夏阿姨真是个有办法的人。"

于菱晃晃脑袋,不感兴趣地把那蜡黄色的小窝窝头,又放回到点心盒里。

"夏阿姨给你们买的,吃吧!"谢若萍把点心盒推到他面前,随他心意挑选着吃。

"我实在难以理解——"

"你怎么啦,菱菱?"于而龙比较懂得自己的儿子了,这一程子确实要成熟一些。

"我不明白,他们这一套打打拉拉,又打又拉的战术,究竟是为了什么?要达到什么目的?"

谢若萍瞪着儿子:"你说些什么呀?菱菱,我糊涂。"

"妈……"他把和高歌狭路相逢的过程,叙述了一遍,然后问道:"你们说,这位纬宇伯伯的棋,下得怎么样?"

"有点阴——"于而龙说,"不错,这是他的惯用手法,向来是一石三鸟,既除了高歌,解脱自己,又搞臭娟娟,从而实际上搞臭了我。很简单,因为高歌一直跟我是这样的关系,所以大家必定会认为,是我借王纬宇之手,来消灭异己,报复的罪名就落在我头上。谁不知道,王纬宇和我是四十年的交往,辩解也没用。问题还在这里,他要控告高歌,似乎为我舒张正义,显得他多么够朋友。但明摆着为了娟娟的体面,这官司又打不得,这样他抓住了你的弱点,要不打吧,又等于默认确有其事,所以他拍拍屁股出国了,在一边瞧热闹。哼——"

听到这里,柳娟的眼睛都瞪圆了,深眼圈流露出愤恨的神色。于菱说:"真想不到在我们这个社会里,在我们四周,还有这样一些看不透的人。"

"倒不如当时一刀攮得深些!"柳娟十分遗憾地说。

"娟娟——"于而龙说,"应该制裁的是那些幕后的教唆犯,出国吧!等他回来的时候,再瞧吧……"这个决心开小差回石湖的游击队长狠狠地说。

"那么现在,万一法院真来传票,爸爸——"于莲问,"咱们家的邓肯,她怎么去演那出《窦娥冤》?"

"只有一条,莲莲,奉陪到底!那么久的浓雾弥漫日子,那么长的严寒冷酷冬天,都坚持了过来,还怕这最后的猖獗吗?来,老伴,请把那封给部党组的信给我。"

"不是明天要发吗?"

"咱们就浪费它一个信封和四分钱吧!我要删掉一个字。"说着,他笑了,"对,要抹掉一个非常重要的字,来他个一百八十度大转弯。"

"你呀!总心血来潮。"他老伴责备着。

于而龙撕开了信,摊在桌上,全家人围拢来看,他指着其中的一句念道:"我个人意见,不希望与王纬宇继续合作下去。"掏出钢笔,把那个"不"字给涂抹掉了,然后,以征询的眼光看着大家:"行不行?"

很快都领会了他的意思,而且像战斗前夕最后的动员那样,全家五口人,把手都压在这张檄文似的请战书上,紧紧地挨贴在一起。

　　谢若萍说:"明天,我再重抄一遍吧!"

　　"不,就照原样,不动,寄出去,我就是要让那位老徐看看,为什么于而龙要圈掉一个'不'字!"

　　"爸爸复活啦,乌拉!"于莲压着嗓子喊。

　　"也别太高兴啦,这一仗或许更难打。好啦,休息吧,明天,菱菱还要上路呢!"

　　"团子已经捏好啦!"谢若萍告诉大家。

　　多少年来,他们家还保持着石湖的风俗,谁要出远门,临行前总要吃一顿糯米汤团,也许等到柳娟成为这家主妇的年代,这风俗还会继续保持下去的。

　　但是,钻进长沙发上鸭绒睡袋里的柳娟,却不曾去想那类将来做主妇的食谱问题,而是被刚才于莲那句话说动了心,尽管她不知道谁是邓肯,也不懂得《窦娥冤》是出什么样的戏,(十年文化空白留下的愚昧烙印啊!)但她明白那一个"冤"字,她是险几被高歌糟蹋的女性呵!要不是那把匕首,要不是那使人魂灵出窍的地震……

　　要是,他真的胡说八道——贼咬一口,入骨三分,那是跳进黄河也洗不清的呀!

　　真不该去的呀!她后悔死了。

　　她再也睡不着了,从睡袋里伸出手,托住自己的头,思索着。

　　那天,因为晚间有演出任务,下午才上班,在传达室看到了一封给她的便函,拆开来一看,却是高歌来访未遇而留下来的。

　　信的内容是:于菱所在的劳教单位来了个人,工厂和他谈了,想把于菱要回来,在厂里监督改造,那人也初步点了头,趁热打铁,希望她赶快去和人家面谈一次。最后,还写上"机不可失,万万勿误,事关于菱前途,一定要来"。这几句话可把年轻姑娘的心,扰得无法平静了。

她马上给家里打电话,偏偏于而龙不在,又给医院打电话,世界上有谁更比母亲关心儿子的呢?谢若萍连一丝怀疑也不曾有,毫不加以考虑地就催促着:"娟娟,那你就去一趟吧,和那个人谈谈,要是能够弄回来,守在身边,哪怕罪名再大些,年限再长些,我也认了,快去吧,娟娟!"

"我这就去,阿姨,你放心吧!"

"我等着你电话。"

她向团部请了假,费了半天工夫,倒换好几趟郊区公共汽车,来到王爷坟,找了一溜十三遭,也不见高歌的影。而且所有办事人员,都说不上来,因为高歌的行踪,现在连他的"情报部长"卷毛青鬃马都摸不清楚。但这封信却是真的,柳娟认得出那笔字,厂里一些人也承认是领导手迹,可对信里所提到的那些,都莫名其妙地摇头,有人说或有其事,因为现在是首长负责,头头决定一切,好多内部交易,是不容别人染指的。

柳娟等了好大一会儿,晚上还有重要演出,去跳那外国人看不懂,中国人不爱看的舞蹈,只好又给谢若萍打电话。她下班了,打到家里,于而龙接的,一听明白怎么回事,他告诉她:"你甭管啦!赶紧回来吧!谁晓得他们又搞什么花头精?"

等她赶回市里,来到剧场,都开始放观众入场了,她气喘吁吁地推开化妆室的门,那个准备代替她上场的 B 角,在镜子里先看见她,哦的一声,卸下千斤重担似的说:"谢谢老天,别让我受罪吧!"

那晚演出,她起码出了十个差错,气得导演、舞台监督,甚至团长,在边幕条里向她挥拳头、舞胳膊地威胁恫吓:"柳娟,你要再心不在焉,就把我们大家全毁了。"

大幕好容易闭上,人们围上来,责难的词句,比舞台上落到白毛女身上的雪花还要多,她只是说了一句:"请原谅我吧,同志们,但愿你们永远幸福!"大概几乎所有的女伴,都知道她爱情的悲剧,一个忠贞地等待着爱人的姑娘,一个永远没有出头之日的可怜女性,难道不值得同情吗?大家都体谅地散开了。

就在这个时候,康"司令"奉高歌之命来到剧场。

柳娟拒绝了他:"谢谢你,我不想去了!"

康"司令"按照高歌的话说:"那个人,明天一早就走。"

"是吗?"

"你是去,还是不去?"

"天也太晚了,路又太远。"她犹豫着。

"高副主任让我开车来接你,要走,就快点,要不,我就不等啦!"一些同志也劝她:"去吧!去吧!"她到底活了心,终于坐上汽车走了。

车子一口气开到工厂的原专家招待所门口停下,直到高歌在门前台阶上来迎接她,柳娟也还没发现是个骗局,漫说一个二十多岁的天真少女,就是经验丰富,专门捕获野兽的猎手,也会遭到豺狼虎豹的偷袭。"何况他们是七十年代的麻皮阿六呢!"这是于而龙的话。

"那个人呢?"

"在楼上,请!"

"这么晚来打扰人家,怕不合适吧?"

"不会的,像你这样一位漂亮的人,连欢迎都来不及的!"高歌运用着王纬宇经常对女人讲的恭维话,对柳娟甜言蜜语地讲着。但是,他的王老能说得对方高兴,满意,甚至报以一笑,他以同样的声调,同样的语气,想不到换来的倒是竖起的眉毛,和警惕的脸色。

"你的话什么意思?"

高歌站在螺旋式的楼梯口,做出延让的手势,并且解释道:"老同学,说句玩笑话都不许可吗?"

她噔噔地踩着楼梯,从他身旁走过,眼皮抹搭着:"对不起,我根本没有开玩笑的心情!"

他把她让进了自己的卧室,回手关上了门,嗒地一声,碰锁撞上了。接着,他像一个张网捕鸟的人,终于把鸟捉进笼里那样,安心得意地坐在那里,欣赏着那只捉到手的鸟,似乎被那一身美丽的羽毛吸引住了,两眼直勾勾地盯着。

"那个人呢?"她再一次问。

高歌笑了:"柳娟,那个人就是我。"

现在,柳娟才想起于菱的爸爸,倒是个老谋深算的人,早估计到他们会耍花招,果不其然,上了这个坏蛋的当,而且陷进了贼窝。但是掖在腰里那把贴身的匕首还在,她那颗恐慌不安的心,略微还能镇静一点。

这把匕首,还是十年前,她和于菱一块去学校地下室,去收她父亲的尸时,从那位活活被折磨死的校长身上拔出来的,当时,沾满了鲜血,柳娟碰都不敢碰,但于菱却把刀擦拭干净,塞在她手里:"不要怕,这是一把杀你爸爸的刀,带着它,有朝一日,也要把这把刀,插进那些凶手的心口,给你爸报仇!"也许正因为这,她才信赖后来参军走的小伙子吧?

她沉着地问:"你打算干什么吧?"

"谈谈,如果你不讨厌的话——"高歌龇着牙说。

"请便吧!"

"那你先坐下,可以吗?"

柳娟摸摸腰间那把匕首,坐了下来,立刻脑海里闪现出她所看过的外国影片,在这样情况下,一个单身女人对付一个心怀叵意的坏蛋,该采取什么样的自卫手段?影片是生活的教科书,真是一点不假,要是迷恋语言威力的国产艺术家们,准会给落到这个境地里的女主人公,拍上一千米的演讲镜头,口若悬河,滔滔不绝。不,柳娟决定给他一刀,如果他敢动手动脚的话,对待这种人(姑且不考虑他是一种地震前的异常反应)最好的办法,就是以牙还牙,不必浪费那一千米胶片。

"也许你觉得我非常卑鄙,无耻,你愿意怎么想就怎么想好了,可是我们都生活在现实社会里,不可能不面对现实。我很难理解你干嘛偏要等待一个囚犯,一个充军发配的人?"

柳娟不做声,心里盘算着,开窗跳楼不是办法,万一摔断腿,就甭想上舞台了,要大喊大叫,肯定在他的势力范围里,不会有人来救她的。

"所以,我想,在为时未晚之前,咱们恢复旧日的友谊,或许对于菱能有点好处,根据我目前一点微不足道的地位和权力,也说不定可以小助他一臂之力,尽管我和他爸爸是死对头,但于菱,你,我,还是有点旧交的。"

她根本不认真地听,坐在那里,望着已经锁上的门,琢磨着:即使逃出去,深更半夜,人地生疏,不摸方向,不知远近,说不定还会碰上别的坏人。如果和他磨到天亮的话,现在才十一点多,时间还长着咧!

"说心里话,我一直爱你,柳娟,我不想隐瞒,有过几个女朋友,处在我目前的地位上,不用张嘴,自会有人巴结上来的,但我不需要那样不平等的爱情,太没意思,因此——"

柳娟想,还是尽可能地把事态缓和一点,得想法搞个退兵之计。便问:"你是打算强迫我答应你的要求呢?还是允许给人一个考虑的时间?"

"当然,我不希望采取强迫手段。"

"那好,请你派车送我回去,行吗?"

啊?好容易捉到笼子里来的鸟儿,岂有放出去,让其飞往海角天涯的道理!高歌对她说:"就在这里住下吧!"

"那么,你请出去,我要休息了。"她站起来,向高歌指着那扇锁上的门。

但是,他不动弹,也拒绝回答,而是眼珠滴溜溜地转着,一种跃跃欲试的心情,一种压制不住的冲动,使得他像偷嘴的猫一样,正伺机扑过来。她确实比在学校宣传队时漂亮多了,魅人多了,那舞台上水乡姑娘的倩影,又在脑海里浮现,他控制不住自己了。那个卷毛青鬃马,那些穿《出水芙蓉》式游泳衣的女人,只不过是追逐浮华,好慕虚荣的货色。现在,在他眼里,一钱不值。无法消停下来的颠倒状态,那种临震前动物性的本能反应,又使得他在人与兽之间徘徊摇摆。希望凭借真正的爱情,来拯救自己灵魂的愿望,和迫不及待地破坏一切、毁灭一切的暴徒心理,在激烈斗争着。幻想用那纯净的灵魂来洗涤自己的罪恶,可又如堕苦海无法自拔的恐惧,在相互矛盾着。总之,那种末日来临感在侵扰着他,苦日无多的思想使他不得安宁。

"请离开这里!"

"不。"动物的吞噬本能战胜了他灵魂里最后一点良知(如果他还算得上是个人的话),现在,兽性占了上风。

"你——"

他迟疑一会儿,终于站起来,向她靠近,那脸上狰狞的情欲,和他以往指挥厮杀械斗时同样,一根根肉丝都横了起来:"听着,柳娟,我并不是吓唬你,于菱的生死,就在你的一念之间,答应我,还是拒绝我,听你的一句话!"

"无耻——"

"哈哈,正经和贞洁又值多少钱?柳娟,你别躲着我,你躲不开的,从你最初背叛我,去爱我对头的儿子,打那一天起,我就不打算饶了你,咱们还是好结好了,因为我需要你,而且此时此刻就需要你——"

他步步进逼过来,恨不能一手攫住,搂在怀里,但柳娟绕着钢丝床,躲闪着他。这更使得他心急难忍,猛地从床上蹦跳过去,差一点抓住了她。

"来人哪!"

"你叫吧,这儿是我的天下。"他冲了过去,正把柳娟逼到大衣柜的一角上的时候,眼看就要得手,房间门啪地被人拧开了,进屋的是他的情妇兼"情报部长"——早先,由于她的一记耳光的汗马功劳,当过一阵子动态组长,现在这个职称是非官方的了。

"妈的,钥匙在她手里。"高歌回过身去,只见她脸上交织着嫉妒和凶残的神色,像恶狗一样冲过来,骂着:"好一个不要脸的臭×!"两眼血红血红地缠住了柳娟。

一见这种泼妇式的来势,知道是个不可理喻的东西,柳娟便闪了一下。但是这个满头卷毛的大块头女人,手挺长,一把扯住她的衬衫,只听嘶的一声,拽破了袖山的衣缝,露出了肩膀。于是柳娟狠狠地给了那婆娘一脚,到底是受过芭蕾训练的舞蹈演员,那一个大弹跳的踢腿动作,至少要够对方疼半个月的。就是她本人,也拐着走了好几天,幸亏地震后一切演出活动停止,算是把她饶了。

"情报部长"真像马一样尥开蹶子了,并且迁怒到高歌身上,一连串肮脏的话,连珠炮似的喷射出来。许多不该让外人听到的,属于他们之间的地下活动,或者秘密勾当,都毫无遮拦地从那充满色欲的厚嘴唇里倒出来。

现在他想起王纬宇的话，是多么千真万确了："高歌，高歌，你早晚要被女人搞昏头的。"果然，卷毛青鬃马望着柳娟，又望着自己在大橱穿衣镜里映照出的那副尊容，一种自惭形秽的心理，更促使她肆无忌惮地发泄着疯狂的仇恨和怒火。哦，连高歌都吓得心惊肉跳，眼看要出人命案，只得赶紧推着她，离开了这座房间。

屋里只剩下柳娟一个人，她赶紧拨电话，谁知早有预谋，把电话线掐了；跑去拉门，门也给反锁上了。怎么办？她把钢丝床推过去，挡住了房门，所有能够搬得动的家具，都当做障碍物筑垒据守了。

那天夜里实在闷热异常，她忙了一阵，汗流浃背，累得一点劲都没有了。看看表，两点多快三点了，只要再熬几个钟头，天一亮，工人上下班，就可以大喊大叫求救了。

在另外一个房间里，高歌正在安抚着那个歇斯底里大发作的女人。闷死人的燠热，和狂暴的跳嚷叫喊，使得她扒掉了衣裙，满头卷毛，赤身露体地冲到卫生间里，打开莲蓬头任水冲淋着，尽管这样，也压不住那股怒火，死命地嚎叫着、咆哮着，和高歌没完没了地闹着。无论他硬的软的，她横直是半点油盐都不进，像个浪里白条似的，一会儿寻死，一会儿上吊，一会掐住自己的脖子，非要憋死过去不可。"妈拉巴子，要不是老娘，你们这帮狗杂种能有今天，我不想活啦！……"碰上这样蛮不讲理的撒大泼的疯狂女人，连万能的上帝都得退避三舍，何况王纬宇的明星？

总算高歌幸运，也不晓得是癫痫病发作，还是神经性痉挛症？或者是大吵大闹过度兴奋而浑身脱了劲？她四脚巴叉地躺在卫生间的瓷砖地上，像一个大字。高歌直以为她休克了，关了莲蓬头的凉水，推推她，也动，喊喊她，也哼，便阖上门，轻手轻脚地离开了她。

柳娟在屋里歇了一会儿,觉得还不牢固,又费劲地把梳妆台转过来顶住钢丝床,这样,即使他能挤开条门缝,人也休想进屋。但是,未等到她把工事筑成,冷不防身后那扇带穿衣镜的大衣柜门开了,浑身湿漉漉的高歌,凶恶地从里面跳了出来。

啊!原来那是他们的一条秘密通道。

他纵过来,像饿狼一样,把她抱住,一面狂吻着她那细巧的脖子,和那被撕破衣服而露出的光滑肩头。但是,他想都不曾想到,这个被他紧搂住像人鱼似的娇俏女性,却以一种难以想象的仇恨,将一把锋利的刀,朝他大腿根扎去。

"哦——"他叫了一声,松开手,跳了开去。

柳娟握着那把血淋淋的匕首,站在那里,动也不动,像一座复仇女神。

他不顾裤裆上的血,再度冲上来,并且掏出了手枪,就在这千钧一发之际,大地强烈地滚动起来。整个楼房在震颤着,门窗发出吱吱嘎嘎的可怕声响,吊灯在大幅度地摇摆,家具像被鬼神附了体似的滑动着。他那些惊惶失措的小兄弟们,鬼哭狼嚎地奔跑着,呼叫着,贼窝变成乱糟糟的马蜂窝。高歌现在顾不得她了,这种生死关头,命比色欲要紧,也不知他从哪里来的劲头,拉开了钢丝床,和那些桌椅板凳,破门而出。在那螺旋形的楼梯上,不是一步一级地走,而是连滚带爬一溜烟地滑下楼,蹿了出去。

柳娟孤零零地站在阒无一人的危楼里,悲愤万状,泪珠像线似的落下来,她想着陷进贼窝里的自己,想着死于非命的父亲,想着沙漠那边的爱人,望着那倒塌的一角洒进来的朦胧夜色,她真想喊:"这是什么世道?好人没有活路,这世界都成了他们坏蛋的天下!一个好端端的国家,被他们糟蹋得像个什么样子啦!这真是天怒人怨,恶贯满盈啦！震吧,老天,震死他们吧！把他们统统都震完蛋了吧……"

她想到自己向苍天呼吁的情景,伤心地啜泣了。

书房里的灯亮了,谢若萍披着睡衣站在她面前。自从于菱回家以后,她只要留下不走,就在这张长沙发上睡。

"你怎么啦？娟娟！"

"妈——"她哭出声来,"我是清白的,妈妈,我是绝对清白的。"

"谁怀疑过你吗？"谢若萍挨她坐下,把她的膀子塞回到睡袋里去,抚摩着她的头发,"不要哭啦！好孩子,睡吧,菱菱明天还要上路呢！"

她仍在不住地抽噎,并且从睡袋里挣出来,一把抱住谢若萍："妈,你是大夫,你领我去医院检查。妈,我是干干净净的……"

谢若萍给她擦去泪痕,紧紧地把她搂在怀里："娟娟,我的乖孩子,我们全家都相信你,起心眼里爱你,喜欢你,让他们去闹吧,让他们去折腾吧,就像在伸手不见五指的夜里,我们已经熬到东方发白了。原来,我也糊涂,甚至还不大愿意让菱菱的爸爸出去工作；现在,我开窍啦,如果我们不和他们较量,他们再爬上来,还会把白天弄成黑夜。十年来,他们糟蹋了国家,糟蹋了人民,尤其罪恶滔天的,是糟蹋了党；党曾经是我们心目中最美好的形象,她代表着我们的理想、愿望、追求、向往,以往艰难困苦的日子里,只要想起她,我们就有力量,可现在让这帮败类抹了黑。娟娟,不瞒你,我都失去过信心,不知道这种属于鬼的黑夜,还有完没完？如今,白天来了,而白天是属于人的。娟娟,你还记得么？你总来接我下夜班,我们一块在黑夜里走着,娘儿俩惦着远在边疆的菱菱,默默地掉着泪,谁也不去伸手擦,怕更引起伤心地走过多么漫长的夜路呵！现在,走到头啦,天已经亮啦,孩子,你还哭什么呢？应该笑,娟娟,应该是好人挺直腰杆笑的时候啦!"

再没有比在黎明时间,更能体会到夜的黑暗。

曙光开始照耀的一九七七年的春天,多么美呵!

五

一个猎人,伺伏在丛莽之中,当身旁紧贴着的猎犬,开始躁动不安;当远处传来野兽的响声,这时候,他的心情,是紧张,绝不是畏惧;只能应战,端起枪来瞄准,而不应该望而却步。至于一个战士,一个确实想打一仗的战士,是不害怕听见鼙鼓之声的,来吧,欢迎哪!炮打当头,老将给逼出来了,那该真枪实弹地较量一番,也就是所谓的刺刀见红吧!

于而龙站在半岛尖端,心想:现在,在这春光明媚,景色宜人的石湖上,他,一个离职休养,尚未安排工作的干部,是不会有人来干扰他的了;而是相反,该是他来给别人制造些麻烦,增添些不愉快了。是啊,三十年以后才头一回踏上故土,如果仅仅为了悼念,为了怀旧,恐怕那地下的英灵也不会苟同的。而且,那冥冥之中的女战士,他相信会支持他勾掉那个"不"字。心有灵犀一点通,他好像看到,芦花的眼光里,在流露着赞同的神采。

哦!终于看到了这颗信号弹,不过,不是红色的。

水生的唤声打断了他的思索,只见那个供销员快步向他跑来:"二叔,又把我找得好苦!"

"出了什么事吗?"

"快回家去吧,我娘等急了,朝地委江书记讨人呢!"

"发脾气啦?"

"是的,江书记没得办法,叫我来接你回去。"

"真有趣,你妈妈还是当年候补游击队员的劲头,竟敢一点不见外地,去剋江海。可是我也奇怪,水生,怎么对你们那位县委书记,你爸爸当年的助手,好像有点距离,或者说,存着畏惧之心,怎么回事?"

"其实王书记还是挺关照的,譬如对我——"

"这么说,是你妈的不对啦?"

"她总跟不上形势。"水生总结地说,"认死理,不开窍,这年头,心眼儿要不放活泛些,那怎么能行?"他看出这位父一辈的人物,不大喜欢听他的处世哲学,就改口了,"走吧,二叔——"

"不行,我在等一个人的下落!"

"谁?"

"叶珊,有人说她跳湖了!"

"被人救起来了,二叔。"

"现在,她在哪儿?"

"柳墩。"

"是吗?好极了,快找条船,搭上珊珊娘,走!——你怎么知道我在陈庄?"说着他们去找那个可怜的母亲。

"就是叶珊讲的,这个姑娘,也不知怎么一时想不开,钻了湖,也许她太关心她的鱼了。嗐,也是个认死理的人,围湖造田吧,她反对;我们化工厂往湖里排点废水吧,她抗议;老乡们的渔网,网目稍为细了点,她也大吵大嚷,说人们吃了子孙后代的饭。可谁听她的呢?命令都是上头下来的,胳膊拧不过大腿,你有天大本领也不行,难道凭良心讲,她的话不在理么?可一个小萝卜头,顶个屁用,所以还是应该安分守己,端多大碗,吃多少饭……"他又打开了那部处世哲学的新版本,得意洋洋地宣讲。

于而龙根本不往耳朵里去,他在思忖:"这么说,王纬宇的'非法定继承人'还活着,十年前,她不知道事实真相,被他瞒了。十年后,她已经全部明白,看看他那个良心砝码,在血统的呼唤面前,是抵赖,还是承认?是接受,还是背弃?王纬宇,王纬宇,我倒要看看这个角色,该是怎么样来扮演呢?"

水生的那套理论,并不停留在书本上,而且还充分运用,他嫌坐船一摇三摆太耽误时间,截住了一辆过路的运货卡车,和司机搭讪了几句,答应搭他们三个人,绕一点远,送到柳墩。看起来,友谊在这种情况下,就变成了可以等价交换的商品了,谁知水生在司机耳边嘀咕了些什么,那个老油条驾驶员表现出很高的热情,定要于而龙和水生坐进驾驶室里。也许水生有些话想对他讲,所以附和了于而龙的主意,把珊珊娘让进去坐,然后他们俩攀上车厢,拍拍驾驶室顶篷,解放牌汽车便离开那唱个没完的买买提和王小义,向三河镇开走,是的,得绕个很大的弯子。

很显然,水生是受了王惠平的嘱托,要来给他做工作的,供销员嘛!三寸不烂之舌,能说会道,和行驶中的这辆车一样,在给他兜圈子呢!

"二叔,你看那座双曲拱水泥桥没有?"

一座抛物线似的公路桥,像彩虹般骑跨在蟒河上,映入眼帘,他由不得赞叹:"呵!相当漂亮的嘛!"

水生加了一句:"全部水泥,都亏了纬宇叔,要不是他,我们县眼睛哭出血来,也弄不到一袋啊!"

于而龙纳闷了:王纬宇什么时候当上水泥厂的革委会主任?即使他手里有座水泥厂,也无权调拨这么多吨水泥给石湖县,至少得千吨以上吧?一座多墩桥梁,恐怕很需要点水泥的吧?可惜不懂土木工程,概数都计算不出。

"二叔!"又来了,"你看见那并排的高烟囱吗?"

于而龙眼力不那么太好了,假如有大久保那架蔡司望远镜就省劲了,尽管水生指给他,他还认真看,夹在他当石湖县第一任县长时种的防风林里的那两个烟囱,怎么也看不出来,三十年后,那些树木都郁郁成林了。

水生相信他看见了,告诉他:"一个烟囱是化工厂,就是叶珊拼命反对往湖里排污水的,计划外的项目,省里说什么不拨款,是纬宇叔帮了个大忙,算是从头到脚都武装起来。"

"哦,那不用分说,另一个大烟囱,也是纬宇叔的功劳啦?"

"是正在筹建的农机厂,计划内的,省里答应给钱,可是——"

"可是什么?"

水生莫测高深地笑笑,住了口,不说下去。

于而龙乐了:"水生,按你的年龄,总是看过《梁山伯与祝英台》的了。"

"我倒是有眼福看过几天四旧的。"

"其中有一段《十八相送》,还记得吗?现在我演的那个角色就是梁山伯,什么都不明白;你取的那个角色,就是祝英台啰,想拼命让我知道那些你不便明讲出来的话,于是只好一个劲地'梁兄'、'梁兄'。我说水生,你们那位县委副书记交给你什么特别任务?何必吞吞吐吐,拐弯抹角,干脆痛快些不好吗?"

"二叔!"他讪讪一笑,这个创造出人民群众要靠共产党,而共产党无需靠群众的理论家,坦率地说,"现在农机厂,好比一位要出阁的大姑娘,光有两只空箱子。"

"哦,需要陪嫁。"

"二叔,你真懂行。"

"纬宇叔呢?这个乐善好施,功德无量的好好先生呢?"

"他是点了头的,帮忙帮到底,送佛到西天。"

"那不很好,不过,按照一般规律,他这样热爱家乡事业,你们怎么报答他呢?"

"他什么都不要。"水生叹息着,"真该给他挂万民伞啦!"

"哦!有这等好人?"于而龙心里想:他究竟为了什么?这位一石三鸟的"二先生"。于是说:"那就照方抓药,再找他。"

水生迟疑一会儿,才说:"关键在你,二叔!"

于而龙吓了一跳:"真是闭门家中坐,祸从天上来,我怎么成为关键?别忘了我担任过石湖的区长、县长、支队长,这里的江山是我们一块一块解放的,怎么会如此缺乏感情?水生,你搞错了吧?"

"一点都不错,二叔你很快要官复原职,还会回到工厂里去,所以纬宇叔不好太专断了,得照顾到你。只要你能同意,或者你答应不予追究,那台电子计算机——"

于而龙吓了一跳:"什么?"

"就是你们厂实验场里那台进口的什么宇宙型——"

他糊涂了:"跟你们有什么牵连?"

"有一家研究所搞不到外汇,假如你们能转让,我们农机厂要什么,有什么,想星星,还得给月亮呢!"

这位前党委书记兼厂长,气得差一点从卡车上跳下去。——"搞的什么名堂吗?究竟我们还是不是社会主义国家?什么时候中国又出现了捐客这种行业?电子计算机是实验场的心脏部分,难道觉得它死得还不彻底,定要斩草除根,杀尽灭绝才丢开手不成?哦!有的人心肠实在太狠毒了,就像当年残害你哥哥小石头那样,水生,水生,你呀……"但是,责备一个小小的供销员,有什么用处?充其量也只是具体经办人员而已。于是,告诉他:"到三河镇,你让车停一停!"

"干什么,二叔?"

"我需要找个人,办点事。"

"找谁?"

"一个残废同志——"

他摸不清底细深浅地看着于而龙,但是,他估计得出凶多吉少,便不再做说服动员工作了。

车在三河镇停住,几乎不用找,老迟还在昨天早晨的河边,继续钓他的甲鱼。他看见急匆匆走来的游击队长,乐了,因为他脸上那块伤疤,笑起来,面孔是很难看的,但于而龙懂得那是真心的笑,毫无隔阂的笑。

"你这个队长,又打开游击啦,神出鬼没——"

"老迟,能不能马上去给我发个电报?"

"这等紧急?"

他笑着说:"大久保要来搞掏心战术啦!"

"那还用说得。"他立刻收拾他的渔具。

于而龙向水生讨了纸笔,写好拍给工厂和王纬宇的电报,电文很简单,但工厂里的同事准能听得出来,那是于而龙的语言:"不要打电子计算机的主意了,这种挖坟的游戏,可一可二,可不能再三!"

"拍加急电报,老迟!"

"一准啦!"他把电报稿折好,掖在帽檐里,像过去战争年代传送情报似的,马上就去执行任务了。

"老迟,等等,给你钱。"

这句话,于而龙可说得太糟糕了。老迟站住,回过身惊诧地看着他。他后悔了,钱?有些东西不是拿钱可以买来的,譬如共产党和人民群众的血肉联系,是和商品交换毫不相干的。——呵!老迟,我的兄弟,对不起,我把你侮辱了,你为我咬掉的那截手指头,是多少钱也补赎不回来的,你唾我吧!唾我这生锈的脑袋瓜吧!

于而龙挥挥手,老迟也许看到了他的内疚,便车转身走了。

卡车继续绕圈朝柳墩开去,他对失望的水生说:"你那样总结我们的社会,我总认为有点消极。无论什么时候,共产党也得靠人民,就如同鱼和水一样,水没有鱼照样流,鱼没有水,可活不成。只有那些老爷,和存心要祸害党的败类,才把党变成救世主,人民得看它的脸色行事,得靠它的慈悲恩赐生活。放心吧,水生,那样的老爷,那样的败类,早早晚晚要垮台的。去年十月就是一个铁证,你说,历史上有谁比那些人失败得更惨,九亿人民的唾弃呀!……"

水生摇摇头,并不以为然,道理是一回事,现实生活又是一回事,在这两者之间的差距还未合拢,一个小小供销员,还用得着那部处世哲学,包括对于而龙,也不敢得罪。倒不是因为于而龙是长辈,而是一个他认为可以靠一靠的共产党的老爷,不是很快要官复原职了么!

冬天,在每个人的心灵上,都留下了寒意。于而龙想起他们家乡的一句谚语:"吃了端午粽,才把棉衣送。"那是一点都不错的。

汽车终于开进了比平日要热闹得多的柳墩。

珊珊娘一把抱住她世界上惟一的亲骨肉,母女俩搂在一块嚎啕大哭,哭声把柳墩都震动了。但是,她们俩所哭的情由,却并不相同,固然,都是和王纬宇有关,但从哭声里,可以分辨得出,感情是有差别的。

老林嫂叹着气说:"一对苦命人哪!"

一个是哀伤地哭,一个是悲愤地哭;一个是想起凄凉岁月,含辛茹苦,在如泣如诉地哭;一个是满面羞惭恼怒,心肝摧裂,而饮恨痛恶地哭。

对于妇女们的哭,于而龙的一条根本政策,就是不干预,不劝解。因为哭,无非真假两类,那些假惺惺的哭,越是理会,(巴不得你来理会!)越是上脸;而真情实意地哭,更无需阻拦,应该哭个够,哭个痛快。看来,她们娘儿俩的哭,确实是一种感情的爆发,尤其是那个年轻姑娘,都是曾经企图结束自己生命的人,让她哭吧,肯定她有着更大的痛苦。

柳墩是个不大的渔村,一位从大地方来的贵客,就是够轰动的了;现在,又出了一位投湖自尽的姑娘,更是村子里的头条新闻;随着又开来了一辆大卡车,乡亲们的两眼简直像看乒乓球赛,忙不过来,脑袋都成拨浪鼓了。他们不知是看捉老母鸡送给司机,以巩固友谊的水生好呢?还是看那下车就哭哭啼啼的珊珊娘好?

对于人们这种看热闹和凑热闹的天性,于而龙有深切的体会,几乎满村男女老幼,两条腿能够走得动的,都不请自来了,云集在老林嫂家门前的场院里。有的端着碗筷,边吃边看,有的嫌自己生来矮小,索性搬条板凳,站上去瞧,有的挤在窗前,不时把第一手消息往后边传递。但是,可以保证,绝大多数人并无任何恶意,人不伤心不落泪,甚至还很同情。

所以于而龙对于十年间制造的群众声势,人海战术,万民空巷,义愤填膺等等,从来不相信,无非利用人们的这种天性,和手里棍棒的压力,取得一时的优势罢了。只有广场上鲜红鲜红的血,和那无数的洁白洁白的花圈,那才能代表真正的人民意志。至于那些看热闹和凑热闹的善良人,十年来,于而龙也总结了一条经验,如同对待妇女的眼泪一样,让他们看个够,凑个够,直到他们腿站酸了为止。因此,他不许水生去干预门口围看的乡亲,千人大会,万人大会怎么办?你能去一个个轰人家,还是让人们看得越清楚越好,真理在光天化日之下,可以完全堂而皇之地摆出来的。

果然,不多一会儿,除了几个少数顽固派,都陆陆续续散了。因为,很有点像我们那些不太佳妙的影片一样,只消看个开头,就能知道结尾,估计娘儿俩也就这样哭下去,不会再出现什么奇峰突起的情节了。终于,那几个顽固分子也不再坚持,连珊珊娘都擦眼泪站起来了,还有什么精彩镜头可看呢？如果在电影院里,座椅准劈里啪啦响开了,观众一定嘟囔:"浪费两毛五是小事,白让我们受一个半小时的罪!"

　　直到人全散了,老林嫂才问她儿子:"弄到了吗？"水生颔首示意,但又似乎规避着于而龙好奇的目光。老林嫂说:"不碍事的,快拿出来吧!"于而龙注意到水生打开那供销员的提包,还神色诡秘地看看门外,这才掏出几刀方方正正捆绑得结实密贴的锡箔。他纳罕地瞅着,这是地地道道的迷信用品,又要搞些什么名堂呢？"干什么？你们打算搞真正的四旧啊？"

　　老林嫂不容干涉地止住他:"你可以装看不见!"

　　"我长着眼睛——"

　　"江海都准了,你在这儿,水大漫不过天去。"

　　"他人呢？"

　　"领他儿子走了,回头再来。"

　　"他儿子？"

　　"就是救了珊珊的复员兵。"

　　老林嫂说到这里,叶珊的哭声又响了起来,于而龙不由得深深叹息,因为他曾经在沼泽地里,听过她和那个女中音说的私房话,心里想:生活是多么复杂呵……

　　老林嫂将锡箔折叠成一个个元宝,珊珊娘走过来,坐在她旁边,默默地帮着忙,她是个手巧的妇女,叠的纸锭要比老林嫂的精致,秀气。

"哭吧,珊珊!"老林嫂折叠着准备烧化给芦花的迷信品,一边慢腾腾地说,"如今我是想哭也流不出眼泪来啦,全流干了,流尽了。说实在的,想起这十年,我也真想哭一场。十年啦,你们娘儿俩头一回登上我的家门,十年,整整十年,我头一回跟你们娘儿俩张嘴说话。是谁害得咱们这样生分的嘛?早些年,我跟珊珊娘也不是不来往嘛,再说都是水上人家,船靠船,帮挨帮,不亲还亲三分,可做了十年仇人。要不是江海把道理给我讲清,今儿我敢拿棍子打你们出去。如今我总算悟开了这个理,挖芦花的坟,毁芦花的尸,不能怪珊珊,孩子有什么错,是大人教唆的嘛!黑心肠的人有的是,他们什么下作的事干不出来?那双黑爪子,什么地方都下得去毒手的。哭吧,孩子,你上当啦!哭吧,不要憋在心里,大声哭出来吧!"

叶珊站了起来,泣不成声地拉住了老林嫂,拉住了她妈,咽了半天,也咽不下那口骨鲠在喉的话。她失神地痴呆呆地立着,两眼都直勾勾地不转不动。"哭吧!孩子,哭出来,要不闷在心里就憋死你啦……"

但是,谁都料想不到,她冲着于而龙,把最后的指望寄托在他的身上,愤不欲生地诉说:"……我该怎么办?我还能活下去么?我有脸在人前站着么?告诉我,告诉我吧!"现在,她认为只有这个坚强的游击队长,能给她力量了。

听话的三个人都愣住了,堂屋里死一般的寂静,因为联系到她的投湖,联系到她哀哀欲绝的哭声,想想从一个女孩子嘴里吐出"没脸"两个字,性质就是相当严重的了。珊珊娘紧紧握住她女儿的手,惊恐不安地望着她女儿,望着那张紧紧用牙咬住嘴唇的脸,害怕地等待着叶珊即将说出的话。在这个度了凄凉一生的女人心灵上,从来还不曾像现在这样,笼罩着一个巨大的罪恶魔影。

叶珊颤抖着,嘴唇哆嗦得几乎说不出句整话,好像不是她在讲,而是那个灵魂中绝对纯洁,毫无瑕疵的女孩在控诉。于而龙活了六十多年,老林嫂是七十多岁的人,也被那女孩含血带泪的言语震蒙了。

她求援似的朝着三位鬓发苍苍的长辈,双膝跪了下来,伸出手,渴望他们拉她一把:"我怎么有脸活着,我怎么办?亲人们,我该怎么活在这个世界上呢?你们快告诉我,我这个被亲生父亲糟蹋过的女孩子啊!……"

畜生!王纬宇!你这个禽兽!……于而龙差点背过气去,他那紧握的拳头,指甲都深深地抠进掌心里去。突然间,他眼前映出芦花在船舱里,端着冲锋枪向那些强奸犯扫射的情景,似乎那鲜血脑浆飞溅到他身上似的。他站了起来,朝叶珊走去,那个脸色白得可怕的女孩子,紧抓住他伸出的手,哗哗的热泪滴落在那渔民粗大的手心里。

这时候,发怔的老林嫂,好久才透转那口气,甚至珊珊娘摇摇晃晃,站立不稳,晕倒下去的时候,也不知道去扶她一把。

可怜的珊珊娘,又像早晨在陈庄那样,听到她女儿投湖自尽的消息时,神不守舍地跌倒在堂屋里的砖地上。她晕厥过去了,但还有一丝意识,好像又回到了装满了包身工的航船上。那个人贩子,不,变了,是相貌堂堂的王纬宇,正笑容可掬地把她从舱里拖出来,要往湖里扔。

"救救我,救救我,你不能这样无情无义。"

他甜蜜地笑着,将她扔进了石湖:"四姐,我把你放生啦!"

"救命啊!救命啊!"她呼喊着,在波涛里挣扎着,水淹没住她,但是,又冒出了水面,可是王纬宇非但不搭救她,而且笑吟吟地用撑船的竹篙,朝她狠命戳过来。

不知什么时候,她又似乎落在了王纬宇的怀抱里。哦,她被他搂得紧紧的,站在三王庄那段大堤上,他在她耳边情意缠绵地说:"四姐,让咱们抱在一块跳湖吧!"

"不,你活着吧,只求逢年过节给我烧几张纸钱……"

"横竖十五块钢洋,不会白扔进水里去的。"

她吓坏了,抬头一看,发现搂住自己的,不是王纬宇而是人贩子,是那输光了一切的赌徒。"放开我!放开我!"拼命想从他的怀抱里挣脱出来,但是像屠夫一样的人贩子,把她推进石湖里去。

她在波浪里沉浮,一会儿浮在了浪涛的顶峰,仰望苍天,但天是黑的;一会儿又沉到了湖底,环顾四周,也是墨一样漆黑阴沉。世界是那么广阔浩瀚,竟没有一丝光亮来映照这可怜的女人。呵,终于给她展示了一指宽的裂缝,她从那罅隙里,看见了自远处驶来的一条班轮,而且清清楚楚地认出了她的女儿。哦!那不是她的珊珊吗?她站在船头,容光焕发,在她身后,站着王纬宇,脸上挂着永远是那样和蔼可亲的笑容。她告诉他:"知道吗?她是你的女儿,你的,明白吗?"

他高兴地笑了:"都长得这么出息了!"

堂屋里,天窗照进来的一束光线,正好照到了她的脸上,她苏醒过来了,头一句话,满屋的人谁也听不明白,只听她有气无力,断断续续地说:"我对他讲过的,讲得再明白不过的……"

她的确告诉过王纬宇:"珊珊是你的亲骨肉呀!"

——难道他会没往心里去?听见的,他分明听见的,那是十年前他回石湖的事情了。

王纬宇做梦也想不到在这样的情况下,碰到了一夜之间成为阶下囚的江海,以堂堂地委书记之尊,竟屈居在统舱底层,和鸡笼子,鱼担子混在一起,实在太狼狈了。他想到于而龙在王爷坟的命运,恐怕不会太久,也将步江海的后尘;他倒不是兔死狐悲,物伤其类,而是庆幸自己,痔疮犯得及时,能够离开工厂来到石湖,是一项多么明智的举动。他在心里,向那仍留在工厂里支撑残局的于而龙说:"老朋友,我该歇歇肩啦,天塌下来,你独自顶着吧!"

三十六计,走为上策。在必要的时候,急流勇退,而今天的退,正是为了明天的进啊!

在船舱的两边甬道上,他向早先的滨海支队长打招呼:"哦,老朋友!"这个二先生,从来不会在脸上流露出什么内心情感,而甚至马上送你去断头台,还抱住你脑瓜亲吻,祝福你一路平安去天国的。最可笑的是江海,这个盐工,竟忘情地张开膀臂过来欢迎战友,直到王纬宇附耳告诉他:"注意影响,有人在瞪眼呢!"这才使江海记起自己的身份。

就在这个时候,他看到了一张漂亮的面孔,王纬宇是个"阅人多矣"的人物,也被吸引住了,放开了江海,和走来盘问的叶珊搭讪起来。

那封有来头的信帮了王纬宇很大的忙,一下子缩短了他和持有戒意的姑娘之间,那种警惕的距离。江海的分析未必全对,不是由于小地方的人,没见过大世面,才被唬住的,而是人本身固有的一种崇拜本能,在女性身上,表现得更为突出。她们崇拜名流,崇拜显贵,崇拜强者,就像电磁分子在磁场里向正负极集中那样,趋向有名气的人。只消看一看电影演员在三王庄小饭铺服务员心目中的地位,就不难猜出,虽是一个小组的成员,而地位超过部长以上的人物,他的亲笔信在叶珊眼里,该产生何等强烈的反响。

何况,王纬宇有着于而龙总骂的:"这个混蛋半点也不显老"的面容,他永远保持住四十多岁,五十来岁的堂皇仪表。对女性,不管老的少的,香的臭的,他都有办法讨得她们的欢心。于是,不用分说,一个刚二十岁的专科学生,很快被他云山雾罩的谈话吸引住了。

海妖,就是用歌声来迷惑海上的航行者,让他们葬身鱼腹的。轻信,正是年轻人的致命伤啊!

当班轮终于抵达县城,王惠平早站在码头上恭候,连看都不看江海一眼,把王纬宇请上吉普车,送到县城北岗的县委小招待所去了。说实在的,那两天的洗尘接风,忙得王纬宇把那个魅人的姑娘忘了。尽管那时县委也处于瘫痪状态,但新派人物,也不敢菲薄他,因为他给家乡出过力,而且不计报酬;似乎惟一的条件,就是他的得意门生,总得在县的领导岗位上"赖"着。

世界上是有许多奇怪的,难以理解的事情,然而细细想去,又并不奇怪,而且也不费解。例如在非洲密林的犀牛,和在它牙缝剔抉残渣的犀牛鸟,它们之间的伙伴关系,岂不是很足以说明它们之间的君子协定么?

两天以后,他准备去陈庄、三王庄等故地一游,在班轮上,再巧不过,还是两天前那舱面甲板附近,一张满月似的漂亮面孔迎了过来。

王纬宇问她:"去哪儿,你——"

"前面停船的码头,陈庄。"

"你是石湖的?"

"当然,我家在那儿住。"

"陈庄?"二十多年前,陈庄是他们家兴怡昌字号的天下,什么时候变了风水,竟出息这样一只美丽的凤凰?他笑了,"那我们说不定还沾亲带故呢!你爸爸呢?"

"早死了。"她不情愿讲自己的父亲,而多少有点怜惜和深情地谈起她妈妈来:"也许你会认识我妈妈的,她送去每个离开陈庄的乡亲,又迎来每个访问陈庄的客人,一年三百六十天,风里雨里,生活在石湖上。"

"她是——"他眼前闪现出一个女人的影子。

"凡是搭过我妈的船,都忘不了陈庄的珊珊娘的。"

他完全了解珊珊娘是谁。怪不道这张妩媚多情的脸,多么像当年在船舱里,给他端来一盏装满爱情的枣茶的那个温柔婀娜的四姐啊!

"你十几啦?"他不禁想起问这个难堪的话题。

"一九四八年到今天,整整二十周岁啦!"她那诱人的笑靥越看越像四姐了。

在她诞生的前一年,正是王纬宇生命史上艰难的一年,罪恶、诱惑、沉沦、挣扎,有些早就使它死亡的回忆,努力予以忘却的回忆,又涌了上来。那些只有沉默的鹊山和无言的石湖,才能知道的生的和死的秘密哦!

一九四八年?王纬宇盘算着。但是,冒昧地去问一个还不算熟识的年轻姑娘,她的生日在哪一天,是行径荒唐的。可他脑海里,无法排遣掉一九四七年底,一九四八年初那个阴历年的除夕之夜,自打那个夜晚,离开新寡的四姐以后,从此劳燕分飞,天各西东。除了以莫名其妙的地址,汇几个钱给她们娘儿俩,以赎灵魂上的不安外,更无别的什么联系了。

——难道她会是自己的亲生骨肉?

他不相信,可又无法使自己不相信。船慢慢地靠拢了陈庄码头,他比叶珊还要眼快,先瞥见了在熙攘人群里,等待着女儿归来的珊珊娘。

"妈,你认识吗?"

对于女儿提出的这个酸甜苦辣的问题,她不知道该怎么回答。等到叶珊忙着向熟人们介绍,怎样把地委书记揪回来的时候,她悄悄地对王纬宇说:"看见了么?都长这么大了!"

王纬宇的眼睛瞟着别处,嘴在问着:"是我的吗?"

"你还怕栽赃吗?好狠心!"

"问一声不算多吧?"

"十月初一的生日,你算去吧!"说罢转身离开了他,伤心对珊珊娘是家常便饭,已经是无所谓的事,她麻木了,也适应了这种生活。二十年前,孩子不被人承认的命运,二十年后又重演了。不过,女儿大了,艰苦的岁月过去了,承认也好,不承认也好,风风雨雨再也不会影响她什么了。而且,作为母亲,也不愿失去最后的安慰,更不愿由于承认产生新的纷扰,来破坏她的平静。她像一只受惊的躲在窠里的鸟,刚探出点头,又缩了回去。

应该讲清楚的不讲,不应该隐瞒的偏要遮掩起来;不知不觉地犯了罪;明知道是罪孽,却忍不住要陷进去。三者,究竟谁的过错更大一些?哦,毫无疑问,公正的审判官,会把惩罚的利剑指着那个花花公子的。但是,残酷的现实却是:无罪的人站在被告席上。

历史的颠倒啊……

王纬宇在十年前的石湖上漫游的时候,确实产生了一种再世之感:他认为历史是要颠倒过来写了,且不说一个十七级干部写的介绍信,胜过了铁券丹书,身边的这个女孩子,竟敢把地委书记从宝座上扭下来,随便几个人写张勒令之类的东西,俨若圣旨。这种形势再没有那么清楚地表明,龙卷风掀起的层层恶浪,他需要像弄潮儿那样凌驾在波涛之上,才不会被历史车轮所碾轧。所以,他多次返回石湖,从来也不像这一次,唤起他心底里的异样感情。他觉得是时候了,改变那种旧的对他来讲是不平衡的局面,新的机会展现在他的面前。他顿时发现石湖是玫瑰紫的,呈现出梦幻的美,鹊山是亮蓝的,蓝得那样神奇,身旁的叶珊是粉红色的,像一支夏季开花的美人兰。所有这一切瑰丽的色彩,使得他心花怒放,要不是司机猛地刹住车,他不但看到了自己明天要把于而龙扳倒,后天很可能像那个十七级干部飞黄腾达。连升三级,过去是相声讽刺的题材,现在撑竿跳一步登天,也是正常的了,为什么他王纬宇就不可以起飞呢?

他再也按捺不住那跃跃欲试的心理。

县里的小车司机告诉他们:"如果要往三王庄去,公路到此为止,只好麻烦二位步行了。"

"为什么公路不经过三王庄?"王纬宇问。

司机也答复不上所以然,因为有的人喜欢疑问,有的人喜欢习惯,司机显然属于后者,不认为公路不往三王庄去,有什么不妥之处。而王纬宇却觉得蹊跷,嗅觉灵敏的人,总要到处嗅嗅,也许并无什么恶意。但他却不,为什么在离三王庄还有三华里的岔路口,公路折而往西,离开了湖岸?等他来到银杏树下,那座矮趴趴的坟墓旁边,他嗅出文章来了,对叶珊说:"很清楚,死人挡了活人的路!"

那块殷红色的石碑下,有堆新烧化的纸钱灰,这像触媒剂一样,燃起了王纬宇心头嫉恨的恶火。一个至今还在人们心里活着的死人,对他来讲,不仅仅是挡住道路的问题,而是一种精神上的威胁。他并不记仇,过去的事情已经了结了,但在新的生活即将开始的时候,这座墓是相当碍眼的。人死了以后还会产生威慑的力量,那是相当玄虚的,可是,灵魂上心虚胆怯的弱者,却往往忌惮这种精神上的压力。刹那间,那些梦幻似的玫瑰紫,奇妙的孔雀蓝,都黯然失色,不那么鲜艳夺目了。——妈的,多少年过去了,可纸钱是刚刚焚化的,人们还惦着她,不曾把她忘记。据说,四时八节,有人远远地划着船来给这位新四军女战士上坟扫墓。看起来,人死以后的价值,要以年代久远而仍旧被人缅怀不忘来衡量的。他嫉妒,不是一般的感情上的嫉妒,而是一种竞争,是势不两立的竞争,她的存在,即或是这种并不存在的存在,他也认为是触目惊心。生前,她挡他的路,死后,她还挡他的路。哼!嘴角那残酷的下垂纹变得更明显了。

叶珊问:"她不是个烈士吗?"

"据说是。"

"为什么说'据说是'?"

"现在是重新估价一切的时代;旧的价值观念不灵了。"

"可以挪到烈士陵园里去嘛!"叶珊说,"她不该挡着人们的生活。"

"不是那么简单的,总有挪不进烈士陵园的苦衷——"

"是吗?"那时候,人们的鼻子特别敏锐,叶珊从那闪烁其词的后面,嗅出来一些古怪的气味。当时,由于怀疑成为癖嗜,否定就是真理,所以对神圣准则的破坏,对崇高理想的亵渎,对英雄前辈的诋毁,成了一种时髦的空气。尤其是曾为这个制度,为这个社会奔波跋涉,流血流汗的同志,一股脑儿全成了革命对象。因此,在像叶珊这样的天真头脑里,仿佛所有的一切,特别是过去的,都是属于被告席上的东西。于是她向王纬宇提出了一个问题:"你敢不敢跟我讲讲?"

"有什么好讲的呢!"他站在芦花的坟头旁边,手不再冰凉和震颤了,过去了,一切都过去了;时间是最好的镇静剂,而忘却是比吗啡还要灵验的止疼药。

叶珊说:"提供一些关于她的情况。"

"那可说来话长呢,甚至还牵扯到你——"

"我?"

"对的,假如你有兴趣,你到北岗的谜园找我来吧!"

去这个幽雅的小招待所,假如不愿顺公路走嫌远的话,一般地都是径直翻过那道小山岗,穿过烈士陵园,就可以来到在林木环抱着的园林建筑物里,能够住进谜园的人物,自然都是首长之类的贵客。叶珊虽是石湖县人,还有生以来头一回踏进由荷花池,太湖石,曲壁回廊,亭台楼阁组成的府邸。那正是一个新旧交替的年头,例如江海之类老客人,失去了住的资格;而暴发户们刚露头角,还抱着最初的谨慎,比较不那么忘形,也不太好意思来住,偌大庭院,只有犯了痔疮的王纬宇独自休养。

水榭静悄悄的,静得连养来专供首长垂钓的鲫鱼,浮在水面上吧唧嘴的声音,都可以听到。

"真幽静,简直是世外桃源!"

"不,叶珊,没有桃花源,只有避风港。"

她笑了:"你是逃避现实斗争吗?"

"是这样,叶珊!"他胡乱甩着鱼钩。"我不能伤害朋友,明白吗?也许这是我们多活几年的人,必然会有的精神包袱,你知道我和于而龙有四十年的交情,我缺乏你们年轻人的把皇帝拉下马来的勇气,把手举起来打他,所以——"

"那你究竟认为于而龙是好呢?还是不好?我对他很感兴趣,想了解了解他。"

"要依我说,当然是好的了,也许在你眼里,就不见得是好的了。"

"为什么?我不理解其中的奥妙!"

"那让我从头讲给你听,许多许多年以前,石湖上有个出色的渔民小伙子——"

"于而龙?"

"我给你讲的是故事。"

"好吧,我不打断你!"

"同样,还有一个出色的船家姑娘,她爱上了他,下了订书,交了聘礼,换了庚帖——"

"庚帖?"

"那都是封建的婚姻契约,谢天谢地,如今你们再不受那种约束了。"

"是不是纸上写着姓名年月日,还有吉庆话的字帖?"叶珊坐到他身边来问。

"是的,但那有什么用呢?所有不幸的爱情,都是由于第三者的介入呀!"王纬宇说起这些话,是挺能打动人心的。

"那么这个第三者是谁?"

"一个女性介入了他们之间。"

"谁?"

"我不说你也该明白了。"

"哦,原来是她!"

"而且她是抛弃了另一个人,爱情有时是很无情的。"

"那是谁?"

"就是那个渔民的哥哥。"他叹了口气,"他和那个船家姑娘一样,都是不幸的牺牲品。而他,死得更惨,浑身巴着无数的蚂蟥,那次地下党委会,直到今天,也不知是谁出卖的。反正,这一来,那个厉害的女人,得以放手大胆夺取她想要夺取的那个渔民了,于是,可怜的船家姑娘……"

"哦!原来如此!"她站了起来。

"其实,我是不善于讲故事的。"

"谢谢你,我终于懂得了许多,原来,我想象革命是一桩多么神圣纯洁的事业,现在——"

"都是人么!能逃脱人的本能吗?英国的达尔文,创立了物种竞存学说,强者生存,弱者淘汰,是自然规律,两者之间的争夺是残酷的,出卖算得了什么,只要能战胜对方。原谅她吧!何况已是过去的事情,历史嘛!就让它原封不动地保存在那里算了。"

她哼了一声,也不告辞,走了。

他望着叶珊的背影,心里想:"她假如不是四姐生的,该多好!"他掰着指头算着从阴历的除夕,到十月初一,正是生命从形成到诞生的一个周期,难道真是自己的骨肉?然而,她是多么迷人哪!他想起他种的那株美人兰,扑鼻的清香,雅致的风韵,羞涩的情调,娉婷的体态,多么像这个脉脉多情的少女啊!

过了几天,她兴奋地跑到谜园,僻静的人迹罕至的水榭,响起她欢乐的笑声:"终于查出来了!"

"什么?看把你高兴的。"

"我们从公路设计图上,找到了江海做下的手脚,是他命令公路改道的,推翻了原来经过三王庄的设计。"

"应该找他本人对质。"

"他承认,说是为了保护那棵古老的银杏树。"她笑了,那神态让王纬宇看了心都发痒,多么富有诱惑力的精灵啊!他拼命忍住自己,保持住一定距离。"还有,江海也说不清楚,那次地下党委会到底被谁出卖的事。"

王纬宇说:"我学过几天法律,一般地讲:当事人无法排除别人对她的控告事实,又提不出足够的证据,证明她未曾犯罪。那么,她就是个涉嫌犯,在无新的发现之前,当事人应该认为是个有罪的人。"

"那么她是——"

"究竟是什么性质的问题,要从路线斗争的角度来看。有这样的情况,她未必想出卖同志,但客观上达到这个效果,你能说她不是叛徒吗?爱情蒙住一个人的眼睛,什么事都做得出来的。"

"那你应该参加三王庄的批斗大会。"

"叶珊,要是你的追求真理的勇气,无私无畏的精神,天不怕、地不怕的革命劲头,能匀给我一点就好了。理智上,我知道你做得对,百分之百的正确,造反有理嘛!我完全应该支持你,可在感情上,我缺乏你的坚强,终究我和他们有着不是一刀能砍断的联系,请原谅我的软弱吧!"

"你可真够矛盾的了。"

"别笑话我。"

"我把你看做我的朋友。"

"谢谢你给我的光荣。"

甚至一直到今天,叶珊也不知道那天三王庄的大会,他是在场的。不过,当时,王纬宇不曾露面,而是坐在高门楼那座花厅里倾听会场上的动静,因为高音喇叭的声浪,压倒了石湖的波涛,什么都听得清清楚楚。大概自从高音喇叭这个事物问世以来,从来也没有像在我们这片国土上,得到如此广泛的应用,尽管我们不是一个电力相当丰裕的国家,但可怜的买买提、王小义却不得不从早到晚地唱。王纬宇坐在他父亲常坐的椅子上,在那透过五彩镶花玻璃的阳光照射下,他脸上也是五颜六色,捉摸不定的样子。陪着他的王惠平——惟一幸免不受批斗的县委成员,弄不懂他的纬宇叔究竟是为解救江海,还是加重他的痛苦?他说:"不就因为芦花的坟吗?那就挪掉算了!到底死人要紧,活人要紧?"

"不合适吧！将来于而龙——"

"于而龙还有将来吗？"

于是，王惠平心领神会，略一布置，紧接着，连掌握着会场的叶珊，也不晓得怎么突然出现了挖坟的举动。她也不知如何是好，然而，如同一部失去制动能力的车辆，现在，谁也无法控制，只好由着性儿开下去了。

有些好大喜功的人，总是爱把不是自己的功劳，看成自己的。也许最初还不敢那么确信，慢慢地，自己给自己合理起来，最终就深信不疑自己是创造那段历史的主人了。叶珊虽然不想揽功，但经不住大家一再夸赞，尤其是王纬宇和王惠平，夸她怎么会别出心裁，琢磨出这样一个最最革命的行动，真叫人敬佩小将是多么可爱。她起初不相信这是她的智慧，可伙伴们都恭维她，推崇她，于是，年轻人的脑袋瓜发热了，恍惚觉得是自己喝令江海他们去挖芦花的坟的。是她自己，因为除了她，还能有谁？

但是到了后来，挖坟的举动，受到了广大群众无言的谴责，尤其是她妈妈又是烧香、又是磕头，祷告菩萨神灵把所有灾难都降临到她身上，由她来承担女儿的过错。叶珊后悔了，可是，她又缺乏涎皮赖脸的本领，干脆不认账，一推六二五——本来不是她的账嘛！但她却宁可走赎罪这一条路，有什么办法！有的人连本属于自己的错误和罪恶，还想方设法地解脱与推卸呢！可她倒去替别人承担过失，整天在湖上漂泊，为鱼类的生存奔走，赎那永远也赎不完的罪。

那一天，当那块殷红色的石碑被扳倒，矮趴趴的坟墓被扒开，朽烂的棺木像风化了的石头，徒有木材的外形，轻轻一磕，就化为粉末的时候，叶珊的不幸日子就开始了。

她哪里经历过这样的场面，二十岁的女孩是和死亡这类事物无缘的,可是,除了那些手持铁锹挖墓的地、县干部外,她是站得最近的一个人。在翻开来的潮湿阴冷的泥土堆里,蠕动的甲壳虫,逃跑的乌梢蛇,惊慌蹦跳的癞蛤蟆,使她心惊肉跳,尤其是那形容不出的恶浊气息,阵阵袭来,刺鼻钻心,使她头晕目眩。特别是会场秩序完全乱了,好奇的人过来看热闹,但绝大部分群众都陆陆续续散了,有些老年人,在走出会场后,轻声呜咽地哭了,那哭声(夹杂着骂声)使她烦扰不安。她奇怪为什么别人听不见,或者听见了不往心里去?但她很想去问个究竟,搬掉了挡路的石头,为什么倒要哭泣?为什么竟然骂街?然而她不消问了,她从那些无言的群众眼里,看出了倘不是她办了一件缺德的事,就是这个被挖墓毁尸的新四军女战士,在人们心里埋得太深了。因此,她无法控制住自己,勉强支撑着,连她自己也不记得是怎样从三王庄过湖回到县城的。

她就是从这一个不幸的日子,向原来那个天真无邪的叶珊告别的。每个人都有他自己生命史上的转捩点,日期也许记不真切了,但那一天却永远在她记忆里长存。

回到县城,她蹒跚吃力地爬上北岗,叶珊自己都诧异:为什么要去谜园?难道她需要慰藉,需要鼓励?不,她需要镇静,需要安定。特别当她穿过烈士陵园的时候,她看到那些高高矮矮,大大小小的石碑,似乎每一块石碑,都像一个人,站在那里,看着她,并且瞪大眼睛询问:"你是挖坟的吗?"那些在墓道里栽着的长青松柏,也飒飒作响地问她:"你是挖坟的吗?"

叶珊不怕鬼神,但是那些虫子啦,蛇啦,又在心口扒着挠着,恨不能连肠带胃都吐出来,心里才能轻松一些似的。而且,更使她恐惧的,似乎那个被挖了坟的女人,在蹑手蹑脚跟在她身后,轻声细语地追着问她:"你是挖坟的吗?"

她害怕了,要不是迎过来的王纬宇,她非大叫起来不可。其实天色还亮,石碑上的字迹,清晰可辨。呦!那不是写着么?看,鲜红鲜红——

共产党员赵亮之墓

那一笔潇洒的行书,是老夫子的板桥书法。王纬宇认得出来,叶珊自然不晓得,不过,总算好,此刻她不那么紧张和心里难受了。

王纬宇其实和叶珊同时到达县城,他的吉普车快,回到谜园,折回头来迎接叶珊。因为他在路上,已经看见那娇俏的身影,在往北岗上爬着。现在寂寥恬静的陵园里,在灰蒙蒙的薄暮里,只有他和那个突然变得软弱的女性,慢慢地踱着。

叶珊向他颠三倒四地说着挖坟的细节,根本不去注意,这个她崇拜的人物,那异常的激动。尽管他装得很平静,但眼里的光彩却表明内心在交战,只有猎人在等待瞄准扳动枪机时,才会有这种外松内紧的神态。

今天,他还是多少年来少有的愉快,不错,他挖过他老子的坟,今天,又挖掉芦花的坟,但他绝不是报父仇,那只不过是偶然的不算牵强的巧合。主要的,是搬去了心灵上的一块石头,她是于而龙的精神支柱,只有在最坚实的柱脚下,把基础松动,那巍峨的石柱才能倒下。那么说,下一块石块,将要来搬那块骄纵的、不可一世的于而龙。仗要一个一个地打,路要一步一步地走。"王纬宇,挂起风帆吧!风向变得对你越来越有利啦!"

他想着想着,不知不觉地揽住那个年轻姑娘的腰肢,也许他过分集中精力在脑海里与假想敌在较量,谁知那个年轻姑娘拒绝过没有?躲闪过没有?反正此刻那软软的纤腰在他的膀臂里。也许天色渐渐重了,陵墓里那特有的阴沉气氛,死亡气氛,生死异路的气氛,使得年轻的女孩子害怕,反而依偎过来一点。他的心,那颗野兽般吞噬之心,陡然间增大了。

王纬宇对于女人,从来是搞突然袭击的能手,在这昏暗的暮色里,在这阒静的陵园里,那正是再也找不到的机会。他正想抽冷子紧紧搂抱住这个年轻姑娘,只要突破这一关,她就得听他的摆布了。但是,忽然间,他觉得墓碑上,那几个板桥体行书跳了出来,红灿灿地——

共产党员赵亮之墓

他吓出了一头冷汗,其实已经黑得看不清字迹了,可能是神经作用,也可能刚才看过的印象太深刻,以至,他似乎在每一块墓碑上,都好像能见到通红通红的八个大字:

共产党员赵亮之墓

王纬宇呼出了一口气,作为一个人的良知,又恢复了过来。随后,把搂在叶珊细腰上的胳臂松开了,回到了谜园。"天哪!"他谴责着自己:"我怎么做出这种逆伦的事?"

随后,他第一次像父亲那样,请招待所小食堂着意烧了两只拿手的小菜,他和她一起就餐。在饭桌上,给她碗里夹了许多好吃的,像哄小孩似的劝她放开量吃。

但是叶珊却咽不下去,并非菜不可口,更非王纬宇的盛情她不领受。不是的,只要她一想起甲虫、蛇,她就止不住地反胃想呕吐。然而,她又敌不住王纬宇的劝诱,那个在酒席宴上,甚至最老练的酒鬼,都会被他灌得磕头作揖告饶的海妖,使得年轻姑娘不但强咽,而且还喝了两口。但一回到水榭那王纬宇的高级房间里,哇的一口,全吐了出来。

"你怎么啦?"

"不晓得。"

"不舒服啦?"

"有点头晕,恶心。"

"给你找点药吃吧!"

他记得自己提包里装有一点旅行用药,例如晕海宁之类,哪想到翻来翻去,一瓶进口药滚了出来,他大吃一惊,什么时候忙得晕天倒地,把给老徐夫人搞的这种性兴奋剂,裹带出来了,幸亏是外国字,要不可得丢尽脸面啦!

当他回过头去,那个女孩子正仰脸躺在沙发上,抚摸着洋溢着青春美的丰满乳胸,努力抑制着自己的呕吐反射,那模样,那神态,使他回到多少年前,在一个漆黑的夜里,是怎样走近游击队当时惟一的女性草棚边,打算在开小差之前,把那个生病的女人搞到手,然后再干掉。那个女人和眼前躺着的姑娘一样,丰满的身体散发着诱人心醉的芬芳,尤其是那张漂亮的脸啊!怎么可能属于那样一个铁石心肠,杀人不眨眼的女人呢?

叶珊肯定不能像那个复仇之神,死命地喊叫。那张银盘似的脸,那双泪盈盈的眼,肯定是对他充满信赖与敬意的。这是一座不设防的城市,强盗的眼睛红了。

王纬宇盯着她,人的良知被兽性的色欲挤在一个角落里,而在那一小块尚未沉沦的孤岛上,还有那个被芦花割掉头颅的王经宇,在向他宣传:"那些船家女人,是惯于栽赃的,把不是你的孩子,硬说成是你的。"

于是,他打开那瓶进口药,撬掉软木塞,倒出两粒用胶囊装着的药,送到她跟前。

并不是每个少女,都像柳娟那样,带着一把防身的匕首,而且,在这方面,王纬宇要比一百个高歌加在一起还高明,叶珊休想逃脱这只可怕的魔掌啦……

那天夜里,下得好大的雾啊!

在那几乎是噎人的浓雾里,一艘小舢板正悄悄地往三王庄方向划去,船上只有一个年老的妇女和她脚下卧着的一条狗,以最快的速度,尽量不弄出大的响动,在石湖里行进着……

倘若不是浓雾,不是害怕独自从陵园经过,叶珊也许就告辞,离开这个道貌岸然的禽兽了。现在,只好留下来,听他大讲特讲第一次上战场的经验,尤其是第一次杀死敌人的经验:"……那是完全正常的现象,不足为奇,属于一种生理本能上的厌恶,慢慢就习惯了。你知道不,我参加游击队以后,第一回参加的战斗,就是攻打你今天去的三王庄。那时,我们非常缺乏武器,即使有枪,子弹也不充裕,大部分时间得靠接近敌人,进行肉搏战。我一上阵就被一个保安团死命缠住,他认识我,我也认识他,他想活捉我去立功,我想夺他的三八大盖。我们拼个死去活来,他力气大终于占了上风,把我扭住,并且押着我走。就在这个时候,飞也似的跳过来一个人,举起一把柴刀,从我头上砍过去,只听一阵风响,那个抓住我的保安团,脑袋开了瓢,正好,不多不少劈掉了二分之一,那红的鲜血,白的脑浆,喷了我一脸,差点把我吓晕过去。一只未砍掉的眼睛,居然还瞪着我。说实在的,那种场面是相当恐怖的,我以为我大概也死了,那个人踢了我一脚,把柴刀朝我一扬,吓飞的魂灵才回来……"他一口气说了许多的"我"以后,叹息地回忆着,"当时,差点连肠子心肝肺恨不能吐出来,那个女人,半点同情心都没有,骂了一声'出息',转身投入战斗中去了。"

"女人?"

"对的,就是你今天挖掉坟的那位——"

"她?"

"不错,她不止一次救过我的命,可是感情不能代替政策,按我个人,可以感恩戴德,但是——"他不往下说了。

"但是什么?"

"一个叫做需要,一个却是原则。"

"我不太明白你的意思,什么叫做需要?"

"那让我来告诉你吧⋯⋯"他猛然间趴过去,几乎不容对方反应,就把身子压在那个可怜的姑娘软软的肢体上,那冰凉的爪子,粗野地探进她胸怀里去⋯⋯

雾越来越浓密了,当那艘小舢板贴近三王庄的堤岸,划船的妇女猫着腰,领着她的狗悄没声摸上岸时;在县城北岗谜园水榭里,王纬宇把那个颤抖着的,哀告着"别!别!"满眼泪光的女孩子,紧紧压住,心里还在作最后的挣扎:"万一,她真是我的亲生女儿呢?"

"管它咧!"那个畜生自己回答着自己:"需要就是一切!"

珊珊娘颤颤巍巍地站起来,朝门外走去。

于而龙示意老林嫂照顾那个充满羞辱和苦痛的母亲,几十年来她心头的希望、光明、力量,以及无穷无尽的爱情,就在这一刹那间彻底破灭了,她将会怎么继续生活在这个世界上呢?

而屋里,痴痴呆呆的叶珊,却等待着他的答复。他说什么呢?安慰她吗?她需要那些空洞的言词,来给自己增强生活下去的信心吗?

这可怜的母女俩呵!

他抓住叶珊的手:"孩子,记住,鲁迅说过:'如果你血管里流的是血,而不是水——'那就要活着,报仇雪恨,以牙还牙。我们——包括我,孩子,过去太软弱了,是的,太软弱了⋯⋯"

这时,珊珊娘笔直地朝湖岸的垂柳丛走去,老林嫂拉都拉不住,于而龙怕她一时想不开,又要寻短见,因为彻底绝望和死亡,也只是一步之差罢了。他放下叶珊,走出门来追住了她:"你要干吗?"

"给我弄条船,二龙!"

"干什么?"

"我要回陈庄。"

"讲清楚,我才能给你找船。"

她轻描淡写地回答:"回家去拿样东西给你。"

"什么东西?"于而龙不相信地问。

她看看于而龙,然后,这个被腐化了的无产阶级,毅然决然地说出来:"五块银元!"

"老天!"游击队长情不自禁地抓住她:"你说什么? 四姐,你告诉我……"

"五、块、银、元!"

——哦,老天,简直是意想不到的,我本来已经不抱任何希望了,现在,失去的游丝又回到我的手心里。

他沉着地,然而是冷酷地笑了:"的确,过去,我们太软弱了……"

六

看来,诗人劳辛的记忆相当可靠,于而龙把他错怪了,现在,陈庄、老晚、五块银元,像一根线似的,把整个故事穿了起来。

多么遗憾哪! ——"劳辛,要是你活着,此刻也在石湖的话,一定会诗兴大发吧?"

于而龙认为恐怕是不虚此行了,半点也不懊悔白白浪费的两天半的宝贵光阴,打游击出身,还不懂得迂回战的道理,只有不断地行军,不停地绕圈,才能寻找到战机啊! 他站在垂丝般的柳树行里,等待着那五块银元(水生奉命划着船送珊珊娘去陈庄了)。这样,不但诗人未竟的诗篇,在实际生活里有个结束,而且也弥补于而龙失去芦花下落的遗憾。尽管她的石碑没了,坟墓挖了,棺木毁了,骨殖散了,但是她的五块银元还在,也就是她在这个世界上留下的惟一纪念品,重又落到他的手中,确实是很大收获了。

偏偏这个迫不及待的关键时刻,固执而又多事的老林嫂,向队里又借了一条船,莫明其宗旨地招呼于而龙上去。

"干什么呀?"他有些奇怪。

"跟我走吧!"她坚持着,不容置辩地说。

"我在等水生和珊珊娘回来。"

"误不了事的,快上船吧!"

游击队长有着说了不变的性格,但是他从候补游击队员的眼睛里,看到了更坚定的不可违拗的色彩。使他想起了多少年前,就在这同一个湖岸码头上,她扑通跳进湖里,叫喊着"我要枪"那样,有着一种叫人无法拂逆她意志的力量。

"等一下不行吗?水生已经走了好一会儿啦!"

"不!"她不留丝毫转圜之地:"快上船,别耽误今天晚上,你去望海楼赴席哩!"

"你放心,你的马齿菜馅饼我还没吃腻咧!"

"江海刚才来电话说了,你非去不可,有一位你必得会会的客人。"

"谁?"他想证实一下。

"江海不讲,说你准保知道这位贵客。走吧!还有段路程呢!"

嗐!于而龙无可奈何抄起了桨,在这样一位老姐姐的面前,他是毫无作为的。

舢板快离岸的时候,老林嫂唤了声:"黑子!"那条一直在岸上逡巡不安的猎狗,终于像得了个凑热闹的好机会,呼啸着隔丈把远的水面就蹿跳到船上来,然后又回过头去,向留着看家的秋儿汪汪叫了两声,那意思似乎招呼他一块走。老林嫂把它按在脚边卧着,然后关照她孙子:"那个姑娘要饿了,你让她自己做点吃,一会儿,复员兵就会来照顾她的。"

"复员兵?"他立刻想起是江海的儿子。

"嗐!他要晓得珊珊这桩事,还会跟他老子吵得天翻地覆,非要娶她吗?"

"你说,珊珊那孩子到底有什么错?"

"我看,还是瞒着一点好吧!"

"不!"于而龙摇摇头,心想:那个复员兵,如果是个有眼力的年轻人,应该懂得,白璧微瑕,更重要的是一个人的心,她的心,能找出一丝疵点吗?——"不过,亲爱的王纬宇,很可能我的心术变坏了,隐恶扬善,对有些人来讲,似无必要。要是叶珊作为我的客人,在部大院里出现,不知道你们两口,作何感想?……"

舢板已经划出一箭之遥了,老林嫂又想起什么,叮嘱着她孙子:"秋,要是你爸爸回来,干脆让他去沙洲迎我们去,告诉他,老地方?"

"沙洲?"于而龙瞪大了眼睛。

"是的,二龙,你就划吧!"

从柳墩到沙洲,少说也得划上两个小时,他弄不明白,老林嫂葫芦里装的什么药:"告诉我,去干什么?"

"你还记得莲莲落地的那块地方吗?你该去看看,像我过一天少一天的人,谁晓得往后还能陪你看几回。"

既然讲到这种程度,他也只得把五块银元暂时搁置在一边,因为,毫无疑问,游丝是不会断的了,这种将要破晓,但天色仍旧混沌的临界状态,黑夜和黎明即将交替的时刻,似乎给等待盼望的人,燃起更强烈的终于熬过长夜,迎接白天到来的幸福感受。他加快了速度,小小的舢板在石湖里破浪前进,太阳在头顶上偏点西,一碧无垠的湖水,照得通亮通亮。第一天来到石湖垂钓的早晨,那种有点苦涩、有点甜丝丝的回味,像吃橄榄似的心情又把游击队长控制住了。

石湖的春天,是多彩多姿、充满诗情画意、洋溢着青春活力的季节;是万紫千红、令人憧憬未来、深寄期望的季节。沿着密如蛛网的河沟港汊,船在波光水影里驶行,欸乃的桨声,催人欲睡,细浪拍击着船头,又似絮絮低语,惟恐惊起芦苇中的水鸟;日丽、风和、浪静,是一个多么恬淡安详的世界。于而龙把那些纷争、烦扰、不愉快的心肠、皱眉头的事情,暂时先推到了一边,沉醉到他家乡的风光里去,否则,可真有点煞风景了。

他已经多年不使家乡的船,显得有点笨拙生疏,不那么灵光了,总不如早年间那样操纵自如。驶了好一程子,才有点顺手。直到这时,他才能够定下心来,边划边看,迷人的水乡春色,真是叫三十年不回乡的于而龙心醉。这些曾经在梦中出现过的景致,如今活生生地堆涌在他眼前,简直让他眼睛忙得看不过来,不知看哪是好了。他给自己讲:看吧,尽情地看个够吧!如果话不说得那么绝,恐怕此生此世,也就只此一回,下不为例了。很明显,当第二个王爷坟缠住这位党委书记兼厂长以后,鹊山老爹,他向你许愿再来看看也不可能,生命对他来讲,就像跑百米一样,只剩下最后冲刺的有限途程了。

——我们白白虚度了多少年华,现在想想,连哭都来不及了。

啊!多美的石湖啊!浓妆淡抹,处处都勾人魂魄,浅的像随意渲染的疏淡水墨,浓的像金碧青绿的工笔重彩,而随船行进的一路景色,又好似绵亘不绝的长卷,倘若稍一驻桨,眼前出现的画面,就仿佛美术大师的即兴小品,真是人在画中游。他生活在石湖那么许多年头,好像还是初次欣赏到这样的美景,自然,心情是一种大有关联的因素,倘若五块银元没着没落,倘若不是即将来临的战斗,恐怕就不会产生这样浓厚的诗情画意了,尽管一九七七年的春天,远不是那样暖和的春天,他这个不是诗人的人,竟然也想做诗了。

——劳辛,你要活着该多好!

老林嫂好像也沉醉在石湖的景色之中,半天,也不说话。但是,也许夏岚说得有点道理——尽管她那些文章,全是胡扯淡,但女人是天生的现实主义者,这话是不错的。她不是浏览景色,而是在品评一个人。她的脸上出现了一丝阴影,忽然间,没头没脑地冒出一个问题:"我还没顾上打听,二龙,他怎么样?"

"谁?"

"坑害了那母女两代人的——"同时伸出了两个手指。

"怎么说呢?……"一提到他,于而龙那种暂离尘世的悠然心情消逝了,又回到现实生活里来。对于高门楼的二先生,是很难用几句话可以概括起来的,于而龙怎么回答她呢?——如果他是一道数学题的话,肯定是相当复杂的代数方程式,尽是些 X、Y,未知数实在太多了,尽管是相处了四十年,甚至还长些,半个世纪,但谈不上对他真正的理解。有一条可以肯定,他不是通常意义的好人,绝不是。冲他对待珊珊娘和那个被他玷污了的姑娘,就能得出这样的结论。然而,要把他看做通常意义的坏人,说实在的,即使那些坏人,怕也不会赞成与他为伍。想到这里,他告诉老林嫂说:"反正到眼下为止,他混得不错,弄好了,往后,我想,也不会坏。"

老林嫂若有所思地说:"这可苦了水生,县太爷的门槛他还得去迈。"

为什么王纬宇要那样不惜工本,去支持王惠平?仅仅为了友谊吗?以至于工厂里的电子计算机都答应转让出手,非同小可啊!按照无利不起早的价值规律来看,于而龙弄不明白,究竟他们谁更需要谁些?

忽然间,那条猎狗咻咻地嗤开鼻子,原来,从芦苇丛里游出来两条水蛇,花花绿绿,扭摆着身子,浮在水面上,昂着头,朝舢板游过来。"黑子"站立在船沿上,回头看着老林嫂,似乎等待着一个眼色,给那两条毫不畏怯的家伙以什么打击似的。

"算了!"老林嫂对"黑子"说,"你弄不住它们的。"说到这里,话题转了回来,"难怪水生非要去靠他们,也想攀住大树往上爬呢!爬比自己干要省劲,这年头大家都摸着门了,没有见过拍马溜须掉脑袋的。可他爹、他哥干革命,倒把命送了。就为你来,王惠平怕我对你说些着三不着两的话,给我当面锣、对面鼓敲了好几顿啦,还许了水生一个供销科长,让他来给我做工作,要是我不领情的话,他一手遮天,什么事做不出来。我不是说了吗,要是如今鬼子来,你看我还掩护他不?"

于而龙说:"不会的,到时候你又心软了。"

"倒说不定,水生讲的也对:鬼子一来,又要靠老百姓啦!嘻,要不是昨晚江海给我开了点窍,你就算白回来一趟啦!"

"哦?"

"原来不是一条船上的人,二龙,你还记得死去的芦花好说的一句话——"

"七月十五,日子不吉利呵……"

舢板划出了茂密的芦苇丛中的河道,现在展现在眼前的是一片连绵的岛子。这些小岛,和沙洲、沼泽地都曾经是石湖支队赖以寄身的地方,也是和敌人周旋的战场。岁月流逝,沧海桑田——特别是人为的改造,已经变得不大认识了。

石湖里的小岛,准确的数目,谁也说不上来,涨水闹汛的季节,一些岛子失踪了,可到了枯水期,没影的小岛又出现了。但是有名目的大一点的岛屿,照例不受水涨水落的影响。现在,正好一年一度的桃花汛,所以岛子的面积都缩小了,有的只在水面上留着一点痕迹,像鱼脊似的表明它的存在。但是,又划了一阵以后,只见一些岛屿上,人声鼎沸,旗帜飘扬——多好的渔汛期啊!人们不去打鱼下网,却在这里进行轰轰烈烈的围湖垦田的劳动。原来,那在湖里撒出去的一路小木牌,敢情终点是在这里。哦,难怪叶珊要为鳗鲡的命运奔走呼吁,要照这样大规模围垦下去,于而龙想:在他见到上帝之前,石湖就要在地图上抹掉了。

越划越近了,面前那岛子的整个轮廓看得越来越清晰了,他顾不得去忧虑鱼类的生存,这岛子他简直在脑海里印象太深刻了,然而,很像在路途中邂逅一位久别的熟人,刹那间竟想不起对方的姓名。"那是什么岛子?好眼熟!"

老林嫂不但诧异他的健忘,而且惊讶他的麻木,甚至带有一点责怪的口气:"怎么?二龙,你连黑斑鸠岛都认不得啦!"

啊!黑斑鸠岛……

他像被谁用棒子敲了一下脑袋,刹那间几乎近乎休克似的怔住了,舢板失去了控制,在湖面上滴溜溜地转起来。

老林嫂以为他还未回忆出那段往事,便提醒地说:"……芦花就是好不容易把你从这岛上找到的呀!你只剩下一口气了,她背着你在湖里蹚了那么远的路,总算捡回一条命。可她——"她看到于而龙的脸色,不怎么好看,仿佛受到过度刺激似的,便把话头煞住了,不再往下讲。

有幸福甜美的回忆,自然也会有苦痛辛酸的往事,尽管那是很不愉快的题目,但总该有勇气去触及。可是一提起黑斑鸠岛,他无论如何排遣不开一场噩梦的感觉,真是害怕去想啊……那是他生命史上一场可怕的噩梦啊!

在那样一个黑洞洞的冬夜,那样一个浓雾弥漫的绝望天气里,他,已经不抱任何生还的希望了,腿部受到了重创,一块美制的霰榴弹片,啃掉一大块肉,嵌进了股骨里,由于失血过多的衰竭,再加上在冰水里潜伏的时间过长,已完全丧失活动能力。即使撤出包围圈的同志们,打发人冒险回来寻找他,夜黑如锅,雾重似幕,在茫茫冰封的石湖上,是绝对不可能把支队长发现的,除非两只手把一寸一寸土地摸遍。

然而那又谈何容易!敌人在湖面上布下重重封锁线,东一堆,西一摊的篝火和那破冰巡逻的汽艇灯光,正企图一网打尽石湖支队。

眼看自己马上要向世界告别了,十年前,那砒霜酒使他在热昏中人事不知地死去;现在,却是头脑异常清醒地,注视着自己在一点点离开人世。如果到死亡那一站,有可以计算的里程表,也就仅有一步之遥了。看不到同志,见不着亲人,在这块生养他的土地上,在冷酷的怀抱里,孤独地死去了。看得清楚极了,再没有比看着自己的死更痛苦的了。死亡在一步一步地朝他靠拢,而且是一根枕木,一根枕木地逼近过来——哦,时代的错觉又把游击队长搅住了。枕木?哪来的?石湖上怎么出现了钢轨,火车头?

那分明是高歌指挥着浩浩荡荡的人马,开着火车头,轰轰隆隆地朝站在两根钢轨中间的于而龙滚轧过来,他甚至听见高歌在咆哮:"轧死他——"

错啦错啦,神经发生了故障,又乱成了一锅粥。他想:黑斑鸠岛是一九四七年的事情,它与一九六七年整整相差二十个年头,火车头怎么会从黑斑鸠岛上开来呢?然而也怪,他耳畔响着冻坏了的斑鸠,那恓惶的啼叫声,但是,眼里却看到那火车头扑哧扑哧地,冒着气冲他而来。

"马上就要轧成肉泥啦!于而龙,滚开——"

他眼前完全黑了……

就在这千钧一发之际,突然一声巨响,火车司机撂了个死闸,车头正好停在了他的脸前,再差几个厘米,就会碰着他的鼻尖。

——马克思向他挥手说:"于而龙,你还得再缴几年党费,好好干,再见吧!"

火车司机两只大眼瞪着他……

后来,于而龙一直在寻找这位对他手下留情的小伙子。可再也打听不出消息,像一猛子栽进水里,被漩涡裹走的人,连尸首都没影没踪。那年轻人长得虎头虎脑,说起话来瓮声瓮气,眼睛大得吓人,尤其瞪起来的时候。舍此以外,什么细节都记不起来了。因为电工室里,只有一盏开关板上的指示灯泡,而且还是蓝色的,所以除了憧憧往来的人影,谁的面目都看不真切。他是谁?叫什么名字?究竟是哪个单位的?现在活着,到底还是被秘密弄死了?都探听不出一个下落。十年间,有过多少这样的无名冤魂啊!

他肯定不是工厂里的职工,因为厂里运输部的火车头,都是和铁路局签订合同,由他们承派的驻厂人员,于而龙悄悄地查过,倘若不是守口如瓶,那就确实不知底细。他们谁也回答不上来,那个火车司机是谁?当然,高歌,或者躲在电工室外面,喝令往死里打的那一位,能说出子午卯酉,但是于而龙无法张嘴去问他们几位:"喂,你们把那个大眼睛小伙子搞到哪里去了?"

只是提一下被派出所拘留的历史事实,都使得"司令"们如丧考妣,大发雷霆,何况人命关天的事情。但是,连个苦主都找不到,于而龙也就只好在脑海里记下那血的洗礼之夜,共同度过灾厄的难友了。

火车头在于而龙面前站住,但他还是立在铁道中心,动也不动。立刻,从车上跳下几条彪形大汉,扭住他,拳打脚踢,"老子娘"地被他们狠狠地詈骂了一顿,然后带到离主厂房较远的变电站里去。

扫帚总统于而龙确实把形势估计得乐观了些,以为这样一来,内战危险总算避免,双方脑袋能够冷却下来,说不定还会感激他作为一根人桩矗立在铁道当中的作用呢!要不然,枪炮开始说话,那死伤人数肯定不会少的。但是,他可不曾估计到,现在,所有的账都得算在他头上。游击队长进到电工室里,他彻底明白了,看那一个个凶神恶煞的样子,自己嘲讽自己:老兄,和一九四七年一样,是石湖支队最不好过的一年,恐怕是进得来,出不去的了。

他看到:电工室里出场的人不是很多,直接出场的也就六七个膀大腰圆的家伙,尽管他很不想把这儿形容成"渣滓洞",但眼前这几个满脸横肉的人,却使他无论如何也排除不掉渣滓的概念。这些七十年代的"麻皮阿六",别的不说,仅仅是那些刑讯逼供的器具,就很有点奥斯威辛的味道。他们只问了三句话:"你有没有罪?""你反不反党?""你低不低头?"还来不及等于而龙回答,电工室窗外影影绰绰一位不出场的人说话了:"先给个下马威——"紧接着,那些个家伙劈头盖脸地打过来,打于而龙,也打那个被他们斥为"工贼"的火车司机。在那些打人的器械中间,于而龙认为电工皮带是最客气的了,这种时候,谁能相信孟轲宣扬的那一套呢?"人之初,性本善",半点也不对,年岁都不那么太大嘛,为什么心肠会那样歹毒？下手那样狠辣？他们从哪里学来的一套法西斯手段？

那个火车司机想不到他的同伴们，竟那样毫不留情地对待他，他起先暴怒地予以反抗，大骂不已，但很快，一个五大三粗的打手，顺手抄起一根电工用的令克棒，击中他的脑袋，当场晕倒在地。第一课不算长，二十来分钟就结束了，由于那个大眼睛的小伙子跳闹得厉害，他挨的揍要多一点，等门哐啷一声锁上以后，于而龙爬过去，扶住他，但是，想不到他从昏沉沉的状态中，醒来以后，发现自己在于而龙的怀抱里，连忙慌不迭地挣扎出去："离我远点，滚开，滚一边去。"

于而龙也不客气，把他推走："请吧！我是怕你一口气过不来。"

"我死了也是革命的，你——"

这真是可笑的愚昧："那么你说我是什么人？"

他粗声浊气地回答："坏人！还要问吗！"

"你好像并不认识我，我也从来没在厂里见过你的面孔，你怎么断定我是坏人？"

"别人都这么说的。"

于而龙摇头叹息："那每个人自己长个脑子还有啥用呢？"愚昧固然可悲，而制造愚昧就更可悲，整天"岌岌乎危哉"地害怕人民群众觉醒，防民之口甚于防川，恨不能使每个人都成为按照程序控制，或者是编码穿孔带操纵的机器人，一个国家，一个民族，弄到这步田地，还有什么出息可言？

他翻过身来："你的话是什么意思？"

"你愿意听我说老实话吗？一个需要别人代为思考的可怜虫和白痴有什么区别呢？"

那小伙子差点要翻脸了,眼睛瞪得又圆又大,真像个铜铃,但刹那间改变了主意,歪扭着鼻子笑了:"要不是思考,我还不会撂个死闸,当工贼,挨揍呢!"

于而龙是不大肯安宁的,已经落到如此境地,就老老实实做铁窗里的囚徒算了。不,他兴致勃勃地附身过来,研究心理学对象似的问:"小伙子?你干吗紧急刹车?"

"老兄!我没想到你真的不怕死——"

"那你说错了,我想活,而且非常想多活上些日子。"

他有所发现地问:"喝,原来你也害怕啊,哈哈,敢情是假装镇静!"

"在死亡面前,是假装不出镇静的,年轻人。"

"那你是找死?"

"如果死得有价值的话,倒是应该试一试的。"

电工室的门被人打开了,又涌进来一批面目看不真切的暴徒,不讲什么情由,不问什么罪名,一句"就打你的态度——"急风暴雨的惩罚落到他身上。他们嫌刚才那个回合里,有些人憎恨的程度还不够深切,调换了几个,增补了几个,凶器也提高了水平,那种A型活络三角带,相比之下,应该认为是比较仁慈的刑具了。

第二课只打了半个小时就结束了,于而龙遍体鳞伤,已经挣扎不起,去关怀那个大眼睛的小伙子了。因为,那些人显然想通过摧垮他的身体,达到在精神上也把他搞倒的目的,他们是奉到旨意这样干的,很给了他一点颜色看。

小伙子倒转来呆呆地瞧着于而龙,然后提出一个问题:"你干吗挡着我,护着我,让那些人揍你?"

于而龙擦干净嘴角的血,朝他尴尬地苦笑了笑,因为实在连说话的力气都失去了,只好闭着眼仰在墙根休息。

"妈的,畜生,王八蛋……"那个小伙子爆炸似的朝窗外大骂起来,他那粗犷的嗓门,每吼一声,小小的电工室都振动得嗡嗡响,"来吧!兔崽子,你们来收拾老子吧!想借我的手杀人,姓高的小子,有种过来吗?……"他叫嚷着,吼骂着,不多一会儿,进来两个人,把他拖走了。在门口,他回过脸来,盯着于而龙,很明显,那对大眼睛大约想说些什么,但他只说了"当心"两个字,便消失在门外的黑夜里。

黑夜,是最能掩盖罪恶的,从那以后,再也见不到那对大眼睛。十年,有许多沉冤是永生永世也无法洗雪的,特别是那些离开尘世的人。可无论生者和死者,都万万没有想到会出现那么多失去天良的暴徒,如果前人感慨播下龙种,收获跳蚤的话,那么现在该是后悔播下希望,却长出了畜生。——呶!这批畜生又簇拥住于而龙了……

第三课他瞥了一眼那块被抽碎的手表,是从午夜十二点开始的,一场漫长的轮番审讯逼供开始了。虽然拷打只作为一种辅助手段,只是在他们认为不老实的时候,才施之以拳脚。不过,于而龙能够使他们认为老实的情况又不多。最后,气得高歌推翻了桌子:"于而龙,你要不承认所有罪状,你就休想活着出去。"

于而龙舌干口燥,伤口的血,津津地流得太多,他决计沉默。但是,高歌既然这样挑战,游击队长认为不给一个答复,就不是人们心目中那样的蛟龙了——这种死不认输的性格啊!他用最后一点唾沫,舔舔嘴唇,慢慢地说:"高歌,你觉得比那个火车头怎么样?我在那庞然大物面前,也不曾退后半步!"

在高歌嗾使之下,一群疯狗样的人,和人样的疯狗,一窝蜂地冲了上来,那根令克棒也拖来了。于而龙听得清清楚楚,在窗外,有人在发号施令地说:"给我往死里打!"他在十来个人的围攻下,打得他无法招架的危急状态下,居然还能回忆起多少年前,和小石头,那个勇敢的孩子,跳进高门楼,被人围攻时,王纬宇站在廊下说过的同样的话。那斩尽杀绝的狠辣,难道,此刻又是他?于而龙拼出最后一点力气,偏要冲出去看一看,这个躲在背后的家伙,是副什么嘴脸?但是,他刚迈门槛,脑后挨了一棒,里一半,外一半地倒在门口,失去了知觉。

等死了,游击队长的生命现在以分以秒来计算了,世界上再比不得等死的滋味更难受的了。生命从伤口一丝一丝地逸出身体,最可怕的是头脑还异常清醒,再清楚不过地注视着自己的死亡,那才是莫大的苦痛啊!一方面是无可奈何地要作最后的告别,一方面还有许多事务纠缠住自己。历历在目,使他无法一撒手离开这个世界。于而龙想:"这大概就是人们所讲的死不瞑目了。"

芦花的判断是正确的,现在,一切都已经晚了,后悔也无济于事。支队的背水一战,于而龙原指望把这股地头蛇消灭掉,使部队的处境略微改善一些,但是,那只老狐狸看出了一点蛛丝马迹,便搞了一个圈套,把石湖支队陷进了一个更凶险的局面里,差点落了个覆灭的结果。

王经宇将计就计地在三王庄被围困着,佯装无法逃脱,等待着彻底失败的狼狈相。那时,支队已经配备了电台,截获到他求救求援,要县城调兵配合包抄的电报。但是于而龙把它小看了,未能很快觉察到他们安排下的香饵计,在诱使石湖支队上钩,而且错误地估计,王经宇不会有如此大的胃口。啊!很多错误都是在毫不在乎,小看对手上而造成的,本来可以一走了之,要是几年前,也许他就不那么恋战了,再香的骨头,啃不动,也得吐掉,千万别卡住脖子。但是人的胆子总是越做越大,尤其是带点冒险性的事业,胃口会随着成功的可能性不断扩张。直到汽艇气势汹汹地开进石湖,他们还蛮有时间从泥潭里拔出腿的,可是,于而龙固执地非要把王经宇敲掉才走。

直到今天,于而龙也不知道当时根据什么死命坚持?也许认为王经宇搬不来多少援军,国民党正规部队不会听地头蛇调遣。但是,谁料到敌人竟像蝗群一样蔽云遮日而来,把石湖支队团团围住,水泄不通。

王经宇得计了,他猖狂地打发个人站在高门楼的屋顶上,把民主政府的木牌,倒挂在大旗杆上,还向游击队喊话,展开精神攻势:"于二龙,识相点,投降吧,大先生的招降酒烫热了等着你呢!"

于而龙对芦花说:"给我把他的天灵盖揭下来——"

芦花皱着眉头不太高兴,她通常要谨慎些,而且在湖东和王经宇打交道的次数多些,那是个不见兔子不撒鹰的家伙,敢在三王庄同你耗时间,就知道其中必有名堂,因此早就建议转移,但于而龙说什么不让到嘴的肉飞了,这样,落进困境。此刻,她饶了那个喊叫的人一命:"让他吼去吧!我们得想法突围——"

石湖支队就这样让王经宇最后搞了一下,本来经过残酷艰苦的一九四七年从春到秋的战斗,快要拖垮的部队,更衰弱不堪了。

哦!不应该失败的失败,是最不能轻饶自己的了。

他被黑斑鸠岛上响亮的号子声惊醒过来,重新操起了桨,把那条在怔忡中失去控制的舢板,划离了岛子,原来,浪涛把它送到小岛的岸边了。

老林嫂谅解地问着:"累了吧?二龙兄弟!"

多么亲切,多么温暖的称呼啊!于而龙抬头看看她,那眼神是相当严峻的,似乎在说:"你不该忘,你不该忘。"随后她长叹了一口气:"芦花能在这岛子上找到你,可也不容易啊!……"

于而龙刹那间呼啦一下心都凉了。

他想起他躲在岛边齐脖深的冰冷的湖水里,只能露出一个脑袋,眼前是凝结在薄冰里的断芰残荷,败叶乱茎,有些丁点大的不怕冻的小鱼,竟敢摇头晃尾地游到他脸前来,啐呷着他的下巴。

枪声渐渐地消停下来,他估计同志们大概突围了,但摸不准搜湖的敌人走了没有?鹊山掩映,暮霭迷茫,除了西北风,吹得枯树残枝簌簌作响,听不出别的什么动静,于是,他拖着腿部的重创,蹒跚地爬上了黑斑鸠岛。但是,哪里想到,上得岛来,老天爷比敌人还要辣手,峭厉的寒风一吹,创口、污血、泥水、湿淋淋的衣服,立刻硬邦邦地冻成一团,他像被施了定身法,木桩似钉在那儿,动弹不得。

啊!老天爷向来趋炎附势,岸上比湖里要冷得多。

冷哪!他觉得从心的深处往外冷,血液都凝固了,在血管里滞留不动,可能也结了冰了。他拼命挣扎,力图改变这种困难处境,咬着牙,使出最后一点力量——不,是意志,是确乎属于精神世界的东西,正如他在最近的十年里,坚持要活下去见个分晓的劲头一样,逼得他在岛子上朝前迈步。他强挣着举起一只脚,扑通一声,摔倒在冻得铁也似的硬土地上,而且摔了个结实。

他趴在地上,脑海里的思维尚未冻木,不禁掂掇着:果真是我铸下了弥天大错,该我于而龙受到这样严厉的惩罚?难道我就呜呼哀哉,不明不白地死去?不,党不曾给我轻易撒手而去的权利。

——不能死啊!队长同志,现在鹊山那山神庙后的大峒里,正在进行着有关石湖支队命运的一场辩论,是在石湖继续坚持斗争下去,还是改弦易辙,另谋出路,把队伍拉走?相持不下,正等待着你关键的一票呢!

要活下去啊!于而龙,要为明天活下去,看见了吗?同志,就在你匍匐着的冻土里,那芦苇的嫩尖,快要透出冰封的大地啦!冬天里的春天,是在沃土中间,你怎么能趴在孤岛上等死,放弃一个共产党员的职责呢!

然而,一个人要栽倒了,不大容易爬起来,可费劲挣扎起来,下一个跌倒的命运还在等着,所以只有死亡这条路好走,多么不甘心啊!可是上帝不饶人哪,死神在一步步逼近……

和死神同时,也传来了另外一个人的脚步声……她来了,是芦花来了。她受着支部的嘱托,冒着巨大的艰险,说什么也要把于而龙找到,她并不仅仅为了自己,而为了石湖支队那面不倒的旗子,即使是于而龙的尸首,也得把他找回来。要是落到敌人手里,不但精神上处于劣势,向众多的石湖乡亲又怎么交待?她来了,已经搜遍好几个湖心小岛,现在,凫着水,还不敢弄出大的响声,怕惊动敌人,一步步向黑斑鸠岛摸过来,而远处湖村的公鸡已经在啼晓了。只要天一放亮,甚至她都有落入敌人手里的危险,然而她哪怕豁出命去,也不能放弃寻找于而龙的打算,因为在同上级联系不上的情况下,理所当然地担当临时指挥员的王纬宇,明显地倾向着想要把支队拉出石湖。而在一九三九,一九四五年那样艰难困苦的日子里,也不曾离开石湖半步。

这支小小的游击队,在江湖淮海之间,虽然说不上是插向敌人心脏的一把尖刀,但由于逼近上海、南京,很有点像揉进反动派眼睛里的一粒沙子,国民党恨不能早日把它除掉。但是这支神出鬼没的石湖支队,自打成立那天起,就像枣核钉一样,死死地揳在这块土地上。

然而要想找到于而龙却不那么容易,她和长生,还有两名战士组成的搜索小队,在漆黑的夜里,在迷茫的雾中,在蒙着一层薄冰的石湖上寻找着,哦,困难哪,像大海捞针一样,哪儿也找不到生死不明的游击队长。

芦花攀上了黑斑鸠岛,一听那凄苦的咕咕声,她的心凉了半截,连鸟雀都毫无警觉地安然高眠,肯定他不会在这个岛子上了;即使能够找到的话,怕是活着的希望不大了。周围几个小岛子都搜遍了,要是在这里还不见踪影,那么他到什么地方去了呢?

她仍然坚持着用两只手在地面上摸索着,一寸一寸地都仔细摸了个遍,她相信他就在这一带,决不会离开的。有谁能比妻子更理解自己丈夫的呢?他不会呆在战场以外的地方,哪儿战斗激烈,他准在哪儿,即使死,也死在枪声最响的地方。

她一步一步在黑暗里搜寻摸索,不敢高声,惟恐掠起夜眠的斑鸠,招来敌人,只能轻轻地呼唤:"二龙,二龙!"黑夜浓雾,眼睛不起任何作用,只能靠触觉,靠她的两只手。

哦,那两只鲜血淋漓,伤痕累累的手呵……

即使她肯定得知于而龙就在岛上,这方圆十来亩大的黑斑鸠岛,也够她找的,因为她必须把每一个角落都要触摸到才能放心,何况天快要亮了,此起彼落的鸡叫声,在提醒她,赶快撤出去吧,敌人肯定在天明以后,就要来打扫战场的。

芦花,这个不屈不挠的人,也就只有她,才能把于而龙找到,因为她终究是他的妻子,而妻子对丈夫的爱,使得她哪怕手心的肉都刮烂了,露出骨头,也得继续一寸一寸土地挨着摸下去。

在出发前,王纬宇不赞成她亲自去:"我们可以多派几个同志去找,你别冒险啦!"

"不!"芦花坚定地回答,"谁去也不如我去!"

直到今天,于而龙也还能记得那双血肉模糊,肿得像馒头似的手……渔村妇女成年到辈子搓绳织网,腌鱼卤虾,张帆使橹,打草劈柴,那双久经风霜的手,是相当结实的,但是摸遍了那几个岛子的所有土地以后,再结实的手也毁了。哦,那些岛上的枯藤败枝,蒺藜荆棘,以及湖岸边的锐利冰凌,刺人蚌壳,即使钢浇铁铸,恐怕也得磨脱一层皮的,何况十指连心的肉呵!那双手不成样子了,找不到完好的地方,扯裂的伤口,丝丝的血在渗透出来,肿胀的部位又受了冻伤,在发黑坏死……然而,正是这双手,把于而龙从死神的怀抱里,夺了回来。

可是一直到她牺牲那天,这创伤也不曾愈合。

她说过:"二龙,我要找到你,说什么也要把你找到,为我,是的,是为了我,可我又为了谁呢?支队离开石湖,还叫什么石湖支队呢?露出了骨头算什么?手磨掉了有胳膊,得把你找到,得让你活着,明白吗?石湖支队不能落在他手里!"

"谁?"

她手肿得无法活动,伸不出两个手指来表示,而是痛快直接地说:"不是梦啊!二龙,他什么事都干得出的。"

难道不正是这样吗?……于而龙思忖着。

究竟怎样把他找到?又是怎样历尽千难万险把他弄到沙洲上?都由于芦花那些日子的匆忙,和突如其来的死,而未能来得及讲,许多细节都是无从知悉的事情了。

现在,留在他记忆里的,只是一些支离破碎的断片,像舢板前头的浪花,一浪一浪地涌在眼前……

他觉得他终于死了,而死亡和寒冷,正沿着受伤的腿部慢慢地升上来,沿着凝滞的血管逐渐蔓延,扩大到整个身体。死了,一点救回的可能都不存在了,只有怕冷而在窠里咕咕的斑鸠,在给他念超生咒。

他也不知什么时丧失意识的。直到他被人背上,在水里蹚着,才醒了一点,可还是迷迷糊糊,只觉得那人深一脚、浅一脚地走着,他也随着摇来晃去,而且不止一次,两人一块栽倒在湖水里,冰凉的湖水刺激着,脑子能够活动了。但是,也来不及思索什么,敌人巡逻兵的枪声,他又被拖入芦苇丛里,这些迅速急遽的动作,都使得伤口疼痛加剧,随着就昏了过去。

后来,他又在深水里了,被人拽住游泳,不得不吞下了大量的水,由于憋气,他挣扎,又是别人用身子承托住他,才通过那些水深流急的区段。

他也不知持续了多久,也不知走了多远,终于被拖上沙滩,而且听见有人在喊叫他,声音是那么遥远,但是他依稀听见了,心里在想:"快过来吧,同志们,我在这儿。"

那遥远的声音在说:"二龙,二龙,睁开眼,看看我是谁呀?"

天已经大亮,他睁开了眼缝,先看到那对闪亮的眸子,原来因为耳朵里灌满水,其实芦花就在他身边,他这才放下了心,合上眼,昏昏沉沉睡了过去,等他再睁开眼,芦花告诉他说,已经是两天以后的事情了。

多么沉重的负担,多么艰巨的路程,该付出多么坚强的毅力,才能把于而龙从湖心岛弄到沙洲上来!现在,于而龙划着舢板,正是沿着她曾经蹚水走过的路,一步一步地前进,他简直不能想象,一个女人,一个妻子,是什么力量在促使着她,为了丈夫,去做她按说根本不可能办到的事,仅仅是为了爱情么?仅仅因为他们是结发夫妻吗?

或许部分是,但绝不完全是,因为,在那时,生死存亡是比较显而易见的,用不着整整花上十年时间,去认识一个真理。

"你要活着,明白吗!二龙,要活下去……"他耳畔又响起芦花的呼唤,在那间曾经生养过他们女儿的窝棚里,是芦花紧紧地搂抱住他那完全冻僵了的身体,使他从麻木中渐渐缓解开的。她不住声地在他耳旁呼喊："二龙,二龙,你听见了吗!万万不能撒手走啊!明白我的意思吗?我们不能离开石湖,没有上级的命令,我们不能撤走,就是死,我们也一块死在石湖,二龙,二龙……"

她好像害怕一旦停止喊叫,于而龙的魂灵就会飞走似的,把那冰凉的脸,揽在胸前,俯身朝他喊:"二龙,二龙……睁开眼,看着我,看着我吧……"滚热的泪珠,一颗一颗跌落在他的脸颊上。

突然间,他眼前的场景变换了,不是石湖。他从昏迷的状态里惊醒了,他发现他躺在医院的手术台上,身边站着眼睛哭肿了的谢若萍,还有愤怒的于莲,和那个咬着嘴唇的小狄。因为门外、窗外喧嚷的声音太大太响,以致紧急抢救的外科大夫、护士,都惊吓得无法进行手术了。

于莲看见她爸爸的嘴唇在翕张着,便附在他耳边说:"这帮人闹到医院来啦,非要把你揪回去接着斗!"

其实,他关心的是,谁把他从电工室弄到这里的?

猛地,手术室的门拉开了,阳明走了进来,这个从来温和儒雅,亲切平静的政治委员,以少有的愤怒回过身去,冲着门外喧嚷的人群,庄严地申斥着:"你们要干什么?不许过来!我把于而龙弄到这里来抢救的,一切由我负责,你们谁有枪,谁有刀,冲着我吧!"他披着将军呢大衣,像一尊神似的站在门口,那种不许逾越的威严,虎视眈眈的眼睛,喧嚷声渐渐地平息了,喧闹的人群慢慢地散开了。

"谢谢你,政委!"躺在手术台上的于而龙喃喃地说,他本想伸出手,但是,遗憾哪,被打得骨折受伤的四肢,都叫大夫打上了石膏绷带,动弹不得,只好苦笑着,"差点见不着你!"

"二龙,不要颓废,有朝一日,还得把实验场搞起来!"

"啊?"于而龙耳朵都听直了:"什么？政委,你说什么?"

"九百六十万平方公里的土地上,有这样一个实验场不算多。我们当兵的,不能赤手空拳去打仗。"

"全毁了!"

"没关系,只要人在。"他抱歉地说:"来晚了一步,让你受了重伤!"然后指着那娇俏的秘书:"要不是她挨着揍打电话——"这时,他才注意那个咬着嘴唇的小狄,也被打伤,用绷带吊着臂膀。

于而龙潸潸的泪水,泉涌似的流出来。

"记住,二龙,天不会坍,党不会死,我们得活下去,还得接着干!"

可是,无论是芦花,也无论是阳明,都不在人世了,而于而龙还活着,如他们所期望的活下来了。黑斑鸠岛上的冬天,确实是不容易熬过来,老林嫂看出他太激动了,便感叹地说:"革命,这条路太艰难了!"

——是啊! 一条苦痛的付出沉重代价的路呀!

前面就是沙洲,老林嫂招呼他靠岸。

那条黑狗,还未等他把船停稳,便呼的一声,蹿上了那像面粉似的细沙滩,回过身来,摇着尾巴,等待着他们。很明显,那只聪明的动物,对于荒无人迹的沙洲,不是那么生疏的。它伸长了脖子,昂着头,在不停地嗅着空气,似乎有些什么新鲜东西,使得它激动不安,焦躁地跑跳着。

老林嫂先递给他一把铁锹,又递过来一个布包袱,拎在手里,几乎没有什么分量,原来是她叠的锡箔元宝。他诧异这烧化给亡灵的东西,带到沙洲上做什么用?

沙洲还和三十年前一样,繁盛茂密的树林,缠绕纠结的蔓藤,密不通风的杂草,似乎护卫着自己的秘密,连插足的空隙都不留。

老林嫂打量了一回,终于寻找到一个什么记号,那条黑狗已经兴奋地跑在前头,她便招呼呆呆的于而龙:"走吧!"

"干什么?"

"给芦花上坟去!"她安详而又平稳地说。

哦!老天爷,这究竟是怎么一回事呢?这位回到家乡的游子,差一点两腿一软,晕倒在沙滩上。

七

她怎么也想不到,这么晚了,他还来敲门。

只听他轻轻地敲门,轻轻地问:"在屋吗?"

"你走吧!你赶紧走吧!"她咬咬牙,拒绝了他。

"不!让我进屋——"他以不可违拗的坚定口气说。

"我求求你!让我安生吧!"她朝门缝哀求,但喷进屋里一股浓烈的酒味。

"开门,你快开门吧!"他半点也不肯退让。

"不行。"她想:今天是什么日子?大年三十啊!

"有人过来了,会瞧见我的。"

她无可奈何,只得拔掉门闩,放他进到门里。只见他脸色瘦削阴森,眼窝也塌下去,因为半年多来,他在绝望里挣扎苦斗,大大地变样了。

"给我点水喝吧!嗓子眼都冒烟啦!"

"听说你们出了事啦,二龙也被打死在石湖里啦!"

他咕嘟咕嘟地喝下一大碗水,抹了抹嘴,还在喘着粗气。如今,一点斯文样子都不复存在了,那满脸的胡茬,那许久不剃的头发,那邋里邋遢的衣衫,活像个败退打散的丘八,或者说,更像个亡命流窜的土匪。除了那双眼睛,仍旧是多少年前,头一回在船舱里见到的那样,有着强烈的吸引力外,其余,和那个使她钟情迷恋、陶醉爱慕的男子,已经毫无共同之处了。

十年河东,十年河西,落魄的凤凰不如鸡,她多少有点心疼,善良的女性,总是充满着对别人的同情心。

他瞟了她一眼:"难为你惦着他,准备着像秦雪梅那样吊孝去吧!于二龙这会儿活着比死还难受呢!大腿肿得比斗还粗,伤口化了脓,一个劲儿淌血水,等着数日子啦!"

"那别人呢?"

他以一种第三者的超然姿态,评论着石湖支队,既不是悲观失望,也不是幸灾乐祸:"主力早撤得无影无踪,电台和上级领导机关也联系不上,完啦,结束啦,拉倒了!"

"你呐?该怎么办呢?"

他环视着这间空荡荡的屋子,由于她丈夫新死,屋里办丧事的死亡味道和年节的吉庆气氛,不相调和地交织在一起,显得有些古怪,有些别扭。于是他提议:"把灯吹了吧!"

她吓了一跳:"什么?你不走了,今天晚上?"

"我往哪儿去?"

"不行,说什么你也得走。"

"撵我吗?"

"不,我想了,除了堂堂正正,像人家正经夫妻似的一块过日子,再不能偷偷摸摸,跟鬼一样的见不得人了。"

他想了想,赞同地说:"也是该这么办的时候了,那烂浮尸倒挺知趣,黄汤噇多了,竟会一头栽在水田里淹死。"他捏住她白生生的一双细嫩的手,摩挲着,感叹着,"我一想起你夜里让那个死鬼搂着——"

"怪我吗？我有什么法子？是心甘情愿的吗？"她不无委屈地说，往事触动了旧情，由着他把自己揽过去，被他搂在怀里。正沉醉在昔日幸福的回忆里，想不到，他把油灯一口气吹灭了，多少年，他和她就这样来往的。

她挣脱开他："谁家这么早就熄灯睡觉？大年三十晚上，都得作兴守岁的。"接着她擦根火柴，重又把灯点亮，而且埋怨他，"你不该喝酒！"

他按捺下一颗烦躁不宁的心，问她："你说，我跟你怎么过呢？"

"起码做做样子，等我脱了孝！"

"你跟我，还是我跟你？"

她不明白他话里的玄虚："你别给我打哑巴缠！"

"你跟我，就得还和石湖支队在一块干，你也去参加，不定哪天一颗枪子就成了正果；要我跟你呢，咱们离开石湖县，远走他乡，隐名埋姓，过安生日子。"

"我养活你——"她还像许多年前那样信守不渝，石湖女人只要真的爱上谁，连命都舍得豁出去的。

他摇摇头："说说罢了，空话填不饱肚子，你拿什么养活我？现在，咱们要想远走高飞，一要钱，二要路，人在矮檐下，不得不低头，还得靠他——"

"谁？"

"我那王八蛋哥！"他们弟兄之间并无什么手足之情。

"他？"她对那个白眼狼有着生理上的厌恶。"他吃人不吐骨头，你说过的。"

"是这样，不过，做买卖，他会干的。"

屋外，鞭炮劈里啪啦地响着，火光透过窗纸映进来，两个人都沉默着,彼此想着心事:一个想着幸福,女性的心,总是善于憧憬,她在为自己的未来,描绘出一个光明的远景。一个想着结账,在他的收支一览表上,借方和贷方在这年关盘点的日子,该清理一下了。他给了石湖支队,他漂亮的青春,二先生的地位,高门楼二分之一的财产,得到的是什么呢?零,一个纯粹的零。因此,那样搞一下,作个见面礼,也算不得什么辣手。大丈夫要下不得手去宰人,他一辈子也休想成个政治家。他想到这里,用双手揉着发疼的太阳穴:"你进趟城行吗?"

"大年三十,黑灯瞎火的。"

"去一趟吧!"他把她抱住,热烈地抚慰着那个新寡的女人,然后在她耳鬓细语,"我要同他见一面,错过这村,就没这店啦!只有他能成全咱们。钱和路都在他手里,只要他抬抬手,我们飞得远远的,再也不回这毁了我青春的石湖啦!"

"空口无凭,他能信得过我?连他门口的马弁护兵,也不会让我进。"

"我来写个便条,让他约定时间、地点。"

她不识字,也不知道他簌簌地挥笔疾书些什么,但是一想到不久的将来,能够光明正大地夫妻一块生活,再用不着藏头掩面,鬼鬼祟祟,也不怕别人背后戳脊梁骨,产生犯罪的心情了。一下子又被那个奋笔疾书的聪明人迷住了,刚才他把自己搂抱得多紧,骨头都快酥了。

他写好了信,折叠得整整齐齐,上面写了两个字,告诉她:"凭这暗号,谁也不敢挡你,准让你进屋上席高坐,你啥也不用说,信上全写了,他会告诉你,带句什么话回来。"

"准能行吗?"她信不过那个心毒手辣的王经宇。

"你把心放在肚子里吧,他有利,我无损。两厢情愿,这买卖准能谈成。"

"是吗?"她眉宇展开了,把这封信郑重地掖在棉袄里贴胸的口袋中间,在她的心目中,这哪是一封信哪,而是意味着幸福和爱情,希望与未来。所以她临行前,报以娇媚的一笑,然后,低声柔情地说:"那我马上走啦!"

"你走吧,快去快回,我等着你带回的信息咧!"

"那我把你锁在家里,你好生睡吧,说话该明年见啦!"说着拿起门锁,吹灭了油灯,准备离家了。

但是,她刚要去开门,想不到他那健壮的胳膊,急不可耐地从背后伸过来,拦住她,抱住她,在她脑后说——还是那股桂花油和廉价花露水的刺鼻香味:"大年三十,哪能叫我白来一趟,咱们先团圆一会儿,再进城也赶趟,横竖队伍一两天不会有调动,于而龙也离不开那养伤的地方,来吧……"

沉湎在爱情里的女人,往往不够清醒,多情会丧失掉理智,钟爱会蒙蔽住视线。过了三十年,她才想起琢磨那两句话的涵义,也未免有些太不及时了。什么叫做队伍一两天不会有调动?什么叫做于而龙离不开养伤的地方?拿十年间那流行得令人听腻了的术语来说,这才叫真正的出卖组织和同志,地地道道的叛徒行为呢!然而当时,她只顾迷迷糊糊地瘫软在他的怀抱里,享受着那热烈的近乎粗暴的爱情。

珊珊娘着急了,问划船的水生:"还有多远,才到那个沙洲?"其实,她是水上人家,一辈子跟石湖打交道,还不明白大致还有多少路程?一是她迫不及待有话要对于而龙讲;二来,水生为了抄近路,尽在芦苇丛里穿行,弄得她有些晕头转向了。

"快啦,快啦!"他安慰着珊珊娘。

水生弄不懂她为啥着急慌忙？尤其不清楚她为啥要把五块银元,埋藏在堂屋里的方砖下面？老太婆的这种藏藏掖掖的举动,他认为很可笑。太愚蠢了,一块银元,按银行兑换价格是一元人民币,倘若卖黑市呢？还可以多捞几文。水生立刻展开丰富想象,假如屋里每块方砖,都埋有五块银元的话,算一算,该是多少钱？

——其实,供销员同志,你也不必太财迷了,就连这五块银元,也是珊珊娘那不成材的哥哥,在临终之前才说出来的。人之将死,其言也善,终于在最后一刹那吐露了埋藏在心窝里的话。

"走了吗？他们……"垂危的老晚喘着最后一口气。现在守在快咽气的老晚身边,只有珊珊娘一个人了。说实在的,看残烛余烬终于熄灭的一刹那,绝不是件开心惬意的事。意外光临的王惠平告辞了,他想到的第一件事,该给"纬宇叔"通个电话,那张最不放心的嘴,在于而龙来到前闭上了。

老晚示意让他妹妹靠近些:"这下他们放心啦！我这老不死眼一闭上,嘴就封住了,再不会给他们添麻烦了。"

"你说些什么？"

"我快撒手走了,连累了你一辈子,什么也没给你们留下。也不能说什么都没有,给你们留下五块袁大头,就埋在你堂屋里迈过门槛,第五块方砖底下。"

珊珊娘直以为他是死前弥留期的谵言呓语,人在咽气的时候,生命之火即将熄灭前的最后挣扎,总是今天和昨天,真实与梦幻一股脑地涌在眼前。倘若还有说话能力,就要胡说一气的:"算啦算啦……"她又点燃一炷安息香,送他的魂灵早早离开躯壳,升入天堂。

老晚却一本正经地,非常清醒地说:"五块大头,一条人命。这钱,我三十年动都不敢动,摸都不敢摸,像火炭一样,烫着我的良心。我是畜生,我是狗,我没有半点人味……"

"你安生点吧!胡诌八咧,尽瞎说些什么?"五块银元的故事,她也听说过,但她从来不相信,她哥那些不怕大风闪了舌头的话,虽然他说得有鼻子有眼,她也没往心里去。

"不,有一句话,我憋在心里多半辈子,不能叫我带到棺材里,在阴间也受折磨啊!我只说过一回,对一个外乡人,他认识于而龙,也认识那个女指导员,我想由他把话捎过去,可是我怕呀,说了开头我就收尾了。想想真后怕,他们手里有的是帽子,不管什么分子的帽子,朝头上一扣,还有活路嘛?我忍了,让良心受折磨去吧,总比受活罪强。可到了这地步,我也没什么怕的了,他们权力再大,管不了阴曹地府。"然后,他像卸下千斤重担地对珊珊娘说:"你知道,我在沙洲,听到了那一声黑枪过后,我亲眼看见了谁?"

"谁?"

"珊珊的亲生老子,他把那个女指导员打死了。"

可怜的直到那一刻还忠实于爱情的四姐,差点没跳起来:"胡说——"

"老天爷怎么不让我瞎了眼呢?偏让我看见了呢?那个女指导员要不是去打另外一个狗特务,他也得不着机会背后开黑枪。是我害了她呀!我不该告诉,珊珊的亲生老子驾了船先走,她赶紧掏出钱来,非让我死活找条船,去追赶他的……三十年,这五块银元,坠着我的心,我怕牵连你们娘儿俩,咬着舌头,过了这么多年。如今我说出来了,心病没了,我死了也闭得上眼了……"

他说完了这番话,望着他那一辈子得不到幸福的妹妹,似乎还想嘱咐些什么,但他终于把一生的话全说完了,是应该住嘴的时候了,侧歪了一下脑袋,死了。

这位废话篓子,讲了一辈子,总算最后一句话落在了实处,也真是难能可贵。

珊珊娘现在多么想把那五块银元,老晚的忏悔,以及那句部队不会调动,于而龙不会离开的话,统统全端给二龙啊!腐化了的无产阶级开始觉醒啦!

"干吗他们要去沙洲?"她向水生提问,心里忖度着:莫非二龙心里有底?沙洲,难道是立见分晓的地方?一决雌雄的地方?她知道,这是个常人不来的荒凉所在,都聚会到这里来干什么呢?

谁能回答?水生对于自己母亲的古怪行动,也说不上所以然,弄不清她经常要到沙洲去散散心,究竟为了什么?而且不允许他和他爱人,那个小学教员好意给她做伴,不,谁也不让跟随。后来,秋儿总算讨得她的欢心,被获准陪同奶奶去沙洲探望,但问问孩子,这个守口如瓶的老林哥后代,也什么都不肯讲。是的,水生想:除了和你在砖头下埋银元一样,是老太婆那种不合时宜的举动外,找不到别的解释。

男人家总是这样,他得到了他需要的一切,鼾然大睡去了。而她,这个被展示在眼前的,即将开始的新生活弄得头晕目眩的可怜女人,却揣着那封信在年三十夜里,往县城赶路。

哦,那真是漫漫长夜,一个好像总也不会天亮的年三十夜。尽管鞭炮声在不断地响,但县城怎么也走不到。女性有着追求幸福的本能,而且不辞疲劳,不怕辛苦,虽然大年夜是团聚的日子,但她却要为明天的希望去奔走,去寻求。她已经不愿再过那种偷鸡摸狗,见不得人的生活,即使刚才,那种粗野的,发泄似的爱,难道给她带来任何快乐吗?提心吊胆,神魂不定,惟恐邻居或者那不成材的哥哥撞来敲门,战战兢兢,疑惧交加,甚至连他都感到她在瑟缩地颤抖。

他惊讶起来:"你怎么啦?还有什么好怕的呢?他死了,完了,你自由了!"

她充满了忧虑:"一个寡妇人家,要万一怀了孩子——"

"不是说了嘛,我们结婚,我们走,我们和石湖一刀两断。说心里话,我够了,我也不想再干了,我走了许多没用的路,我白费劲花了那么大力气,我得到的远不及我失去的多,我永远到不了我预期的目的地……"

他在她耳边还说了很多很多,但可怜的船家女人,半点都懂不了他那些有学问的话,只明白他一个劲地"我",于是把温暖的身子紧紧贴住这个只知道"我"的人。

"唉,你听懂我的话吗?"

她在黑暗里摇头,那股桂花油的味道更浓了。

他长叹了一口气:"嗐!你是一个知心贴腹的女人,可不是一个知音啊!"他在心里盘算着一道代数题,正数与负数相乘之积,永远是个负数。他王纬宇要是同这个女人结合的话,在新的途程上起飞,她是肋间添上的轻如蝉翼的翅膀呢?还是一条沉重的累赘似的尾巴呢?一个带负号的女人啊!他也在黑暗里摇头,喷出了一股混浊的酒味。

现在,他美美地躺在床上睡了,而她,在去县城的路上,为永远也不可能来到的明天,做徒劳的努力。

唔?她赶上了一条在蟒河里划着的小船。

大年夜,正是吃年夜饭的时候,每户人家都把欢乐和笑声,紧紧地关在屋里独家享受,尽量不使它溢出去。在这样的年三十夜,很少有人划船赶路的,都尽可能待在家里,在温暖的气氛里,在炭火盆毕毕剥剥的火星里欢度除夕。

她奇怪,难道和自己一样,也是在追求幸福?哦,细细从岸上看去,驶船的敢情还是个妇道人家,她一个人,独自划着船在蟒河里干什么?不用问,是去县城,那么顺路,麻烦捎个脚吧!

"喂!是进城不?"

没有答应。

"劳驾借个光,带两步路吧!"她招呼。

一个踽踽的赶路妇女,容易讨人同情,船往河岸靠拢,她赶快冲下河堤,才要多谢人家一片好心,往船上跨,一张熟悉的面孔,使她惊叫了一声:"芦花?"

芦花这才认出来:"四姐!"

"干嘛呀,这么晚?"

"给二龙搞药去。你呐?"

她犹豫了一下:"去看个亲戚!"

"大年三十晚上?"

她脸臊得通红,好在是深夜,芦花看不见。不过,理由确实不那么充分,按照石湖县的风俗,出了阁的姑娘,大年夜也不能在娘家过,上亲戚家去做什么?再说,都是一块从那场大水里漂泊来的,在石湖县是无根无攀的浮萍,哪来的城里亲戚。

指导员听出她撒谎,而且谎还编得不圆,不大会骗人的老实人往往很快露出马脚,那些做惯了手脚的骗子大王,倒装出一本正经的样子,爬到很高的位置上,很难揭穿。芦花笑笑,把桨推给她:"四姐,你替我划会儿船,我手不得劲。"

见她手上缠着破布,便问:"怎么,你也挂花啦?"

"不是,找二龙,在岛子上剌破的。"芦花然后关切地问,"四姐,你男人死啦,往后怎么打算?"

"过一天,是一天呗!"

"不老不少,多咱是个头?"芦花突然热情地动员她,"四姐,参加支队吧！跟我们在一起,谁也不会嫌你的。"

她怀里那封信,使她说出了一个"不"字。

"那你总这样不三不四,鬼混一辈子？"

她终究是识羞耻,顾脸皮的女人,犟着嘴说:"我没做什么丢人的事！"

女指导员一针见血地:"你和他——"

她张口结舌,但仍旧嘴硬地反问:"他,他是谁？"

"又把你缠上了,要当心哦！四姐——"

"芦花,你瞎说些什么？"

指导员把脸俯过去,那对明亮的眼睛,在黑夜的蟒河上熠熠发光:"我说了你也不会认账,他,这会儿正在你家是不是？"

既然如此,还有什么必要躲躲闪闪,藏藏掖掖的呢？何况彼此都是女人,还是可以互通声气的,芦花也曾经撇下大龙,死命同二龙如愿以偿地结合,她为什么不也可以得到同样的幸福,于是把牌摊开:"本来,我跟死鬼无情无义,不人不鬼地过了那些年,如今我一身轻,无牵无挂,也该过几天舒心日子。芦花,我实对你说,我是铁了心啦！要跟他好下去。"

芦花着实同情这个被腐化了的无产阶级,不禁问:"他能要你吗？四姐！你以为他会娶你做妻房吗？"

"为什么不？"

"你呀,四姐,人嘛,长耳朵是为了听,长眼睛是为了看,长脑袋是为了想,你怎么不听一听,看一看,想一想呢？他是谁,你是谁啊？"

"说定了,我们说定了。"

指导员是做政治工作的,而且是实实在在地做人的工作,没有今天这么多玄虚的东西,苦口婆心地说着大实话。"他能一辈子要你吗？我的糊涂四姐呀！"

"哪能有错，亲口说的，哪怕走到天边，双双对对，再也不分。"

"许是明儿大年初一，先拿空心汤团把你填饱了！"芦花能不领教过那张能把死人说活的嘴巴？何况对这样一个痴情的女人，迷魂汤早把她灌得真假好赖都不分了。

"你不信拉倒，芦花，他是一片真心实意。"

"看人要看心哪！"曾经救过她命的伙伴，语重心长地叮嘱着。

也许是一种女性的骄傲，也许她对芦花并不心存芥蒂，要不，就是她对当时你死我活的斗争，理解得太肤浅——处在热恋中的女性，是不大注意报纸上的头条新闻的。于是，她止住桨，从棉袄里掏出那张折叠得整整齐齐的信："看，信，这就是他的一片心，在我胸口装着咧！"

"他写的？"

"嗯！"

"写给谁？"

"他那王八蛋哥，白眼狼！"

芦花警觉地思索：哦！他们又牵丝挂线地勾搭上了！"干什么！找他！"

"我们俩远走高飞。"

"他能帮个屁忙？"芦花嘲笑她的天真。

"钱和路呀——"她鹦鹉学舌地重复着他的话，"人在矮檐下，不得不低头。"

芦花笑了，但心底里毫无一丝笑意，她摸了摸腰间那把匣子，在；按了按腿旁那把攮子，在；再看看前面不远处，县城上空的光亮，知道快要到目的地了，便说："四姐你要指望着白眼狼发善心哪？等石湖见底吧！别忘了谁逼得你寻死跳湖的，别忘了谁逼着你嫁给一个癞蛤蟆,别忘了你这十年眼泪往肚里流,打碎牙往喉咙里咽的日子!你还求他开恩,我,要是我的话,就去咬下他一块肉解恨。可惜呀!四姐,陈庄是边缘区,没来得及搞土改,你呀你呀!真没点觉悟,还盼望着猫给老鼠念放生咒呐!四姐,你算糊涂到了家,白眼狼十年前就不让你跟他在一起,三个多月成了形的孩子,都不心疼折磨掉了,十年后倒能改变了主意?再说:王纬宇果然想要跟你一块过日子,那么瓦房里住的是两口子,草棚里住着的就不是夫妻啦?他干吗要走?"

她自然不能告诉芦花更多的了,甚至说出那封信,也有点后悔,多余讲出来的。

"你不说我心里也明镜似的,四姐,我对你不瞒不藏,他要脱离支队,可以;你要跟他一块飞,你自己倾心乐意,我也不拦着。有一条,记住,想对我们搞什么鬼,不行。"

她向芦花保证:"他不能,他不能……"

"把他写的信拿出来!"

她慌了,不知该怎么办才好,谁知他写了些什么:"你甭看啦,芦花,他们哥儿弟兄们的私事!"

芦花瞪起了眼:"四姐,你该知道我是谁!石湖支队的指导员,你打听打听,那些为非作歹的家伙,连做梦都怕我,我要你听明白这句话,心里没鬼,不怕半夜敲门,干吗又把那封信掖起来?啊——"

在黑夜里,在蟒河上,她被这个酸脸的女人震慑住了。她被传闻里说打眼睛,不打眉毛的神枪手,说五更收拾,决不留到天亮的报复之神,吓得乖乖地交出那封信。

"记住,四姐,要说亲,咱俩才真亲,要说近,我们算得上姐妹——"但是,黑咕隆咚,信上写些什么,一个字都看不清。

前面马上到县城城关了,她到底是个软弱的女人,细细品味着芦花的话,句句在理,想起了那三个月硬给折腾掉了的孩子,心凉了半截。何况那是一个豁出命救过自己的人,那郑重的语言是相当有分量的。温柔的女性总是听人劝的。她从善如流地说:"那我就不进城找白眼狼啦!"

"这就对啦!四姐,你要记住这句话:'狼走遍天下吃肉,狗走遍天下吃屎,'就连他,你也得把眼睛瞪大点呀!"

她们把船拴在一个僻静的码头,然后,上了岸,她随着芦花来到一家中药铺,敲了敲门,进到屋里。

那药铺的先生见到芦花:"我等你不来,派人把盘尼西林,送到陈庄联络点去了。"

"到底弄到了,那种药!"在门廊的黑暗里,芦花如释重负地说了一句,这就意味着她的二龙得救了。

"还亏了你认识的那个飞机头,她挺开面,说今后有什么事,她能帮忙的话——"

"好,你点盏灯,我看个东西!"

那位"老板"赶忙提来了过年点的灯笼,就着朦胧明灭的光线,几行醒目的字映入眼中,芦花怔住了:"……亟待一晤,有要事相告,对你来说,是天赐的好机会,否则追悔莫及,约定见面时间与地点,速告来人,万勿延误。"

就算芦花不能全部领会,那个历史系大学生给他哥哥写的亲笔信,半文不白词句后面的真意。那时,她的文化程度很低,只能认识冬学课本上的一些有限的常用字,但是信里那种待价而沽的味道,她还是嗅出来了。

四姐记得清清楚楚,那个女指导员的脸,在昏黄的灯笼光亮里,刹那间,脸上血色全无,变成死灰般的白,白得吓人。突然间,她问着四姐:"你能凭这封信进城?见白眼狼?"

她嗫嚅地回答:"他这么说来着!"

"好吧!"她显然打定了什么主意,让四姐进到上屋里去暖和着,她要出去办点事,等回来一块走。

说着,她和那位"老板"把子弹顶上了膛,急匆匆地出门去了。四姐足足等了好大一会儿,有些店铺都开始放开大年初一的迎神鞭炮,芦花才回到药铺,招呼她一块走。

"等急了吧?"

"我怕你出什么事!"

"还是你划船吧!"说着,她把一包衣物扔在船后,跳上了船,天还是那么黑,雾倒越来越重了。和来时相反,女指导员一路上没说一句话,聪明的四姐看得出,凭着女人的细致心理体会到,芦花的沉默,预兆着不祥,而且是和那封信联系着的。夜黑风高,也不晓得芦花扔下来,砸得船板咚的一声,是什么东西?不硬不软,声音有点发闷,在船上装人载货多年的四姐,也估计不出那是什么货色。幸亏她没猜出,要早知道了,宁肯上岸一步步像朝山进香磕着头回去,也不愿在船上多待一会儿的。

啊!那是一个斗争极其残酷的革命年代……

王纬宇做梦也想不到,门上的锁被人打开了,进屋的四姐身后,竟然还站着另外一个人,因为天色尚未全明,四姐的身子,正好影住了芦花。

他迫不及待地问:"见着了吗?他怎么说?时间地点怎么定的?"

芦花威武地闪将出来,横在他和四姐的中间,用一种冷酷带点讥嘲的口吻说:"我全代表了,就在这儿跟我谈!"

"啊?是你——"

"对啦！我。"那屋里的剑拔弩张的形势，很像点燃了炸药包上的引线。

王纬宇倒抽了一口冷气，觉得自己落在这样一个女人的掌心里，而且无法自拔，简直是奇耻大辱。妈的，无论怎么也料不到，一个堂堂的七尺男子，会斗不过一个娘儿们，竟至于把刀把子丢在了她芦花的手里。必须转败为胜，必须把她的得意之色，她的不可一世的威风打下去。啪！他翻脸不认人地，从腰间掏出那支精致的美式转轮手枪，乘其不备地直指着芦花的脸。

"好吧！谈就谈——"

芦花朝那枪口冷笑："早料你会有这一天。"

"现在明白也不晚。"

那个可怜的四姐，扑过去，拦住杀气腾腾的王纬宇："你不能，你不能开枪啊！……"但是，她求不了情，反倒被他重重地拨拉到旁边，赏了她一脚，并且恶狠狠地骂着："滚开！臭货！"

他沉静地微笑着，想起那一个漆黑的夜，现在，占到了真正的优势地位了："认输吧，芦花，我并不一定要打死你。"

"放下枪，王纬宇！"芦花喝令着。

"你再动，我就毙了你——"

"不要把自己的后路堵死了，现在还赶趟，本来，冲你给敌人秘密联系这一条，就蛮够条件啦！"

"哈哈，你要毙我，好极了，等着我先毙了你再说吧！"旧恨新仇促使他扣住扳机，正要射击，芦花动都不动地笑了，笑得比他还响，"仔细看看吧！你的枪里没有子弹。"王纬宇大惊失色，手一软，枪口冲下了。

芦花说："昨晚上我让通讯员给你卸下的，因为我怕你喝醉了酒闯祸！"

一眨眼间,王纬宇的优势完蛋了,他失神地注视着那转轮的弹孔里,果然一个个都空的。这个女人啊,他真恨不能一口吞掉她。

——王纬宇,王纬宇,即使酒量再大,碰上心情不舒畅的时候,也不宜多喝,尤其濒临绝望的关头,酒和毒药是差不多的,这真是"智者千虑,必有一失"的错误啊!

"你的子弹在这儿,给你——"芦花从口袋里把昨晚卸下的几粒子弹,摸出来,毫不在乎地递给他,顺手也抽出她的那把原来属于江海的二十响镜面匣子。

王纬宇失去了最后的反抗力。

那支杀人如麻的枪,在支队传得神乎其神,因为击毙的敌人太多了,据说隔些日子不开荤的话,夜里都能听到它的动静。也许肖奎说得要夸张些,但这支枪在那个神枪手的掌心里,命中率是百分之百,何况现在只有几米距离,他自然不怕那支枪,而是非常了解举着那支枪的手,她会眼皮都不眨地杀死自己。是的,她说得完全正确,有那封该死的信,罪名就足够了,他无法把子弹按进枪眼,予以回击,只好将那几粒不太好寻觅的宝贝,学她的样,也塞回口袋里,等候她的发落。

要不是那烧蓝闪亮的二十响,一个男人对付一个女人,还是绰绰有余的。这个女人,好像是他在石湖支队的一颗克星,最后,终于还是败在了她的名下,他一屁股坐在桌边,把头低了下来。

四姐转身向芦花求情了:"芦花,你说过的,天底下论亲还是你我,看在我的面上,放了他吧!"她为情人差点要双膝下跪了。

"你放心,四姐,我早年间答应过一个同志的话,我不会改口的,只要他不碰到我枪口上。"她问那垂头丧气的王纬宇,"你知道谁吗?赵亮同志,我答应的话,是算数的。我倒要问你,大龙牺牲那年,你要把队伍拉走,投靠你哥,你死不认账。这回,又跟那年差不多,日子不好过了,又想打老算盘了吗?这回怎么赖掉?"

信是他自己写的,闪烁其词,本来留有伸缩的余地:"你怎么想都行,我不是那个意思。我劝你还是趁早开枪吧!我是不会再回队的了,既然已经走到了这一步。"

"你打退堂鼓?"

"对,不干了。"

"想投靠谁去?"

他有恃无恐地说:"那你就不用费心了!"

这时,芦花一脚把那包衣物,踢到了王纬宇的跟前:"打开看看吧!你的退路断啦!"

王纬宇也有些惶惑和不解地看看那包衣物,又看看芦花。这个和他共了十年事的女人,始终是他不可逾越的障碍。她那明亮的眸子似乎能洞穿他的肺腑,而他即使拿出孙悟空七十二变的本领,也休想使她产生半秒钟的动摇。

处于在对双方都不得不讨好的情况下,四姐赶紧走去蹲在那包衣物旁边,打圆场地拆开为王纬宇缓颊解围。但是她哪里料到,抖开那件夹丝贡长袍,滴溜溜滚出一颗鲜血淋漓的人头,猛地,她看不出是什么东西,因为油灯的光亮远不那么充足,还用手去扒拉一下,当她碰到冰凉僵硬的嘴脸,立刻往后一仰,昏厥了过去。

王纬宇浑身的血直冲到头顶囟门,因为他终于从齐脖颈砍断的脑袋,那脸上紧抠而阴鸷的嘴角,认出了是他的哥哥,他的心当时都停止跳动了……

她不是一个女人,她是疯狂的报复者,那种毫无表情的样子,使他不止一次想从桌边蹦起,扑上去,和她拼个生死,一决雌雄。他并非要替那颗被砍下的头颅报仇,而是要反抗这种超过他,并且压倒他的力量,可一看那黑洞洞的要喝血的枪口,他按捺住自己。

芦花说:"还得谢谢你的信,要不,他也不会上钩,我也报不了赵亮同志的仇,小石头的仇,老夫子的仇,和石湖乡亲们的仇……"

她冷笑着,是一种强者的笑,是一种充满了蔑视心理的笑。这个曾经逼得要跳石湖的女人,现在,站在高门楼两兄弟的面前,不由得想起那个启蒙者的教导:"为什么不可以杀?他们也没长着铁脖子……"

不可能存在万世一统的局面,现在,历史要改写了,从沃土里生长起来的奴隶,挺直地站着,迎接新时代的到来。正如大自然里,春天最终要代替冬天一样,是一种必然的趋势,谁也无法阻挡。

想一想广场方砖上的鲜血吧!新的一页是从那儿开始揭开的……

当四姐从昏昏沉沉的梦境里醒过来,那颗让她魂灵出窍的人头不见了,而且那势不两立的王纬宇和芦花也都没了踪影。

天完全亮了,屋外,是人们祝贺新年,一片恭喜发财之声,但她开门一看,却是一个阴霾灰暗的大年初一,一个没有阳光,没有欢乐,甚至没有一点生气的大年初一。

…………

该不是一场噩梦吧?珊珊娘坐在船头,呆呆地望着林木苍翳的沙洲,细细回味自己的一生,确实也像一场梦似的,直到今天才算醒了过来。认识一个人容易,看穿一个人可不容易,以至于要付出两代人的沉重代价——既害了老一辈,又害了年轻一代。呵!难道他,对的,就是他,难道不应该像他哥那样,得到身首异处的惩罚吗?

但是,一直盯着沙洲的珊珊娘,猛地站起,喃喃地,几乎不相信地望着那灌木林自语:"停停,水生,你把船停一停!"

"怎么啦?"他回过头去,看站在那里发痴的珊珊娘。

"你把船靠岸吧!"

"干什么?"

"我要上去!"

水生不大理解她的举动,告诉她,"拐过去就是——"

"你没瞧见一个人影?"

供销员只顾划船,哪里去注意岸上的动静,顺她手指的方向看去,除了那密密的灌木林里,扑棱棱地飞起的几只小鸟外,毫无其他迹象可寻。话又说回来,即或是有个什么人,有兴趣来到这荒芜偏僻的沙洲,怀古思旧,与你老太太何干?

珊珊娘,甚至还未等他把船头插上沙滩,就迫不及待地登岸了,才走两步,又转回身,想起什么地把那五块银元,郑重地交给了水生:"先给你二叔拿去,他盼着呢!回头我再一五一十地告诉他。"

"你要干吗?"

"快走你的,甭管我。"她踩着湿漉漉的沙滩走去。

"那我怎么跟二叔讲,这五块银元,没头没脑,怎么回事?"水生朝她喊。

"那是一条人命!你跟他说,枪响过后,我那死鬼哥,一眼就看到那个人——"她边回头说话,边往前急匆匆地追赶,差不多有点小跑的劲头了。

水生糊里糊涂,供销员对于阿拉伯数字的账目,能算得一清二楚,但怎么也搅不明白这笔人生乱账,他站起追问:"你说的这个人是谁?"

她头也不回地大声说:"开黑枪的!"

他吓一跳:"谁?"

珊珊娘已经走出好远了,用手指着密密麻麻、杂草丛生的乱树林里讲:"是他——"她不是走,而是追赶什么来不及地往前跑了。

在现代汉语口语里,他,她,它,是很难明确分辨出来,除非那实指的第三者在场。水生,是个精明的人,但也无法剖析得出,珊珊娘拼命追赶的是人,是鬼,还是野兽?他摇摇头,懵懵懂懂地操起桨,望着那几块暗淡的,已经失去光泽的银洋,继续往前划去。

她怎么啦?水生由不得纳闷。

年轻人怎么能知道湮没在历史长河里的往事呢?她刚才瞥见了一个钻进了树丛里的人影,虽然,也许像照相机快门那样,只是五百分之一秒,千分之一秒,那样喀嚓一下,却在珊珊娘脑海里那张底片上曝了光,留下了无法泯灭的印象。因此,她不得不追踪而去,尽管那只是一个背影,一个熟悉得无法再熟悉,所谓虎背熊腰,姿态轩昂的背影。

难道人的背影,当真的一生一世都不会变吗?

八

猎狗悄悄地跑在他们前头,像狐狸一样,无声地把梅花似的足迹,印在密林间潮湿的沙土小径上。

沙洲,郁郁葱葱,阒无人迹,除了叽叽喳喳的鸟雀,窸窸窣窣的昆虫,这里是静谧的,幽深的,又似乎是格外恬淡安详的。但是,黑子,那条来到了原野里,回复了天性的猎狗,总是竖起鼻子,嗅着空气里令它不肯宁静下来的味道。

于而龙嗾唤它过来,摩摩它的脑袋,又放它前面跑了。他对于渔猎这类户外活动,有着天生的兴趣,所以什么渔具,钓饵,铳枪,猎犬,以及诱鸟的圈子,捕兽的夹子,都研究过,而且挺在行。在这方面,他自认是个天生的骑兵,是属于大自然的。不用分说,从这条兴奋不安的狗,它的动作,它的表情来看,在周围不超过一千米的方圆面积里,准有一个生人,或者一头野兽。

它又仰起了头,站立着,嗅着空气。

谁?于而龙想:除了他们活了一个甲子以上的人,还有谁对这密不通风,蛮荒难治的沙洲发生兴趣呢?

他们低着头,钻进愈来愈密的狭窄路径里,有的地方只好低着头,侧着身子通过,有的地方干脆连路都长满了草木,枝丫交错的杂树,彼此纠缠到一块去了。盘根错节的藤蔓,缠绕不分地扭结着,一人来高的蒿草,杞柳,像堵墙似的挡住去路。还有刺人的荆棘,蒺藜,和碰不得的荨麻,处处设置下障碍,于而龙像钻进笼子里一样,感到气闷。

当年,游击队长躲在这里,可不是气闷,而是觉得安全,就像鸡雏躲进老母鸡的翅膀下,使凶恶的老鹰再也无可奈何的脱险感。那时候,无论大久保怎样穷追猛赶,只要钻进沙洲的青纱帐,用今天的生活用语形容,好比在保险柜里那样稳妥可靠。因此,恨得敌人咬牙切齿,每年冬天都要来放火烧荒,可顶个屁用。"野火烧不尽,春风吹又生",灰烬是最好的钾肥,来年草木长得更加旺盛,敌人甚至从你身边比肩擦过,也未必能发觉。

然而,他现在觉得气闷了。真奇怪,当年可并不如此。他想,要是沙洲有某种灵性的话,恐怕也会有点失望吧?"于而龙,于而龙,有些东西你是永远也不该忘的,那就是人民,土地,祖国,和伟大的党,希腊神话里的安泰,为什么会有那么大的力量呢?"他勉励着自己:"于而龙,往前走吧,把两只脚实实在在地踩着这块母亲也似的大地上,勇猛地朝前走吧!"

"累了吗?"老林嫂关切地问。

"不。"

"看你满头汗,身子骨有点虚弱呢!"

"是这样!"他承认,可又补充了一句,"今后会结实起来的。"他相信,经过焠炼的钢铁,去掉杂质,会更坚硬的。

老林嫂钟爱地看着这位老兄弟:"没问题,还蛮能再打十年游击!"她似乎觉得这只石湖鱼鹰又恢复了早年的生气。

"托你的福,我的老姐姐!"

猎狗一定是经常陪老林嫂到过这里的,它像向导似的走在前头,要不是它,在这密草乱树的沙洲上,恐怕很难到达目的地吧?

他们不知走了多大一会儿,其实也未必走得很远,因为纵横交岔的沟沟浜浜,就好像钻进了迷宫似的复杂多端,绕来绕去,好不容易来到了似乎是沙洲的腹地了。呵,一棵高大亭立的苦楝树出现在他们面前,老林嫂止住了步,回过身,凝视着他,那疑问的眼光,好比一道测验题,等待他的答复:"还认识这棵苦楝树不?"

于而龙当下真想不出,倒不是他贵人多忘——原谅他吧!老林嫂,破船多揽载,他已经负担了超过他载荷量好几倍的苦痛。许多记忆都成了压在档案库最下面的陈旧资料,必须努力翻检一阵才能找寻到的。确实,愣了好一会儿,一个在襁褓中婴儿的哭声,在他耳边响起,呵,他认出来了,马上,记忆的仓库打开了一扇门,哦,往事全部涌到眼前。

在他女儿呱呱的哭声里,似乎看到了芦花产后虚弱的面孔,长生抱着莲莲躲闪的可怜样子,还有老林嫂拎着鳗鲡要同他拼命的神态。苦楝树啊苦楝树,躯干仍是那样洁净,枝叶仍是那样葱绿,而且还保持着三十年前那副刚直不阿的姿态,挺立着,不向谁谄笑,不向谁折腰。这位历史见证人惟一的变化,只不过那时是棵幼年的树,如今长成材了。终于,他完全辨认出这棵老朋友了。

老林嫂相信他认了出来:"记得吗？"

"当然。"

"没忘？"

"哪能，莲莲就在树底下窝棚里生的。"大凡一个特定场合，能勾起一个人既有欢乐，又有苦痛，两种截然不同的记忆时，通常人们是习惯先去回忆那带点甜味的往事。

"哦，你还记得我和芦花搭的窝棚，二龙——"她的思路还循着划船的路线追寻，"芦花把你从黑斑鸠岛背到这里，在窝棚里整整暖了你两天两夜，别人都说你死了，可她到底救活了你的命，是啊，二龙，可她，就在这儿送了命……"突然间，她扶着苦楝树，大声地，令人毛骨悚然地喊叫着，"芦花，芦花，我的好芦花，你看见了吗？你睁开眼看看，是谁来啦！芦花，是你的二龙，我把他给你领来了……"

她跌坐在那里，倚靠在树干上，两手拍着地，放声地嚎啕大哭起来。

老林嫂的哭声，那悲愤无泪的哭声，压倒了印象里新生儿莲莲的呱呱啼叫，甜蜜的回忆像镜头转换似的化去，管你愿意不愿意，那阴惨的、暗淡的、苦涩的、酸痛的画面，一个接一个地推过来。

——本来嘛！能叫你欢乐的东西不会多，而引起你伤感的东西，是绝不会少的。游击队长同志，未老莫还乡，还乡须断肠呵！

于而龙这才看出，根据鹊山的方位辨明了，正是在这棵苦楝树底下，度过了那一九四七年底、一九四八年初的农历新年，度过了他那历史上最阴暗的大年初一，终生难忘的一个悲惨日子。

那是一个天色阴沉，兵荒马乱的春节，连远处传来的鞭炮声，也是喑哑的、无精打采的。自从三王庄一战失利，石湖支队和当时全国各解放区转好的形势不同,反倒处于败局之中。石湖成了真空地带,敌我双方在对峙着,相互揣摸着对方下一步的意图。支队派出去的侦察员,和县城下来的武装特务经常打遭遇,于而龙就在这样的情况下,隐蔽在沙洲原来芦花搭的窝棚里养伤。

伤势使得他根本无法转移,再经不起折腾,何况局势紧张。最后,谢若萍——她那时是支队的卫生员,也不坚持送后方医院了,因为指导员的话,还是叫她敬重的:"百把里路,颠到那儿就没命啦!"

一个冰凉的,找不到一丝温暖和笑意的春节,匆匆地来临了。谁都明白,年节是为有好心情的人,和口袋里有钞票的人准备的,对于焦头烂额的游击队,对于伤势沉重的于而龙,是一种多余的奢侈品,想都不去想它的。但是,芦花离开于而龙去寻找药品时,临走却想到了过年,她向强忍住疼痛的于而龙说:"等着我,等着我回来,等着我大年夜回来!"

她走了,但到了大年初一,依旧不见人影,于而龙让长生去迎迎她,谁知是什么事情把她耽搁了呢?着实叫游击队长放不下心。

他总算历尽千难万险,摆脱了昏迷状态,从死亡边缘撤回了一步,芦花告诉过他,他整整讲了好几天胡话,发着高烧,人事不知,长生掉眼泪,小谢不存指望。说到这里,她那因为瘦削而显得更大的眸子,放出异样的神采:"还是我对吧,不会死的,这不活过来了嘛!二龙,我信得过你,你是砒霜都毒不杀的人哪!"

可是,那条中弹的大腿,肿胀发炎,糜烂的创口化脓流水,酱紫色的皮肤薄得透明。有些部位,发出一种不吉祥的黑褐色,很可能是坏疽病,或者是败血症。一天一天病情变得非常恶化。死亡的阴影,又笼罩在窝棚里,死神并未走远,仍旧在沙洲上徘徊。

谢若萍束手无策了,必须要搞到特效药,不然——她咬着嘴唇,感到无能为力的医生,都会如此歉疚的。很清楚,不然就要截肢,这还算幸运,下一步,就是死亡,在事务长老林哥那儿报销伙食账。

芦花瞪着坍陷下去的大眼睛,望着卫生员,她了解,但凡有一丝希望,小谢是不会不尽心治疗的。这个从城里来的姑娘,也着实够辛苦的了,东跑西颠,马不停蹄,要为四处分散的伤员护理,累得常常坐在那里就睡着了。

"小谢,实在没有别的办法可想了吗?"

芦花见于而龙迷迷糊糊的哼着,便轻声问谢若萍,其实于而龙并未睡着,估计那个卫生员除了摆脑袋,别无良策。

窝棚里的空气像死了一样沉寂。

忽然间,王纬宇的脑袋,从窝棚的缝隙里钻进来,先是他那笑声,和随着笑声贴过来,那张满面胡茬的脸。

"看你这副狼狈相。"于而龙多少有些怜惜地说。

他抚摸着刺猬似的下巴,自嘲地:"马瘦毛长啦!怎么样,阎王老子不收你?"他的出现,窝棚里的空气变得热烈一点。

从那时开始,他的笑声就有言菊朋老板那种阴阳怪气的腔调,冷笑热哈哈,是个捉摸不透的怪物。起先,三王庄失利以后,倾向完蛋一派,坚持主张把队伍拉出石湖,寻找主力部队去。没过几天,他态度陡然变了,声称死也得死在鹊山老爹的身边。反正,王纬宇是个有着超等才华的演员,不过,一九四七年,他多少有点"倒嗓",虽然还是那样笑,但其中缺少一点往日的从容和自信。他看到于而龙龇牙咧嘴的样子,一个铁汉子会折腾到这种地步,伤势可想而知,揭开被子看了看伤情以后,问谢若萍:"怎么样?"

年轻的卫生员一筹莫展。

"恐怕得打盘尼西林了!"他是个无所不知的通才,青霉素在那时,还是一种新药。"

"后方医院也找不到。"

"到县城去想想办法看。"王纬宇摘下眼镜,用肮脏的衣服角擦着,思索了一会儿,"交给我来托个人情试试。"

芦花压根不相信他能办成,便决定通过她在湖东建立的渠道去搞盘尼西林。直到年终,也没有消息,而于而龙开始发烧了。看来,芦花只得亲自去一趟,她嘱咐长生好生照护,临走时握住于而龙滚烫的手,安慰地说:"你放心,好生等着我,再晚,三十年夜也会赶到家,咱们一块过年。"

一个疼痛和发烧的伤员,年节是没有什么意义的。

她该走了,长生告诉她已经划来了一条小船。但是,芦花又坐在于而龙的身边,替他把被子掖好,然后说:"等我回来吧,二龙,多少年总是咱俩一块守岁的,对不?想一想,自打大水漂来那年起,一直到今年,从来也没分开过年,是不是?"

确实是这样,于而龙点点头,命运的纽带,使他们不离不分地共同度过十七个春节,即使她那年去抗大分校学习,以为她准会留在学校过年了。三十晚上,到了掌灯时分,等了会儿,不见她影子,谅是回不来了。这时,支队开联欢晚会,整个驻地充满了欢乐的气氛——哦,人与人的关系,是那样融洽、团结、和谐、一致,现在回想起来,真如古人追念葛天氏之民那样无忧无虑的生活,而变成一种精神上的向往和渴慕了。于而龙到屋外的寒风里,替值勤的战士站岗,让他进屋去暖和会儿,跟大伙一块热闹。突然间,一个女战士出现在于而龙的面前,英姿勃勃地敬了个礼,威武而又调侃地说:"报告队长,我回队过年来了。"

"啊!芦花!"

四只手紧紧地握在一起,然而,于而龙很快松开了。因为那时候,好多人对他们之间的情感是持非议态度的。但芦花却久久不肯撒手,明亮的眸子闪烁着热烈的青春活力,饱满的胸部洋溢着动人的美和纯真的爱。

于而龙开玩笑地:"是偷着溜回来的吧?"

她自豪地,妩媚地,透着喜滋滋地说:"阳明政委特批的,让我回队和你一块过年!"

"和我?"于而龙想不到阳明同志真会开玩笑。

她娇娆地一笑,脸颊泛起一阵红潮:"你呀!真是个呆子!"说着朝屋里走去,不一会儿,就听见战士们的鼓掌声,在哄她唱歌。果然,她张开喉咙唱了,唱着她在抗大学来的抗日救亡歌曲,一支接着一支,嘹亮的歌喉,充满了丰沛的感情,和强劲的力量。也许想把歌声送到门外站岗的那个"呆子"的耳朵里吧?她高声地唱,而且欢乐地唱。

"你笑什么?"芦花应该走了,长生又来探了探头,但她好像特别依恋地坐近了些,可能从他疼痛的面容里,看出一丝笑意,便附身朝他询问。

"我想起有一年,三十晚上你从抗大回队,唱歌的事情了。"

"是吗?"她也笑了。

于而龙说:"现在,你怕没心思唱了!"

"谁说的?等着,等我回来好好给你唱——"她站起来,走出窝棚,还回头深情地看他一眼,"二龙,等我回来一块过年!"

——一块过年!不错,芦花,我们是一块过了个年,可那是生死异路,永远诀别的年啊!

于而龙在思索:现在已经弄不清,芦花为什么急急忙忙,甚至不惜拿出那珍贵的五块钢洋,作为脚钱,坐老晚的船赶回沙洲?那她自己那条船呢?又被谁驾走了呢?

如果说，老晚的话是可信的，芦苇里响了一枪，那么倒和当时的现场完全符合了。长生朝枪响的地方赶去，那特务已被芦花一枪打死了，连挣扎的过程都没有。而芦花自己也中弹倒下，枪弹是从后背穿进去的，她趴在那儿，当时，还是相当清醒的，似乎要对长生说些什么，但说不出话了。

　　特务身边只发现一支大号勃郎宁，一直以为芦花是被这支手枪打死的。起初，大家也有点怀疑，她怎么会是从后背被击中的呢？但人们，包括那位博学多才的王纬宇，展开了最丰富的想象力，后来，慢慢地给合理得头头是道了。

　　据他们分析，芦花在往回走的过程中，特务开枪射击，然后，她奋力坚持着转回身击毙了那个坏蛋。当然，如果不是劳辛从老晚那里听来新的情况，于而龙一直也相信她倒会那么英勇地消灭敌人的，但老晚说得确凿不移，芦苇里响了一枪，那么肯定是有第三者了。

　　不祥的枪声在他脑海里响起，砰！砰！他眼前顿时黑了。

　　一声清脆，一声喑哑，他晓得出事了，而且预感到会产生不幸似的，挣扎地爬起。随后，是长得令人难耐的静寂，于是他更加不安，连忙拖着沉重的身子，沉重的腿，和一颗格外沉重的心，爬到了窝棚门口。冬天，沙洲的草木要稀疏些，他一眼就看见长生背着芦花，踩着未化净的残雪，朝窝棚快步走来。

　　看到通讯员慌不择路的样子，他的心凉了。于而龙是个不大知道畏惧的汉子，但在那一刻，他意识到，最可怕的祸事临头了，真是恐惧得发抖了。

　　他立刻完全绝望了，芦花不止一次经历艰险，也不止一次面临死亡威胁，但从来不相信她会被死亡所征服，总抱着她一定能生还的信心和希望。可是，她说大年夜一定赶回来而没回，在黑沉沉、阴惨惨的初一早晨,在远处迎神的鞭炮和庆贺的锣鼓声里,于而龙绝不是迷信,他知道不会再有奇迹。芦花,和他十七年相依为命的芦花,要永远离开他了。

她安详地躺在窝棚门口,也就是眼前这棵苦楝树底下,热血无法控制地流着,湿透了她的旧棉袄,染红了她身旁的沙土,直到流尽了最后一滴血,心脏停止了跳动,芦花短促的一生,就这样终结了。

指导员在死前肯定是有许多话要讲的,可以看出她那失血而苍白的嘴唇在哆嗦,然而,她什么也来不及说了,因为失去了说话的能力。终于,最后一次睁开了眼睛,依旧是那样明亮,依旧是那样清澈,看了一眼于而龙。大概在她生命的终止时,能有生死与共的亲人守在身边,使她感到慰藉吧?她微微地露出一丝笑意,缓缓地,宁静地,合上了那双美丽的眼睛,告别了人世。满是创伤,肿胀未消的手掌松开了,几瓶盘尼西林滚在了被她鲜血洇遍的沙土上。

于而龙从不相信命运,但不禁向苍天呼喊:老天,这样的惩罚,是不是太严峻,太残酷了?

听起来沮丧的锣鼓、泄气的鞭炮,还在远处断断续续,有气无力地响着,他和芦花就这样在一块过了年。

一个凄惨的诀别的年……

黑压压的云层,令人窒息地覆盖在冬天的石湖上空,长生去找卫生员了,只剩下于而龙一个人,守着像是恬静地安睡着的芦花。对,还有鹊山老爹陪伴着,那山头未融的积雪,使得它更像一位须发苍白的老者,在同情地俯瞰着他们。

鹊山依旧,可三十个年头飞也似的过去了。

于而龙也老了,又回到石湖。但是,芦花呢?她在哪里?

老林嫂扶着苦楝树站起,递给于而龙那把铁锹,揉了揉已经哭不出泪水的眼睛:"有那伤心难过的工夫,还是把芦花的坟垒起来,把石碑竖起来,她也该跟我们大伙一样,可以挺直腰板,站起来啦!"

　　"啊?"

　　她指着于而龙跟前的那块稍稍隆出地面的土丘说:"挖吧!二龙!趁着黑夜,我就把芦花的骨头,从三王庄一块一块地收拾好,偷偷地埋在这块土包里。我想,这块地方,除了我,谁也找不到,再说,芦花在这儿,生养过莲莲,救活过你命;也是在这儿,咽了最后一口气。我琢磨,她会喜欢这棵苦楝树给她做伴的。"

　　"老林嫂……"于而龙扔掉铁锹,一把拉住白发苍苍的候补游击队员——不,真正游击队员的手,激动万分地说,"我的老姐姐呵……"

　　"二龙,记住吧!记住那位老爷子的话,天不会坍,党不会垮,坏人一时当道,终究成不了气候。"

　　"谁?"

　　"就是帮我把那块石碑,弄到这儿来的老爷子,说是个红军呢!"

　　于而龙明白了,他该是江海提到过的,被大石头压得最后咯血而死的长征战士。十年,有多少这样的好同志,离开了社会主义的中国,这不是泪,这不是血,这是悲剧,这是共产主义运动史上的悲剧,这是任何一个有良心的人,都应该防止它再现的悲剧。

　　血不会白洒,泪不会白流。"伸冤在我,我必报应。"

　　审判日总有一天要来到的。历史的罪人,逃不脱人民最终的裁决!路易十六不是被人民送上断头台的吗!

　　"挖吧!二龙!石碑就在浮土底下,江海昨晚说啦,豁出再低十年头,再弯十年腰,也要把芦花的石碑立起来。"

一锹下去,那块殷红色的石碑露了出来,于而龙弯下腰去,用手把沙土拨拉开,一会儿,那颗五角星映入了他的眼帘。

这时候,老林嫂打开那个包袱,取出纸锭,在墓碑旁边烧化着。微微的火光,缭绕的纸烟,像一层薄雾,团团裹住了于而龙。

——芦花呀!我早就该来看望你的,原谅我吧!当然你对你的二龙,有什么不能原谅的呢?可我,却不能原谅自己,倒不是因为我没能挡住泼在你名字上的污泥浊水,也不是因为我找不到那个开黑枪的坏蛋,这些虽然属于你我之间的事情,实质上是和阶级的命运,党的命运,国家的命运相关连的。但我,已经不是你心目里那个二龙啦!我离开火线太久啦!是的,我不能再当自由哥萨克啦!

现在,那个曾经翻江搅海的于而龙活了,任何力量都挡不住他,他恨不能马上站到"将军"面前:"周浩同志,给任务吧!"

他多么渴望着一场战斗啊!

想到这里,便把那些沙土,重又扒拉好,把那块石碑覆盖住,心里在默默地向那个长眠在新居——同他一样,也被赶出了老房子的芦花祝愿着:"再见吧,芦花,你放心地安息吧!春天已经来了,这块土地一定会装点得更美的。"

老林嫂有些奇怪地:"二龙,怎么不把碑立好,又埋下去,干什么?"

于而龙想起小姑家那位老抗属的话:"就让芦花像她活着的时候,和乡亲群众们紧紧抱成一团那样,埋在深深的土地里吧!"

她问:"那么碑呢?"

"人心才是没字的碑啊!"

这时候,老林嫂从怀里掏出一个小包,递给他:"二龙你再看看,这是什么?"

于而龙打开一看,是一枚很小的手枪子弹的弹头,已经锈蚀得不成样子了。

"是从芦花棺材里摸到的。"

他愣住了,一切都如他所设想的那样印证了,他认识这颗弹头,熟悉这颗弹头。啊,一幅再清楚不过的图画,在头脑里呈现出来。

听见水生在叫喊,那条猎狗飞也似的蹿了出去,于是,他们告别了芦花的新坟地,通过曲曲折折的盘陀路,来到湖岸边。

"二叔!"水生跑着迎了过来。

"咦!人呢?"

"她在那边上岸了,偏要上去不可。"

"那是为了什么?"

"她说她见到了一个人影。"

人影?于而龙猛地一惊,难道真的有一场战斗?是他?蹊跷!坐不住金銮殿了吗?……只见那条晓事的猎狗,也显然被空气中陌生的异味吸引住了,跳起来汪汪地叫了两声,企图引起人们对它的注意。

水生把珊珊娘要他讲的话,全告诉了于而龙,并且掏出了那五块银洋。啊!一点不差,不多不少,正好是五块丁当响的银元。当年的游击队长顾不得飞跑出去的猎狗,一把抓在手里,然后捏了些沙土,将银元逐个擦了一遍,当在每个银元的背面都发现一个熟悉的字样时,他的手由不得颤抖了。怎么能不激动呢?人是有血有肉的感情动物呀!想到这五块银元,从赵亮带到石湖开始,辗转周折,四十多年的血和泪,终于又落到他的手里,于而龙是凡人——他自己一直这样讲的,怎么能按捺下那颗不平静的心呢?那银元上镌刻的五个字:"于而龙芦花",仅仅联系着他们两个人么? 四十年风波,整整两代人的命运呵……

他记得芦花说过,有一天,等莲莲长大了,出嫁了,要把这五块银洋,当做压箱底的钱,给她作陪嫁的礼品呢!

呵! 这一天果真来了。

他笑了,纵情地笑了,连拍着沙滩的浪花,也发出哈哈的笑声,在呼应着,此起彼伏,仿佛整个石湖都在笑着。

是的,那是芦花抱着她心爱的女儿,在三王庄银杏树下说的,现在,银元还在,银杏树却没了踪影。于是他向那娘儿俩追问起银杏树的下落,谁知他们回答挺干脆:"砍了,早砍了!"

"什么? 砍掉那样一棵大树,不怕罪过!"

老林嫂说:"长了虫子,把里头都蛀空了,树就死了。"

"死了?"于而龙很难相信,那样一棵巨人似的树木,也有倒下的一天。

"从里头往外蛀,从根上往顶蛀,想不到会败得那么快呀! 二龙,生了蛀虫,就算是没法治啦!"

"能有这么厉害的蛀虫?"

"有的,有的……"老林嫂叹息着。

听她的口气,好像这类蛀虫,不光在自然界里有,甚至在社会上,在党里,在人们的生活中,在伟大的革命事业和前进道路的各个方面,都可能滋生这类钻到心里去蛀空一切的害虫似的。

哦! 也许如此吧! 本来就是一个复杂多端的人类社会吗! 于而龙继续在拿沙土,擦亮那五块银洋,四十年的积垢,被他慢慢打磨掉了,露出它本来的灿烂光华。同样的道理,国家、社会、民族以及亲爱的党,或许会暂时蒙上一点灰尘,一点泥污,难道不可以回复原来纯净的面貌么? 人类要没有一点净化自己的能力,早灭亡了。

把娘儿俩撇在身后,他思索着,独自顺着满是芦苇的沙滩往前走着。

芦苇愈来愈茂密,青翠的叶子上,还挂着晶莹的露珠,正张开手臂,迎接亲人似的,舒展开宽大的叶箬,拥抱着明亮温暖的阳光。

按照辞典上的解说:"芦苇,是一种多年生的草本植物,属禾本科。"它从来不曾被人高看过,但大有益于人类,由于它的根系异常发达,深深扎根在泥土里,所以生命力惊人的顽强。它具有朴实无华的性格,从不追求鲜艳的色彩,也不羡慕绚丽的外表,而是扎扎实实,根深蒂固地成长,在疾风暴雨中挺立,在惊涛骇浪里搏斗,毫不畏缩,决不后退。它把自己无保留地全部贡献出来,从顶端的花须,直到泥土中的芦根,都为人类竭尽了它的绵薄之力。

啊!芦花,她不正是这样一个普普通通的献身革命的女共产党员么?

是啊!高大的银杏树被害虫蛀倒了,但是,千千万万的芦苇仍在蓬蓬勃勃地生长着。

人民是不死的。

希望在人间,而且最后审判权属于人民。

…………

就在那条猎狗的汪汪吠叫声中——也许它嗅到了什么血腥气味,再也沉静不住地在暴跳、在狂跑。于而龙听见了一个女人,虽然衰弱,但是非常有力的喊叫声。

游击队长好像一下子回到三十年前,那个恐怖可怕的大年初一里去了。

难道历史当真能够再次出现吗?要不,就是于而龙以超过光速的速度,回到了已经逝去的历史中间了。雷同的场景,雷同的人物,实在是令人脊背出冷汗的,因为它同噩梦一样,会使人感到被魇住一样的窒息。但是,他还是来不及地朝传出喊叫的林子里钻进去。

半点也不是虚幻,而是活生生的现实,珊珊娘,对,正是那个可怜的母亲,躺在密林的一堆乱草上。于而龙快跑了两步,走到这位终于明白了一切的四姐身边,她口角流出一丝细细的血迹,已经奄奄一息了。

"珊珊娘,你——"

这个觉醒了的被腐化的无产阶级,睁开了眼,上气不接下气地呻吟,"二龙,快去追——他!"

"四姐,四姐……"

"我把珊珊交给你了,二龙……"她疲倦地,像长途跋涉以后,得到彻底的休息那样,把两眼合拢了。

他接着往前面跑过去,找不到任何危险的踪影,和可疑的形迹。相反,沙洲的密林——其实,都是些不很高大的灌木,倒是相当静谧,毫无动静。

他唤了一声:"黑子——"

立刻,从树丛里,那条猎狗,像影子似的,悄没声地滑行到他的腿旁,差点把他吓了一跳。

"混账!"他骂了一句,然后拍拍它的脑袋,抚摸它的颈毛,显然,这条训练有素的猎狗,领会到于而龙的意图,便嗅着,闻着,在根本不是什么路的林中小道穿来穿去。

打猎是个苦差使,要比钓鱼劳累多了,而且危险性也大。鱼不会蹦出水面来咬人,但即使一只兔子,也会蹬脚挠腿,需要费点力气对付的。这里,很少照得进阳光,也听不到石湖的浪涛,他顾不得树枝剐破了脸,荆棘扯破了衣服,鞋里灌满了沙土,随着那条猎狗往前走。鬼知道,它还要把自己领多远,五块银元在口袋里,发出丁丁当当的声响,连黑子都回头,带点责备的眼光在瞅他。

"妈的,我算是个什么打猎的!"他咒骂着自己,紧接着采取措施把银元分装在几个口袋里,以免惊动要追踪的对象。现在,他才感到真正的遗憾,要是有去年劳辛作贿赂(哦,新名词叫做送礼。)的那支安茨双筒猎枪该多好!对付狼,对付熊,都是呱呱叫的,如今,手无寸铁,就怕打不着野兽,倒有被野兽收拾了的可能。

谁知道被追踪的对象,会不会突然反扑过来?

于而龙脚步放慢了,打猎人固然要舍得花力气驱逐追赶,但也必须懂得以逸待劳的道理,追和被追者之间,后者的体力消耗要大得多。

他捉住黑子,蹲下来抚摸了一阵,然后,松开手,使劲送了它一把,猎狗径顾自己冲出去了。

越往密林深处行进,道路也越艰难。但是,也不知从哪儿来的一股劲,于而龙硬是从这个脚都插不进的沙洲密林里,生挤出一条路来。

要不然,他就不是于而龙了!

突然间,黑子在前面不远处大声地,然而是急促地叫了起来,那是训练出的规矩,它发现目标了。这种显然是兴高采烈的吠叫声,一方面是通知主人,一方面是惊扰猎物,使得主人好瞄准射击。

可是我们的游击队长赤手空拳,只好学景阳冈的武松,在一棵死树上,劈下一根树杈提在手里,当做哨棒,给自己壮胆。

他走不几步,黑子叫得更厉害了,透过树梢的稀疏空隙看过去,皇天保佑,于而龙差点背过气去,他看见了一个人的背影,熟得不能再熟的背影。

于而龙的两条腿,像桩子似钉在那块沙土地上,再也挪不动了。妈的,他唾骂自己的理智,竟至于控制不住感情。"二龙!你怎么搞的?人家都说于而龙的腿,是最能走的,你怎么啦?二龙!竟惊愕得无可名状,以至于六神无主了么?笑话。这是一场刚刚开始接触的战斗,冲锋号吹响了,向前冲吧!"

什么也挡不住,他大踏步向前走去。

是他,活见鬼,真是他……

"站住,混蛋!"于而龙像雷也似的吼着,以致在密林里到处响起了回音。

"站住,混蛋!"

"站住,混蛋!"

那个人影果然站住了,并且回过脸来,密林里虽然光线暗淡,但仍旧可以看得清清楚楚,他就是王纬宇,若无其事地,坦然地向过去的石湖支队长笑着。

于而龙问道:

"你那把美式左轮呢?"

他毫无反应地站着,密林里像死一样地沉默着。

于而龙又大声地喝问着:

"你带来那把美式转轮手枪了吗?杀人犯!"